알퐁소와 긴조 9호

알퐁소와 긴조 9호

2025년 5월 15일 초판 1쇄 찍음
2025년 5월 26일 초판 1쇄 펴냄

지은이   김춘복
펴낸이   라문석
편 집   김옥경 장상호
교 정   고증식 이양숙 이웅인 최필숙

펴낸곳   도서출판 두엄
          등록번호 : 제03-01-503호
          주   소 : 대구광역시 중구 명륜로12길 21
          대표전화 : (053) 423-2214
          전자우편 : dueum@hanmail.net

ⓒ김춘복, 2025
ISBN 979-11-93360-24-8 03810

＊지은이와 협의하여 인지는 생략합니다.
＊이 책 내용의 전부 또는 일부를 재사용하려면 반드시 지은이와 도서출판 두엄
　양측의 동의를 받아야 합니다.
＊책값은 뒤표지에 표시되어 있습니다.

알퐁소와 긴조 9호

김춘복 중편소설집

두엄

□ 저자의 말

　20여 년간의 서울살이를 접고 귀향한 이래 27년 동안 한 일 중에서 가장 뿌듯하게 생각하는 일이 두 가지 있다.
　그 첫 번째는 '밀양독립운동기념관' 건립의 불씨를 지핀 일이다.
　귀향했을 당시의 최우선 목표는 약산若山 김원봉金元鳳 장군을 위시하여 수많은 향토 출신 독립투사들이 전개했던 무장 독립운동과 동척東拓으로 대표되는 일제의 질곡과 수탈에 항거했던 우리 고장의 농민운동을 한데 엮어 대하소설로 형상화하자는 것이었다.
　그런데 막상 귀향하고 보니, 소설에 앞서서 당신들의 위업과 고귀한 넋을 국내외에 널리 선양함과 동시에 후대에 길이 전할 수 있는 산교육의 장場을 건립하는 일이 우선임을 절감하고, A4용지 30여 쪽 분량의 건의문을 작성하여 '시기상조'라는 주위의 반대와 만류에도 불구하고, 당시 이상조 밀양시장, 장익근 시의회 의장과 면대하여 장시간에 걸쳐 그 당위성을 강력히 설파했던 것이다.
　그 결과, 그로부터 8년이 지난 2008년 5월 30일, 마침내 대망의 '밀양독립운동기념관'이 개관된 데 이어, 약산의 생가지에 '의열기념관'이 들어서는가 하면, 국제학술대회까지 열릴 뿐만 아니라, 영화 및 오페라에 이어 최근에는 서울을 중심으로 '약산 김원봉과 함께'라는 기치를 내걸고 기념사업회까지 결성되어 의열단원 발굴과 선양사업, 친일 청산 등을 주요 사업 목표로 정하고, 범국민적 차원에서 활동하기에 이르렀으니, 대하소설을 완성한 그 이상의 긍지와 보람을 느끼지 않을 수 없다.
　또 한 가지는 조선 후기에 선상기選上妓로 한양에 진출하여 검무劍舞로 일세를 풍미했던 '운심雲心'이라는 기생의 존재를 발견하고, 200여 년 동안 문헌 속에 화석화되어 있던, 상동면 신안 마을 뒷산 속칭 '꿀뱅이꿀바위' 위에 있는 그녀의 유택을 재발견하여 세상에 널리 알린 데 이어, 19년간의 각고 끝에 그녀의 일대기를 형상화하여 장편소설 『운심이』를 출간한 일이다.
　'민족해방운동'을 하겠다는 당찬 포부를 품고 의열단을 찾아가던 중도에 '운심이'의 치마폭에 휩싸여 주저앉은 꼴이 되고 말았지만, 그러나 추호도 후회하지 않는다. 약산의 이야기는 이미 다른 이들에 의해서도 씌어졌을 뿐만 아니라, 앞으로도 계속 나올 테지만, 천민으로 태어난 한을 춤으로 승화시켜 『밀양검무』를 창시한 그녀의 '신분 해방'을 지향한 올곧은 삶의 궤적은 내가 쓰지 않으면 영원히 파묻히고 말지도 모른다는 무거운 책무를 완수했기 때문이다.

각설하고, 그동안 발표했던 세 편의 중편소설에다 탐방기 한 편을 부록으로 넣어 한 권의 책으로 묶어 보았다.

1979년, 언론도 끝내 밝히지 못한 안동교구 가톨릭농민회 오원춘사건의 진상을 파헤친 「알풍소와 긴조 9호」 『경남작가』 제2호, 2001, 6·70대 노부부의 성적 갈등과 화해를 그린, 연극 「아버지의 다락방」 김재현 기획, 양일권 각색, 윤민영 연출, 안병경·김형자 등 출연, 2019. 3. 19-31, 세실극장 공연의 원작이기도 한 「조지나 강사네」 『경남작가』 창간호, 2000, 전교조 태동기 제도교육의 부조리를 비판하고 풍자하며, 참교육의 방향을 제시한 「산적과 똘만이들 원제 : '선생님, 집에 잘 다녀왔습니다'」 『밀양문학』 제4호, 1991, 그리고 밀양시 상동면 소재 자연문화회 신불사神市寺를 탐방하여 한길 백공 종사와 나눈 대담기 「배달겨레의 뿌리를 찾아서 원제 : '자연문화회 신불사 탐방기'」 『밀양문학』 제21호, 2008. 등, 나름대로 심혈을 기울인, 하나같이 애착이 가는 작품들이다. 발표 당시의 원작들을 손질하여 정본으로 내놓는 바이다.

앞으로 내가 할 일은, 귀향 당시의 초심으로 돌아가 필생의 각오로 예의 대하소설을 완성하는 것이다.

출판계의 불황에도 불구하고 기꺼이 산파역을 맡아 주신 도서출판 두엄 라문석 대표님 이하 김옥경 편집장님, 장상호 님, 바쁜 가운데에도 작품해설을 써 주신 안경환 교수님, 그리고 교열을 봐주신 밀양문학회 고증식, 이양숙, 이응인, 최필숙 등, 여러 글벗님께 고마운 마음을 전한다.

2025년 5월 밀양얼음골에서

차례

저자의 말 · 004

중편소설

알퐁소와 긴조 9호 · 011

조지나 강사네 · 123

산적과 똘만이들 · 177
원제 : 선생님, 집에 잘 다녀왔습니다

부록

탐방기
배달겨레의 뿌리를 찾아서 · 333
원제 : 자연문화회 신불사神市寺 탐방기

작품 해설
도깨비방망이 찾기 _ 안경환 · 381

저자 연보 · 400

참고 자료 · 407

역사는 사실로 존재했던 소설이며,
소설은 존재할 수 있는 역사다.
— E. 콩쿠우르

인간은 바르지 못하나 신은 공정하여,
최후엔 반드시 정의가 승리한다.

― 헨리 워즈워스 롱펠로

▲ 「정평위 뉴스레터」 제2호 표지

정평위 뉴스레터 제2호

1979.8.15.

안동교구 가톨릭농민회사건에 대하여

한국천주교 정의평화위원회

전화 267-1161-3

　오랜만에 묵은 자료들을 정리하던 도중에 눈이 번쩍 띄었다. 아니, 어쩌면 바로 이 문건을 찾기 위해서 그것들을 뒤적이고 있었는지도 모른다.

　독재자가 '사슴鹿'을 가리켜 '말馬'이라 하는 순간, '사슴'이 '말'로 둔갑하던 시대였다. 출세와 황금에 눈이 먼 어용학자, 문인, 그리고 언론은 온갖 허구와 찬사를 동원하여 사슴이 말임을 위증하고 찬미하기에 급급하였으며, 그들의 사탕발림에 속은 대다수의 일반 국민은 독재자를 찬양하고 우상시하기에 여념이 없던 시대였다.

　반면에, 한사코 '사슴'을 '사슴'이라 주장하는 일부 깨어 있는 지식인과 문인, 대학생과 노동자들은 가차 없이 '권위에 대한 도전'으로 몰려 폭행과 고문을 당하고 억울하게 철창신세가 되어야만 했던 그 악몽의 '유신시대'! 그것은 분명코 민주 헌정사상 더 이상 추락할 수 없는 팔만나락八萬奈落이었다. 날로 증폭하는 국민의 불만을 더 이상 통치할 능력을 상실한 독재자의 유일한 방패는 오로지 '긴조 9호'[1]뿐이었던 것이다.

1979년의 여름은 그 어느 해보다 뜨겁고도 길었다.

우리네 자실自實[2] 회원들은 일주일이 멀다 하고 동숭동 흥사단본부 강당에 모여, '사슴은 말이 아니라, 어디까지나 사슴일 뿐'이라고 주장한 죄 아닌 죄로 부당하게 끌려가 옥살이하고 있는 동료 문인들을 하루빨리 석방하라고 목청이 찢어지도록 외쳐댔었다.

그러던 어느 날, 우리는 새로운 사실을 접하고는 경악과 분노를 금할 수 없었으니, 이른바 '안동교구 가톨릭농민회사건'이 그것이다.

나는 A4용지 10여 쪽에 달하는 너덜너덜 다 해진 그 유인물을 한 장 한 장 조심스레 넘기면서, 그날 우리를 감동케 한 문제의 「양심선언」을 다시 읽어 본다.

---

1) '대통령긴급조치 제9호'의 약칭. '대통령긴급조치'란 1972년에 개헌된 유신헌법 53조에 규정되어 있던 '헌법상의 국민의 자유와 권리를 정지'시킬 수 있었던 특별 조치로, 1974년 1월 8일 제1호를 시작으로 1975년 5월 13일 제9호까지 공포되었다. 특히 제9호는 '헌법을 부정·반대·왜곡하거나 그 개정 또는 폐지를 주장·선동하는 행위', '학생의 집회·시위, 정치 관여 행위', '긴급조치를 비방하는 행위' 등을 처벌하도록 규정하고, 위반자는 영장 없이 체포·구금·압수·수색할 수 있도록 한, 오로지 박정희 정권을 유지하기 위한 초약법적 조치로, 이로 인하여 많은 학생과 시민이 체포되어 가혹행위를 당한 끝에 구금, 또는 사형당하였다. 1979년 10월 26일 중앙정보부장 김재규에 의해 대통령 박정희가 사살당함에 따라 사문화되었으며, 1980년 10월 27일 헌법 개정으로 폐기 처분되었다.
2) '자유실천문인협의회自由實踐文人協議會'의 약칭. 1974년 11월 18일 결성된 반독재민주화투쟁의 선봉을 담당했던 진보 진영의 문인 단체이다. 1980년대 들어선 전두환 군사 반란 세력에 잠시 중지되었다가, 1987년 '민족문학작가회의민작'로 확대 개편된 뒤, 2007년 '한국작가회의'로 거듭나 오늘에 이르고 있다.

양심선언

　본인은 가톨릭 신자로서 소명을 다하여 농촌 사회에 그리스도적 사랑을 실천하고 사회 정의 실현을 목적으로 76년도 12월부터 가톨릭농민회운동을 시작하여 이웃 농민들의 아픔과 보람을 함께 나누고자 애써 오던 중, 79년 5월 5일 영양 버스정류장에서 정체불명의 두 사람으로부터 납치당하여 안동을 거쳐 포항 모 기관포항제철 부근 잿빛 건물 안에서 이유 모를 폭행을 당하고, 체제에 반항하는 놈은 그냥 둘 수 없다며 폭행하였음. 울릉도까지 끌려가 15일 동안 강제 격리된 상태에서 불안한 날들을 보낸 사실이 있어, 이를 교구 정의평화위원회에서 구성한 조사단과, 농민회 조사단, 본당 신부님께, 하느님께 받은 양심에 의해 진술한 바 있습니다.
　이 사실은 차후에 어떠한 일이 있어도 '사실'이며, 만약 번복된다면 이는 외부적 압력이나 위협에 의한 강제적 결과일 것입니다.
　가난하고 억압받는 농민들과 함께 일하려는 나의 동료 형제들에게 또다시 쏟아질지도 모르는 이런 폭력과 압력 밑에서 주여! 작은 저희들을 지켜주소서.

1979. 7. 5.
영양천주교회 십자가에 달리신 주님 아래서 오원춘 무인

　그러나 그 결과는 과연 어떠했던가? 경찰은 '오원춘의 납치설'은 '자의에 의한 애정도피행각'으로서 '허위조작사건'이라고 발표함과 동시에 적반하장격으로 도리어 당사자는 물론, 그의 무죄를 주장하는 천주교 안동교구청 정호경 신부와 유인물을 배포한 안동교구청 가톨릭농민회 정재돈 총무까지 긴조 9호 위반 혐의로 구속해 버렸던 것이다. 천주교 측에서는 안동을 위시하여 서울·원주·청주·인천·수원·대전·광주·전주·마산 등지에서 연일 기도회를 열었으며, 급기야 재야 인권 단체, 지식인, 대학생까지 가세하여 거세게 항변하였지만, 아무런 성과도 없이 끝내 사법부에서는 오원춘 씨에게 징역 2년, 자격정지 2년을 선고하고 말았던 것이다.

그러나 이 사건이 아직도 기억에 생생한 YH사건[3] 야당총재제명사건[4], 부마항쟁[5] 등과 더불어 유신체제의 필연적 결과물인 10·26사태[6]를 자초한 한 동인이 될 줄을, 박정희 정권 종말의 서곡을 알리는 조종弔鐘이 될 줄을 저들이 어찌 꿈엔들 예측이나 했으랴!

그랬다. 10·26사태는 '말'로 둔갑했던 '사슴'이 본래의 제 이름을 찾을 수 있었던 실로 획기적인 사건으로, 오원춘 씨 또한 그로 인하여 비로소 악몽에서 깨어날 수 있었다.

나는 당초부터 이를 소설화해 보고 싶은 강한 충동을 받았었다. 특히 재판에 앞서 TV 3국이 공동 제작하여 동시에 방영한 '오원춘 기자

---

3) 1979년 8월 9일-11일 사이에 가발수출업체인 YH 무역의 여성노동조합원들이 회사의 부당한 폐업 조치에 항의하며 신민당사를 점거하고 농성을 벌인 사건. 이들을 강제 해산하는 과정에서 노동자 1명김경숙이 추락사하자, 경찰이 이를 투신자살로 조작 발표함으로써 사회적 공분을 일으켰으며, 김영삼 의원 제명 파동, 부마민주항쟁 및 10·26사태로 이어지는 등 박정희 정권 종말의 도화선이 되었다.
4) 1979년 9월 29일 민주공화당과 유신정우회에서 신민당 총재 김영삼의 1979년 9월 16일자 『뉴욕 타임스』와의 기자회견 중 박정희 정권에 대한 지지를 철회하라는 내용을 문제 삼아 10월 4일 국회에 징계동의안을 제출하여 김영삼을 징계하여 의원직을 박탈한 사건이다.
5) 1979년 10월 16일부터 10월 20일까지 부산과 마산 지역에서 일어난 민주화운동으로, 박정희 대통령의 제4공화국 유신체제에 대한 민중의 불만이 폭발한 사건이다. YH사건과 더불어 유신정권을 무너뜨린 결정적인 계기가 된 사건으로 평가받는다.
6) 1979년 10월 26일 저녁 7시 40분경, 서울특별시 종로구 궁정동의 안가 '나' 동 2층 연회장에서 김재규 중앙정보부장 및 그의 부하 경호원들이 박정희 대통령, 차지철 경호실장 외 4명을 권총으로 살해한 사건으로, 유신정권이 해체되고, 민주화운동이 더욱 활발해질 수 있는 계기가 되었다.

회견'을 시청하면서, 소설 속에서 바로 저 장면을 클라이맥스로 설정해야겠다는 구상까지 했던 것인데, '양심선언'에서 표명했던 그 당당함, 비장감 따위는 온데간데없고, 오원춘 씨 그는 눈동자가 완전히 풀려 버린 백치인 양 멍한 표정으로 기자들의 질문에 시종 '네, 제가 잘못했니더.', '이렇게 사건이 크질 줄 미처 생각지 못했니더.'라는 식으로 일관했으니, 민주주의의 가면을 쓴 일인 독재 체제가 한 개인의 인간성을 얼마나 잔혹하게 파멸시키는가를 여실히 보여준 이 사건은 그야말로 한 편의 드라마 그 자체였다.

그런데 그로부터 20년이 넘도록 여태껏 손을 대지 못한 데에는 그만한 까닭이 있다. 당시 오원춘 씨의 허위자백이 공권력에 의한 '조작'이었을진대, 지금껏 그가 침묵하고 있는 점을 도무지 이해할 수가 없는 것이다. 그동안 월간지마다 당장 그 궁금증을 말끔히 풀어 줄 듯이 요란한 제목들로 포장하여 기사화했지만, 한결같은 결론은 '아직은 말할 시기가 아니다.'라느니, '객관적인 물증이 아무리 나와도, 이 사건에 대한 판단이 달라진다고는 볼 수 없으며, 오로지 오원춘 씨와 하느님만이 안다.'라는 식으로 모호하게 얼버무려 왔기 때문이다. 하기야 그 뒤에 들어선 정권들 또한 그 나물에 그 밥이어서 그럴 수밖에 없었다손 치더라도, 그러나 이제는 오원춘 씨 자신이 당당하게 진실을 밝혀 명예 회복을 해야 할 시기가 아닌가 말이다. 만에 하나라도 한때 세간에 나돌았던 말대로, 허위자백을 한 대가로 당국으로부터 거액을 받아 챙겼다는 설이 사실이라면 이야기가 달라지겠지만…….

나는 자료 뭉치 속에서 '오원춘사건'에 관한 것들을 있는 대로 모조리 다 찾아내었다.

동시에 직접 본인을 만나서 언론에서 밝히지 못한 진실을 한번 파헤쳐 보고 싶은 강렬한 충동을 느끼면서, 동시에 드레퓌스사건[7]을 파헤쳤던 에밀 졸라[8]를 떠올렸다.

군軍의 명예와 국가의 질서를 내세운 반드레퓌스파와 진실·정의·인권 옹호를 부르짖는 드레퓌스 지지파 간의 팽팽한 논쟁 속에 마침내 드레퓌스의 손을 들어주며 소령으로 특진하여 군에 복귀시키는 데 결정적인 역할을 한 에밀 졸라의 공개 서한문「나는 고발한다」!

내가 구상하고 있는 작품이 언감생심 거기까지에는 미치지 못할지라도, 오원춘 씨로 하여금 명예를 회복하여 이전의 그로 되돌아갈 수 있게 하는 데 터럭만큼이라도 도움이 된다면 얼마나 좋을까 싶었다.

우선 안동교구청에다 그의 전화번호를 문의했다. 그러자 어떤 여자 분이, 주소는 알려 줄 수가 있으나 전화번호는 알 수가 없다면서, 교환을 통해 알아보라는 것이었다. 조마조마한 마음으로 114에다 주소와 성명을 대었더니, 다행히 안내 녹음이 또박또박 흘러나왔다.

그러나 한낮이라 온 식구가 들에 나갔는지 발신음이 끊기도록 송수화기를 들고 있었지만, 끝내 전화를 받지 않았다. 한 시간 간격으로 몇 차례 시도해 보았지만 마찬가지였다.

저녁밥을 먹고 나서도 한참을 지나서야 "옙세요." 하는 가녀린 여자의 음성을 들을 수 있었다.

"저어……, 실례지만 오원춘 선생님 댁 맞습니까?"

---

7) 19세기 후반 프랑스를 휩쓸었던 군국주의, 반유대주의, 강박적인 애국주의 때문에 억울하게 옥살이를 한 프랑스 포병 대위 드레퓌스의 간첩 혐의를 놓고, 프랑스 사회가 무죄를 주장하는 드레퓌스파와 유죄를 주장하는 반드레퓌스파로 양분되어 격렬하게 투쟁했던 정치적인 스캔들로서, 국가권력에 의해 자행된 대표적인 인권유린, 간첩조작사건이다.
8) 1840-1902 : 프랑스의 자연주의 소설가. 드레퓌스사건 때 드레퓌스를 옹호한 것으로 유명하다. 1898년 『여명L' Aurore』이라는 신문에 「나는 고발한다」라는 공개 서한문을 기고하여 군부의 부도덕성을 폭로함으로써, 마침내 드레퓌스로 하여금 무죄 확정 선고를 받아냄과 동시에 소령으로 특진하여 군에 복귀하는 데 결정적인 역할을 하였다.

"녜, 그런데 누구시니껴?"

"여기는 밀양인데요, 오 선생님하고 통화를 좀 했으면 해서요."

"잠시만 기다리세요."

나는 혹시나 거절당하면 어쩌나 하고 내심 불안했다. 낯선 사람이, 그것도 취재차 만나자고 한다면, 십중팔구 과민반응을 보일 공산이 크기 때문이었다.

"녜에. 전화 바꿨니더."

이윽고 수화기 저쪽에서 굵직하면서도 컬컬한 음성이 귓바퀴를 때렸다.

"안녕하십니까? 저는 밀양에서 소설을 쓰고 있는 사람인데요, 외람된 말씀입니다만, 오래전부터 선생님을 모델로 해서 소설을 한번 써봤으면 하고 벼르던 차에 오늘 용기를 내어 전화를 올리게 되었습니다. 어떻게 한번 만나 뵐 수 없을까요?"

"그까짓 게 뭐, 소설감이나 되겠니껴?"

"아니, 무슨 그런 말씀을 하십니까?"

하고, 나는 속으로 쾌재를 부르며 재빨리 토를 달았다.

"지금 제 손에 들려 있습니다만, 79년 8월 15일자로 발행된, 정평위 뉴스레터 제2호를 접하고, 언젠가 꼭 소설로 써야겠다고 결심했던 사람입니다."

"실례지만, 성함이 어떻게 되시니껴?"

또박또박 끊어서 성명 석 자를 대어 주었더니, 그의 입에서 전혀 뜻밖의 말이 흘러나왔다. 70년대 후반기에 발표했던 내 초기의 졸작들을 거명하면서 그것들을 쓴 장본인이 맞느냐고 확인하는 것이 아닌가! 그렇다고 하자, 그는 아주 반가운 듯이 "아, 저도 선생님 작품 다 읽었니더." 하는 것이었다.

이쯤 되고 보니, 피차 대화가 한결 수월해질 수밖에 없었다. 그는 고추 수확이 끝나는 10월 20일 이후로 날짜를 잡자고 했으나, 떼를 쓰다시피 해서 9월 11일 저녁에 집으로 찾아오라는 승낙을 가까스로 받아낼 수 있었다.

영양군英陽郡 청기면靑杞面 청기 1리, 면소재지라고 하지만 아침저녁으로 왕복 버스가 딱 한 차례씩밖에 통과하지 않는, 그 흔한 여관마저 하나 없는 '오지奧地 중의 오지'라고 그는 말했다.

약속한 날, 점심밥을 챙겨 먹던 길로 서둘러 집을 나섰다.

동대구를 거쳐 안동까지, 다시 안동에서 영양까지 가는 동안 자료들을 점검하면서 질문 내용을 하나하나 정리하느라, 초행길임에도 불구하고 차창 바깥으로 눈길 한 번 내보낼 여유가 없었다.

문제의 핵심은, 오원춘 씨의 울릉도행이 양심선언 그대로 '공권력에 의한 납치'였느냐, 아니면 사법부의 판결대로 '애정도피행각을 은폐하기 위한 자작극'이었느냐를 밝혀내는 일이었다. 그리고 전자가 사실이라면, 기자회견이나 재판 과정에서 양심선언의 내용을 왜 번복했는지를 밝혀내는 일이었다. 그러나 '아직은 말할 때가 아니'라면서 20여 년이 지나도록 굳게 입을 다물고 있는 그가 하찮은 일개인에게 과연 그 진실을 털어내 놓을지, 시종 불안한 마음을 떨칠 수가 없었다.

진보眞寶라는 작은 도시에 이르자, 운전기사가 5분간 쉬었다 간다면서, 화장실에 다녀올 사람은 빨리 다녀오라고 했다. 시계를 보니, 어느새 8시 5분이 지나 있었다.

차에서 내려 휴대폰을 꺼내어 들고, 혹시나 하고 통화버튼을 다시 한번 눌러 보았다. 도중에 서너 번 시도했지만, 끝내 착신이 되질 않았기 때문이다. 다행히도 두어 번 발신음이 울린 끝에 "여보세요." 하고 귀에 익은 음성이 고막이 멍멍할 정도로 크게 울렸다.

여기는 진보라는 곳인데, 너무 늦은 시간대에 도착하게 되어 죄송하다고 했더니, 그는 "크크흐흐흐흐……." 하고 아주 반가운 듯 큰소리로 웃으면서 말했다, "아, 진보라요? 그럼 거의 다 왔니더. 이따 영양에 내려가지고 택시 기사한테 청기 1리 오원춘이 집으로 가자고 하세요. 웬만한 기사 양반들은 제 집을 다 알고 있니더."

그의 말은 조금도 과장이 아니었다. 영양에 내려 짜장면 한 그릇으로 허기를 채우기가 바쁘게 택시에 올라타고 그의 이름을 대었더니, 30대 초반으로 보이는 젊은 기사는 더 이상 묻지 않고 신나게 차를 몰았다. 내가 물었다.

"실례지만, 오원춘 씨를 잘 아십니까?"

"알다마다요, 영양 사람치고 그 사람 모르면 간첩이래요."

하고, 그는 백미러 속에 얼굴을 고정시킨 채 나를 빤히 바라보면서 물었다.

"선생님은 어디서 오시니껴, 기자시니껴?"

"아니, 그냥 좀 만나 볼까 해서 찾아가는 사람입니다. 기자들이 오원춘 씨를 자주 찾아오나 보죠?"

"자주 찾아오면 뭘 하니껴, 제대로 밝혀내야지……, 안 그러니껴?"

"지당한 말씀이십니다."

"저는 그 당시 아직 머리에 피도 안 마른 초등학교 3학년이라서 아무것도 몰랐지만, 커서 알고 보니깐 막가파가 따로 없더라, 이 말이니더. 시비를 가려줘야 할 경찰, 검찰, 언론이 모조리 한패거리가 돼갖고설랑 도리어 생사람을 때려잡았으니, 도대체 이게 나라니껴?"

기사는 무척이나 흥분해서 마구 열을 올렸다. 맞장구를 쳐주고 싶은 마음이 굴뚝같았지만, 새삼스러운 내용도 아닐뿐더러, 우선 긴요한 것부터 챙기고 볼 일이었다.

"그런데 청기에는 여관이 없다는데, 사실인가요?"

"네, 여관에서 주무시자면, 영양으로 도로 나오셔야 하니더."

"택시는 쉽게 잡을 수 있나요?"

"아이니더. 워낙 시골이라, 다른 도시 모양으로 빈 택시가 왔다 갔다 하질 않니더. 읍내에 전화를 걸어 안 부르니꺼."

"실롑니다만, 명함을 가지고 계시면 한 장 얻을 수 있을까요?"

명함을 받아 눈여겨 읽어 보는 사이에 어느새 외곽을 벗어나 굽이굽이 비탈길을 치달아 오르고 있었다.

"이 고개 이름이 뭐죠?"

"팔싯골재니더. 원래는 여덟 골짜기의 물이 합류한다고 해서 '팔숫골재'라 캤는데 부르기 좋도록 '팔싯골재'로 바뀐 거래요."

정상에 올라서자, 갑자기 급경사가 시작되었다. 기사에게 부담을 줄 것 같아 나는 입을 다물기로 했다. 흡사 알파인스키 회전 종목을 타듯이 꼬불꼬불한 급경사를 한동안 아슬아슬하게 쏟아져 내려가자, 마침내 개활지가 나타났다.

"자, 이제 거의 다 왔니더. 저기 보이는 다릿목에서 우회전하면 일월면日月面, 좌회전하면 입암면立巖面으로 가고요, 다리 건너편이 바로 청기 1리니더."

마을 중앙으로 각종 차량이 심심찮게 내왕하고, 도로 양변에 슈퍼마켓, 음식점, 다방 등이 즐비한 여느 면소재지와는 너무나 딴판이었다. 야간이라 그런지, 차창 밖으로 얼핏 구멍가게 하나가 스쳐 지났을 뿐, 이렇다 할 간판 하나 눈에 띄질 않았다.

마을 안길을 이리저리 훑어 들어간 택시가 드디어 멈추었다.

"바로 저 집이니더."

나는 요금 외에 약간의 웃돈을 더 얹어주면서, 잠시만 좀 기다려 달라고 부탁했다.

"아이고, 김 선생님, 먼 길에 오시느라 수고했니더."

수화기 속에서 듣던 컬컬한 목소리가 어둠 속에서 다가오면서 왜소한 체구에 깡마른 50대 초반의 사내가 모습을 드러내었다.

우리는 헤드라이트의 조명을 받으며 반갑게 악수를 나누었다.

"저어, 오 선생님, 잠깐 읍에까지 나가시죠. 몇 마디 여쭙고 나서 다시 댁으로 모셔다드리겠습니다."

그러나 마치 내가 납치범으로 보이기라도 하는 것처럼 그는 극구 사양했다.

"무슨 그런 말씀을 하시니껴? 저를 만나러 온 이상 마땅히 제 집으로 들어가셔야죠."

그는 한사코 내 손을 잡아끌면서, 기사더러 빨리 가라고 이르는 것이었다.

선물 꾸러미 하나 준비하지 않은 빈손으로 뒤따라 들어가자니, 체면이 말이 아니었다. 면소재지라기에 응당 가게가 즐비할 줄 알았던 게 불찰이었다.

대문이 없는 어둑한 마당으로 들어서자, 바른편 머리에 아름드리 은행나무 한 그루가 서 있고, 왼편에는 '98마을공동농기구보관창고'라는 간판을 단 거대한 조립식 건물이 유난히 시선을 끌었다.

살림집은 적벽돌로 지은 단층 양옥이었다. 현관을 통해 거실 안으로 발을 들여놓자, 식구 대신에 맞은편 벽을 가득 채운 책장이 손님을 맞았다.

안방으로 안내되어 그와 마주 앉고 보니, 하루 종일 일하느라 미처 손질을 하지 못한 덥수룩한 머리카락이며 면도질을 한 지 한 달이 넘을 성싶은 턱수염이 에누리 없는 농투성이 모습 그대로였다. 그가 입을 열었다.

"저녁 식사는 하셨니껴?"

"네, 읍에서 막 하고 오는……."

"선생님,"

하고, 그는 내 말을 중동무이하고 자기 왼편 귓바퀴를 가볍게 두드리며 말했다.

"고막이……."

나는 얼른 알아차리고, 음성을 한 옥타브 높였다.

"읍에서 막 식사하고 오는 길입니다. 무척 고단하실 텐데, 밤에 찾아온 것도 죄송하고, 빈손으로 오게 되어 더더욱 면목이 없습니다."

"김 선생님답지 않게 무슨 그런 형식적인 말씀을 하시니껴? 선생님께서 제 집을 찾아주신 것만도 영광이니더. 만약에 김 선생님이 아니고, 언론기관에서 만나자고 했더라면, 전 절대로 허락하지 않았을 거라요."

갑자기 그의 목소리가 한층 더 격앙되어 있었다.

"지난번에 모 방송사 PD한테 죄다 말했더랬는데, 그거 말짱 헛거데요. 저는 그동안 많은 기자를 대하면서, 제발 내가 얘기한 거 사실대로 좀 내라 했지만, 옳게 제대로 낸 거 하나도 못 봤어요. 실컷 얘기해 주고 나면, 고마 저저 주관대로 판단해 가주고 내뿌리는 거라요. 크크흐흐흐흐……."

그는 특유의 웃음을 한동안 웃고 나서, 다시 말을 이었다.

"저는 기자 그거 안 믿어요. 한번은 어느 신문사 기자란 자가 찾아와서 제 얘기를 가주고 책을 좀 내자는 거라요. 나는 책에 담을 만한 얘깃거리도 없고, 잘난 사람도 아니고, 한낱 농사꾼에 불과하니까, 제발 귀찮게 하지 말고 편안하게 살도록 좀 놔두라, 그런 얘기로 쫓아 보냈어요. 전 신문 기자들 오면요, 당신 기자 아니다, 하고 단박에 면박을 줘버려요. 당신네들이 무슨 기자고 말이지…….

저도 문학을 좋아해요, 독자의 한 사람으로서 어떤 때 글을 읽다가 맘에 안 들면 당장 작가한테 항의하고 싶을 때가 한두 번이 아니지만 참죠. 특히 90년대에 나온 소설들, 그거 어디 낯이 간지러워 읽을 수가 있어야죠. 크크흐흐흐흐……."

"그 말씀을 듣고 보니 생각납니다. 79년 5월 5일, 납치되던 바로 그날, 어린이 글짓기대회 심사위원으로 위촉받고 영양으로 나가셨죠?"

그는 대답 대신 바깥쪽을 향해 큰소리로 '여보' 하고 아내를 부르더니, 커피를 시켰다. 그러자 들어올 땐 아무도 보이질 않았는데, 주방쪽에서 달그락달그락 조심스레 그릇 다루는 소리가 들려왔다.

"참, 어르신이 계실 텐데 인사를 드려야죠?"

"어머니 혼자 계시는데, 지금 주무시니다. 아버지는 몇 년 전에 돌아가셨고요."

"자당慈堂께서 올해 연세가……?"

"여든다섯이라요."

"저의 어머니보다 두 살 더 많으시군요. 건강하시죠?"

"네, 아주 건강하시니다. 그런데 제가 알기로는 선생님은 서울에 살고 계시는 걸로 아는데……?"

"3년 전에 낙향해 갖고, 어머니를 모시고 살고 있습니다."

"가족들은요?"

"서울에 그냥 남겨 두고요."

우리는 서로 자녀에 관해서 이야기를 나누었다. 그는 슬하에 1남 2녀를 두고 있는데, 올해 스물여덟 살인 아들은 영양병원 관리실에, 스물네 살인 큰딸은 영양군청 총무과에, 둘째와 연년생인 막내는 대구에 있는 모 회사에 나간다고 했다.

이제부터 슬슬 질문을 시작해 볼 요량으로, 가방에서 휴대용 소형 녹음기를 꺼내어 막 방바닥에 내려놓는 순간이었다. 독수리가 병아리를 낚아채듯, 그의 투박한 손바닥이 잽싸게 내 손등을 덮치는 것이었다. 그리고 주방 쪽으로 턱짓을 보내며 말했다.

"안사람은 요즘도 녹음기만 보면 질겁을 하니더."

"……!"

할말을 잃고 한동안 숙연한 표정으로 침묵을 지키고 있는데, 그가 말했다.

"밤새도록 이야기할 텐데 뭘 그리 서두른대요? 이따 커피나 한잔하고 나서 천천히 죄다 말씀드리겠니더. 어차피 오늘 밤에 이 방에서 주무실 텐데 뭘, 크크ㅎㅎㅎㅎㅎ……."

밤중에 영양으로 나갈 걱정을 덜게 되어 내심 기쁘긴 했지만, 체면은 그만큼 더 구겨지고 있었다.

이윽고 부인이 다소곳이 문밖에 와 앉으며, 커피잔을 방 안으로 들이밀었다. 한 번도 눈길을 마주치려 하지 않을 뿐만 아니라, 모로 꿇어앉아 있는 품이 몹시 불안해하는 모습이 역력했다. 햇볕에 그을려 검게 탄 얼굴이었다.

"괜찮아, 이분은 우리 편이야. 안심해도 돼."

하고, 내 이름을 대면서 소개했다.

"일전에 얘기했던 바로 그 선생님이야."

나는 '우리 편'이란 말에 가슴이 뭉클함을 느끼면서 입을 열었다.

"이거 너무 무례를 저질러 죄송합니다. 그동안 많은 사람이 다녀갔을 줄로 압니다. 그리고 기대에 비해서 결과가 신통찮았던 것도 잘 알고 있습니다. 저도 그런 사람 중의 하나가 될지 모르겠습니다만, 아무쪼록 최선을 다하겠습니다."

그의 아내는 눈길 한 번 주지 않은 채, 가타부타 한마디 없이 그림자처럼 앉아 있다가 그림자처럼 물러나면서 문을 닫는 것이었는데, 경첩에 이상이 있는 모양으로 '삐이끼이끼이익……!' 하는 소리가 귀에 거슬릴 정도로 아주 요란했다.

"요즘도 집사람은 계속 노이로제에 시달리고 있니더. 잠을 제대로 이루지 못하고 앉아서 날밤을 새울 때가 많다 보니, 사람이 꼬챙이처럼 자꾸 말라 가요."

"온 식구들이 다 당한 셈이군요. 그럴수록 하루빨리 명예 회복을 하셔야겠습니다. 묵은 상처를 건드리는 것 같아 죄송합니다만, 준비해 온 대로 몇 가지 여쭤보겠습니다."

하고, 나는 커피를 한 모금 마시고 나서, 자료와 설문지를 펼쳐 놓고, 녹음 버튼을 눌렀다. 빨간 불이 들어옴과 동시에 테이프가 서서히 돌아가기 시작했다.

"우선, 발단이라고 볼 수 있는 감자피해보상운동부터 얘기해 주시겠습니까? 사단이 어떻게 된 거죠?"

"여기 안동교구에서 편찬해 낸 자료집에도 나와 있어요."

그는 『교구 농민회』라는, 주황색의 두꺼운 책자를 내보이며 천천히 말을 꺼냈다.

"그러니까 그게 78년도였어요. '잎담배 후작後作 등 유휴농지 활용 극대화로 농가 소득 증대하자'라는 거창한 구호를 내걸고, 군청 산업과장하고 농촌지도소 작물시험 계장인가 과장인가 하는 사람이 나서서 군내 5개 면 농민에게 '시마바라'라는 신품종 감자를 심도록 권장했는데, 권장이라기보다 실은 거의 반강제였죠, 뭐……."

"이름조차 요상하네요. '시마바라'를 심어바라. 피임약 '아나바라'처럼 일부러 그렇게 이름을 붙인 건가요?"

내가 이렇게 추임새를 넣자, 그는 잠시 웃음을 띠더니, 다시 심각한 표정으로 되돌아갔다.

"일본 이름인 거 같애요. 당시 우리나라에는 그런 품종이 없었으니까요……. 그런데 심어 놓고 아무리 기다려도 도대체 싹이 나 줘야 말이죠. 집집이 평균 천 평 내지 천오백 평 정도 심었더랬는데, 천 평에 고작 한두 포기밖에 안 난 거라요."

"천 평에 한두 포기? 하하하하하……."

나는 그만 폭소를 터뜨리고 말았다.

그는 커피 한 모금으로 입술을 축이고 나더니, "그런데 말예요, 정작 우리 농민들의 분통을 건드린 게 뭔지 아니껴?" 하고, 정색을 했다.

"……?"

"신청받은 뒤에 종자 대금이 폭등했는지 어쨌는지, 정작 농가에 공급된 거는 '시마바라'가 아니었지 뭐니껴."

"저런, 그런데 그걸 어떻게 알아냈죠?"

"왜 몰라요? 대관령작물시험장에서 전문가들이 와 갖고 감정까지 했는데……. 정말 웃겼던 건 감정 결과가 빤하게 나왔는데도, 군에서는 곧 죽어도 시마바라가 맞다고 우기는 거 있죠. 농민을 우롱해도 분수가 있지, 도대체 말이나 되니껴?"

"그래서 보상 운동에 들어가셨군요."

"제놈들이 배짱을 내미는데, 우리라고 당하고만 있을 수가 있니껴? 청기분회 회원을 중심으로 해서 막바로 보상대책위원회를 구성했죠. 그 당시 저는 안동교구 연합회 이사에다 영양군 청기분회장직을 맡고 있었거든요. 우선 우리 청기부터 시작해서 이웃에 있는 정족鼎足으로 집집이 돌아다니면서 심은 평수가 얼마며, 싹이 난 것은 몇 포기인지, 그리고 종자 대금이 얼마나 들어갔으며, 대체 작물을 심었더라면 소득이 얼마나 될 것인지, 그런 걸 일일이 다 산출해 냈죠."

"산출해 낸 손해액이 대충 얼마쯤 됐습니까?"

"여기 다 나와 있어요."

하고, 그는 『교구 농민회』 책자를 뒤적이더니, "아, 여기 있네요. 34 농가에 총 780만 원이었더라." 했다.

"그 책 좀 볼 수 있습니까?"

"그렇잖아도 선생님께 드리려고 준비해 놓은 거라요. 혹시 도움이 될까 해서요."

목차를 훑어보던 나는 깜짝 놀랐다.

오원춘사건을 위시하여, '소값피해보상운동', '농가부채탕감대회', '농산물제값받기운동', '민주농협 및 의료보험통합제 쟁취를 위한 운동' 등등……, 각종 농민운동과 주요 성명서, 질의문, 특별 강론, 사진 자료에 이르기까지 그동안 내가 찾아 헤매었던 자료들이 고스란히 수록되어 있는 것이었다.

나는 그에게 귀한 선물을 받아서 너무 감사하다고 치하하고 나서, 이미 다 식어버린 커피를 냉커피 마시듯 단숨에 비우고 나서 물었다.

"저어, 조사하는 도중에 외부에서 방해 같은 건 하지 않았습니까?"

"녜? 조금 크게!"

"피해 상황을 조사하는 도중에 외부에서 방해하지는 않았습니까?"

"방해 많이 받았죠. 처음에는 동참해서 함께 힘을 뭉치기로 철석같이 약속해 놓고도 며칠 지나고 보면 그게 아니라요. 왜 그러냐 하면, <u>크크ㅎㅎㅎㅎ</u>……. 경찰이 찾아가서 협박하거나, 공무원이 찾아가서 술 받아 주고 돈 몇 푼 찔러주면, 촌사람들 금방 삶기고 말거든요. 그래서 첨엔 경찰이나 군이나 면에서 모르게 비밀리에 했죠. 그러면서 만일에 누가 찾아와서 위협을 하든지 그런 게 있으면, 우리한테 연락해라. 그러면 거기에 대한 대책을 세우겠다고 했지만, 여럿이서 하다보니까 결국 새어나가고 말더라고요. 지금 이야기는 이렇게 쉽게 하지만, 유신체제 특히 긴급조치하에서 국가를 상대해서 보상을 받아낸다는 게 얼마나 힘들었는지 몰라요."

"보상 신청서는 어디에다 제출했습니까?"

"군수하고 군 농협장 앞으로 두 차례에 걸쳐 냈죠. 그러자 첨에는 왜 싹이 안 텄는지, 시험장의 종자 감정 결과가 나올 때까지 기다려 보라는 식으로 무성의한 답변으로 일관하다가, 안동교구 신부님들이 피해 농가를 방문하는 등 문제가 확대될 기미를 보이자, 엇 뜨거라 싶었던지, 영농자금상환을 연기해 주겠다느니, 융자금을 탕감해 주겠다느니, 뭐 별별 대안을 다 제시하는 거였어요.

우리는 단호히 안 된다고 거부했죠. 대출을 해준다? 이 양반들아, 대출은 우리가 이자 내고 돈 빌려 쓰는 건데, 그거하고 보상하곤 틀리지 않느냐? 그러자 밀가루를 몇 포대씩 지원해 주겠다는 거라요. 이 양반들아, 밀가루는 우리가 받아먹을 게 아니다, 그건 우리 몫이 아니라, 크크으흐흐흐…… 우리보다 없는 사람들, 그 사람들한테 주고 우리한테는 피해보상액을 달라. 우리는 지원을 받자는 게 아니다. 당신네들의 잘못으로 농사를 망쳤으니, 당연히 보상을 받아야 하지 않느냐. '보상'이라는 말하고 '지원'이란 말하고는 엄연히 개념이 다르다. 내 비록 배운 건 없지만, 생각해 보니 이건 틀린 거다, 안 된다, 하고 막 대들었죠. 크크흐흐흐흐……"

그의 당차고도 패기가 넘치는 목소리는 당시의 현장감을 생생하게 재현시켜 주고도 남음이 있었다.

"참, 내 기막힌 얘기 하나 해 드릴까요?"

하고, 그는 말머리를 돌렸다.

"그 과정에서 하루는 경북 도지사가 군청에 나타났는데, 나 그때 정말 충격받았어요."

"……?"

"이런 시골에서 군수라면 굉장히 높잖아요? 그 당시에는 더더욱……. 그런데 겨우 서른 살이 될까 말까 한 애송이가, 이 새끼 똑바로 하라면서, 크크흐흐흐흐… 구둣발로 여계무릎을 가리키며를 사정없이 들고 차버리는 거예요."

"군수를?"

"예, 군수를!"

"도지사가?"

"정보부 요원이!"

"저, 정보부 요원이?"

그는 대답 대신 고개를 연신 끄덕이며, "크크흐흐흐흐…….." 하고 웃어댔다.

"그 참, 듣고 보니 그러고도 남았겠네요. 장관들도 중앙정보부장 앞에서 굽실거려야 했던 시절이었으니까."

"저도 그런 말 수도 없이 들었니더. '중앙정보부'라면 울던 아기도 울음을 뚝 그치던 시절 아니었니껴."

나는 담배를 피워 물며 말꼬를 바로잡았다.

"그래 보상은 어느 정도 받아냈습니까?"

"면사무소를 통해서 결국 현금으로 받아냈죠. 입매로 조금씩, 다는 못 받았어요. 그래도 우리는 농민의 단결된 힘으로 막강한 유신체제하고 상대해서 보상을 받아냈다는 그 자체만으로도 큰 보람을 느꼈죠."

"실롑니다만, 오 선생님 몫으로 받아낸 금액은 얼마쯤 됩니까?"

"글쎄, 그게 지금 기억에 없어요. 그걸 죄다 기록해 놓은 장부를 보관해 놓고 있었는데, 사건 이후에 와 보니까 몽땅 다 가져가 버렸더라고요. 아무런 관계도 없는 책까지 죄다 압수해 갔다면 말 다했지 않니껴. 지금 집에 있는 책들은 모두 그 이후에 모은 것이라요."

"그렇다면 놈들이 오 선생님을 납치한 근본적인 요인은……?"

"그거야 딱 한 가지죠, 뭐……. 지배 집단, 특히 독재 집단일수록 국민이, 특히 농민이 깨어나 일어서는 걸 싫어하는 속성이 있지 않니껴? 옛날 미국 백인들도 흑인들이 문자를 깨치는 걸 얼마나 방해하고 박해했니껴? 청기감자피해보상 사례가 농민회 소식지 『파종』에 게재되어 전국에 알려진 데다가, 또 제가 여러 농민대회에 불려 다니면서 성공 사례를 발표하니까, 저들에겐 눈엣가시로 보일 수밖에 없었겠죠. 특히 다른 데도 아니고, 박통朴統: 박정희 대통령의 표밭에서 들고 일어났으니, 그 앞잡이들이 과잉 충성을 했던 거라요."

"그리고 79년 5월 5일 납치되어 울릉도로 연행되었다가, 5월 21일 풀려날 때까지 약 보름 동안의 행적에 관해선데요, 기사마다 자의설, 타의설로 양시론 쪽으로 여론을 유도하면서 진실을 희석하기도 하고, 어떤 기사는 도리어 경찰이 허위 조작한 수사 내용을 진실인 양 보도했는데, 사실대로 시원하게 좀 들려주실 수 있겠습니까?"

"나는 이 대목만 나오면 온몸의 피란 피가 거꾸로 막 솟아올라요."

그는 손을 부들부들 떨며 성급하게 담뱃불을 붙이고 나서 마구 언성을 높였다.

"한번 생각해 보세요, 어디 그게 말이나 되니껴……? 당시 공 양은 여고를 갓 졸업한 애송이였니더. 게다가 자기 집에서 운영하는 '여정'이라는 다방에서 주방 일을 도와주고 있었고요. 하기야 애송이하고도 얼마든지 연애하는 세상이기는 하지만, 그래도 덮어씌울 게 따로 있지…….

그게 어찌 됐는고 하면, 안동이나 외지에 나갔다가 터미널에 내리면, 청기로 들어오는 버스가 딱 한 대밖에 없다 보니까, 때로는 몇 시간을 기다려야 되는데, 저 같은 경우엔 술집엘 안 가다 보니까, 시간을 보낼 데라곤 다방밖에 없잖겠어요? 그러다 보니, 별수 없이 터미널 옆에 있는 그 다방에 드나들게 되었던 거고, 그러다 보니 자연스레 한두 번 얘기를 나누었던 게 전부라요."

실은 공 양과의 관계에 대해서는 맨 끄트머리에 물어볼 작정이었다. 그리고 막상 무슨 말로 서두를 끄집어내나 하고 은근히 신경이 씌는 대목이었는데, 의외로 아주 자연스럽게 물어볼 수 있게 되었다.

"실례지만, 공 양과는 주로 어디에서 만났습니까?"

"맨 그 다방 안이지 다른데 어디에서 만나겠니껴? 하루는 저 혼자 테이블에 죽치고 앉아 있자니까, 손님도 없고 해서 심심했던지 제 앞자리에 와 앉더라고요. 저는 항상 성경책을 들고 다니는데, 탁자 위에 놓아둔 성경책을 보더니만 성당에 나가느냐고 물으면서 자기도 한때 성당에 다녔다는 거라요. 그래서 제가 계속 다니도록 하라고 권했죠. 그리고 제 집에 있는 책들을 좀 빌려 볼 수 없겠느냐고 하기에 며칠 뒤에 딱 한 번 빌려준 게 전부라요."

"그렇다면 말입니다."

하고, 나는 자료들을 훑으면서, 민완 형사라도 되는 양 조목조목 따져 묻기 시작했다.

"우선 여기에 실린 기사를 보면 말이죠, 공 양과의 관계는 봄부터 동리에 소문이 나기 시작했고……, 결국 부인이 이 사실을 알고 추궁하자, 오 씨는 '앞으로는 성당 일에나 충실하겠다.'고 약속해 놓고도 외박이 잦았으며, 그로 인해 부부간의 불화 또한 빈번했다고 기재되어 있는데, 사실이 아닙니까?"

"아까 내가 뭐라 했니껴? 당시 기자들 그거 맨 한통속이라요. 그 기사 그거 저도 봤어요. 대구교구에서 발간한 60주년 기념 뭐, 하는 그거죠? 그거 안동교구에서 강력히 항의해 갖고 정식으로 사과를 받아 내었을 뿐만 아니라, 배포한 책자를 모두 회수해서 파기 처분하도록 조치한 거라요. 하기야 몇몇 정부 기관에서는 회수에 불응했다는 소문도 있습디다만, 크크흐흐흐흐……."

"그럼 오 선생님이 '울릉도로 납치되어 간다.'면서 집을 나간 후에 부인이 여정다방으로 가서 '내 남편이 여기 있을 테니 내놓아라. 다 알고 왔는데 왜 거짓말을 하느냐? 시부모님한테 가서 결판을 내자.' 하고 공 양한테 따졌다는 것도 물론 사실이 아니겠군요."

"다른 건 다 제쳐두고요, '내 오늘 울릉도로 납치되어 간다.' 라는 그 자체가 도대체 말이나 되니껴? 납치도 되기 전에 제 집 식구한테 '내 오늘 납치되어 간다.' 고 통고해 주는 그런 납치가 이 세상천지에 어데 있겠니껴? 크크흐흐흐흐……."

"하하하하하……."

나도 따라 웃지 않을 수 없었다.

"가만있자, 김 선생님, 술 한잔하실래요? 저는 안 먹겠니더만, 김 선생님은 한잔하셔야죠."

그는 내 대답을 기다릴 것도 없이 자리에서 일어났다. 또 한 차례의 요란한 방문 소리와 함께 그가 거실로 나가고 난 뒤에, 나는 둘레둘레 방 안을 살펴보았다.

대형 장롱에다 책장이며, 문갑, 탁자, TV, 라디오, 바둑판 등이 적재적소에 배치된 가운데 출입문 위쪽 벽 상단부에 십자가를 중심으로 마리아와 예수의 초상화가 좌우 대칭으로 나란히 걸려 있는가 하면, 구석 자리에 놓인 책장 안에는 『함양오씨족보咸陽吳氏族譜』를 비롯하여 『영양군지英陽郡誌』, 『안동문화재安東文化財』, 『우리말갈래사전』, 『성경』 외에 잡다한 서류철들이 내부를 가득 채우고 있었다. 앉은뱅이책상 위에 얹혀 있는 십자고상十字苦像과 여러 자루의 볼펜, 연필 등이 꽂혀 있는 필통, 『우리말사전』 등을 눈여겨보는 사이에 마치 십년지기의 안방에 들어온 양 친밀감이 느껴졌다.

이윽고 방문이 요란하게 열리면서, "허, 이거 안주가 시원찮아서……." 하면서 그가 손수 술상을 들고 들어왔다.

자그마한 공고상 위에 금복주 한 병과 마른오징어 조림이 담긴 플라스틱 반찬통이 전부였다. 술잔이며 젓가락도 아예 1인분이었다.

"평소에 술을 잘 안 하시는 모양이죠?"

"예, 체질적으로 안 받아져요. 그 대신에 일 년에 한두 차례 형제간끼리 만나거나 동창회 같은 데 나가 한번 마셨다 하면 폭주를 해버리니더."

"계속해서 말씀해 주시겠습니까? 저도 별로 생각이 없습니다."

"아니, 한잔하시지 그래요?"

"마시고 싶으면 자작하겠습니다. 모처럼 잡은 기회를 술로 망치면 안 되니까요."

나는 술 대신에 담배를 피워 물었다. 그가 입을 열었다.

"한마디로 말해서, '납치설'을 '애정도피행각설'로 날조하기 위해서 당국에서는 별의별 음해를 다 꾸몄던 거라요."

"실롑니다만, 납치에서 풀려날 때까지의 자초지종을 들려주시겠습니까?"

"그러니까 그게……, 79년 4월 28일로 기억되는데요……, 밭일을 나갔다가 집으로 돌아오는 길에서 우연히 만난 한 이웃 주민이 하는 말이, 낮에 안동에서 누가 전화로 나를 바꿔 달라고 하기에 들에 나가고 집에 없다고 하자, 그럼 5월 5일에 만나러 갈 테니 딴 데 나가지 말고 집에 꼭 있어 달라고 하더라는 거라요……. 저는 필시 연합회에서 걸었으려니 여기고, 첨에는 그저 단순하게만 생각했죠……. 그런데 납치되기 바로 전날인 5월 4일 오후에 또다시 같은 내용의 전화가 걸려 왔지 뭡니껴. 누구냐고 물어보자, 짤막하게 '영양읍'이라고만 하고는 딱 끊어버리는 거라요.

 그러자 다소 불길한 생각이 들기 시작하대요. 왜 그런고 하니, 그 무렵에 정보과 J 계장, O 형사, 이런 사람들이 절 만날 때마다 입버릇처럼 '조심하라'는 말을 하는 데다 지서장, 공소회장까지도 경찰서에서 당신 동태를 확인하는 전화가 매일같이 걸려 오니, '제발 몸조심하라.'고 이구동성으로 귀띔해 주었거든요. 그런데 그 '몸조심하라'는 게 뭔고 하면, 한마디로 말해서 '농민회에서 손을 딱 떼라.' 이거라요. 크크흐흐흐흐……, 심지어 어땠는지 아니껴? 안동농협에 근무하는 제 매제가 사건이 터지기 전에 매일 밤 자정을 넘긴 시각에 군지부장 차를 타고 찾아와서는 한다는 소리가 '제발 농민회에서 손을 떼라.'고 회유하려 들었다면 말 다했잖니껴."

 "군지부장 차를 타고 왔다면……?"

 "그야 뻔하잖아요? 어느 놈이 압력을 넣어 사주한 거죠. 안 그리고서야 제간 주제에 어떻게 군지부장 세단을 매일같이 타고 와요, 그것도 한밤중에……? 오늘 와 보셔서 잘 아시겠지만 안동서 예까지 길이 얼마니껴."

 "그러고 보니, 울릉도행 납치는 최후의 수단으로 쓴 거로군요, 하다 하다 안 되니까……?"

"바로 그거라요. 5월 1일 영양읍 승격기념행사장에서 정보과 O 형사가, 5월 5일 어린이날 집에 있을 거냐고 물었던 것도 그냥 해본 소리가 아이구나, 하는 생각이 뒤늦게 들었어요."

"O 형사한테 그때 뭐라고 답해줬습니까?"

"사실대로 말해 줬죠, 뭐. 청년회에서 주최하는 '초·중학생 글짓기 대회' 심사 관계로 영양으로 나가야 된다고……."

"그랬더니요……?"

"크크흐흐흐흐……. 여기저기 너무 설치지 말라는 거라요."

"글짓기대회에 심사위원으로 위촉될 정도라면, 실례지만 현역 시인……?"

"크크흐흐흐흐……. 원 당찮은 말씀을……. 그런 게 아니라, 그저 학창 시절에 문예반장을 지내면서 시를 조금 써보고, 학교신문도 편집해 보고 그랬죠, 뭐……. 워낙 시골이다 보니, 외지에 있는 심사위원을 초빙하자면 경비도 문제고 하니까……."

5월 5일 정오경에 영양버스터미널에 도착하여 막 내리는 순간이었다.

아니나 다를까, 검정 양복 차림의 건장한 사내 두 명이 앞을 가로막는 것이었다.

―며칠 전 안동에서 연락했던 사람이오. 함께 좀 갑시다.

뭐라고 물어볼 여유도, 반항할 틈도 없이, 그는 미리 대기해 놓은 검정 세단 뒷자리로 떠밀려 들어가고 말았다.

―도대체 다, 당신들 누구요? 백주 대낮에 이게 무슨 짓이오?

―이 새끼, 살고 싶거든 주둥아리 닥쳐!

그는 두 괴한 틈에 꼭 끼인 채 그 이상 더 아무 말도 할 수가 없었다.

도대체 이들의 정체가 무엇일까? 형사? 정보부? 깡패……?

'안동'이란 말로 보아 정보부일 개연성이 높았다. 왼편에 앉은 작자는 동그란 얼굴에 키가 땅딸막하고, 바른편에 앉은 작자는 긴 얼굴에 검정 뿔테안경을 쓰고 있었으며, 몸집이 호리호리했다. 둘 다 많아 보아야 자기보다 다섯 살 이상은 더 안 되어 보였다.

이윽고 안동 시내로 들어서자, 그들은 '해동식당' 주차장에다 차를 세웠다. 드넓은 공간에 차들이 빽빽하게 들어차 있을 정도로, 아주 큰 식당이었다. 그들은 2층으로 올라갔다.

"아직도 기억에 생생한데요, 2층 7호실이라요. 거기서 점심을 시켜 먹었어요."

"뭘 먹었는지 기억나십니까?"

"그것까진 기억에 없어요. 아무튼 전 한 숟갈도 먹지 않았으니까요. 생각해보세요, 무슨 정신으로 밥이 입에 들어가겠니껴?"

"헛말이라도 같이 먹자고 권했습니까, 아니면 '안 먹으면 니놈만 배고프지, 뭐.' 하는 식으로 자기들끼리만 먹었습니까?"

"권하긴 권했어요. 그러나 그것도 일종의 저항이라면 저항이랄 수 있겠는데, 굶어 죽는 한이 있어도 니놈들이 주는 음식은 안 먹는다, 크크흐흐흐흐……. 전 그때 그런 독한 맘을 먹었죠. 그 대신에 그 사람들이 식사할 동안, 한시바삐 교구청에다 이 사실을 알릴 수 있는 묘책이 뭘까, 줄곧 그것만 궁리했지요. 여러 가지 방안을 생각해 냈지만, 결국엔 모조리 다 포기하고 말았어요. 한 가지도 성공할 가능성이 없더라고요."

"대형 식당에다 손님이 많았다고 했으니까, 큰소리로 사람 살려라, 하고 외쳤더라면 어땠을까요?"

"저도 그 생각을 안 해본 게 아니라요. 그렇지만 의식화된 대학생들이나 노동자들이라면 혹시 몰라도, 거기 식사하러 들어온 양반들, 다 그렇고 그런 부류들인데 감히 어느 누가 나선단 말이니꺼? 설령 나선다 한들 무슨 소용 있겠어요, 정보부 신분증을 척 내보이면 모조리 자라목이 되고 말 게 뻔한데……?"

단 한 가지 방법이라고는, 1층 카운터에 있는 전화기를 이용하는 방법밖에 없었다. 그것도 그들이 보는 데서 아주 떳떳하게……. 이 또한 그들이 방치할 리가 만무하겠지만, 달리 방법이 없는지라 에멜무지로 결행해 보기로 작심했다. 뭐라고 방해하면 최소한 가족들에게만은 알려야 할 게 아니냐고 항변할 작정이었다.

그러나 1층으로 내려와 카운터에 있는 송수화기를 막 집어 드는 순간, 뒤따라 내려온 뿔테안경에게 낚아채이고 말았다. 자기가 먼저 걸자는 것이었다.

어디에다 뭐라고 거는지, 곁에 바투 붙어 서서 바짝 귀를 기울여 보았지만, 저들끼리만 통하는 암호인지 한마디도 알아들을 수 없었다.

뒤따라 내려온 땅딸보가 소리쳤다.

―어이, 시간이 없어, 빨리 가야 해!

송수화기를 탕 내려놓기가 바쁘게 뿔테안경은 자못 흥분된 표정으로 땅딸보의 귀에다 대고 뭐라고 쏙닥거렸다.

재차 송수화기를 집어 들고 막 다이얼을 돌리려는 순간, 두 녀석이 양팔을 낚아챘다.

다시 차가 달리기 시작했다. 그런데 도로 시내를 빠져나와 영덕 방면으로 향하는 것이 아닌가. 상부로부터 새로운 지령을 받았음이 분명했다. 어쩐지 불길한 예감이 들었다.

그는 뒷날을 위해서 도로 주변을 유심히 살피면서 일일이 머릿속에다 담았다. 영덕 초입에 이르러, 운전사가 잠시 차를 세우고 골목 안으로 들어가 담배를 사는 것이었는데, 차를 세운 지점과 담배 가게의 위치까지 똑똑히 기억해 두었으며, 영덕에서 포항으로 빠져나가는 길 양쪽의 절개지들까지 눈여겨봐 두었다.

오후 5시경에 포항 시내로 들어가 이리저리 방향을 바꾸면서 한동안 미로를 누비던 차가 마침내 변두리 쪽으로 빠져나갔다. 도대체 어디쯤 되는지 전혀 감을 잡을 수가 없었다.

흰 연기를 뿜어내고 있는 굴뚝들이 가까이 바라보이는 점으로 보아 포항제철 부근쯤으로 짐작될 뿐이었다.

다시 좁은 골목 안으로 30여 m가량 들어가자, 잿빛 바탕에 푸른빛이 감도는 3층짜리 건물이 나타났다. 간판을 찾아보았으나, 눈에 띄지 않았다.

그는 2층으로 끌려 올라가 어느 방 안으로 떠밀려 들어갔다. 열 평쯤 되어 보이는 공간에 책상이며 캐비닛, 응접세트 등이 놓여 있었다.

―왜 왔어, 이 ×새끼야?

―개애새끼, 니놈이 오원춘이야?

임무 교대를 했는지, 신사복 차림의 웬 낯선 사내 두 명이 다짜고짜 반말지거리 쌍욕을 달고 들어왔다.

―…….

―이 ×새끼가, 하룻강아지 범 무서운 줄도 모르고 감히…….

몸집이 빵빵한 사내가 윗도리를 벗어 책상 위에 던지면서 앞으로 다가왔다.

그러자 몸집이 깡마른 다른 사내가 회전의자에 털썩 앉으면서, '체제에 도전하는 놈으 새끼들은 모조리 죽여 버렷!' 하고 고함을 꽥 질렀다.

―아니, 내가 체제에 도전한 게 뭐 있니껴?
하는 순간, 갑자기 눈앞에 불이 번쩍했다. 회전의자에 앉은 사내가 책상 위에 놓여 있는 두꺼운 책을 날린 것이었다.
　그는 외마디 소리를 싸지르며 퍽 주저앉고 말았다. 이빨이 왕창 다 부러진 것만 같았다. 두 손바닥에 금세 핏덩이가 고였다.

"이거 좀 보세요."
하고, 오원춘 씨는 윗입술을 까뒤집어 보였다. 굵은 실밥이 묻어 있는 것처럼 흉터가 선명했다.
　"이게 그때 입은 상처라요."
　나는 아무 말도 하지 못하고 자작한 술잔을 입안으로 털어 넣었다.
　"이 촌놈으 새꺄, 요즘 세상이 어떤 세상인데, 감히 겁도 없이 까불고 다니느냐면서 마구 밟고 차고 때리고 하는데, 전 그때 꼭 죽는 줄로만 알았니더. 얼마나 얻어맞았는지 몰라요. 실히 한 시간은 됐을 거라, 머리, 어깨, 가슴, 허리 할 것 없이 어디 한 군데 빠끔한 데가 없으니까요……. 주먹질에다 발길질, 나중에는 그것도 모자라 각목까지 들고 설쳤다면 말 다했지 않니껴."
　"인간 백정들이 따로 없구먼요, 그게 어디 사람이 할 짓입니까?"
하고, 나는 덧붙였다.
　"그리고 나서, 다시 선착장 인근에 있는 한양여관으로 끌고 갔나요?"
　"그렇죠. 여관으로 가는 도중에 뿔테안경이 나보고 뭐랬는지 아니껴? 막 공갈을 칩디다. 만약에 밖에 나가서 이 사실을 발설하는 날엔 바로 그날이 니놈 제삿날이라고, 크크흐흐흐흐……."
　"하필 선착장 인근에 있는 여관을 잡은 건, 다음날 울릉도로 끌고

가기 위해서였다고 봐야겠죠?"

"그야 물론이죠."

"그런데, 굳이 울릉도로 끌고 가려고 했던 이유가 뭘까요?"

"저도 줄곧 그 생각을 해보았는데, 처음에는 상처가 치유될 때까지 아무도 모르는 곳에다 격리해 놓으려는 줄로만 알았지요……. 그런데 뒤에 겪고 보니까, 그보다 더 큰 음모가 숨겨져 있었던 거라. 크크흐흐흐흐……."

"그게 뭐죠?"

"납치 사실을 은폐하고 '애정도피행각'이라고 덮어씌우기 위해서는 제가 어디로 달아나 있어야 할 거 아이니껴? 크크흐흐흐흐……."

"아니, 그런데 말입니다."

하고, 나는 궁금해서 물어보았다.

"혼자서 도피하는 '애정행각'도 있습니까? 완벽하게 꾸미기 위해서는 공 양인가 하는, 그 아가씨도 함께 납치했어야 하지 않습니까?"

"크흐흐흐흐……, 그러니까 얼마나 웃기는 거니껴. 날조라는 게 금방 드러나지 않니껴."

목 안이 컬컬해서 두 번째 잔을 비우자, 그가 물었다.

"실례지만, 주량이 얼마나 되시니껴? 제가 보기에는 말술일 거 같은데요?"

"전에 비해서 많이 줄었습니다. 이거 혼자 마셔서 죄송합니다."

"제가 한 잔 따라 드리겠니더. 언젠가 다음 기회에 대작할 때가 안 오겠니껴."

그가 조심스레 잔을 채우기를 기다렸다가 내가 물었다.

"저……, 한양여관에서 일어났던 일에 대해서 좀 상세하게 말씀해 주시겠습니까?"

"여러 기사에는 새벽 2시까지 함께 소주를 마신 걸로 되어 있지만, 전 한 방울도 입에 대지 않았어요. 저거들끼리 마셨지요. 그러면서 첨에는 청기분회 농민회 임원이 모두 몇 놈이냐, 총무 이름이 뭐냐, 이런 걸 캐묻기에 고분고분 사실대로 대답해줬지요. 그러나 함평고구마피해보상[9] 사례라든가, 청기감자피해보상 사례 같은 걸 자꾸 떠들어 퍼뜨리면 좋지 않다, 잘 협조해서 둥글둥글 사는 게 현명하지 않겠느냐는 식으로 나오는 데에는 그냥 듣고만 있을 수가 있어야죠."

—아니, 함평고구마사건이나 청기감자피해보상 사례를 퍼뜨리면 좋지 않다는 건 무슨 뜻이니껴, 이해가 안 가는데요?
—이 새끼가? 아직도 주제 파악을 못하고 있군. 대가리가 그렇게도 안 돌아가?
뽈테안경이 갑자기 언성을 높이자, 잠시 누그러졌던 공포 분위기가 다시 고조되었다.
그는 생각할수록 억울했다. 설마 여관에서야 폭력을 행사하지 않겠지 싶었다. 아니, 재차 폭력을 행사한다 해도 이왕 만신창이가 된 몸, 더 이상 두려워할 것이 없었다. 비로소 그는 당당하게 맞서기 시작했다.
—무조건 윽박지르지만 말고, 알아듣도록 좀 가르쳐줄 수 없니껴?
—하, 이 새끼 좀 보소, 아직 정신을 못 차린 모양이네, 이거!
—맞을 일이 있다면 얼마든지 맞아드릴 테니, 조용하게 이야기 좀 해봅시다.

---

9) 1976년 함평농협 간부들의 고구마 수매 자금 횡령과 고구마 수매 약속 불이행이 원인이 되어 일어난 농민운동. 가톨릭농민회를 중심으로 단식 8일 만에 농협으로부터 고구마 피해 보상을 받아낼 수 있었다.

―좋아, 네놈 소원이 정 그렇다면 어디 맘대로 한번 지껄여 보라구. 다 들어줄 테니까…….

―우리 가톨릭농민운동은 결코 체제에 대한 도전이 아니란 점을 이 자리에서 분명히 밝히니더. 조금 전에 '잘 협조해서 둥글둥글 사는 게 현명하지 않겠냐.'고 말씀하셨는데, 우리 가톨릭농민운동이야말로 바로 그거라요. 함평고구마사건이나 청기감자사건의 내막을 여러분도 잘 아시지 않니꺼? 결과적으로 우리 가농에서 피해보상운동을 한 덕분에 부정을 저지른 농협 임직원 658명을 인사 조치하고, 피해 농민에게 보상금을 지급해 준 거 아이니꺼? 함평사건이나 청기사건은 빙산의 일각에 지나지 않니더. 이 두 성공 사례를 전국적으로 널리 알려서, 모두가 둥글둥글하게 살자고 하는 농민운동을 정부에서 표창은 못 해줄지언정, '체제에 대한 도전'으로 몰아붙여서 되겠니꺼? 그럼 어디 한번 물어나 봅시다. 부정을 저질렀던 그 사람들은 체제에 적극 협조했던 겁니까?

―야, 이 새꺄, 너 오늘 죽으려고 날 받아 놨어? 정말 너 오늘…….

―야, 내버려 둬!

혼자서 술잔을 기울이고 있던 땅딸보가 당장 일어날 자세를 취하자, 부지런히 메모하고 있던 뿔테안경이 가로막았다.

―괜찮아, 괜찮아, 더 계속하라구.

―됐니더. 더 말해 봤자 입만 아플 거고…….

―야, 임마, 이제야 바른말 한마디 하는군.

하고, 땅딸보가 갑자기 부드러운 어조로 달래듯이 말했다.

―바로 그거야, 임마. 야, 이리 와. 한잔하면서 얘기 좀 해보자구.

―그래, 괜히 사양하지 말고, 같이 한잔해.

뿔테안경이 팔을 잡아끌었으나, 그는 요지부동으로 버텼다. 뿔테안경이 말했다.

—야, 오원춘! 술을 마시고 안 마시고는 네놈 자유야. 좌우지간 같이 앉아서 얘기나 좀 나누자구.

그는 마지못해 앉은뱅이걸음으로 술상 한 모서리로 다가가 앉았다. 온몸의 근육이 땅기고 뼈마디가 으스러지는 것만 같았다.

—야, 오원춘! 우리도 네 맘 다 알아.

하고, 뿔테안경이 말했다.

—가톨릭농민회가 왜 생겨났는지, 어떤 일을 하며, 또 왜 그런 일을 하는지, 우리도 환히 다 알고 있단 말야. 그러나 넌 이걸 알아야만 돼. 모든 것은 때와 장소가 있는 법이야. 안 그래? 못 마시는 술이라도 실컷 마시고, 오늘 있었던 일은 다 잊어버려. 자!

—…….

—야, 내 손이 부끄럽잖아. 좌우지간 잔을 받아 놓기나 하란 말야.

뿔테안경이 억지로 쥐여 준 빈 잔에 땅딸보가 술을 채웠다.

—지금은 비상시국이야. 긴급조치 9호가, 아니 유신체제가 왜 등장했는지 몰라서 그래?

뿔테안경이 착 가라앉은 목소리로 마치 어린애 다루듯이 말했다.

이 개새끼야, 그걸 모를 놈이 어딨어?

—10월유신이 선포되었을 때 '구국의 영단이다', '민족의 횃불이다' 하면서 온 국민이 얼마나 열광적으로 지지했어, 안 그래?

기득권하고 '어용'이란 접두어가 붙은 개새끼들이나 그랬지.

—그런데 유독 정권욕에 눈이 먼 야당과 야당의 하수인인 일부 지식인, 문인, 종교인, 학생, 노동자, 농민이 왜 초를 치고 설치느냐 말야.

이 개새끼야, 진짜 정권욕에 눈먼 놈들은 누군데?

—문인은 글만 쓰고, 종교인은 종교 활동만 하고, 학생은 공부만 하고, 농민은 농사만 짓는 게 본분 아니겠어, 안 그래?

흥, 알긴 아는군, 군인은 국방만 하고, 정보부는 대공 활동만 하고…….

―어디 한번 말해봐. 남북공동성명을 부정하고, 평화통일을 반대한다는 거야, 뭐야?

개새끼, 찢어진 아가리라고 함부로 놀려대지 마!

―이런 판국에 어떻게 긴급조치를 안 내리겠어? 학생놈으 새끼들이 허구한 날 하라는 공부는 안 하고 데모만 해대는데, 그걸 그냥 보고만 있어야 쓰겠어?

그는 더 이상 듣고 있을 수가 없었다. 술상이라도 확 뒤집어엎어 버려야만 속이 후련할 것 같았다. 앞에 놓인 술잔을 들어 한꺼번에 입속에 털어 넣었다.

―오, 오원춘 씨, 이제 보니, 보통 실력이 아니구먼그래.

하고, 땅딸보가 얼른 잔을 채워주며 말했다.

―진작부터 그렇게 나올 일이지. 자아, 그런 의미에서 완샷으로 한 잔 더.

야, 이 개새끼야, 제발 웃기지 마!

그는 안주도 먹지 않은 채, 또 한 잔을 단숨에 비워 버렸다.

―이제 내가 하는 말을 좀 알아듣게 된 모양이지?

하고, 뿔테안경은 담배를 꺼내어 제 입으로 가져가려다 불쑥 그에게 내밀었다. 그는 고개를 가로저었다.

―아까 내가 뭐랬어, 모든 것은 때와 장소가 있는 법이라고 했지? 민주주의, 농민운동, 다 좋다 이거야. 그러나 아직은 시기상조란 걸 알아야 해. 그보다는 통일이 최우선 아니겠어? 우리의 소원은 오로지 통일이야, 통일!. 통일도 되기 전에 밤낮 민주주의만 찾다간 언제 김일성의 밥이 될지 몰라, 우리 대한민국이…….

―나, 바람 좀 쐬었으면 좋겠니더.

하고, 그는 두 사람을 번갈아 바라보면서 호소했다.

　―못 마시는 술을 마셨더니, 토할 것 같니더.

　―그러지.

하고, 뽈테안경이 먼저 자리를 차고 일어서면서 말했다.

　―나간 김에 근처 약방에 가서 약도 좀 사고, 셋이 함께 나가자구.

"병 주고 약 준다는 옛말이 딱 들어맞네요. 그리고 들어와서 바로 주무셨나요?"

"예, 약을 바르고 나서……. 그런데 저는 그날 밤에 잠을 거의 못 잤니더. 여기저기 온몸이 들쑤시고 아파 죽을 지경인데 잠이 오겠니껴?"

"그리고 다음날 5월 6일 아침에 울릉도행 한일호에 태우려고 했을 때 순순히 탔습니까?"

"말도 말아요. 여관에서 나오면서 뭐라는고 하니, 울릉도로 가서 며칠간 바람이나 쐬고 오자는 거라요. 저는 농사일이 바쁘니, 제발 집으로 돌려보내 달라고 사정하면서 막 매달렸지요, 절대로 어제 있었던 일은 발설하지 않겠다, 믿어 달라고 하면서 말이죠. 그러나 이미 지령을 받았기 때문에 아무런 소용이 없더라구요."

"배에 탈 때 군경들이 승객들을 검문 검색하지 않았습니까?"

"왜 안 해요, 한 사람씩 한 사람씩 일일이 주민등록증과 대조할 뿐만 아니라, 비행기 탈 때처럼 몸수색, 소지품 검사까지 다 했죠."

"그때 그 군경들한테 신고하면 되었을……?"

"크크흐흐흐……. 김 선생님도 중정 간부하고 똑같은 말씀을 하시네요. 생각해보세요. 뽈테안경을 쓴 자가 임검 경관에게 다가가 뭐라고 쏙닥거리자, 그냥 통과하라고 손짓을 하는 판인데, 어디에다 대고 얘기한단 말이라요, 모조리 한패거리, 한통속인데⋯⋯?"

"납치범 두 명 중 한 명만 울릉도로 함께 가고, 다른 한 명은 내린 걸로 기록되어 있는데, 맞습니까?"

"예, 맞니더. 출발하기 약 10분 전쯤에 뿔테안경이 내리더군요. 내리면서 어땠는지 아니껴? '오 형, 한 보름 동안 수양 잘하고 오시오.' 그러면서 악수를 청하는 거라요, 나 원, 기가 막혀서⋯⋯."

이때 방문이 요란스럽게 열리면서, 검정색 정장 차림의 청년이 나타났다. 나는 흠칫 놀라며 오원춘 씨를 바라보았다.

그러자 오원춘 씨는 반가운 듯이 그를 맞으면서, "야, 너, 이 선생님한테 인사 올려라."고 했다.

청년이 공손하게 큰절을 하고 일어나자, 그는 "제 소생이니더. 아직 미혼이니더. 크크흐흐흐⋯⋯. 이 선생님은 말이야⋯⋯."
하고, 조금 전에 부인에게 했던 말을 한 번 더 반복하고 나서 물었다.

"어째 왔어, 오늘은 토요일도 아닌데⋯⋯?"

"뭘 좀 가지고 갈 게 있어서요."

"저녁은 먹었냐?"

"예."

"그럼 일 봐라. 할머니는 주무신다."

청년이 나를 향해 인사를 하며 방문을 닫는 것이었는데, '삐이끼이끼이익⋯⋯!' 하는 소음 때문에 이렇다 할 덕담을 해주지 못하고, 그의 아버지를 보고 고작 한다는 소리가, 아주 미남으로 생겼는데요. 곧 며느리를 보셔야겠군요, 따위의 지극히 상투적인 말만 몇 마디 했을 뿐이다.

"그 당시 쟤가 여섯 살이였니더. 그런데 그 사람들이 쟤를 꼬셔갖고

설랑, 아빠하고 엄마하고 자주 싸우냐, 안 싸우냐, 이런 걸 꼬치꼬치 캐물어보더래요. 크크흐흐흐흐…….”

"가만있자…….”

하고, 나는 또 한 잔을 비우고 나서 물었다.

"아까 어디까지 말씀하셨죠?”

"뽈테안경하고 악수하고 헤어진 데까지 했죠, 뭐…….”

"아, 맞아요. 울릉도에 내릴 때까지는 서로 무슨 대화가 없었나요?”

"별로 기억이 안 나요.”

"울릉도에 내리자, 돈 5천 원을 호주머니에 찔러 넣어주고는 화장실에 가는 척하고 어디론지 사라졌다고 돼 있는데, 맞습니까?”

"5천 원이었는지 얼만지는 기억에 없는데, 좌우지간 돈을 받았던 걸로 기억돼요.”

"당시 오 선생님 수중에는 현금이 모두 얼마쯤 있었습니까?”

"그런 게 통 기억에 남아 있질 않아요. 하튼 돈이 없어서 점심은 노다지 쫄쫄 굶을 때가 많았으니까요.”

"그럼, 아침저녁은 사 잡수셨단 말씀이십니까?”

"그런 게 아니라, 첫날은 쫄쫄 굶고 잠도 어느 산기슭에 있는 상엿집에서 잤니더. 수중에 몇 푼 있는 비상금은 절대로 축내지 않으려고 맘먹었거든요. 그런데 그날 밤에 잠도 안 오고 이런저런 생각을 하는데, 굶어 죽지 않을 팔잔지, 몇 년 전에 한 이웃에 살다가 울릉도로 건너간 오분순이라는 여자가 문득 떠오르더라고요. 원 태생이 울릉도였더랬는데, 우리 마을 사람하고 결혼해 갖고 한때 전도사로 활약하다가, 도로 울릉도로 들어가서 식당을 경영한다는 말을 들었거든요. 같은 오가인 데다 저보다 열 살이나 많아 제가 누님, 누님, 하고 따랐던 분이라요.”

"그래 요행히 쉽게 찾을 수 있었습니까?"

"워낙 좁은 바닥이다 보니, 금방 만났지요. 다음날 일어나던 길로 무작정 부두 쪽으로 내려가는데, 꼭 나를 기다리고 있는 것처럼 길 한복판에 떡 서 있지 뭡니까. 크크흐흐흐흐……."

"진짜 구세주나 다름없었겠군요."

"그렇다고 봐야지요. 그때부터 줄곧 그 집 신세를 졌으니까요."

"여기 기사에는…… 오 선생님이 그 몇 년 전에도 울릉도에 가서 그분 집에 한 번 들른 적이 있는 걸로 되어 있는데, 맞습니까?"

"예, 딱 한 번 찾아갔니더. 그러나 그 당시에는 그 집이 아니고, 딴데서 살았어요."

"식당 이름이 '은정식당' 맞습니까?"

"맞아요."

"그러니까 거기에서 숙식을 제공받는 대가로 식당 일을 도와주신 겁니까?"

"그게 자기들 멋대로 쓴 거라요. 저는 한 번도 식당 일을 도와준 적이 없어요. 첨 며칠간은 방 안에 틀어박힌 채 끙끙 앓기만 했고, 조금 기동을 할 수 있게 되고부터는 아침밥을 먹자마자 바닷가로 나가서 멍청하게 앉아 있거나, 지향 없이 쏘다니다가 어둑어둑해진 뒤에 들어가곤 했으니깐요."

"오 선생님, 제가 묻는 말에 절대로 오해하지 마십시오."

하고, 나는 조심스레 말문을 열었다.

"한 가지 납득하기 어려운 게 있는데 뭔가 하면 말이죠, 우선 이 기사가 사실인지 확인부터 해보겠습니다.

오분순 씨가 오 선생님께 울릉도에 온 목적을 물었을 때, 처음엔 중정 요원과 같이 왔다고 했다가, 나중엔 책을 한번 써보려고 왔다고,

이렇게 앞뒤가 안 맞게 말한 게 사실입니까?"

"기억에 없지만, 그랬을 거라요. 아무튼 사실대로는 말할 수가 없었으니까요."

"그렇지만, 다른 사람과 달리 오분순 씨한테만은 이실직고해도 괜찮지 않았을까요?"

"김 선생님도 참 딱하시니더. 크흐흐흐흐……."

하고, 그는 한동안 특유의 웃음으로 나를 어리둥절하게 만든 끝에 말을 이었다.

"그게 다 모르고 하는 소리라요. 한번 가정해보자고요. 제가 이실직고했다고 치시더. 그러면 그분이 우리 집이나 성당에다 전화로 연락을 취했겠지요. 그랬을 경우, 과연 무사했을 거 같니껴, 수사 당국에서 도청을 안 할 리가 없었을 텐데……? 여러 사람 다치게 할 필요가 없잖니껴? 자칫 잘못했다간 식당 문 닫는 꼴 보게요? 이미 저는 울릉도 땅에 발을 내린 그 순간부터 전화 연락을 포기했던 사람이라요."

듣고 보니, 수긍이 되고도 남았다. 털어 먼지 안 나는 사람이 어디 있으며, 트집을 잡자고 덤비는 데야 무슨 재간으로 피할 수 있단 말인가!

"우편 연락도 생각해 봤지만, 연해 마찬가지라요. 궁여지책으로 쪽지에다 몇 자 적어 갖고 육지로 나가는 승객 중에 믿을 만한 사람을 물색하려고 몇 번 선착장 쪽으로 어슬렁어슬렁 나갔더랬는데, 그때마다 꼭꼭 그 땅딸보가 귀신같이 알고서 나타나는 거라요. 한번은 정색을 하고서 한다는 말이, '나도 당신처럼 여기 있고 싶어서 있는 게 아냐. 한 번만 더 두고 보겠어. 정 안 되면 독도로 데려가는 수밖에!' 라는 거라요. 크크흐흐흐흐……. 아이고마, 그 말을 듣고는 깨끗이 포기해 버리고 말았지요. 일본에 체류 중인 DJ도 포대기 속에 잡아넣어

현해탄에 수장시키려 했던[10] 치들이 맘만 먹는다면 무슨 짓인들 못했겠니꺼? 현지 경찰들이 은정식당에 식사하러 자주 들락거렸더랬는데, 알고 보니 그게 다 제 동태를 관찰하기 위해서 그랬던 거라요."

"한 가지만 더 확인해 보겠는데요……,"
하고, 나는 술잔을 비우고 나서 물었다.

"검찰 발표에 의하면, 5월 7일 현지에 있는 성당에 들렀다고 했는데……,"

"7일이라면 바로 그다음 날 아니니꺼? 7일이 아니고, 아마 며칠이 더 지나서였을 거라요."

"그때 신부님과 수녀님들이 양어장 청소를 하고 있었다면서요, 맞습니까?"

"양어장인지 뭔지 모르지만, 좌우지간 뜰에 연못이 하나 있었는데, 물을 빼내고 밑바닥을 청소하고 있었어요."

"그래서 도와준 걸로 되어 있는데, 맞습니까?"

"장화를 얻어 신고 들어가서 도와주었어요. 수녀님들이 힘에 부치는 커다란 막대기를 들고 일하는 걸 보자니, 그냥 못 있겠더라고요."

"그때 본당 신부님이 오 선생을 보고 울릉도에는 어떻게 왔느냐고 물었을 때, 놀러 왔다고 대답한 걸로 되어 있는데, 사실입니까?"

"예, 사실이니더."

"그 점을 좀 소상하게 말씀해 주세요, 그때 왜 신부님께 고백 성사를 하시지 않았는지……?"

---

10) 1973년 8월 8일 유신 반대운동을 주도하던 재야 정치인 김대중에게 저지른 납치 및 살인 미수 사건. 일본 도쿄의 한 호텔에 묵고 있는 김대중을 당시 중앙정보부장 이후락의 지시 아래 정보부 요원들이 납치하여 태평양에 빠뜨려 죽이려 했으나, 사전에 정보를 입수한 미국 중앙정보국CIA의 추적방해로 끝내 실행하지 못한 채, 닷새째 되던 날 밤 서울 마포구 동교동 자택 앞에 풀어 주었다.

"울릉도성당은 안동교구 산하가 아니라, 대구교구 쪽이라 좀 보수적인 면이 있어서, 우리 쪽에서 농민운동을 적극적으로 하는 걸 싫어했단 말예요. 처음에 성당을 찾아갔을 때는 고백 성사를 하고 도움을 받을 생각이었지만, 막상 가서 마음이 바뀌어져 버렸어요. 해 봤자 아무 도움도 안 될 거라는 생각이 들어서 말이죠. 그런데 나중에 육지에 나와 갖고 본당 신부님들께 그 말을 했더니, 그분은 해병대 출신으로 성격도 활달하고 낚시도 좋아한다는 말을 듣고는 후회했더이다."

"잘 알겠습니다. 그러니까 한마디로 말하자면, 당시 오 선생님은 그야말로 고립무원, 사면초가, 진퇴양난 그 자체였겠습니다."

"크크흐흐흐흐……, 바로 그거였지요, 뭐."

"매일 부지런하게 일하던 분이 아무 일도 안 하고 하루하루를 넘기자면 이만저만 고역이 아니셨을 텐데, 보름 동안 주로 어떤 방법으로 소일하셨습니까?"

"아까도 말씀드렸지만, 아침밥을 먹자마자 바닷가로 나가서 멍청하게 앉아 있거나, 지향 없이 쏘다녔죠, 뭐……. 옷은 때가 묻고 절어서 괴죄죄하죠, 세수나 제대로 했니껴, 누가 봐도 거지 중에도 상거지, 막바로 행려병자 꼴이었지요, 뭐……. 그러면서 늘 이런 생각을 했니더. 오냐, 어디 두고 보자, 육지에 나가는 즉시 주님 앞에 양심선언을 해갖고 니놈들의 만행을 만천하에 알리고야 말 것이다, 지금은 내 눈에서 눈물이 나지만, 내일이면 니놈들 눈에서 피고름이 나고 말 거다, 이런 생각을 하면서 스스로 마음을 다졌죠.

옛날에 임금님 앞에서 바른 소리 한번 했다가 죄 아닌 죄를 뒤집어쓰고 5년, 10년 귀양살이한 벼슬아치들이 부지기수인데, 이까짓 보름을 견디지 못한대서야 말이 되느냐, 하면서 하루하루를 극복해 나갔죠. 그러면서 틈나는 대로 성경을 읽고 기도를 올렸니더. 때로는 파도가 부서지는 절벽 위에 앉아 있노라면, 세상만사 다 잊어버리고 절벽 아래로 몸을 던지고 싶은 충동이 일어나기도 했는데, 그때마다 저를 구원해 주신 분이 바로 주님이셨니더. 주님의 성음이 바로 머리 위에서 울리는 거라요."

"혹시 그 성음을 지금도 기억하고 계십니까?"

"기억하고말고요. 꼭 그대로는 아니겠지만, '알퐁소여, 무엇을 두려워하느냐? 내가 너와 함께 있느니라. 어서 일어나라. 그리고 육지에 나가서 진실을 밝혀야 하느니라. 십자가가 무겁다고 벗어던지려느냐? 알퐁소여, 힘을 낼지어다.' 크크흐흐흐흐······, 대충 이런 말씀이었니더."

울릉도 건은 이쯤 해서 마무리하고, 다음으로 넘어가기 위해서 메모지를 훑어보던 나는 미처 챙기지 못한 것이 더 남아 있는 것을 발견했다.

"두 가지만 더 간단하게 여쭙고 나서, 잠시 쉬도록 하죠······. 저어······, 울릉도에서 오 선생님이 다른 사람을 시켜 공 양에게 산나물을 사서 부쳤다는 건 무슨 말인가요?"

"저도 맨 첨에 그 소리를 듣고, 언제 그 소리를 들었는고 하면······, 육지로 나와 가주고도 한참 후에 피해자 진술조서를 받는 자리에서였는데, 아 이거 된통 걸려들었구나 싶었지요. 그렇게 협박하고 다짐했지만, 십중팔구 제가 납치 사실을 폭로할 공산이 크다 보니, 거기에 대비해서 미리 각본을 꾸며 놨던 거라고 봐야죠. 수취인·발신인 주소 성명을 맨 저거들이 써갖고 저거들이 부쳐놓고설랑 제가 다른 사람을 시켜 부쳤다고 뒤집어씌웠던 거라요."

"저거라는 건 납치범을 지목하는 건가요?"

"그거야 저도 모르죠. 그 사람이 부쳤는지, 누가 부쳤는지, 산나물을 부쳤는지, 오징어를 부쳤는지 저로서는 전혀 알 수가 없죠."

"자아, 이제 울릉도편 마지막 질문입니다."

나는 한동안 잊고 있었던 녹음기를 들고 테이프의 잔여 분량을 확인해 보았다. 다행히 아직도 약간 남아 있었다.

"그러니까 5월 18일, 부둣가로 나와 서성이고 있는데, 그 사람이 다가와서 '많이 달라졌다.' 하고 어깨를 두드리면서 '농사일이 바쁠 테니, 내일 돌아가자.'고 했다는데, 맞습니까?"

"예, 그런데 실은 그 말을 듣고도 저는 과연 다음날 나갈 수 있을지 불안했어요. 태풍으로 배가 여러 날 결항하는 바람에 여행객들이 발이 묶여 갖고 배표를 사기가 여간 어렵지 않았거든요."

"그런데 그 사람은 쉽게 구해 왔더란 말씀이죠?"

"그렇죠. 날아가는 새도 떨어뜨리는 놈들인데, 그까짓 거야 식은 죽 먹기였겠죠, 뭐."

"그렇게 해서 드디어 5월 19일 포항에 내려 갖고, '곧장 집으로 가서 농사일이나 열심히 하시오, 당분간 바깥으로 나오지 말고, 집 안에만 있는 게 좋을 거요.'라는 식으로 위협을 하면서 풀어 주었습니까?"

"맞니더."

"아이고, 이거 정말 너무 죄송합니다. 밤늦게……."

하고, 나는 담배를 피워 물면서 말했다.

"잠시 쉬었다 하시죠. 괜히 다 아문 상처를 건드리는 건 아닌지 모르겠습니다."

"아니, 천만에 말씀이니더. 상처가 완전히 아문 게 아니라, 아직도 속에는 고름이 남아 있니더."

우리는 잠시 마당으로 나가 바람을 쐬기로 했다. 거실로 나가 화장실이 어디냐고 물었더니, 7년 전에 새집을 지으면서도 일부러 재래식 화장실을 고집했다면서 바깥쪽을 가리켰다.

마당으로 내려서자, 아까 들어올 때는 보이지 않았던 까만 승용차 한 대가 박명 속에 웅크리고 있었다.

"아들내미 찹니까?"

"예, 아직 안 간 모양이니더."

낯선 사람이 찾아온다는 말을 듣고, 만일의 사태에 대비해서 일부러 와 있는지도 모른다는 생각이 들기도 했다.

바깥 기온이 꽤 쌀쌀했다. 손을 뻗치면 닿을 듯 가까운 허공에 이루 헤아릴 수 없이 많은 별들이 보석처럼 반짝이고 있었다.

저만치 구석 자리에 외따로 떨어져 있는 화장실을 향해 걸어가는데, 내 뒤를 따라오면서 그가 물었다.

"김 선생님이 사시는 밀양 얼음골도 공기가 좋지요?"

"그럼요, 공기하고 물 하나는 끝내주지요."

우리는 꼭 같은 모양으로 나란히 붙어 있는 화장실 문짝을 동시에 열었다.

조명 시설이 되어 있지 않아 온통 깜깜한 안으로 들어설 엄두가 나질 않아, 나는 어림짐작으로 대중해서 오줌 줄기를 뽑았다.

"이건 뭐죠?"

용변을 마치고 나오다가, 변소 앞쪽에 꽤 넓은 공간을 차지하고 있는 컨테이너를 가리키며 묻자, '고추 벌크'라고 했다.

"벌크……? 첨 듣는 말인데요……?"

그러자 그는 대답 대신에 직접 문을 열고 전구를 환히 밝혀 내부를 보여주는 것이었는데, 빨갛게 익은 고추들이 두엄더미처럼 쌓여 있었다.

"기름보일러로 말리는 거라요. 이런 시설을 이용하지 않고서는 많은 물량을 도저히 다 말릴 수가 없니더."

"아니, 일 년에 몇 근이나 생산하는데요?"

"저는 5천 근밖에 안 하니더. 많이 심는 사람들은 만 근씩 하죠."

나는 입이 딱 벌어지고 말았다. '영양 고추'가 왜 유명한지 알만했다.

우리는 다시 방 안으로 들어와 자리를 잡고 앉았다. 어느새 10시 40분이 지나 있었다.

"애초에 제가 구상했던 건 단편이었습니다, 2백자 원고지로 백 장 정도 되는……. 그런데 워낙 사건이 복잡한 데다 오늘 직접 오 선생님과 대담하다 보니까, 중편으로 써야 제대로 이야기가 될 것 같습니다."

"감사합니다. 제가 말하는 내용을 제발 꼭 좀 제대로 써주십시오."

"물론입니다."

하고, 나는 다음 말을 이었다.

"울릉도로 납치되어 갔다가 풀려나기까지의 과정은 대강 밝혀졌습니다. 그러면 양심선언을 하기까지의 과정하고 현장검증 과정에서 울릉도로 재차 납치되어 갔던 전후 사정을 확인해 봐야겠습니다. 제가 준비해 온 설문 사항을 토대로 여쭤보겠습니다. 혹시 잘못되었거나 보충 설명을 할 데가 나오면 지적해 주십시오."

"그렇게 하지요."

"5월 19일 영덕에서 1박하고, 20일 영양으로 돌아와서 정희욱 신부님을 만나러 성당으로 찾아갔지만 미사 관계로 출타 중이어서 만나지 못하고, 최마태오라는 교우 집에서 1박하고 다음날 또 찾아갔지만 역시 만나지 못하고, 하는 수 없이 21일 오후 늦게 집으로 돌아가신 걸로 되어 있습니다, 납치되신 지 16일 만에……. 맞습니까?"

"예. 그런데, 영양에서 성당으로 가던 도중에 정보과 O 형사를 만났는데, 그자가 '그동안 어디에 갔다 왔느냐?'고 묻더라고요. 내가 '몰라서 묻느냐?'고 반문하자, 능글맞게 웃으면서 '말 안 해도 다 안다, 안동 아니면 영덕에 가 있었지?'라기에 화가 나서 '울릉도에 갔었다, 왜?' 하고 톡 쏘아버렸죠. 그런데 뒷날 경찰조사 과정에서, 최마태오 집에서 1박한 사실까지 다 알면서, 그건 제 입으로 한 번도 발설하지 않았는데, 그것까지 다 알면서 그렇게 물었던 거는, 틀림없이 내 입에서 무슨 말이 나오나 하고 시험해 본 거라고 봐요."

"말하자면, 저들이 시키는 대로 입을 다무나 어쩌나 확인해 보려고……?"

"순 그거지요, 뭐……. 집에 가 있는 동안에도 경찰들이 여러 번 찾아왔어요."

"와서는 뭐라고 그럽디까?"

"일이 많이 밀렸지요, 안동에는 언제 갑니까, 주로 이런 거지요, 뭐. 그뿐만 아니라, 공소회장한테 제 동태를 계속해서 전화로 확인했니더."

"그러다가 그게 6월 13일이었죠, 영양성당 정희욱 신부님을 찾아가서 공포에 떨면서 납치 사실을 처음으로 털어놓은 게……?"

"교회 측에 공식적으로 알린 건 그게 첨이니더. 그 이전에 우리 마을에 있는 가까운 교우들한테 조심스레 얘기했지요."

"그리고 6월 16일 견진성사堅振聖事[11]차 영양본당에 온 두봉杜峰[12] 주

---

[11] 가톨릭교회의 칠성사七聖事의 하나로, 사제가 세례를 받은 신도의 이마에 성유를 발라 주며 "성령 특은의 날인을 받으십시오."라고 말함으로써, 더욱 굳건한 믿음을 가지고 성령의 은총을 풍부히 받도록 하는 의식이다.
[12] René Dupont, 1929-2025 : 드봉 주교의 한국명. : 파리 외방전교회 소속의 로마가톨릭 선교사이자 주교. 천주교 안동교구 초대 교구장을 지냈으며, 7, 80년대의 정치적 암흑기를 지내면서, 지역의 기반이 되는 농민들과 사회정의의 문제에 대해 형제적 우애와 목자적인 사랑으로 동참했다. 수필집으로 『마음이 가난한 사람의 기쁨』·『사람의 일감』외 『한국어문법』 등이 있다.

교에게 정 신부가 보고함으로써 안동교구 전체가 알게 된 거고요."

"맞니더."

"6월 17일부터는 『신동아』에 실린 기사를 그대로 읽어 보겠습니다. 혹시 잘못 기재된 게 있으면 지적해 주십시오."

하고, 나는 되도록 천천히 또박또박 읽어 나갔다,

오 씨의 '납치' 건을 전해 들은 안동교구 신부들은 이 사건이 간단히 넘길 수 없는 문제라고 보았다. 그들은 이 사건을 무명의 한 농부에 대한 인권의 문제일 뿐만 아니라, 그 전해에 있었던 가톨릭농민회 청기분회의 감자피해보상운동의 성공적 관철에 대한 보복이요, 따라서 가톨릭농민회와 천주교 교권에 대한 위협으로 간주하였다.

사실 70년대 후반에 들어 천주교회 측과 유신 당국 사이에는 갈등이 심화되어 가고 있었다. 특히 명동성당에서 있었던 '3·1민주구국선언사건'[13] 이후 천주교 성당에서는 자주 기도회가 열렸고, 당국은 이것을 막으려 하였다. 기도회 참석을 봉쇄하기 위해 신부들 자신들도 종종 '납치' 또는 '연행'되었다고 주장하였다.

조그마한 교구였지만, 안동교구도 예외가 아니었다. 오히려 다른 교구보다도 더 잘 뭉쳤고, 류강하, 정호경 등 활동적인 신부들도 여럿 있었다.

정호경 신부와 류강하 신부는 77년에 유신헌법 철폐를 주장하다가 보름 정도 유치장에서 살다 나왔으며, 오 씨의 울릉도행이 있기 직전인 79년 부활주일에도 타의로 청송 약수탕에 간 적이 있었다. ……중

---

13) 1976년 3월 1일, 윤보선·김대중·문익환·김승훈·함석헌·함세웅·안병무 등 각계 지도층 인사들이 명동성당에 모여 긴급조치 철폐, 민주인사 석방, 언론·출판·집회 등의 자유, 의회정치 회복, 대통령직선제 요구, 사법권의 독립 및 박정희 정권 퇴진을 요구하는 선언문을 발표한 사건. 달리 '명동사건'이라고도 일컫는다.

략…… 그리고 두 달 만에 '오원춘사건'이 터졌다. 신부들은 자신들도 이렇게 당하는 판에 농민들은 오죽하겠느냐고 분기탱천하였다.

6월 27일 경북 의성군 안계천주교회에서 사제회의가 열렸다. 정희욱 신부가 안동교구 사제들에게 오 씨의 건을 정식으로 보고하였다. 사제회의에서는 정희욱·김기·류강하·정호경 신부 등으로 대책위원회를 구성하고 다음과 같은 결정을 내렸다.

1. 이 사건을 조사함으로써 개인의 인격에 훼손이 될 경우, 조사를 중단한다.
2. 과장이나 허위가 내포된 사실이 밝혀지면, 조사를 중단한다.
3. 모두가 사실이라 하더라도, 오원춘 본인이 원치 않으면 문제를 삼지 않는다.

다음날 정희욱 신부는 영양경찰서장을 만나 오 씨의 일을 물었으나, '모르는 사실'이라는 대답만 들었다. 6월 30일에는 대책위원회 지시에 따라 가톨릭농민회 안동교구연합회 권종대 회장과 정재돈 총무가 청기로 찾아가 오 씨로부터 다시 '납치' 건을 얘기 들었다. 2차 조사

7월 4일, 오원춘 씨는 '최초의 양심선언'이라 불리는 「양심선언」을 작성하였다. 이 선언의 서명일은 7월 5일로 되어 있다.

7월 4일은 정희욱 신부의 본명 축일이었다. 대책위 신부들은 오 씨한테 1, 2차 조사 결과를 토대로 거듭 '사실'을 확인하였다. 이때 오 씨와 다음과 같은 문답이 오갔다.

신부들 사건이 알려지면 많은 위협과 곤욕을 당하게 될지 모르는데, 발표 여부에 대한 알퐁소 형제의 견해는 어떤가요? 또 본인

에게 다시 쏟아질 수 있는 고통이 두려우면, 문제화하지 않으면 어떨까요?

오원춘 두렵기는 하나, 더 이상 이런 고통을 당하는 형제가 나오지 말아야 하기 때문에 발표해 주셨으면 합니다.

신부들 견딜 수 없는 고통을 당하면 진실을 뒤엎을 수도 있으니, 지금 양심선언을 할 수도 있겠어요?

오원춘 예, 성당에 가서 준비하겠습니다.

신부들은 차제에 오 씨가 울릉도에 간 이유로 당국에서 얘기하는 애정행각에 대해 더 알아볼 필요를 느꼈다. ……중략…… 7월 10일경 K 공소회장은 신자와 신부 사이의 대화라고 하면서 정희욱 신부에게 이렇게 말했다.

"오원춘 형제와는 가까운 사이이고, 평소 많은 대화를 나눕니다. 오 형제는 여자문제는 깨끗합니다. 문제가 복잡해질까 봐, 우선 불을 끄기 위해서 여자문제라고 제가 낭설을 퍼뜨렸습니다. 단 오 형제는 너무 촉빠르고 설쳐서 탈입니다……."

나는 이 대목을 읽자니, 문득 머리에 떠오르는 것이 있었다.

"가만있자, 공소회장이라는 이분, 혹시 기자회견 때 오 선생님과 공양과의 관계가 사실이라고 증언했던 그 양반 아닙니까?"

"크크흐흐흐……. 맞디더, 기자회견 때뿐만 아니라, 재판 과정에서도 제게 젤 불리한 증언을 했던 사람이래요. 그러나 저는 눈곱만큼도 그 사람 원망하지 않니더. 양심선언을 했던 저도 견뎌내지 못하고 번복하고 말았는데, 그 사람이야 오죽했겠니껴? 3회 공판 때 그 양반, 내가 8년 전에 밧데리로 민물고기 잡아 경찰에 불려가 조사를 받았다고 진술해갖고 방청객들이 한바탕 웃었지요. 그렇지만 저는 나와 갖고 내 발로 맨 먼저 그 양반을 찾아갔니더."

"가서 뭐라고 했습니까?"

"회장님, 우리 다 잊어버리고 예전처럼 친하게 잘 지냅시다, 그랬죠, 뭐……."

"그랬더니?"

"제 손을 잡고 막 웁디다."

아직 이 마을에 사느냐고 묻자, 2, 3년 뒤에 마을을 떠났다고 했다. 나는 다시 계속해서 읽어 나갔다.

7월 16일, 안동문화회관에서 열리는 가톨릭농민회 안동교구연합회 이사회에 참석차 나갈 예정이던 정희욱 신부는 오원춘 씨에게 다시 여자관계를 확인했다. 오원춘 씨는 "재다짐합니다, 신부님. 이 일과는 아무런 관계가 없습니다. 다른 걱정은 하지 마십시오."라고 대답했다.

7월 16일 안동교구 사제단은 오 씨의 신변을 보호하기 위하여 교구청에서 거주하도록 조치하고, 7월 17일 전주교구 정의평화위원회 주최로 열린 사제연수회에서 류강하 신부가 사건의 개요를 발표한 데 이어, 천주교 안동교구 정의평화위원회, 한국가톨릭농민회 안동교구연합회, 천주교안동교구사제단 공동명의로 「짓밟히는 농민운동」이란 유인물을 통해 이 사건의 전모를 폭로했다. 이들은 '이는 파렴치한 인권 유린이요, 하느님에 대한 엄청난 모독이며, 세상의 모든 양심에 대한 정면 도전이 아닌가. 이는 취약한 농촌 현장에서 농민을 민주 시민과 자주적 농민으로 길러 함께 살려는 농촌 복음화에 앞장선 가톨릭농민회를 밑동에서부터 잘라버리려는 악랄한 탄압이며, 이 땅의 민주주의를 말살하려는 계획적인 음모로 단정 짓지 않을 수 없다.'라고 성토하는 한편, 다음 날 영양경찰서장과 청기지서장에게 납치사건에 대한 답변요구서를 발송했다.

경찰은 7월 16일부터 오 씨의 행방을 찾아다니다가, 19일 공소회장 K 씨, 오 씨의 부인 권옥현 여사, 면사무소 직원 오정광 씨, 청기정류소 매점 주인, 여정다방 공 양 등을 연행하여 영양에 있는 안동여관에서 1박한 후 안동으로 데리고 갔다…….

나는 잠시 자료를 내려놓고 안경을 닦으면서 물었다.
"아니, 피해자 조서도 받기 전에 그럴 수도 있습니까?"
"크크흐흐흐흐……. 그 당시에는 자기들이 바로 법 아이니껴? 그다음부터는 제가 직접 말씀드릴게요…….
7월 19일로 기억되는데요, 마침내 제 행방을 알아내고 중정 안동출장소 P 소장하고 K 경찰서장이 교구청으로 들이닥쳤어요. 그리고 한다는 소리가 상부 지시에 의해서 조사하려고 하니, 저를 내놓으라는 거였어요."

―좋습니다.
하고, 신부들의 의견을 모아 류강하 신부가 말했다.
―그 대신에 조건이 있습니다. 우리 신부들이 동석한 가운데 교구청 안에서 면담하도록 합시다.
양측이 합의한 7월 20일 오전 11시경, 이들 외에 경북 도경 정보1과 O 총경, 그리고 성명 미상의 대구 중정 요원 등이 K 공소회장을 대동하고 나타났다. 교회 측에서는 정호경·김욱태·이춘우·오성백 신부 등이 입회했다.
그러나 초장부터 양측은 입씨름으로 맞섰다. 수사당국에서 그의 몸에 있는 상처 부위까지 확인했으면서도 피해자 진술을 받을 생각은 않고, '조사 결과를 설명하자면…….' 하는 식으로 나오자, 교회 측에서 '피해자의 진술도 받지 않고 어떻게 조사 결과가 나올 수 있느냐, 범인을 잡기 위해 피해자의 진술부터 듣자.'고 주장했다. 한눈에 보아도 사전에 짜놓은 각본에 의해 오히려 피해자를 허위사실 유포죄로 덮어씌우려는 음모가 역력했기 때문이다.

다음은 현장을 녹음한, 현재 안동교구청 사목국에서 보관하고 있는 테이프의 한 부분을 녹취한 것이다.

> **대구중정** 울릉도행 배 탈 때 지위 고하를 막론하고, 임검 및 몸수색을 하는데, 어떻게 그냥 들어갈 수가 있는가?
>
> **오 원 춘** 같이 간 사람 중 하나가 군복 입은 임검 경관에게 앞서가더니, 뭐라고 이야기하고 그 옆에 서 있었다. 아무튼 내가 들어갈 때 주민등록증을 내보이려고 하니, 그냥 들어가라 손짓해서 배에 들어갔다.
>
> **대구중정** 납치되어 가는 사람이 어떻게 경관에게 이야기하지 않았는가?
>
> **오 원 춘** 모두가 같은 사람들인데 어디에 이야기한단 말인가?
>
> **P 소 장** 무슨 이야기를 그렇게 하는가?
>
> **오 원 춘** 당신들이 하는 일이 늘 그런 것이 아닌가?
>
> **공소회장** 말조심햇!

경찰은 그에게 현장 조사를 하겠다면서 포항까지 동행할 것을 요청했다. 신부들은 불안했지만, 수사 비협조의 비난을 염려하여 류강하 신부의 동행을 조건으로 하되, 오전 안으로 현장 조사를 마친다면 응하겠다고 하여, 바로 그 이튿날인 7월 21일 아침 일찍 안동을 향해 출발했다.

그는 차가 엉뚱한 방향으로 접어들 때마다 일일이 바로잡아 가면서, 해동식당에서의 점심 식사에서부터 한양여관에서 1박에 이르기까지의 현장검증을 완벽하게 재연하였다. 단 한 가지 아쉬웠던 것은, 느닷없이 퍼붓는 폭우로 인하여 포항제철 부근에 있는 폭행을 당했던 문제의 잿빛 건물을 찾아낼 수가 없었다는 점이다. 그러나 그 대신에 그는 오른손의 상처 자국을 보여주며 한양여관에서의 폭행 당시의 상황을 조리 있게 설명했다.

오후 2시 10분경에 조서 작성을 마친 경찰은 부두 현장 조사를 하겠다면서 일행을 선착장이 있는 부두로 이끌고 갔다.

―신부님, 빨리 이리 좀 와 보십시오.

차에서 내리자마자, 그는 류강하 신부의 옷깃을 잡고 대합실 쪽으로 가서 납치 당시의 행로와 임검석의 위치, 승선 과정 등을 소상하게 설명해 주었다.

―당신들 지금 뭐하는 거요?

갑자기 류강하 신부가 매표구 쪽을 향해 소리를 지르면서 뛰어갔다. 뒤따라온 경찰이 배표를 끊고 있었던 것이다.

―이게 무슨 짓이오?

―보시면 알 거 아뇨.

―뭐요? 약속이 틀리잖소? 애당초 오늘 오전 안으로 조사를 끝내기로 한 거 아니오.

―울릉도까지 가야겠소.

―나는 본당을 맡고 있는 신부로서 주일미사 관계상 토요일에는 갈 수가 없소. 월요일에 갑시다.

그도 가만히 있을 리가 만무했다.
―신부님께서 안 가신다면 나도 안 갈 거란 말요.
그는 류 신부의 허리끈을 잡고 필사적으로 발버둥이쳤다. 류 신부 또한 승선장에 야적해 놓은 비료 포대의 로프로 자신과 그의 몸을 꽁꽁 묶었다.
그러자 경찰들은 한사코 달려들어 로프를 풀려고 했다.
―놔요, 놔! 당신 이름이 뭐요? 소속이 어디요?
류 신부는 몸집이 비대한 주모자를 향해 마구 고함을 질렀다.
―도경 어디에 있어요? 이름이 뭐요? 놔요, 놔! 왜 강제로 이래요? 월요일에 가자는데 왜 이래?
―월요일은 안 되겠다 이 말입니다.
―강제로 왜 이래요? 정말 왜 이래? 놔요, 놔!
그도 발악을 했다.
―뭔 챙핍니까, 사람들 보는 데서……? 못 타겠다는데 왜 이래요?
―놔요 놔! 이럴 줄 알았더라면 여기까지 안 따라왔지요. 놔요, 놔!
그러나 결국 두 사람은 격리되고 말았다. 한일호가 막 부두를 떠나려는 순간, 여러 명의 경찰이 그를 달랑 들어 배에 미리 타고 있던 경찰들에게 인계했다. 양 손목이 붙잡힌 채 승선대 위로 끌려 올라가면서 그는 부두에 있는 군중들을 향해서 목청이 찢어지게 외쳤다.
―여러분, 포항천주교회에 알려 주소오! 나 오원춘이 납치당했니더. 포항천주교회에 알려 주소오! 나 오원춘이 납치당했니더어……!
그와 동시에 '부우웅!' 하고 고동 소리를 요란히 울리며 배가 출발했다.

"저는 첨에 신부님도 그 배에 같이 탄 줄로만 알았니더."

"여기 경찰 수사 기록에도 언급되어 있네요. 배 안에서 오원춘은 신부님도 같이 탔느냐고 여러 번 질문하는 것을, 우리경찰는 당신과 같이 여기 있는데 모르겠다고 답변. '약 3시간 항해 도중에 경찰 한 사람이 신부는 타지 않았다고 말하자, 의기양양하던 오원춘의 기백은 간데없고, 맥이 빠진 사람과 같았다.'고…….''

오원춘 씨는 내 말을 중동무이했다.

"그래서 말이죠. 우리 교회에서는 그걸 '제2의 오원춘납치사건' 이라고 부르니더."

"그러니까 그 사람들이 오 선생을 재차 울릉도로 끌고 간 건, 현장검증을 하기 위해서가 아니라, 양심선언의 내용을 번복시킬 목적이었다고 보면 되겠습니다. 수사 기록에 의하면, 1979년 7월 21일 14시 30분경 포항 한일호 선박터미널에서, 오원춘이 납치 구타당한 사실이 허위라고 자백하므로 검거했다고 되어 있는데, 이 시간은 울릉도행 한일호가 출발하는 시간 아닙니까?"

"크크흐흐흐흐……. 그뿐인 줄 아니껴? 거기 어디에 보면, 이런 말이 나올 거라요. 제가 도동 본당을 찾아가서 강택규 신부님께도 솔직히 고백 성사를 보았다고…….''

"아, 여기 그대로 나와 있습니다."

"그런데 실은 그 내막이 어땠는지 아니껴? 지금 제가 하는 얘기는 그 당시 어느 누구한테도 발설하지 않았어요. 아니, 안 한 게 아니라 할 수가 없었던 거라요."

나는 마른침을 삼키며 귀를 쫑긋 세웠다.

"그게 어찌 되었는고 하니, 막바로 경찰서로 끌고 가더니, 자백하라는 거라요. '이 새꺄, 넌 이제 꼼짝도 할 수가 없게 됐어, 공소회장, 터미널 매점 주인은 말할 것도 없고, 공 양하고 네놈 마누라까지도 나발을 다 불었단 말야.' 이러는 거라. 기가 차서……. 그 사람들 저한테 정반대로 얘길 한 거라요. 뒤에 나와 가주고 안 사실이지만, 실은 제 집사람 그때 안동경찰서에 가서 막 대들었다는 거래요. 우리 남편은 바람피운 일이 없는데, 왜 생사람을 잡느냐고 말이죠. 크크흐흐흐……. 얼핏 보기에는 어리숙하게 보이지마는, 성깔 한번 났다 하면 물불을 가리지 않는 성미거든요."

"이미 그때는 짜맞추기식으로 수사 결과가 다 작성돼 있었으니까, 그 자리에서 아무리 강변해도 소용이 없을 거라고 판단했단 말씀인가요?"

"그렇죠. 그런데 다음날 아침에 담당 경관이 뭐라는고 하니, 신부님한테 가서 솔직하게 고백 성사를 보자는 거라요."

그 당시에 어느 누구에게도 발설하지 않았다는, 안 한 게 아니라 할 수가 없었다는 이야기가 바야흐로 터지는구나, 하고 나는 바짝 긴장했다.

"그러면서 하는 말이, 살고 싶거든 시키는 대로 말하라는 거라요."

"시키는 대로라뇨?"

"그야 뻔하잖니껴?"

"대충 한번 옮겨 보시죠."

"뭐, 처자가 있는 몸으로…… 다방 종업원 공 아무개하고 간음을, 크크흐흐흐흐…… 뭐, 이런 내용이죠."

"한마디로 말해서, 양심선언은 자작극이었다고 고백하라는 거였군요."

나는 적이 실망했다. 그 얘기라면 이미 세상에 다 알려진, 너무나 뻔한 내용이었기 때문이다.

"그런데 아까, 당시 어느 누구에게도 발설하지 않았다고 한 내용은 뭐죠? 가령 고백 성사를 본 뒤에 경찰이 신부님에게, 오원춘이가 허위 사실임을 신부에게 솔직히 고백했다는 확인서에 서명해 달라든가, 아니면 신부님이 당신들은 절대로 공개할 수 없는 고백 성사를 수사에 이용하려는 상식 밖의 일을 꾸미고 있다면서 그 요구를 일축했다든가…….”

"크크흐흐흐흐……. 그게 아니라니까 그러시네요. 저도 첨에는 그 사람이 시키는 대로 하겠다고 맘먹고 고백소 안에 들어간 것만은 사실이더이다. 그래야 죽이 되든 밥이 되든 빨리 육지로 나갈 거 아니라요. 그 대신에 육지에 나가서 진실을 말하리라고 결심했죠. 그런데 커튼 하나를 사이에 두고 막상 신부님하고 딱 대좌하고 보니까, 그게 아니더라 이거라요. 신부님 앞에서 어떻게 거짓말을 할 수가 있나요. 진실을 얘기했죠. 그들이 문밖에서 엿듣고 있다는 것도 알고 있었지만, 저는 신부님과 함께 있으니까 힘이 솟았죠. '신부님, 저는 지금 생명의 위협을 받고 있습니다, 저의 양심선언은 진실입니다, 제게 힘을 주십시오.'라고 해버렸죠, 뭐. 크크흐흐흐흐……. 그랬더니 경찰서로 데리고 가서, 시키는 대로 하지 않았다고 얼마나 얻어맞았는지 몰라요. 마구 개 패듯이 두들겨 맞았어요."

그야말로 전혀 새로운 사실이었다.

"그런데 여기에서 분명히 해야 할 것은, 경북 도경이 내무부장관에게 어떻게 보고했는지는 모르겠으나, 9월 7일 윤공희 대주교님께서 구자춘 내무부장관을 만났을 때, 내무부장관이 마치 7월 21일 현장 조사 때 류강하 신부가 당초의 약속을 어기고 입회를 스스로 거부한 것처럼 이야기하고 있다는 사실입니다. 만약 구자춘 내무부장관이 이야기한 것이 경북 도경의 보고에 따른 것이라면, 경북 도경은 상부에 허위 보고했음이 분명하다고 할 것입니다. 그리고 오 선생님께서 경북 도경으로 이송된 날짜가 언제였죠?"

"이틀 만인지 사흘 만인지 기억에 없어요. 아무튼 이 자료에 다 있을 거라요."

"어떤 의미에서는 그 이후가 더 중요하다고 할 수 있겠는데요, 그동안 제가 가장 궁금하게 여기고 있는 점이 뭔고 하면 말이죠, 저는 기자들처럼 '타의설납치설', '자의설애정도피행각설'을 갖고는 한 번도 저울질해 보지 않았습니다. 양심선언, 신부님, 그리고 인권 변호사를 안 믿고, 누굴 믿겠습니까? 그 사람들은 책상을 '탁!' 하고 치니까 '억!' 하고 죽더라.[14]는 식으로 닭 잡아먹고 오리발 내미는 사람들 아닙니까?

그런데 말입니다, 그렇기 때문에 더욱 이해할 수 없는 게 뭔고 하면, 우선 오 선생님께서 어느 정도 가혹한 고문을 받았기에 기자회견 때나, 공판 과정에서 양심선언을 허위로 조작한 것이라고 번복했느냐 하는 점입니다, 둘째로 경찰조사 과정에서는 허위자백을 했을지라도 결심공판에서는 얼마든지 번복할 수 있었는데도 불구하고 무슨 이유로 검찰의 공소 사실을 그대로 시인했느냐 하는 점이고요, 마지막으로 모 월간지 인터뷰에서 '아직은 말할 시기가 아니다.'라고 말한 지도 어언 15, 6년 세월이 흘러갔으니, 이제는 당당하게 진실을 밝혀내어 명예회복을 하실 때가 되지 않았느냐 하는 점입니다."

"'지금은 말할 수 없다.'라고 말했던 거는 당시 사건에 관련되었던 사람들 대다수가 그때까지 그 자리에 있었기 때문에 세월이 더 흘러가야 한다는 뜻이었죠."

---

14) 1987년 '6월민주항쟁' 당시 경찰에 의해 불법 연행된 서울대생 박종철이 수사 과정에서 물고문으로 사망하자, 공안당국은 이를 은폐 조작하고자 기자회견에서 한 거짓말로, 한때 세간에 유행어가 되기도 했다.

"이제 강산이 두 번이나 변할 만큼 세월이 흘러가지 않았습니까? 아무쪼록 오늘 제게 진실을 말씀해 주시면 고맙겠습니다. 포항에서 대구로 이송될 때 말이죠, 눈을 가린다든가 그런 건 없었나요?"

"그런 건 없었고, 그 대신에 승용차 뒷좌석 복판에 앉혀 놓고 계속 머리를 누르고 있었니더."

"도경에 끌려갔더니, 맨 첨에 뭐라고 하던가요?"

"그건 아직도 기억에 생생해요, 그때 저는 메리야스 러닝 한 장에 양말도 없이 고무신을 신고 있었는데, 나중에는 그것마저 벗겨진 채로 맨발로 국장실로 끌려 들어갔죠. 들어가니까 국장이 대뜸 한다는 소리가 저보고 '빨갱이'라는 거라요, 저보고 '간첩'이라는 거예요. 사실대로 얘기하라기에 저는 아니라 그랬지요. 멀쩡한 사람을 왜 빨갱이로 모느냐고, 그러면서 수사과장, 정보과장, 형사들이 쭉 앉아 있는 데서 마구 욕을 했지요. 내가 빨갱이라면 당신들도 빨갱이다, 그러면서 하도 억울해 가주고 국장 멱살을 잡았지요. 내가 왜 빨갱이고, 나는 빨갱이 한 적도 없고, 우리 집안에도 빨갱이는 없다 카고 말이지. 크크 흐흐흐흐……。

그리고 이건 뒤에 나와 가주고 안 사실인데요, 저를 간첩으로 몰기 위해서 어쨌는지 아니껴? 그 당시에 이 터에 스물네 평짜리 큰 기와집이 있었는데, 마침 그날 안동농협에 있다고 한 그 매제가, 처남 때문에 마음고생하고 계시는 장인 장모를 위로해 드리려고 일부러 왔던가 봐요.

그런데 가는 날이 장날이라고, 척 와서 보니까 수사관들이 덮쳐 갖고, 방방이 돌아다니며 가택수색을 하고 있더래요. 당시 그 집은 사랑방, 중방, 안방이 있었는데, 사랑방에는 아버지가, 중방에는 제가 거처했지요. 그런데 매제가 가만히 보니까, 사랑방 벽장문을 열더니마는 그 속에다 뭘 집어넣더래요."

"누가?"

"수사관이! 그걸 우리 매제가 목격했던 거라요. 그리고는 시치미를 딱 떼고 나오더니, 제가 거처하는 중방으로 들어가더래요, 그 수사관이……. 매제도 간이 크지요, 신발을 신은 채로 얼른 들어가서 벽장문을 열어 보니까, 김일성대학에서 나온, 무슨 주체사상, 그런 책이더래요. 하도 무서워서 그 책을 얼른 갖고 나와서는 고마 소죽 끓이는 부엌 아궁이 안으로 쏴악 던져 넣어버렸다는 거라요. 내 방에 들어갔던 수사관이 도로 사랑방에 들어가서 한참 있다 나오더니만……."

"하하하하하하……." 하고 내 입에서 절로 폭소가 터져 나오자, "크크흐흐흐흐……." 하고 그도 덩달아 웃어댔다.

"이제 한 건 할 거라고 단단히 벼르고 들어가 보니깐, 책이 금방 없어졌단 말예요. 크크흐흐흐흐……."

"하하하하……. 그렇다고 물어볼 수도 없고, 하하하하……."

"그래 갖고 모면했기에 망정이지, 그날 매제가 오지 않았더라면, 어찌 될 뻔했어요?"

"캬아, 정말 악랄하네요. 왜놈 형사들이 따로 없구먼……."

"전 경찰서에서 '빨갱이'란 소리 참 많이 들었어요. 첨엔 그 때문에 고생도 엄청 많이 했니더."

"그게 상투적인 수법 아닙니까? '김용원'이라는 제 친구도 70년대 중반에 간첩으로 몰려 사형을 당했어요, 대법원 상고심 하루 만에……."

"인혁당사건[15] 말인가요?"

"맞아요."

"어디 그뿐입니까. 조봉암[16] 선생은 어쩌고요?"

"한때 전교조까지 용공으로 몰았으니, 말 다했잖습니까."

"그런데 이 '빨갱이'라는 말은, 말 자체를 없애야 돼요. 다 같은 한민족인데……."

하고, 그는 갑자기 벌떡 일어나더니, 뒤쪽에 있는 책장 문을 열고 무엇인가 끄집어내었다.

"선생님 이거 한대 태워 보세요."

북한산 담배 '금강산'이었다. 언젠가 한 번 태워 본 일이 있지만, 혀 끝이 따가운 게 내 입맛에는 영 맞지 않았었다.

"어디서 났죠?"

"이번에 남북농민통일대회에 참가했거든요. 마지막 날엔 금강산 관광도 했더랬는데요, 그 사람들도 우리하고 맨 똑같은 사람이라요. 우리보다 더 멋있는 장면들도 많았어요. 물론 강제성이 많아 그렇기는 하겠지만, 자연보호라든지 환경 보전, 이런 거는 우리가 한 수 배워야 돼요."

"7월 23일, 경북 도경 국장이 두봉 주교에게 전화로 '대책위원 신부들로 하여금 경찰관 입회 없이 오원춘 씨의 자백 내용을 확인하도록 해주겠다.'고 통보함으로써 다음날 11시경에 대책위원들이 경찰서를

---

15) '인민혁명당사건'의 약칭. 박정희 유신정권 당시 중앙정보부의 날조로 사회주의 성향이 있는 인물들이 기소되어 선고 18시간 만에 사형이 집행된 사건. 이 사건은 국가가 법으로 무고한 국민을 죽인 '사법 살인 사건'이자, 박정희 정권의 대표적 인권 탄압 사례로 역사에 기록된다. 특히 스위스에 본부를 둔 국제법학자협회는 이날을 '사법 암흑의 날'로 선포하기도 했다.

16) 1899-1959 : 농림부장관, 국회의원, 국회부의장 등을 역임한 정치인. 제2대 대통령선거 1952년, 제3대 대통령선거1956에서 보여준 위세를 몰아 1956년 진보당을 결성하고, 지방에서 지역당 조직을 확대해 가자, 정치적 위협을 느낀 이승만 정권은 1959년 조봉암을 비롯한 진보당 간부들을 북한과 내통해 평화통일을 주장했다는 누명국가변란, 간첩죄을 씌워 조봉암을 사형 집행한, 이른바 '진보당사건', 또는 '조봉암사건'은 현대사에서 대표적인 사법 살인으로 평가되고 있다.

방문하게 되었는데……, 경찰이 그렇게 자신 있게 나오기까지에는 필시 오 선생님이 큰 고통을 받았으리라고 짐작됩니다. 주로 어떤 고통을 받았지요?"

프로 레슬러같이 생긴 40대 초반의 건장한 자가 그의 멱살을 잡아 벽에다 밀어붙여 세우면서 말했다.
—이 새끼 이거, 또라이 아냐? 네놈이 감히 우리 국장님 멱살을 잡아?
—여보시오, 생사람을 빨갱이로 모는데, 가만히 있을 사람이 어딨소?
—하, 이 자식 이거 알고 보니, 굉장히 건방지네.
다른 두 명이 양쪽에서 달려들어 무쇠 같은 팔뚝으로 어깨를 꽉 끼는 순간, 그는 외마디 비명을 토했다. 뚱보가 손바닥으로 명치께를 강타한 것이었다. 온 내장이 파열되는 듯한 통증과 함께 호흡이 딱 끊어졌다. 이대로 죽는구나 싶은데, 이윽고 숨통이 탁 트여 왔다.
—안 되겠어, 이런 또라이 새끼는 몽둥이가 약이야. 야구빠따 갖고 와!
명령이 떨어지기가 무섭게 구석 자리에 세워져 있던 야구방망이가 뚱보의 손에 쥐어졌다.
—이 새끼 이거, 알고 보니 과대망상증도 보통 과대망상증이 아니구먼.
하고, 뚱보는 야구방망이를 정수리 위에다 올려놓았다. 졸지에 감전이라도 된 양 온몸이 찌릿찌릿해지면서 와들와들 떨려 왔다.
—이 새끼, 너 똑바로 잘 들어. 똑바로 잘 듣고, 둘 중에 하나를 택하란 말야. 지금부터 시키는 대로 순순히 따를 거야, 아니면 이거 한

방으로 영원히 편안한 세상으로 갈 거야?

이때였다.

―그거 내려놓아!

하고, 검정 색안경을 낀 40대 중반의 점퍼 차림이 들어오면서 말했다.

―다들 나가 있어.

점퍼는 실내 한쪽에 댕그라니 놓여 있는 탁자 쪽으로 끌고 가더니, 의자에 앉히고서 물었다.

―많이 맞았나?

그는 야구방망이만 생각하고 고개를 가로저어 보였다.

―내 말 잘 들어. 자네 사정과 심정은 충분히 이해하고도 남아. 실은 나도 크리스찬이야……. 그래서 자네한테 진심에서 한마디 충고해 주겠는데, 때로는 자기를 죽일 줄을 알아야 하는 거야. 연약한 나뭇가지가 태풍에 꺾이지 않는 이치를 알아야 한단 말이야. 자네는 그 이치를 모르고 너무 설치는 게 탈이야. 내 말 알아듣겠어?

―…….

―내일 오전 11시에 두봉 주교님하고 대책위원회 신부님들이 오셔. 그때 자네가 한 양심선언이 허위로 조작한 거라고 한마디만 하면, 만사형통인 걸 자네는 왜 모르나? 그래야 교회도 살고, 다 같이 사는 거야. 만약에 이대로 나간다면, 자네는 쥐도 새도 모르게 이 지구상에서 영원히 증발해 버릴 수도 있어. 내 말 알아듣겠어?

―좋습니다. 그렇게 하지요.

하고, 그는 쾌히 동의했다. 결단코 협박이 두려워서가 아니었다. 두봉 주교님과 신부님들이 오신다는 말에 용기가 불끈 솟았던 것이다. 그리고 덧붙였다.

―그런데 한 가지 조건이 있니더.

―조건? 좋아. 어디 한번 말해 봐.

―저를 교구청으로 데려다주십시오. 그리고 경찰관들의 입회 없이 면담케 해주겠다고 약속하면 거기서 하겠습니다.

―알았어. 그렇게 하지.

하고, 점퍼는 만족한 듯이 자리를 털고 일어서면서 덧붙였다.

―지금부터 내일 그 시각까지는 별일 없을 테니, 마음을 가라앉히고 푹 쉬라구.

다음날이었다. 오전 11시경에 서장실로 끌려 들어가자, 대책위원들이 먼저 와 자리를 잡고 앉아 있었다. 그를 인솔한 경관이 류강하 신부와 정호경 신부 사이에 있는 빈 의자로 그를 데리고 가 앉혔다.

오랜만에 신부들을 대하자, 눈시울이 뜨거워지며 콧마루가 시큰해 왔다.

그런데 초장부터 일이 꼬이고 말았다. 경북 도경 소속 간부들과 안동경찰서장 등이 줄줄이 들어오더니만, 테이블 건너편에 비어 있는 의자를 차지하고 앉는 것이 아닌가. 정호경 신부가 강력하게 항의했다.

―여보시오. 이거 약속이 틀리지 않소? 어제 분명히 교구청에서 경찰관들의 입회 없이 두봉 주교님과 면담케 해주겠다고 확약했잖소?

―신부님, 진정하세요. 생각해 보세요.

하고, 점퍼가 말했다.

―쌍방이 함께 입회해야 공정한 결과가 나올 거 아닙니까?

―아니, 그럼 경찰이 입회하지 않으면, 우리가 피해자랑 짜고서 무슨 음모라도……?

―말씀을 똑바로 하세요. 오원춘 씨는 피해자가 아니라, 피의자예요, 피의자!

―이 양반들 이거 정말, 참고인들을 위협해 갖고 일방적으로 받아

낸 진술로……?

―말조심해요. 참고인들을 위협하다뇨?

―과장님,

하고, 한동안 머뭇거리고 있던 그가 맞은편에 앉아 있는 점퍼를 향해 입을 열었다.

―어제 제가 교구청으로 데려다 달라고 하지 않았습니까?

―왜, 여기가 어때서? 이렇게 신부님들이 오셨음 됐지.

―당신들이 이렇게 나온다면 우리는 물러갈 수밖에 없소.

경찰과 신부들의 언쟁은 무려 40여 분간이나 계속되었는데, 그 틈을 타서 그는 류강하 신부와 은밀히 귓속말을 나눌 수 있었다.

―알퐁소 형제, 정말 허위라고 자백했나?

그는 긍정의 뜻으로 고개를 끄덕였다.

―매를 맞았나?

그는 야구방망이만 생각하고 부정의 뜻으로 고개를 저었다.

―위협을 많이 받았나?

고개를 끄덕였다.

―자백하다니, 그게 사실인가?

고개를 세차게 저어 보였다.

―그러면 여기서 큰소리로 허위자백이라고 말할 수 있나?

―이런 상황에서는 곤란하니더.

―신부들만 있다면 하겠나?

고개를 끄덕여 보였다.

언쟁이 계속되는 가운데 류강하 신부는 두봉 주교에게 전화로 상황을 보고한 다음, 도무지 사건이 해결될 기미가 보이지 않으니, 부득불 주교님께서 서장실로 좀 오셔야겠다고 말했다.

약 1시간 후에 두봉 주교가 안경을 번뜩이며 상기된 얼굴로 나타났다.

―저하고 단독면담을 할 수 있도록 허락해 주십시오.

두봉 주교가 유창한 우리말로 정중하게 요청했으나, 결과는 마찬가지였다.

―신부님들이 모두 퇴장한 후 10분 뒤에 주교님과 단독면담을 할 수 있도록 조치해 드리겠습니다.

나중에 가서 이렇게 절충안을 내놓긴 했으나, 그러나 그 10분이란 것이 오 형제를 공갈 협박하기 위한 시간을 의미하는 것임을 간파하고 신부들은 전원 철수하고 말았다.

―알퐁소 형제, 법정에서 진실을 말하라. 우리와 교회가 있지 않은가! 우리는 이긴다. 기도해라.

신부들이 떠나면서, 마지막으로 남긴 말이었다.

"그 뒤로 사건은 더욱 확대되고 복잡해집니다. 교구 측은 교권 수호 차원에서 전신을 투신할 것을 결의하고서 기도회와 농성으로 저항하는가 하면, 이에 맞서 당국은 더욱 강경 일변도로 이를 저지했습니다. 신문이나 텔레비전을 볼 수 없으니까, 당시 외부에서 어떤 사태가 일어나는지 오 선생님은 전혀 알 수가 없었죠?"

"변호사님들이 두어 번 와서 대충 설명을 해줬기 때문에 전혀 몰랐다고는 볼 수 없니더."

"바로 그다음 날인 7월 25일 권종대 회장과 정재돈 총무가 예천 본당 관할 대죽공소에서 농민 사목을 교육하던 도중에 연행되어 간 사실도 변호사님이 와서 알았습니까?"

"아뇨, 그건 그 뭡니꺼, 군위경찰서 부근에 있는 옛날 경찰학교 자리에서 직접 만나서 알게 되었죠. 정호경 신부님도 같은 날 거기서 만났고요."

"이건 중요한 대목인 만큼 꼭 짚고 넘어가야 할 거 같습니다. 권종대 회장과 정재돈 총무가 강제 연행된 데 대한 항의로, 안동교구 사제단이 대책회의를 연 데 이어, 교구청 정문에다 '기관원 출입 금지'라는 경고문을 내걸고, 건물 정면 벽에다 '오원춘·권종대·정재돈 형제를 즉각 석방하라'는 현수막을 달자, 정보과장의 지휘 아래 30여 명의 경찰들이 쳐들어와서 정호경 신부의 팔을 비틀고 목을 감고 신발도 신기지 않은 채 연행해 가는 한편, 사다리를 타고 올라가 현수막을 강제로 철거했습니다.

이에 격분한 사제단은 내무부장관, 법무부장관 앞으로 항의문을 발송했습니다. 교구청난입사건을 즉각 사과함과 동시에 불법으로 체포, 감금한 오원춘·권종대·정재돈 형제와 정호경 신부를 즉각 석방하라고 말이죠……. 그러나 경찰은 관내 각지에 오 선생의 납치폭행사건이 자작극임을 적극 홍보하기에만 급급했습니다. 이건 제 짐작인데요……"

나는 반쯤 태우다 끈 금강산에 다시 불을 붙이고 나서 말했다.

"오 선생님 입장에서는 이 무렵이 가장 고통스럽지 않았을까 싶은데, 교구청난입사건과 불법 연행에 대한 항의로 단식에 돌입했던 정호경 신부님한테 오 선생님이 고백 성사를 하겠다고 수차례 간청했던 당시의 전후 사정에 대해서 말씀해 주시겠습니까? 우선 어떠한 가혹행위를 받았는지, 그것부터 말씀해 주시죠."

"입만 벙긋했다 하면, 그저 터지는 거예요. 얻어맞아 터지는 게 일과였으니까요."

"좀더 구체적으로……"

"아까 말씀드린 것처럼 벽에다 붙여 세워놓고 손바닥으로 복부를 꽉 쥐어박으면, 어떤 때는 입으로 피를 토하기도 하고. 아니면 꿇어앉혀 놓고 야구방망이를 오금에 끼워 넣고설랑 구두 뒤축으로 무릎을 꽉 꽉 내려찧기도 하고……, 그래도 이런 건 약과라요."

"전기 고문을 받으셨던 모양이죠?"

"그런 건 없었지만, 그보다 더했으면 더했지 덜했다고 볼 수는 없을 기라요……."

─좋아, 네 놈이 얼마나 통뼈인지, 누가 이기나 어디 해보자구.

그들은 러닝과 바지를 벗기더니, 마지막 남은 팬티마저 홀랑 벗겨버리는 것이었다. 그리고는 이미 만신창이가 되어 있는 온몸을 로프로 꽁꽁 묶은 뒤, 욕조 바로 위쪽 천장에 매달린 도르래 밧줄에다 연결하는 것이 아닌가! 당장 어떠한 일이 닥칠지는 한눈에 알 수 있었다.

─당겻!

우두머리의 명령이 떨어지기가 무섭게 서서히 올라간 그의 육신은 마침내 도축장의 통돼지처럼 거꾸로 매달리고 말았다. 전신의 피란 피가 머리 쪽으로 쏟아져 내리면서 눈앞이 캄캄해 왔다.

─마지막으로 한 번 더 기회를 주겠다. 오후에 정 신부가 오면 고백성사를 보겠어, 못 보겠어?

─이, 이미, 다, 당신들한테……자, 자백하지 않았습니까?

─그걸 신부들이 안 믿으니까, 니놈 아가리로 직접 들려주란 말야. 하겠어, 못하겠어?

─시, 신부님 앞에서는……거, 거짓말을 하, 할 수가 없습니다.

─5초간의 여유를 주겠다, 다섯…… 네엣…… 세엣……!

삐걱삐걱 금속성 소리와 함께 서서히 줄이 풀어지기 시작했다. 욕조를 가득 채우고 있는 수면 위로 벌거벗은 또 하나의 자기가 자신을 향해서 서서히 솟아오르고 있었다.

―스톱!

머리에 서늘한 감촉이 와 닿는 순간이었다.

―한 번만 더 기회를 주겠다. 시키는 대로 하겠나, 못하겠나?

이 바보야!

하고, 물속에서 머리를 맞대고 있는 또 하나의 그가 속삭였다.

빨리 시키는 대로 해! 당초에 신부님도 그랬고, 양심선언에서도 외부의 압력에 의해서 번복될 수도 있다는 단서를 달았잖아!

―시, 신부님 앞에서는 저, 절대로 거짓말을 하, 할 수가 없습니다.

―처넣엇!

이런 맹추! 좌우지간 빨리 숨이나 길게 들이마셔!

한동안이 지나자, 꼭 숨이 끊어지는 것만 같았다. 차라리 단두대라면 얼마나 좋을까 싶었다. 작두날이 내리치는 순간, 댕강 목이 잘려져 이 모든 고통에서 벗어날 수만 있다면 얼마나 좋을까 싶었다. 참았던 숨통을 터뜨리자, 왈칵 한 떼의 물이 기도 안으로 몰려 들어왔다. 드디어 죽는구나 싶었다.

―어때, …… 시키는 대로 하겠나?

잠시 후 물속에서 나오긴 했지만, 이러다가 죽는구나 하는 동물적인 공포감은 마찬가지였다. 캑, 캑, 캑……! 하고 연거푸 물을 토해내기에 바빴다.

―어때, 시키는 대로 하겠나?

빨리 말햇, 시키는 대로 하겠다고!

―다, 다, 당신들, 캑, 캑……! 당신들 앞에서는…… 배, 캑, 캑, 캑……! 백 번이라도…… 캑, 캑, 캑……! 처, 천 번이라도 할 수 있지

만, 캑, 캑, 캑……!
―처넣엇!

"크크흐흐흐흐……. 제가 부족한 탓이었죠. 내리 서너 번 그 꼴을 당하자, 저도 모르게 입에서 시키는 대로 하겠다는 말이 튀어나오옵디다."
"누구라도 그런 상황에서는……."
"그래도 이 생각 하나만은 버리지 않았어요. 그래, 재판과정에서 번복하면 되는 거다, 개새끼들, 어디 그때 가서 보자!"
"고백 성사를 하겠다고 하자, 어떻게 나오옵디까?"
"크크흐흐흐흐……. 자기 앞자리에 척 앉히더니, …… 자기를 정경호 신부라고 가정하고 한번 해보라는 거라."
"그래, 하셨어요?"
"크크흐흐흐흐……. 했지요. 가짜배기 신부니까, 뭐……."
"그 담엔요?"
"그러자 옷을 입히더니 우두머리가 저를 다른 방으로 끌고 가서는 어떤 대머리한테 인계했읍디더."

―거기 앉아.
하고, 대머리가 말했다.
―진작부터 시키는 대로 했으면, 이 고생 안 하지. 괜히 고집부렸다간 네놈만 손해야.
―…….
―뒤늦게라두 자알 생각했어. 정호경 신부한테 고백 성사를 하겠다고 약속한 이상 어때, 권종대 회장하고 정재돈 총무한테도 자백할 수

있겠지?

―…….

얼른 대답이 나오질 않았다. 신부님에게 허위로 고백 성사를 하는 것 이상으로 괴로운 일이 아닐 수 없었다. 권 회장과 정 총무와는 삼인방이라 해도 좋을 만큼 허물없이 가까운 사이가 아닌가 말이다.

―내 곧 그 두 사람을 데리고 올 테니까, 빨리 말해 봐, 할 수 있겠지?

―저어……, 우선 화장실부터 좀 다녀와야겠니더.

그는 조금이라도 시간을 벌고 싶었다.

―좋아, 빨리 갔다 와.

그는 신뢰감을 주기 위해서 일부러 출입문을 닫지 않고 복도로 나갔다. 무심코 옆방 문 앞을 지나치던 그는 깜짝 놀라지 않을 수 없었다. 바로 그 방 안에 예의 그 두 사람이 대기하고 있지 아니한가!

그는 못 볼 것을 본 듯 잰걸음으로 화장실 쪽으로 향했다. 출입문을 닫지 않고 나온 것을 크게 후회했다. 그는 이따 한 번 더 다녀올 속셈으로 소변을 절반쯤만 보고는 옆방은 쳐다보지도 않고, 곧장 제자리로 돌아와 앉았다.

―잠시만……, 나도 화장실에 좀 갔다 올 테니깐…….

하느님이 도우시는구나 싶었다. 그는 대머리가 나가기가 바쁘게 탁자 위에 놓인 조서 용지 한 장을 살짝 떼어내어 볼펜으로 마구 갈겨쓰기 시작했다. 그야말로 죽느냐 사느냐 하는 절박한 순간이었다. 순식간에 볼펜을 잡은 손바닥에 식은땀이 흥건히 고여 왔다.

회장, 총무님

1. 나를 아는 모든 증거인에 그들은 폭력과 위협으로 조작
2. 나는 21일 - 계속 폭력과 강압… 생명의 위협을 느껴 진술에 응하고 사실에 없는 여자관계도…
3. 공×숙도 여기에 끌려와 폭력과 위협을 주는 것을 나는 보았고…
4. 나는 신체적으로 생명의 위험을 느껴 더 이상 견딜 수 없다. 당하고 감옥 갈 생각, 주교님과 신부님에게 전해주십시오. 나로 인하여 떠들지 말고 기도나 하여 주십사고. 저도 기도하겠습니다.

1979. 7. 30.

알퐁소

 막 서명을 끝낼 무렵 저벅저벅 발소리가 들려오기 시작했다. 아무렇게나 접어서 재빠르게 바지 주머니에 찔러 넣었다.
 ―저어 설산가 봐요, 한 번 더 다녀와야 되겠니더.
 대머리가 미처 자리에 앉기도 전에 그는 엉거주춤 상반신을 일으키며 오만상을 찡그렸다.
 ―이 새끼, 빨리 갔다 와!
 조심스레 문을 꼭 닫긴 했으나, 뒤따라 나와 볼 것만 같아 일부러 발소리를 요란하게 내면서 일단 화장실 쪽으로 냅다 뛰었다.
 좌변기에 앉아 소변을 마저 보고 나와 도둑고양이처럼 살금살금 옆방으로 다가갔더니, 그새 누가 닫았는지 출입문이 닫혀 있었다. 이판사판이었다.
 빼꼼히 문을 열고 잽싸게 쪽지를 던져 넣고는 도로 변소로 가서, 그들이 그것을 읽을 수 있는 만큼의 시간을 보내고 나서 천천히 돌아왔다.

―자, 그럼 곧 데리고 올게. 미리 경고하는데, 이 새끼, 헛소리하는 날엔 알지?

　그는 고개를 크게 끄덕여 보였다.

　대머리가 나가더니, 이내 두 사람을 꽁무니에 달고 들어왔다.

　그를 중심으로 왼편에 권 회장이, 바른편에 정 총무가 앉았다. 대머리가 말했다.

　―당국에서 이미 여러 차례 밝혔음에도 불구하고, 당신네 교회 측에서 믿질 않아서 직접 눈으로 귀로 확인시켜 주려고 이 자리를 마련했으니, 그리 알고 지금부터 기탄없이 대질해 주기 바랍니다.

　―입회 없이 했으면 좋겠습니다.

　권 회장의 말에 대머리는 탁자를 쾅 치며 발끈했다.

　―당신들, 또 그 소리요? 조사관도 확인을 해야 할 거 아냐!

　―회장님, 그리고 총무님, 죄송하니더.

하고, 그는 입을 열었다.

　―면목이 없니더. 두봉 주교님을 위시해서 모든 분께 제가 큰 죄를 지었니더. 제가 거짓말을 했니더.

　그는 입으로는 이렇게 말하면서, 연신 손가락으로 무릎 위에다 '조작 조작 조작……'이라고 썼다. 쪽지에다 충분히 밝히긴 했지만, 혹시 읽지 않았을 수도 있기 때문이었다.

　―아니, 알퐁소 형제!

하고, 권 회장이 그를 정면으로 바라보면서 소리쳤다.

　―지금 제정신으로 하는 소리가?

　그는 권 회장이 무릎 쪽으로 시선을 주지 않는 것이 못내 안타까워 고개를 푹 떨어뜨린 자세로 계속 무릎으로 상대의 무릎을 톡톡 건드리면서, 연이어 '조작 조작 조작……'이라고 썼다.

―그저 죄송하니더.
―도대체 어쩌자고 그런 엄청난 일을…….
마침내 권 회장의 시선이 무릎 위에 꽂히고 있었다.
―그런…… 엄청난 일을 저질렀노 말이다.
―면목이 없니더.
―알겠네. 정말 자네한테 실망했네.
―됐어요. 확인했으면 어서 나가서 정 신부한테 그대로 전하시오.
하고, 대머리가 차임벨을 누르자, 어떤 사복이 들어와 두 사람을 데리고 나갔다.
―니놈 고집 하나 때문에 지금 얼마나 많은 사람이 곤욕을 치르고 있는지 알아?
하고, 대머리는 담뱃불을 붙이면서 혼잣말처럼 뇌까렸다.
―정호경 신부 저 양반 저거, 저러다간 땡볕에 쓰러지지나 않을는지 모르겠네.

"저는 첨에 그 말이 무슨 뜻인지 전연 몰랐어요."
"여기에 보면, 도경 국장이 만나 보기를 원한다고 속여 가지고서 사흘째 단식을 하고 있는 정 신부님한테 데리고 간 거로 되어 있습니다. 그대로 한번 읽어 볼게요……."

정 신부가 기승을 부리는 더위 앞에 기진맥진한 채 단식을 계속하는 동안 권종대 씨가 경찰의 주선으로 찾아왔다.
권 씨는 자기 앞에서 오원춘 씨가 거짓말을 했다고 자백하더라는 말을 전해주었다. 도저히 믿을 수 없는 일이었다.
그러나 그것은 이내 현실로 나타났다. 그 자리에 오원춘 씨가 직접 나타났던 것이다. 오 씨는 정 신부를 보자, 대뜸 맥 빠지는 소리를 했다.

—신부님! 거짓말로 물의를 일으켜 미안합니다. 고백 성사를 보겠습니다.

정 신부는 이야기를 중단시켰다. 한눈에 그의 심신이 정상이 아니란 것을 간파했던 것이다.

—알퐁소, 내게 아무 이야기 말라. 고백 성사를 받을 시기와 장소가 지금은 적절치 않다.

그 뒤로도 오 씨는 몇 번이고 정 신부를 만나러 왔고, 그때마다 거짓말을 했다는 식의 말을 되풀이했다.

정 신부의 단식이 계속되자, 경찰은 그를 경북대 부속병원으로 옮겼다. 병원 복도에서 정 신부는 권 씨를 다시 만났다. 권 씨는 7월 31일 오후 6시 30분경에 석방되었는데, 그는 정 신부에게 오원춘 씨의 쪽지를 받아 왔음을 슬쩍 일러 주었다. 권 씨가 갖고 나온 이 쪽지를 천주교 측에서는 '오원춘 씨의 제2의 양심선언'으로 부르게 된다…….

"당시 오 선생님께서 정 신부님한테 여러 차례에 걸쳐 고백 성사를 보겠다고 말했다는 게 사실인가요?"

"그 사람들이 오복 조르듯 하는데 안 할 재간이 있어야지요."

"그때마다 그 사람들이 입회했어요?"

"크크흐흐흐……. 그야 물론이죠."

"그런데 말이죠, 경찰이 권 회장을 왜 석방시켰느냐 하는 점이 재밌습니다. 오 선생님의 입으로 '자작극'이라고 자백한 사실을 교구와 신도, 농민회와 전 국민에게 알리는 설득 사절로서의 역할을 톡톡히 수행하리라고 예상했던 거죠. 이건 경찰 수사 기록에도 그렇게 나와 있습니다. 그런데 결과적으로 어찌 됐습니까? '설득 사절' 역할을 한 게 아니라, 정반대로 '조작극'임을 입증해 주는 '제2의 양심선언'을 전달한 '통신사' 역할을 수행했으니 말입니다. 그뿐만 아니라, 그 쪽지는 공판 과정에서도 아주 중요한 역할을 했죠.

그런데 1회 공판에서 오 선생님은 '수사관 모르게 써갖고 변소에 가는 척하고 던져 넣었다.'고 진술했다가, 2회 공판에서는 당초에 낙서로 썼던 것인데, 휴지로 쓰려고 변소에 가져가 보았더니, 휴지가 있어서 도로 갖고 나오다가 옆방으로 던졌다고 말을 바꾸어 방청객들을 크게 웃기기도 했는데, 왜 말을 바꾸셨죠?"

"크크흐흐흐흐……. 그게 어찌 됐는고 하니, 1회 공판을 마치고 교도소로 가자마자, 취조실로 불려 내려갔죠. 검사하고 정보부 요원이 기다리고 있다가……."

"교도소 안에도 정보부 요원이 있습니까?"

"무슨 말씀이시니껴? 당시에 그 사람들 안 낀 데가 어디 있었니껴?"

—이 개애새끼, 일루 와.

취조실 안으로 발을 들여놓자마자, 새파랗게 젊은 스포츠 칼라가 자리를 박차고 튀어나오면서 말했다.

—이 새끼 이거, 이냥 뒀다간 나라 말아먹을 놈이야. 이런 싸가지 없는 새끼는 아예 씨를 말려야 해. 꿇앉아, 이 새꺗!

얼떨결에 무릎을 꿇었다.

—엉덩이 쳐들엇!

시키는 대로 했더니, 오금에다 야구방망이를 끼워 넣고 소리쳤다.

—앉아, 이 새꺗!

동시에 그는 비명을 싸지르며 모로 나동그라지고 말았다. 스포츠 칼라가 구두 뒤축으로 무릎을 내리찍었던 것이다.

—자세 바로 못햇!

얼른 자세를 바로 하기가 무섭게 또다시 비명과 함께 나동그라지고 말았다.

—자세 바로 못햇!

연거푸 세 차례를 당하고 나자, 도저히 몸을 일으킬 수가 없었다. 하반신이 나무토막처럼 뻣뻣하게 굳어지면서 호흡이 딱 끊어져 버렸던 것이다.

—아…, 아…, 아……!

—엄살 부리지 마, 새꺗!

하고, 스포츠 칼라는 야구방망이로 양 허벅지를 한동안 콱콱콱콱 찍어 대다가 소리쳤다.

—일어나, 새꺗!

가까스로 일어나 앉으며 힐끗 고개를 돌려 쳐다보았더니, 당혹한 표정으로 지켜보고 있던 담당 검사와 서기가 얼른 눈길을 피했다.

—S 검사!

하고, 스포츠 칼라가 외쳤다.

—이 새끼 이거 똥구멍까지 샅샅이 다 한번 파 봐!

"아니, 정보부 요원이 검사더러……?"

"S 검사 아직 살아 있어요. 저하고 마주 앉아 가주고 진술 안 받습니까, 서기는 옆에서 기록하고……. 나이도 나보다 더 적은 거 같애요. 검사 책상 위에 잠시 옆에 있는 문갑 위에 걸터앉는 시늉을 해 보이면서 엉덩이를 이래 턱 걸터 앉아 가주고 반말을 탁탁 하는데, 크크흐흐흐…… 캬아……, 기가 차서 말도 안 나오더라고요."

"그럴 때 검사 쪽 반응은요?"

"맨 그저 땀만 죽죽 흘리면서, 그 사람 시키는 대로 할 뿐이죠, 뭐……. 검사가 약간이라도 제게 유리하게 나간다 싶으면, 뭐랬는지 아니껴? 야, 똑바로 못해? 그것밖에 못해? 고함을 꽥꽥 질러대요. 그리고는 자기가 이렇게, 이렇게 쓰라고 불러 줘요. 그러면 검사하고 서기는 땀을 줄줄 흘리면서 그저 시키는 대로 받아쓸 뿐이지요, 뭐."

"캬아……!"

"새파랗게 젊은 놈이 지 애비뻘 되는 군수 쪼인트를 안 까나, 검사를 꼭 제 부하 다루듯 하지를 않나……, 중앙정보부장 앞에 장관들이 벌벌 떤다는 말이 풍문이 아니었구나, 이런 생각이 들자, 제가 생각했던 게 전부 그만…… 산산조각이 다 나버리고 말았니더."

"오 선생님이 생각했던 거란 구체적으로……?"

"재판장에서 번복하려 했던 거 말이라요."

하고, 그는 자못 심각한 표정으로 말했다.

"왜 산산조각이 났다고 생각했는고 하니, 박통이 죽지 않는 한 승산이 없다, 이렇게 판단되더란 말예요. 박통이 살아 있는 한 유신체제는 유지될 테고, 유신체제가 유지되는 한 긴급조치가 풀리지 않을 테니까 말이죠."

"거꾸로 표현한다면, 오 선생을 승소시키면 긴급조치의 적법성이 상실될 테고, 긴급조치의 적법성이 상실되면 유신체제가 무너질 테고, 유신체제가 무너지면 박통이 파멸될 수밖에 없다는 말이 되겠습니다."

"막바로 그거라요. 그러니 무슨 수단을 동원해서라도 파멸을 막으려고 들 거 아니라요?"

나는 어째 이야기가 가닥을 잘못 잡고 싱거운 방향으로 흘러가는 것만 같았다. 방금 그가 펼친 논리는 큰 안목으로 내려다본 당시의 전반적인 시대 상황으로서의 원인遠因은 될지언정, 적어도 하느님의 명예를 걸고 양심선언까지 한 사도로서 기자회견에서나 공판 과정에서 끝내 대중의 기대를 저버리고, 십자가 아닌 십자가를 짊어지게 되었던 근인近因은 결코 아니었으리라고 판단했다.

"7월 31일, 앞에서 언급한 제2의 양심선언 외에 오 선생님의 육필로 쓴 두 개의 문건이 두봉 주교님 앞으로 송달되었습니다. 하나는 편지였고, 하나는 헌 옷가지를 싼 신문지에 쓴 낙서였습니다. 물론 알고 계시죠?"

"예, 신문지 건은 그 뒤에 알았니더."

"두봉 주교님께 보낸 편지에 오 선생님이 이렇게 쓴 걸로 되어 있습니다……. '어떤 기관이나 요원에 대한 납치, 폭행은 제가 거짓으로 말한 것입니다.「짓밟히는 농민운동」이란 유인물에 나온 모든 내용은 오랜만에 나오니 별로 할 말이 없어 우쭐한 마음에 무의식중에 사실에도 없는 거짓말을 한 것입니다.' 그리고 이 역시 제1회 공판 때 변호사의 반대 신문에서, '쓸 의사가 없느냐는 수사관의 권유에 의하여 썼고, 또한 서너 번에 걸쳐 썼으며, 누가 언제 어떻게 우편으로 부쳤는지 알지 못한다.'라고 진술함으로써 강압에 의해서 타의로 썼음이 명백히 드러났던 사실입니다. 그럼에도 불구하고, 당국에서는 이를 악용하여 『오원춘납치설에 대한 진상』이란 소책자에다 이 편지의 겉봉과 내용을 복사해 갖고 선전 자료로 널리 활용했던 겁니다.

낙서물 또한 기가 막힙니다. 7월 24일 오전에 안동경찰서 한 직원이 신문지에 싼 헌 옷가지, 그러니까 울릉도에 갔다 와서 새 옷으로 갈아입으면서 벗어낸 러닝, 팬티, 양말 등이 들어 있는 보따리를 전달해 줬는데, 그 신문지에 숨죽여 쓴 오 선생님의 필적이 발견되었던 겁니다. 빨간 사인펜으로 '청기동', '김두환'이라고 쓴 것 이외에 일부러 판독이 불가하게끔 아무렇게나 휘갈긴 낙서 속에다 'ㅇㅠㄱㅈㅣㅇㅔㄱㅏㅁㅕㄴㅈㅣㄴㅅㅣㄹㅇㅡㄹㅁㅏㄹㅎㅏㄹㅣ'라고 가로풀어쓰기를 했다는 것은 경찰의 눈을 속이기 위한 기발한 착상인 동시에 고심의 흔적 그 자체이기도 합니다.

　1회 공판 때 변호인단에 의해 전격적으로 제출되어, 오 선생님이 자신의 필적임을 확인함과 아울러 위의 사실을 시인하는 진술을 하자, 이에 당황한 검찰이 2회 공판에서 어떻게 했는고 하니, 오원춘이 울릉도에서 자백한 것을……, 이것도 앞뒤가 안 맞는 말 아닙니까, 경찰 검거 통보에는 포항 한일호 선박 터미널이라고 해놓고 말입니다……. 그건 그렇다 치고, 육지에 나가서도 '납치 사실이 허위라고 하는 진실'을 말하겠다는 뜻으로 썼다고 진술하도록 유도했는가 하면, 오 선생님 또한 말을 바꿔 버렸지 않습니까? 당초 오 선생님은 '내 비록 울릉경찰서에서는 외압에 못 이겨 불가항력으로 자백을 하긴 했지만, 육지에 나가면 반드시 번복하고야 말리라.', 이런 뜻으로 썼던 거 아녜요?"

　"그야 물론이죠. 그리고 그걸 어디에서 썼는고 하면, 포항으로 도로 나올 때 배 안에서 썼어요."

　"아, 인제야 이해가 갑니다. 전 이 대목이 좀 의아했었거든요. 무슨 말인고 하면, 옷을 갈아입은 장소는 분명히 경북 도경이었을 텐데, 국장실에 끌려 들어갔을 때, 때 묻은 러닝에다 양말 바람이었다고 조금 전에도 말씀했잖습니까, 그렇다면 '육지에 나왔으니'라고 표현되었어야 옳지, 어째서 '육지에 가면'으로 표현되어 있을까 해서 말이죠."

　"그러니까 이렇게 된 거라요. 배에서 그걸 써 가주고 휴지인 양 호주머니 안에 넣어 있다가, 기회가 오기만 하면 교구 측에 전해주려고 맘먹고 있었던 거라요."

"갈아입은 새 옷은 경찰에서 사 준 건가요?"

"그런 걸로 알아요. 전 그때 돈이 한 푼도 없었으니까요."

"오 선생님은 그 안에서 잘 모르셨겠지만, 당시 굉장했어요. 8월 6일 안동교구 주관으로 전국 기도회가 열렸는데, 이 자리에서 김수환 추기경님이 '현장 교회의 수난과 아픔을 우리 모두의 것으로 하지 않을 수 없다. 진실이 거짓처럼 되고, 거짓이 진실처럼 둔갑하는 현실이 개탄스러우나, 그 동안 교회는 진실을 밝히기 위해 많은 수난을 당해왔다. 하나님은 공정하여 마침내 교회는 부활한 그리스도와 함께 다시 부활한다.'는 요지의 강론을 하셨고, 기도회가 끝난 뒤 항의 시위를 한 데 이어 사제단과 농민회 회원 80여 명이 무기한 농성에 돌입했습니다. 그리고 이날부터 보름간에 걸쳐 전국 각 교구에서 대대적인 시위 농성을 벌였던 겁니다."

"변호사 접견 때 조금 들어 어렴풋이 윤곽만 짐작했지, 저는 그 안에서 그런 걸 통 알 수가 없었죠, 뭐……."

"교구 측이 이렇게 강경하게 나오자, 이에 질세라, 8월 10일 드디어 경북 도경은 '오원춘의 납치설은 허위 조작된 것으로 드러났다고 밝히고, 이 같은 허위 사실을 유포한 오원춘과 이 사건에 관한 유인물에다 국가 안녕질서를 문란케 하는 내용을 삽입한 천주교 안동교구청 정호경 신부와 가톨릭농민회 안동교구연합회 정재돈 총무 등 3명을 긴급조치 9호 위반으로 구속하여 검찰에 송치했다.'고 발표했습니다.

8월 13일, 검찰 또한 기소도 하지 않은 상태에서 보도를 통하여 '오원춘의 납치설은 허위'라고 유포함으로써 이 사건을 여론재판으로 몰고 가려는 인상을 짙게 풍긴 데 이어, 그 이튿날인 14일에는 긴급조치 위반 혐의로 구속해 버렸습니다."

나는 잠시 말을 끊고 테이프의 잔여 분량을 점검했다. 아직 약간 남아 있긴 했지만, 새것으로 교체해 넣었다. 바야흐로 하이라이트 부분이 시작될 것이기 때문이다.

"이제 드디어 가장 중요한 대목에 이른 거 같습니다. 조금 전에, 제가 제일 궁금하게 여기고 있는 세 가지를 말씀드렸습니다. 인제부터 그걸 한 가지씩 정리할까 합니다.

양심선언을 허위로 조작한 거라고 번복하기까지 오 선생님께서 겪으신 고초에 대해서는 충분히 알아보았습니다. 그리고 견디다 못해 공판 과정에서 번복하기로 작심하고 허위로 자백했다는 것도 충분히 이해하겠고요.

그런데 좀더 구체적으로 알고 싶은 게 뭐고 하면, 당시 TV 3국을 통해서 전국에 방영되었던 기자회견에 관한 건입니다. 기자들의 질문에 대비해서 저쪽에서 미리 짜놓은 어떤 시나리오가 있었습니까? 두 번 한 걸로 알고 있는데……?"

"두 번 했는지 세 번 했는지도 기억에 없어요. 교도소 소장실에서 했다는 거밖에는……. 하루는 보안과에 불려 갔더니, 보안과장하고 검사하고 형사들이 하는 말이, 내일 서울에서 국회의원들하고 모모 인사들이 다 내려온다면서, 그러니 니가 말 한마디 잘못하면 큰일 난다, 우리가 시키는 대로 해야 살지, 안 그러면 죽는다, 요렇게, 요렇게 묻거든 요렇게, 요렇게 답해라.라고 쓴 원고를 주더구만요……. 그런데 거기에서도 정보부 요원이 최고라요. 죄다 그 사람 지시대로 움직였으니까요. 저도 물론 시키는 대로 할 수밖에 없었고요. 그날 밤새도록 원고를 외느라 제정신이 아니었어요."

"이건 8월 13일자 대구지검 S 검사실에서 가진 기자회견의 일문일답 내용입니다. 한번 들어 보십시오. 그때 오 선생님은 푸른 수의에

'638' 미결수 번호를 달고 있었네요."

―종전 주장이 거짓이라면 왜 그렇게 했는가?
―개인적인 사정 때문이었다. 가정불화로 오랫동안 집을 떠나고 보니 납치된 것처럼 꾸몄다.
―가정불화 때문에 거짓말을 했다고 했는데…….
―지난 2월 영양 읍내 모 다방의 주인 딸 공 모양을 알게 된 후부터 가정불화가 심했다.
―기관원에게 납치됐었다고 앞서 주장한 5월 5일부터 16일간의 행적은……?
―5일 영양에서 점심을 먹고, 버스 편으로 포항에서 일박하고, 다음 날 한일호 편으로 울릉도에 들어가 13일간 있다가, 19일 포항으로 나와 영덕에서 1박, 20일은 영양에서 자고, 21일 집에 도착했다. 6월 10일경 영양성당을 찾아갔다가 정희욱 신부가 '왜 오래 나오지 않았느냐?'고 묻기에 '납치됐었다.'고 거짓말을 했다. 6월 18일경 정재돈 총무가 우리 집에 왔을 때 처가에 가고 없어 못 만나고, 6월 25일 정 씨와 함께 서울행 기차를 타고 가면서 정희욱 신부에게 한 것처럼 거짓말을 했다. 6월 30일 정 씨와 밤 12시부터 새벽 3시까지 이야기할 때 납치 후 폭행을 당했다는 등 거짓말을 합리화시키기 위한 말들을 덧붙였다.
―그런 식으로 거짓말을 하면, 어떻게 될 것으로 알았는가?
―교구 또는 농민회에만 알려지는 것으로 알고 있었으나, 조금 시끄러워질지도 모른다고 생각했다.

"그런데 말입니다. 이 내용이 8월 23일 방영되었던 기자회견 내용하고 거의 일치합니다. 당시에 저도 시청했거든요."

"그야 그럴 수밖에 없죠. 맨 그 사람들이 써 준 원고를 그대로 외어 가주고 앵무새처럼 지껄였으니까, 크크흐흐흐흐…… . 한 가지 차이가 있다면, 뒤에 할 때는 공소회장을 증인으로 등장시킨 점이 달랐을까…… ."

"지금도 눈에 서언합니다. 오 선생님보다 열 살가량 많아 뵈는 이가 나와 갖고 오 선생님의 성격이며 사생활에 대해서 거침없이 폭로하던 장면이…… ."

"그 양반이 한 말도 전부 그 사람들이 원고를 써 준 거라요. 안 그러고서야 어찌 사실인 것처럼 그럴싸하게 거짓말을 할 수 있겠니껴? 그리고 심지어 기자들의 질문까지도 각본에 의한 거라고 저는 생각해요."

"그 사람들이나 오 선생님이나 배우들처럼 그걸 암기하자면, 꽤나 애먹었겠어요."

"말도 말아요. 제가 젤 힘들었던 건, 거기까지는 할 수 있었는데, 견딜 수 있었는데, 사실은 재판 과정이었어요."

"재판 과정으로 들어가기 전에 이거 한 가지는 꼭 짚고 넘어가야겠습니다. 뭐고 하니, 긴급조치 9호의 골자가 뭡니까? 유신헌법에 대한 부정, 반대, 왜곡, 비방, 개정 및 폐기를 주장하거나, 청원, 선동, 또는 이를 보도하는 행위 등을 일절 금지하고 이를 위반하는 자는 영장 없이 체포할 수 있게 한 거 아닙니까? 그렇다면 오 선생님의 공소장을 신문에다 보도하고, 기자회견을 열고, 게다가 그 장면을 텔레비전을 통해서 전국에 방영한 거는 저촉이 되지 않습니까?"

"크크흐흐흐흐…… . 원래 유신헌법이라는 게 그런 거 아니라요? 코에 걸면 코걸이, 귀에 걸면 귀걸이였죠. 절대 권력은 절대 부패하고,

절대 부패는 절대 망한다는 말이 있지 않니껴. 망할 때가 임박하다 보니까, 별의별 짓거리를 다했다고 봐야죠."

"자아, 드디어 클라이맥스 부분으로 진입합니다. 피로하시겠지만, 마저 좀 도와주십시오."

"원 별말씀을, 피로가 뭐니껴, 오랜만에 저도 속이 다 후련하니더."

"이 사건을 맡았던 변호인단은 모두 여섯 분이었죠?"

"맞아요. 홍성우·이돈명·황인철·조준희·유현석, 에에 또……."

"이건호."

"아, 이건호 변호사, 그렇게 여섯 분이었니더."

"8월 23일 텔레비전 방영 직후, 변호인단은 인권 변호사로 얼굴이 잘 안 알려진, 다시 말해서 당국의 감시를 완화하기 위해서 그 당시까지 한 번도 긴급조치 사건을 수임한 적이 없는 이건호 변호사를 보내어 오 선생님과 벼락치기 면회를 했던 겁니다."

"전 그런 내막은 전혀 몰랐죠, 뭐……."

—자, 이걸 빨리 한번 읽어 보세요.

면회실 안으로 들어서자, 귀공자풍의 말끔하게 생긴 웬 낯선 신사복이 목소리를 낮추며 종이쪽지를 내밀면서 말했다.

—두봉 주교님의 신임장입니다. 빨리 한번 읽어 보세요.

그는 종이쪽지 대신 신사복을 다시 쳐다보았다. 가족의 면회조차 허용되지 않는 마당에 생면부지의 사내가 찾아온 것부터 수상한 데다 두봉 주교님의 친서를 지니고 왔다는 말이 도시 믿어지지 않았던 것이다. 더구나 입회관도 없이 단둘에서 대좌할 수 있다니, 어디 있을 법이나 한 일인가!

—이번에 오 형 변호를 맡게 된 사람입니다. 누가 올지 모르니 빨리

읽어요!
하고, 신사복은 다급한 목소리로 거듭 독촉했다.

이 변호사는 내가 믿는 변호사니 진실을 얘기하라. 두봉

두봉 주교님의 필적이 틀림없었다.
―누가 오기 전에 묻는 말에만 간단히 대답해 주세요. 납치가 맞아요?
―사실입니다.
―그런데 왜 텔레비전에서는 그렇게 말했어요?
―완전한 인간이 못 되어서…….
―그러면 법정에서는 진실을 말하도록 하시오. 할 수 있겠죠?
그는 대답 대신 비장한 표정으로 고개를 크게 끄덕여 보였다.

"막 그때 허겁지겁 보안과장이 달려와서 두 사람을 떼어 놓았죠? 그리고 이 변호사는 개가를 부르면서 돌아가 변호인단에 그대로 알렸고, 변호인단은 환호를 부르며 어서 재판이 개정되기만을 기다렸다고, 어느 잡지에서 뒷날 이건호 변호사가 술회했습니다. 8월 28일 정재돈 총무, 정호경 신부님이 역시 긴조 9호 위반 혐의로 구속 기소된 사실도 기억해야 할 거 같고요…….
그런데 말이죠, 사실 저로선 이게 가장 궁금한 건데요, 오 선생님이 이미 허위자백을 할 때 스스로 굳게 다짐했을 뿐만 아니라, 이건호 변호사한테도 그렇게 하겠다고 굳게 약조해 놓고서 무슨 이유로 그걸 실행에 옮기지 못했느냐 하는 점입니다. 구치소에서도 어떤 가혹행위가 있었습니까?"

"말도 말아요, 구치손지 교도손지 대공분실인지 모르지만, 하튼 재판받는 맨 마지막 단계가 젤 견디기 힘들었어요. 벽에는 체인, 야구방망이, 각목, 쇠꼬챙이, 로프, 일일이 이름을 다 못 댈 정도로 많은 형구가 걸려 있고, 몇 명이 죽어 나갔는지, 살아 나갔는지 핏자국이 쫙쫙 나 있는데, 그 자체만 해도 고마 기가 팍 질려버려요. 그런데, 고문 중에서 젤 견디기 힘든 거 중의 하나가 뭐고 하면, 굶기면서 잠을 안 재우는 거라요. 밤낮없이 백열등이 환하게 켜져 있는 지하실에 가두어 놓고설랑 몇 날 며칠을 내리 밥도 안 먹이고 잠을 안 재우는데, 정말 미칠 것만 같더라고요. 학생 때부터 운동을 해가주고 몸이 아주 탄탄했었는데, 얼마나 그 안에서 고생을 했던지 62킬로였던 체중이 48킬로로 빠졌다면 말 다했잖니꺼. 재판장에 나갈 때 걸음을 걸으면 휘청거려서 중심을 못 잡았으니까요."

"쯧쯧쯧쯧······."

내가 혀를 차자, 그는 멋쩍게 웃어 보이며 계속했다.

"재판을 앞둔 하루 전날마다 어떻게 했는지 아니꺼?"

—야, 이 개새끼야, 제대로 불엇!

옆에서 지켜보고 있던 스포츠 칼라가 쇠꼬챙이 끝으로 옆구리를 콱 찔렀다.

—다시!

하고, 검사가 소리쳤다.

—공 양하고 통정한 일시가 언제였나?

—······2월······ 8일입니다.

—2월 8일 몇 시, 이 새갓!

—······밤 여··· 섯? 여··· 덟? 여······?

눈까풀이 천근 무게로 내리 덮이면서 정신이 가물가물해 왔다.
—밤 8시 5분!
쇠꼬챙이에 또다시 옆구리를 찔리면서 정신이 번쩍 들었다.
—밤 8시 5분!
—이 새꺗! 누가 고함을 크게 지르랬어?
—이 새꺗! 누가…….
—아니, 이 새끼 이거 순 돌대가리 아냐? 안 되겠어, S 검사!
—예!
—원고를 써줘 갖고 암기시키자구.
—그렇게 하는 수밖에 없겠어요.
—야, 이 새꺗!
하고, 스포츠 칼라가 자리에서 벌떡 일어서면서 말했다.
—잠깐 책상에 엎드려 휴식을 취하고 있어. 특별히 봐주는 줄이나 알아, 이 새꺗!
그들이 미처 방을 빠져나가기도 전에 그는 쿵 하고 바닥 위로 나가떨어지고 말았다.

시뻘건 강물 속이었다. 그는 두어 차례 물을 들이켠 끝에 사력을 다하여 가까스로 수면 위로 치솟아 올랐다. 거세게 쏟아져 내리는 황톳물 위로 아름드리 통나무들이 마구 떠내려오고 있었다.
그는 통나무 사이로 헤엄을 쳐 거슬러 오르기 시작한다.
—알퐁소, 힘내라! 알퐁소, 힘내라……!
바른쪽 둑 위에는 신부와 수녀들이, 왼쪽 둑 위에는 농민회 회원과 신자들이 발을 동동 구르며 성원을 보내고 있다.
—알퐁소, 바로 아래쪽에 폭포가 있다. 빨리 올라가라, 빨리! 더 빨

리!…….

거대한 통나무가 정수리를 향해 돌진해 온다. 잽싸게 옆으로 비키는 순간 잇달아 또 하나가 공격해 온다. 용케 피하자, 또 다른 놈이 맹공을 가해 온다. 수많은 사람의 성원도 보람 없이 그의 몸뚱이는 자꾸자꾸 하류 쪽으로 떠밀려 내려가기만 한다.

―알퐁소, 파이팅! 알퐁소, 파이팅……!
―알퐁소, 떠내려가면 안 돼! 바로 아래에 폭포가 있단 말야. 빨리 올라가, 빨리빨리! 더 빨리……!

그러나 역부족이었다. 성원을 보내던 사람들이 일제히 얼굴을 감싸며 돌아선다.

마침내 그는 엄청난 괴력 속으로 빨려들며 허공으로 부웅 뜨고 만다.

―아아악!
외마디 비명을 싸지르며 그는 상반신을 벌떡 일으켰다.

사방을 휘둘러보아도 실내에는 아무도 없었다. 벽면에 걸린 갖가지 형구들이 자신을 비웃고 있었다. 차라리 벽에 걸린 체인으로, 야구방망이로 실컷 두들겨 맞았으면 싶었다. 만신창이가 되는 한이 있더라도 병원에 입원하여 잠이나 실컷 자봤으면, 원도 한도 없을 것 같았다.

나무 한 그루, 풀 한 포기 눈에 띄질 않는 계곡이다. 물 한 방울 구경할 수 없는 하상에는 기암괴석과 자갈과 모래뿐이다. 길마저도 없다.

그는 맨발인 채 커다란 십자가를 메고 하상을 따라 오르고 있다. 십자가의 육중한 하중으로 어깨가 내려앉을 것만 같다. 온몸은 비지땀으로 번들거리고, 발자국을 옮길 때마다 발바닥에서 흘러나온 피가 모랫바닥 위에 붉은 족적을 남긴다.

뒤로는 수백 수천을 넘는 신부와 수녀들이 성가를 부르면서 따라오고 있었다.

장하다 복자여 주님의 용사여
높으신 영광에 불타는 넋이여……

그는 돌부리에 걸려 앞으로 고꾸라진다. 십자가가 사정없이 그를 덮쳐 누른다. 도시 일어날 기력이 없다.

칼 아래 쓰러져 백골은 없어도
푸르른 그 충절 찬란히 살았네……

그는 사력을 다하여 다시 일어난다. 그러나 몇 발짝 떼지 못하고 다시 엎어지고 만다.
―주여, 제게 힘을 주시옵소서.
그는 기도를 올린다.
―우리의 영원한 수호자이신 천주여, 억압받는 이웃들을 사랑으로 보살핀 게 죄가 되나이까? 교회를 핍박하는 어리석은 무리를 지혜로운 섭리로 다스리시고, 주를 증거하는 이들이 흘리는 피가 헛되지 않게 지켜 주시옵소서…….
그는 다시 몸을 일으킨다. 그러나 도저히 일어날 수가 없다.
그런데 이상하다, 십자가가 마구 흔들린다. 갑자기 요동을 치면서 마구 전신을 짓이기는 것이다.

―이 새끼, 빨랑 일어나지 못햇!

스포츠 칼라가 구둣발로 어깻죽지를 마구 짓밟아대고 있었다.
―빨랑 의자에 앉앗!
얼떨결에 의자 위에 엉덩이를 갖다 얹었다.
―잘 들어.
하고, 검사가 말했다.
―이건 내가 법정에서 신문할 때 니놈이 답변할 자료야. 내가 이렇게 물으면, 니놈은 이렇게 답변하면 되는 거야, 알았어? 그리고 이건…….
스포츠 칼라가 별안간 소리를 꽥 질렀다.
―잘 들어, 이 새깟! 니놈 생사가 달린 거란 말야.
검사가 말했다.
―야, 오원춘! 이건 변호인단에서 반대 신문을 할 때를 가상해서 작성한 건데, 꼭 이대로 물을 리는 없을 테지만, 답변하는 요령은 이렇다 이거야. 너, 이거 지금부터 10분 안으로 다 외어, 알았어?
―너 말야,
하고, 스포츠 칼라가 쇠꼬챙이로 어깨를 가볍게 두들기면서 말했다.
―정확하게 10분 후에 와서 테스트해 볼 테니까, 그때도 아까처럼 더듬수를 놓다간 죽을 줄 알아, 알겠어?

"크크흐흐흐흐……. 그런데 그게 잘 외어지지가 않았어요. 마, 마, 기억력도 없고, 멍한 상태에서 죽을 지경인데, 머리에 들어올 리가 있니껴? 정해 놓은 시간에 들어와 가주고 물어보면, 그저 예, 예, 이 소리밖에 안 나와요. 그러면 또 얻어터지고……, 맨 얻어터지는 기이 일이라요. 특히 변호인단 반대 신문을 할 적에는 고마 꽉 막혀 버리고, 안 그러면 엉뚱하게 진실이 튀어나와 버리고, 크크흐흐흐흐……."

"그러면 또 터지고, 쯧쯧쯧쯧……."

"실제로 재판정에서 변호사들이 예리하게 파고드니까, 헛소리가 막 나오더라고요. 크크흐흐흐……."

"여기 이런 게 있네요. 한번 들어 보세요. '변'은 변호사이고, '오'는 오 선생님입니다.

변 오 씨가 공 양과 통정하였다는 79년 2월 8일은 정재돈 총무가 오 씨와 같이 있으면서 감자피해보상 요구 관철을 다짐하는 결의문을 작성한 날이었는데, 어떻게 통정까지 할 수 있느냐?
오 공 양과의 관계는 2월 8일 전후에 가질 수도 있다.
변 공 양을 알게 된 것이 2월경이고 그녀가 2월경에 학교를 졸업했는데, 상식적으로 어떻게 관계를 가질 수 있는가?
오 그런 사실이 있었기에 그리 말하였다.
변 오른팔 상처는 울릉경찰서 조서에는 배 갑판에서 넘어져 다친 것이라고 했다가, 나중에는 3층 선실 부근에서 다쳤다고 하고, 경북 도경 신문조서에는 3층 기관실 문에서 다쳤다고 했는데, 어느 것이 사실이냐?
오 마지막 것이 진실이다.
변 어떻게 기관실 문이 3층에 있을 수 있느냐?
오 그때에는 거기에 있었기에 그리 말하였다.

"크크흐흐흐……. 그 보세요. 제 입에서 나온 거지만, 기관실 문이 3층에 있다니, 그게 어디 말이나 되니꺼?"

"그러니까, 3회 공판 도중에 퇴장해 버린 변호인들이 서울행 열차 속에서 모두 울었다지 않습니까. 평소에 술을 안 마시던 황인철 변호사가 술을 청해 마시다가 '결정적인 순간까지 몰아다 줘도 오원춘이가 저렇게 나왔으니, 여태까지 우리는 뭘 한 겁니까?' 하고 바닥에 주저 앉아 울자, 일행들도 모두 따라 울었다는 겁니다.

그런데, 방금 말씀하신 대로, 몇 날 며칠 동안 밥을 안 먹이고 잠을 안 재우면서 자기들에게 유리하도록 일방적으로 쓴 대사를 달달 외도록 강제한 것만으로는 설득력이 좀 약한 감이 있습니다. 막판에 가서 꼭 뒤집고 말겠다고 그처럼 별러 놓고서 막상 실행해 옮기지 못한 보다 큰 이유가, 어떤 직접적인 동인이 있었을 거 같은데요?

생각해 보십시오. 공판이 열릴 때마다 전국 각지에서 모여든 수백 명의 신부, 수녀, 농민회 회원, 신도 들이 성가와 기도로써 격려하고, '알퐁소, 힘내라.' 하는 함성이 법정 안에서까지 터지는 상황에서, 더군다나 여섯 명이나 되는 대한민국에서 둘째가라면 서러워할 특급 인권 변호사들이 사력을 다해서 엄호해 주고 있는 마당에 오 선생님의 태도가 돌변해야 할 하등의 이유가 없지 않습니까? 게다가 항소까지 포기하고 말았으니 말입니다."

"두 번째 변호사 접견 때 어느 분이 우리 두봉 주교님의 말씀을 전해 주더라고요. '너는 살아서 나와야 된다, 살아서 나오기만 하면 된다, 이미 모든 사람들이 알 거 다 알았으니까, 어쨌든 살아서만 나오라.' 이거라. '그 안에서 니가 어떤 딴말을 하건 우리는 안 믿으니까 살아서만 나오라.'고 하더라는 거였어요.

그러면서 그 사람들이 하는 말이, '정부 당국에서 두봉 주교님을 국외로 추방시킬 계획까지 세워놓고 있다.'는 거라. 왜 그러냐고 물어 보았더니, 명동성당을 위시해서 전국적으로 시위 농성을 확산시킨 장본인일 뿐만 아니라, 기도회에서 내정간섭에 해당되는 정치 발언을 했기 때문이라는 거였어요. 정호경 신부님이 정식으로 구속되었다는 것도 그때 처음 알았어요.

그날 밤이었니더. 그러니까 첫 공판이 열리는 바로 전날 밤이었지요.……"

―주여, 인류의 스승이요 빛이신 구세주시여, 주님의 비추심을 간구하오니, 부디 제게 빛을 주시옵소서…….

그렇게 소원이던 잠이었건만, 도시 잠이 오지 않았다.

몇 시나 되었을까? 그는 일어나 앉아 기도를 올리고 있었다.

―이 비추심으로 내일이면 모든 게 백일하에 드러나, 마침내 모든 이웃이 하나의 부르심으로 깨닫게끔 하여 주시옵소서…….

―철커덩!

철문이 열리는 소리에 그는 온몸이 오싹해졌다. 이어 저벅저벅 발소리가 다가왔다.

그는 본능적으로 얼른 자리에 드러누웠다.

―638번 나와.

취조실로 따라 내려가자, S 검사, 스포츠 칼라 외에 40대 중반으로 보이는, 흰 가운에 하얀 마스크를 쓴 낯선 얼굴이 하나 더 있었다. 어쩐지 불길한 예감이 들었다.

―그동안 수고했어.

하고, S 검사가 말했다.

―어때, 실수 없이 할 자신 있지?

실수 좋아하지 마, 이 ×새꺄!

―네, 최선을 다하겠습니다.

―너, 혹시 괜히 엉뚱한 생각하고 있는 건 아니겠지?

흥, 그래도 겁은 나냐?

—그럴 리가 있겠습니까.
　—자, 담배나 한 대 피워.
하고, 스포츠 칼라가 친절하게도 불까지 붙여 주면서 덧붙였다.
　—좌우지간 그동안 수고했어. 짜아식, 진작부터 고분고분 나왔으면 얼마나 좋았어.
　그는 담배를 받아 물고 뻐끔담배를 피우기 시작했다.
　—오원춘, 어때? 재판을 끝내고 해외에 나가 살 생각은 없냐?
하고, S 검사가 처음으로 미소를 띤 밝은 표정을 보이며 말했다.
　—모든 여건與件은 내가 책임지고 마련해 줄 테니까…….
　흥, 이젠 완전히 어린애 취급이군!
　—전 우리나라가 좋습니다.
　—그냥 해본 소리야, 하하하하…….
하고, S 검사가 말했다.
　—건강이 많이 나빠진 거 같으니까, 주사를 맞고 약을 좀 먹도록 해.
　그러자 흰 가운이 일회용 주사기를 손목에다 꽂았다.
　—지금 한 알 먹이고, 낼 아침 식후 30분에 한 알 먹이세요.
하고, 흰 가운이 검사에게 약봉지를 건네주고는 그를 향해서 말했다.
　—다소 신열이 나고 고통이 수반되더라도, 부작용이 아니라 명현현상이니까 견디도록 해요.
　S 검사가 손수 그의 입 안에다 투약한 데 이어 컵에다 물을 따라 주었다.
　—거기 의자에 앉아.
　흰 가운이 나가고 나자, 맞은편에 놓인 등의자를 가리키며, S 검사가 말했다.
　—오원춘, 이거 한번 읽어 봐.

여느 때보다 한결 부드러운 말씨로 인쇄물을 내밀었다. J일보 그날 치 호외였다.

―어이, 오원추운.

하고, 이번에는 스포츠 칼라가 입을 열었다. 그의 어투 역시 믿어지지 않을 만큼 감미롭게 들렸다.

―대충 훑지 말고 내용을 끝까지 차근차근 한번 읽어 보란 말야.

우선 대문짝만하게 실린 사진이 시선을 빼앗았다. 그는 제 눈을 의심하지 않을 수 없었다. 네댓 명의 사내들이 땅바닥에 넘어져 있는 사람의 목과 가슴팍과 복부를 죽창으로 마구 내리꽂고 있지 않은가! 그 배경에도 역시 마주 서 있는 사람을, 또는 도망가는 사람들을 무차별로 찔러대고 있었던 것이다.

그는 기사를 읽어 보는 대신 두 눈을 감고 말았다. 어질증이 일면서 사방이 빙글빙글 돌아가기 시작했다.

―오원춘, 기사를 한번 읽어 보라고 했잖아.

하고, 검사가 말했다.

―이제 똑똑히 알겠어?

스포츠 칼라가 말했다.

―지금 이 시각, 안동에는 수십, 수백 명의 양민들이 이렇게 농민회 폭도들에 의해서 죽어가고 있어. 이게 다 누구 때문인 줄 알아, 이 새꺄! 니 말 한마디면 싹 끝나게 되어 있는데, 왜 고집을 부려? 니 말 한마디면 온 나라가 안정된다 이 말이다. 괜히 엉뚱한 짓 했다간 어찌 되는지 알지? 지금 위에서는 두봉 주교를 추방시킬 계획까지 세워 놓고 있어. 프랑스 대사관은 물론, 이미 로마 교황에게까지 통첩해 놓았단 말야.

"이거 어떡허나, 사람을 죽이면 안 되는데. 우리 농민회 회원들이……. 그리고 주교님이 추방되면 어떡허나…… 이런 생각이 들자, 내 한목숨, 내 하나 우습게 되는 꼴이 있어도 이걸 막아야 되겠구나 하는 생각이 그 순간에 들었어요."

"그게 어찌된 겁니까? 실제로 그런 참상이 안동에서 일어났던 겁니까?"

"크크흐흐흐흐……. 있을 수가 없죠. 맨 조작한 거라요."

하고, 그는 말했다.

"뒷날 신부님들 말씀을 들어 보니깐, 그 당시 청와대로 들어가는 신문 따로, 일반 신문 따로, 신문을 이중으로 찍었대요. 자유당 때처럼……."

"캬아……."

하고, 나는 마지막 술잔을 비우고 나서 말했다.

"저도 그런 말을 듣긴 했지만, 정말 악랄했네요."

"크크흐흐흐흐……. 햐튼 자기네들은 재판에서 이겨야만 되니까, 수단 방법을 안 가렸던거라요. 그런데 말예요. 진짜배기 얘기는 지금부터 나와요."

"네? 방금 뭐라 하셨죠?"

"진짜배기 얘기는 지금부터라 이 말이니더."

"잠깐, 잠깐만, 오 선생님!"

하고, 나는 얼른 일어나 방문 소리를 요란하게 내면서 밖으로 빠져나갔다.

─할매, 잠깐, 잠깐만!

이야기를 듣다 말고 황급히 소피를 보고 와서, 할머니의 턱 밑에 바짝 다가앉곤 했던 유년 시절의 기억을 떠올리며, 나는 마당으로 내려섰다.

언제 떠났는지, 승용차는 보이질 않았다. 어릴 때 그랬던 것처럼 나는 컴컴한 변소를 기피하고 마당 가에다 방뇨하면서, 실외에 전혀 조명 시설을 하지 않은 걸로 봐서 이 집 식구들도 밤오줌만은 요강이나 다른 방법으로 처리할 거라는 생각이 들었다.

방 안으로 들어가자, 그는 녹음 상태를 확인하고 있었다.

진짜배기 얘기는 지금부터라 이 말이니더.
잠깐, 잠깐만, 오 선생님!

"하하하하……, 녹음이 아주 잘된 거 같습니다. 어디까지 얘기했느냐고 물어볼 필요가 없네요."
"그런데 말이죠. 그놈의 주사가, 그놈의 약이 도대체 뭔지, 부작용이 없느니, 어쩌고 한 거는 맹탕 거짓말이고, 실은 생사람을 잡는 거라요. 2차대전 당시 유럽 어느 나라에서 고문용으로 개발한 거라는 말을 뒷날 나와 가주고 들었죠."

―너 말야, 이거 한 가지는 똑똑히 기억해 둬.
하고, 검사가 말했다.
―공판이 내일 하루로 끝나지 않는다는 사실!
흥! 그래서?
―예, 알고 있습니다.
―야, 오원춘!
스포츠 칼라가 끼어들면서 으름장을 놓았다.
―내일 하루로 끝나는 줄 알고 개나발을 불었다간 어떻게 되는지 알지?

아니, 갑자기 내가 왜 이렇지?
—왜 말을 못해?
—……이상하니더. 아, 아!

"갑자기 온몸에 식은땀이 나고 춥고 떨리고 막 죽을 지경이었어요. 그러자 그 사람들도 눈치를 채고서 얼른 내 방으로 데려다줬어요. 그러면서 하는 말이, 의사가 말한 대로 부작용이 아니니까 조금만 견뎌 보라는 거라. 크크흐흐흐흐……. 그런데 그놈의 주사하고 약이 희한한 게, 그러다가 이내 잠이 오는데 잠을 자면서 막 헛소리, 잠꼬대를 하게 돼요. 그것으로 끝나면 좋겠지만, 잠을 깨고 나면 증상이 더 심해지는 거라요. 재판 과정에서 진실을 제대로 진술하지 못한 거는 사실은 약물 중독이었어요. 발가락 끝에서 머리끝까지 뼈마디 마디가 쑤시고 결리고 말도 다 못해요."

"그런데, 그 주사를 놓은 흰 가운의 정체는 무엇이었을까요?"

"교도소 안에 있는 의무대 요원이었어요."

"그걸 어떻게 알아냈죠?"

"그 뒤로도 재판 전날마다 거기로 가서 그 주사를 맞고 그 약을 복용했으니까요. 그리고 나서 그다음 날 재판정에 나가면 고마 정신이 머어엉해져 버려요."

"주로 어떤 꿈을 꾸면서 잠꼬대를 했습니까, 혹시 발각되어 갖고 혼나진 않았어요?"

"크크흐흐흐흐……. 한번 보실래요?"

하고, 그는 앉은 자세로 바지를 벗어 내렸다. 그리고는 왼쪽 허벅지 안쪽을 가리키면서 말했다.

"이게 그때 그 상처라요."

놀랍게도 거기에는 별표 모양으로 하얗게 표백된 상흔이 남아 있었다. 500원짜리 동전 크기만 했다.

그는 커다란 십자가를 메고 비탈을 오르고 있었다.
뒤로는 수백 수천을 넘는 신부와 수녀들이 성가를 부르며 따라오고 있다.

드맑게 흐르는 시냇물 속에
나무에 스치는 바람 속에……

그는 돌부리에 걸려 앞으로 고꾸라지고 만다. 도시 일어날 기력이 없다.

성신이여, 햇살과 같이 오소서
새 생명 주시는 성신이여……

사력을 다하여 다시 일어난다. 그러나 몇 발짝을 떼지 못하고 도로 엎어지고 만다.
―주여, 제게 힘을 주시옵소서.
그는 기도를 올린다.
―알퐁소 형제여, 내려놓아라, 그 십자가를…….
하고, 두봉 주교가 앞을 가로막으며 말했다.
―억압받는 이웃들을 사랑으로 보살피다 흘린 형제의 피는 결코 헛되지 않으리라. 어서 무거운 짐을 벗고…….
―주교님, 안 돼요!

―알퐁소 형제의 진실은 전지전능하신 천주님께서 이미 다 알고 계시느니…….

　　―아, 안 돼요! 주, 주교님! 전, 전,… 해, 해, 해낼 수 있어요!

　　―자, 여러분! 우리 모두 알퐁소를 구원합시다.

하고, 두봉 주교는 한사코 앞을 가로막아 서며 주위의 신부들을 향해 외쳤다.

　　―우리 모두 알퐁소를 구원합시다.

　　―아, 안 돼요, 안 돼! 이거 노, 노, 놓으세요……. 놓으란 말예요……. 당신들 누구요?

　어찌 된 영문인가. 주교도 신부들도 온데간데없고, S 검사와 스포츠 칼라와 사복들이 주위를 가득 메우고 있다.

　　―이 새끼, 이거 놓지 못해?

　　―아, 안 돼! 안 돼! 이, 이, 개새끼들아! 누, 누, 누구도 날 바, 방해하지 마! 나, 난, 해내고야 말 거란 말이다!

　　―눈까리에 뵈는 게 없어?

　스포츠 칼라가 쇠꼬챙이를 치켜들었다.

　　―이 개, 개, 개새꺗! 니, 니, 니놈이 그런다고…… 내가 ……바, 바, 바른말을 모, 못…….

　순간, 쇠꼬챙이가 왼쪽 눈을 향해 직진해 들어왔다.

　　―으, 으, 으, 으아아악……!

"가위에 눌려 벌떡 일어나 보니, 바로 옆에 딱 버티고 서서 내려다보고 있지 뭡니까, 검사하고 스포츠 칼라가……. 그러니까 자는 동안에 일일이 동태를 관찰하고 있었던 거라요."

"그래서요?"

"말도 말아요. 취조실로 끌고 내려가 발가벗겨 꿇어앉혀 놓고, 크크 흐흐흐흐……."

―이 개애새끼, 이 새끼를 초장에 죽여 버리지 않은 게 실수였어.
하고, 스포츠 칼라는 쇠꼬챙이를 들고 길길이 날뛰었다.
―어이, S 검사, 아까 그 신문 어딨어?
―여깄습니다.
서기가 서류철에서 예의 호외판을 내놓았다.
―개애새끼, 뭐, 방해하지 말라고?
하고, 그는 신문지를 코앞에다 들이밀며 고함을 싸질렀다.
―죄 없는 양민들을 이렇게 학살하는 게 농민운동이야? 죽창 맞고 죽어 가는 양민들의 아픔이 어떤 건지 이 개애새끼, 어디 너도 한번 맛보란 말얏!
다음 순간, 그는 그만 정신을 잃고 말았다.

그가 바지를 올리고 난 뒤에도 나는 한동안 입을 열 수가 없었다. 마치 감전이라도 된 양 온몸에 전류가 흐르면서, 혀가 굳어져 버렸던 것이다.
"저는 어떤 힘에 의해서, 물리적인 힘에 의해서 허위자백을 하긴 했지만, 정신만은 살아 있었어요. 석방되는 날, 교도소 정문 앞에서 기자들이 떼거리로 달라붙었을 때, '내 양심선언은 진실이다.' 이 한마디를 자랑스럽게 던져줬으니까요."
"……!"
"검찰에서는 징역 3년에 자격정지 3년을 구형했는데, 결심에서 2년으로 깎아 줍디다. 결국 10·26사태로 12월 8일에 풀려나오긴 했지만,

저뿐만 아니라 긴급조치 위반으로 구속되었던 분들이 모두 석방되긴 했지만, 그게 얼마나 웃기는 일이니껴? 안 그렇니껴, 김 선생님?"

"……!"

"유신체제가 얼마나 사기극이었는지, 스스로 백일하에 드러낸 거 아니라요? 전 요새도 가끔 이런 생각을 해봐요. 그때 그 뭐니껴, '구국의 영단'이니 뭐니 하면서 유신을 찬양했던 어용학자, 문인, 언론인, 정상배 들이, 지금은 어디에서 또 무슨 헛소리들을 하고 있을까 하고 말이라요."

"……!"

"제 버릇 개 주겠니껴? 맨 그렇고 그런 자리에 앉아 가주고 그렇고 그런 헛소리나 하고 있겠죠, 뭐. 도대체 우리 역사는 '청산'이란 게 없어요. 그러니까 정치가 밤낮 요 모양 요꼴인 거라요.

"오 선생님!"

나는 침묵을 깨뜨리고 입을 열었다.

"오늘 제가 오 선생님을 찾아오길 백번 잘했습니다. 그동안 가졌던 궁금증이 모두 말끔히 해소되었습니다. 이제 제가 할 일만 남았습니다. 그리고 이왕이면 실명으로 썼으면 좋겠는데, 물론 허락해주시는 거죠?"

"크크흐흐흐……."

그는 대답 대신 특유의 웃음만 보냈다.

"승낙해주신 것으로 알겠습니다."

"그건 뭐, 김 선생님 자윱니다만, 어디 이야깃거리가 돼야죠."

"감사합니다. 오 선생님은 무엇보다도 명예 회복을 하셔야만 합니다."

"그렇잖아도 교구에서 추진하고 있는 것으로 아니더. 크크흐흐흐흐……. 김 선생님께서 자청해서 큰일을 맡아 주셔서 너무 감사하니더."

"성의껏 최선을 다하겠습니다."

나는 시계를 들여다보다가 깜짝 놀랐다.

"아이고, 어느새 두 시가 넘었습니다. 아침에 일찍 일어나셔야 할 텐데 잠 폐농을 시켜드려서 죄송합니다."

불을 끄고 우리는 나란히 누웠다.

"제가 나왔을 때 어느 신부님이 그랬더니, 이건 '한국판 드레퓌스사건'이라고."

"저도 그렇게 생각하고 있습니다. 그 유태인 장교도 얼마나 억울하게 당했습니까?"

나는 에밀 졸라의 이름을 꺼내려다가 그만두었다. 이야기가 꼬리를 물다 보면 끝이 없을 것 같았기 때문이다.

이윽고 숨소리가 고르게 들리기 시작했다.

그러나 나는 좀체 잠을 이루지 못하고 몸을 뒤척이다가, 이따금 라이터를 켜 들고 머리맡에 준비해 둔 종이에 메모를 하곤 했다. 날이 밝는 대로 물어볼 작정이었다.

　　수사당국에 대한 현재의 감정
　　마을의 가구수
　　주위의 산천 이름……

몇 시쯤 되었을까, 소피를 보기 위해 일어나 아주 조심스럽게 방문을 열었다. 그러나 요란하게 열리는 방문 소리는 하등의 차도가 없었다.

바깥으로 나오자, 어느새 먼동이 트고 있었다. 그 숱하던 별들은 어디론지 다 사라지고 망망대해를 지키는 등대처럼 동녘 하늘에 샛별만이 유난히 반짝이고 있었다.

"한때 항간에서는 제가 7천만 원을 받아먹었다느니, 7억을 챙겼다느니, 별의별 소리가 나돌았지만, 얼토당토않은 낭설이니더."

내가 도로 자리에 눕자, 그가 한 말이었다. 그 역시 머릿속에다 메모해 두었던 모양으로 계속 말을 이었다.

"진실은 결코 썩지 않는다고 봐요. 꽁꽁 언 땅에 파묻혀 있다가 봄이 되면 싹을 틔우는 씨앗들처럼 진실은 언젠가는 다시 살아난다고 보니더……. 전 조금도 후회하질 않아요. 다만 저를 성원해 주셨던 모든 분께 죄송할 따름이니더."

"사건에 관련되었던 경찰이나 검찰, 중정에 대한 지금의 감정은 어떻습니까?"

나는 메모를 들여다보며 한 가지씩 챙기기 시작했다.

"따지고 보면, 그들 역시 피해자 아니겠니껴? 당초엔 원수 같았지만, 차츰 이해가 되더라고요. 요새도 영양에 나가면 길거리에서 그때 그 형사들 가끔 마주쳐요. 그네들이 외면을 하면 전 그러지요, '여보시오, 뭘 그러시오? 우리 옛날처럼 잘 지냅시다.', 크크흐흐흐흐……."

"검사들에 대해선요?"

"마찬가지라요. 귀싸대기에 피도 안 마른 새파랗게 젊은 중정 요원 앞에 땀을 뻘뻘 흘리던 장면을 떠올리면, 오히려 연민이 가요. 특히 S 검사의 경우는 저한테 잘해줬어요."

"예를 들자면?"

"교도관에게 분명히 이렇게 부탁했어요, 제 앞에서……. '이 사람은 일반 파렴치범하곤 다르다, 죄인이 아니란 말야. 잘 대해 주라.' 그리고 또, 출소하는 날 조사실에 불려 내려갔더니 하는 말이 '나가면 이사 갈 건가?', '취직을 시켜 줄까?' 이런 걸 물었는데, 건성으로 하는 소리가 아니라, 그 말속엔 본의 아니게 그동안 괴롭혔던 점을 너그러이 이해해 다오.', 이런 뜻이 함축되어 있는 거 같더라고요. 책도 한 권 넣어줬어요."

"제목이 뭐였죠?"

"『돈황敦煌』[17]이라는 소설책이었니더."

"그 안에서 주로 어떤 책을 읽었습니까?"

"그 안에 있는 건 안 읽고, 가농 회원들하고 신부님들과 수녀님들이 넣어주는 책을 읽었니더."

"제목이 기억납니까?"

"저 바깥 책장에 다 꽂혀 있어요. 도널드 고다드[18]가 지은 『본회퍼[19]의 최후』, 마리아 바노프스카[20]가 지은 『막시밀리안 콜베[21]』, 노자의 『도덕경』, 뭐 이런 것들이라요."

"중정 요원들도 용서할 수 있습니까?"

"크크ㅎㅎㅎㅎ……. 그게 잘 안 돼요. 그러나 직접 내 앞에 나타나

---

17) 일본의 소설가 이노우에 야스시井上靖의 소설.
18) 영국 출신의 전기 작가이자 저널리스트로, 조직범죄에 관한 여러 책을 썼다. 주요 저서로 자신의 이름을 널리 알린『본회퍼의 최후』가 있다.
19) 1906-1941 : 히틀러를 반대하고 기독교 신앙의 순수성을 지키려는 독일 고백교회 운동 지도자로 '독일의 양심'으로 불린다. 『성도의 공동생활』·『나를 따르라』 등의 저서를 남겼다.
20) 폴란드의 여류 작가. 모국어 외에 프랑스어로 쓴 20여 작품 가운데는 『막시밀리안 콜베의 비밀』·『알베로 수사』·『모욕 속의 얼굴』·『하느님의 도둑』·『손 위의 피』·『전세계로 나아가자』·『마뤼-떼레세의 외침』·『비오 신부의 삶과 영성』·『자비로우 그리스도 상』 등이 있다.
21) 1894-1941 : 폴란드의 신부. 1939년 폴란드에 대한 독일의 선전포고로 제2차 세계대전이 발발하자 전쟁피난민들과 희생자들, 특히 유대인들을 돌보았다. 그 죄목으로 체포되어 페놀 주사를 맞고 죽어 화장되었다.

서 진정으로 사과한다면, 용서해 줄 용의가 있니더."

얼마나 잤을까, 방문 밖에서 "식사하러 나오세요." 하고 그의 아내의 목소리가 들렸다.

아직 날이 채 밝지도 않은 이른 시간에 웬 아침밥인가 했더니, 오전에 한 번밖에 통과하지 않는 안동행 버스를 타자면, 이 시간에 밥을 먹고 서둘러 나가야 한다는 것이었다. 택시를 불러 영양까지 가서, 거기서 다시 안동행 버스를 갈아타느니, 그보다는 이게 훨씬 시간이 단축될 뿐만 아니라 경제적이라고 했다.

아침밥을 먹고 마당으로 내려서자, 그의 모친이 배추 포기를 다듬고 있다가 나를 반겼다. 새까만 얼굴이 온통 주름살투성이였지만, 곧추 선 체구만은 아직 70대로 보였다.

"이걸 타세요."

하고, 오원춘 씨가 시동을 걸어 놓은 경운기를 가리키면서 말했다.

"버스정류장까지 모셔다드릴게요."

언제 말끔하게 면도했는지 딴 사람처럼 보였다.

담뱃값에나 보태라면서, 그의 모친에게 억지로 지폐 몇 장을 쥐어 드리고는 그의 아내가 앉아 있는 적재함 위로 얼른 올라갔다.

연방 털털거리며 달리는 경운기 위에서 나는 주위의 산천과 마을들을 휘둘러보았다.

높고 낮은 산들이 사방을 병풍처럼 에워싸고 있는 아담한 분지 안에 그가 사는 청기1리는 자리 잡고 있었다.

"여기서 기다리고 있으면, 버스가 오니더."

다리를 건너자, 길 한옆에다 경운기를 세우더니, 아내 혼자 농장으로 걸리어 보내고, 내가 차를 탈 때까지 함께 있겠다면서 그는 기어코

처졌다.

"참, 마을 가구 수가 몇 호가량 됩니까?"

"약 170호가량 되니더. 이전에는 그보다 훨씬 더 많았죠. 그리고 원래는 저희 함양오가 집성촌이었더랬는데, 오늘날엔 외지로 뿔뿔이 다 빠져나가고 얼마 남아 있지 않니더."

"풍광이 참 아름답습니다. 산천 이름을 좀 알려 주시겠습니까?"

"저기 북쪽에 우뚝 솟아 있는 산이 경북에서 제일 높은 1,219m 일월산, 그 오른쪽으로 함박산, 천일봉, 저게 횃불처럼 솟아올랐다 해서 화봉火峰, 그리고 이 청계천은 일월산에서 발원해 갖고 입암을 지나 반변천하고 합류해서 임하댐으로 흘러 들어가니더."

"한 가지 흠을 든다면 교통이 불편한 점이겠군요."

"고지대 분지라 옛날부터 천옥天獄이라 불렸던 고장이니더."

"천연 요새라서 역사적인 사건도 더러 있었겠습니다."

"있었고말고요, 구한말에 영해寧海에서 창의했던 신돌석申乭石[22] 의병대장이 한때 이곳에서 진을 친 적도 있었고, 청기면 3·1운동을 주도했던 오윤승吳胤承[23] 선생의 항일근거지이기도 하니더."

이런저런 이야기를 주고받는 사이에 저만치 버스가 오고 있었다.

"조용할 때 한번 놀러 오세요. 여기도 명승고적이 많은 고장이니더."

"탈고하게 되면 꼭 한 번 더 오겠습니다. 여러 가지로 감사합니다."

나는 그와 굳게 악수하고 나서 차에 올랐다. 의외로 승객들이 많았다. 맨 뒷자리로 가서 손을 흔들어 주자, 그도 두 팔을 들어 답례해 주

---

22) 1878-1908 : 을미사변 후 19세의 나이로 경상북도 영해에서 모병한 평민 출신의 의병장. '태백산 호랑이'라는 별명으로 널리 불렸다. 1963년 건국훈장 대통령장이 추서되었다.
23) 1875-1960 : 경북 영양군 청기면의 3·1운동을 주도한 독립운동가.

었다. 버스가 달리기 시작하고 나서도 우리는 계속해서 마주 손을 흔들었다.

그런데 희한한 일이었다. 점점 축소되면서 아득히 멀어져 가야 할 그가, 마치 차가 거꾸로 달리기라도 하듯 점점 확대되면서 가까워져 오고 있는 것이 아닌가.

버스가 산모롱이를 돌아들자, 마침내 그는 시야에서 가뭇없이 사라지고 말았다.

앞쪽을 향해 자세를 바로잡던 순간, 나는 깜짝 놀라지 않을 수 없었다.

크크흐흐흐흐…….

그가 내 안으로 성큼 들어와 그 특유의 웃음을 터뜨리고 있었던 것이다.

― 『경남작가』 제2집, 2001.

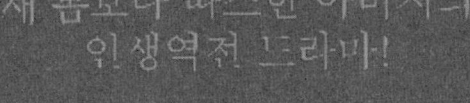

부부란 두 개의 반신이 되는 것이 아니라,
하나의 전체가 되는 것이다.

― V. 고호

조지나 강사네

1

목젖을 환히 까발린 채, 살 맞은 뱀처럼 한동안 온몸을 뒤틀던 여자는 마침내 남근을 집어넣자마자, 나를 와락 끌어안으며 감창소리를 싸질러대기 시작했다.
그런데 이게 무슨 꼴이람!
막 고삐를 잡아 쥐고 박차를 가하려는 순간, 나는 그만 깨고 말았다.
얼른 눈을 도로 감고 꿈의 잔영을 복원하려고 시도해 보았지만, 끝내 허사였다.
도대체 누구였을까?
아주 가까운 사이였음에도 그게 누구였는지 도무지 묘연할 뿐이었다.
아니, 여기가 어디지?
무심결에 눈을 뜬 나는 소스라치게 놀라고 말았다. 한쪽 벽을 가득 채우고 있는 하얀 장롱이며 창문을 가린 버티컬 블라인드, 그 아래에 놓인 문갑이며 TV 등속이 미명 속에 희미하게 제 모습을 드러내며, 나를 철저히 고립시키고 있었다.
대관절 누구네 집일까? 어쩌다가 내가 이 방에서 자게 되었지?
옆자리를 번갈아 살펴보았지만, 다행히 다른 사람과 같이 잔 흔적은 없었다.

"한별아, 밥 먹어라."

벽 저쪽 공간에서 울려오는 유난히 나긋나긋하면서도 가녀린 목소리를 듣는 순간, 나는 그제야 정신이 번쩍 들면서 간밤에 막차를 타고 상경한 사실을 상기했다.

집수리만 한 줄 알았지, 가재도구까지 깡그리 새것으로 교체했으리라고는 상상조차 해 본 일이 없었으므로, 몇 시간 전에 불 꺼진 방에 들어서면서 전혀 관심을 가지지 않고 바로 잠자리에 들었던 것이다.

반사적으로 장롱 구석 쪽으로 눈길을 주던 나는 당혹하지 않을 수 없었다. 다락방 입구인 빈지문이 흔적도 없이 자취를 감추어 버린 것이다. 흉물스럽다고 다락방의 용도 그 자체를 폐기해버리고 아예 도배까지 해버린 모양이었다. 꽤 서운했지만, 내 소유물이 남아 있는 것도 아닌 바에야 공연히 한마디 했다가 퉁맞을 필요는 없다고 생각했다.

"엄마, 아버지 올라오셨나?"

거실 북쪽에 붙은 작은방 문이 열리는 소리에 이어, 아직 잠에서 덜 깨어난 듯한 한별이의 잠긴 음성이 들릴락 말락 나직이 울려 왔다.

잠시 식기가 딸그락거리는 소리만 들릴 뿐, 아내의 대답은 들리지 않았다. 십중팔구 '응.', 아니면 '그래.' 하는 따위의 극히 짧은 외마디로 대꾸했을 터였다.

여자 셋이 모이면 접시에 구멍을 뚫는다지만, 아내는 여성 특유의 애교라든가 수다 따위와는 애당초 거리가 먼 여자였다.

새벽녘에 현관 안으로 들어섰을 때만 해도, 벨소리를 듣고부터 미친 듯이 짖어대던 두 마리의 강아지만이 용케 나를 알아보고 꼬리를 흔들며 반색했을 뿐, 2개월 만의 상봉임에도 불구하고 그녀는 잠에 취한 눈을 씀뻑이면서 '어서 오이소.' 딱 이 한마디를 퉁명스럽게 내뱉자마자, 거실 바닥에 쓰러지기가 바빴다. 여차했다간 불청객에게 자리를 빼앗길세라, 강아지들마저 날렵한 동작으로 안주인의 양 옆자리를 차지하고 누워 버리자, 온 집 안은 아무 일도 없었던 것처럼 일상의 평온으로 되돌아가 있었다. 졸지에 가택 침입자 꼴이 되어 한동안 장승처럼 우두커니 서 있던 나는 당장 시골로 되돌아가 버리고 싶은 충동을 가까스로 다스리며, 큰방으로 들어가면서 있는 힘을 다해 문을 쾅 닫아버렸다.

나는 불현듯 담배 생각이 간절했다. 하지만 참을 수밖에 없었다. 아내가 가장 역겨워하는 것이 담배 냄새, 술 냄새이기 때문이다. 결혼 초기에는 말할 나위도 없고, 세 아이를 키우면서 단칸방살이를 하던 시절에도 담배 연기 문제로 말질을 한 적은 단 한 번도 없던 아내였다. 아니, 열불 나게 그 짓을 하고 나서 다디달게 끽연을 할라치면, 나도 한 모금 줘 보이소, 하고 종종 손을 내밀기까지 했던 아내가 아니었던가. 그러던 그녀가 담배 연기를 갖고 까탈을 부리기 시작한 것이 언제부터였는지 분명하지는 않지만, 다 큰 아이들까지 합세했던 걸 떠올리면, 한 10여 년 전이었던 것 같다.

'아이고, 이놈으 담배 냄새', '또, 또! 제발 그놈으 담배 좀 대강 태우소.'에서부터 비롯된 지청구가 급기야는 '당신도 다른 집 남자들처럼 바깥에 나가서 좀 태우소.'로 발전되기에 이르렀던 것인데, '이건 엄연히 내 집이야. 내 집에서 내 입으로 내 담배 피우는데 와 말이 많노? 정 뭣하면 담배 태울 동안 밖에 나가 있으면 될 거 아이가?' 하고 초기에는 나도 농담 반 진담 반으로 어깃장을 부리기도 했지만, 어느 날 느닷없이 '이 집에는 어데 아버지 혼자만 사십니꺼? 아버지는 좋아도 우리는 싫단 말임더.', '직접흡연보다 간접흡연이 인체에 몇 배 더 해롭다 카는 기사를 아버지는 보지도 못했습니꺼?', '밖에 나가면 챙피해 죽겠어, 다들 내보고 담배 피우느냐고 묻는다니깐⋯⋯. 장롱 속에 걸어 둔 옷가지에까지 담배 냄새가 쫙 배어 있는 통에 내가 미친다니깐, 내가 미쳐……!' 이렇듯 온 가족이 벌떼처럼 덤비는 데에는 두 손, 두 발 다 들지 않을 수 없었다. 가족들이 다 외출하고 없는 틈을 타서, 설마 하고 딱 한 대만 피워도, 아내는 귀신같이 알아내고는 신경질적으로 창문이란 창문을 모조리 와장창! 와장창! 열어젖히면서 까탈을 부렸다.

겨울철 한밤중에 내복 바람으로 마당에 나가 와들와들 떨면서 번갯불에 콩 구워 먹듯 서두르노라면, 이건 담배 맛이 아니라 소태맛이었다. 그때마다 이놈의 담배, 당장 끊어버려야지, 당장 끊어버려야지 하는 마음이 울컥울컥 솟구쳤지만, 그게 그리 쉬운 일이 아니었다. 시골집이 좋은 이유 중의 하나는 이런 구속이 전혀 없다는 점이다. 망구望九의 어머니야말로 나보다 더한 골초였으니까 말이다.

나는 발치에 아무렇게나 벗어 두었던 청바지를 꿰어 입고, 모시 남방 주머니 속에 들어 있는 담뱃갑과 라이터를 챙겨 들고 방을 나섰다. 이미 십 리 밖으로 도망친 잠이 다시 찾아올 리도 만무하거니와, 괜히 뭉그적거리고 있다가 제 딴엔 밤잠 설친 아비를 생각해 주느라 식사를 마치자마자 곧장 출근해 버리는 날이면, 아들 녀석의 얼굴도 한 번 보지 못하고 내려가야 할 판이기 때문이었다.

"아버지, 오셨습니꺼?"

식사 중이던 한별이 나를 보더니만, 상체를 들어 올리며 머리를 조아렸다. 두 달 전에 비해 군살이 빠진 데다 구릿빛으로 그을린 낯빛이 꽤나 강단져 보였다

"오냐, 잘 있었나?"

곧이어 '어떻노, 만족하나?', '견딜만하나?' 하는 따위의 상투적인

말로라도 위무해 주고 싶었던 것은, 요즘 들어 직장 얻기가 제아무리 하늘의 별 따기라지만, 석사 출신에다 토익 점수가 900점대나 되는 녀석이 말단 경찰관으로 들어가 쓰다 달다는 말 없이 일 년 가까이 버텨 나오는 게 대견할 뿐만 아니라, 과연 앞으로도 노박혀 견뎌낼지 노심초사 애가 씌는 대목이었기 때문이다.

그러나 나는 입 밖으로 내보내려던 이 말을 목구멍 안으로 삼킨 채, 두 눈을 의심하지 않을 수 없었다. 움푹 꺼졌던 재래식 부엌 바닥을 거실 바닥 높이로 돋우느라 다락방을 통째로 철거해 버린 것이었다.

월전에 큰딸 꽃샘이 집수리한다고 전화로 통보했을 때도, 그리고 공사 진척이 궁금하여 수시로 이것저것 캐물어 봤을 때도 피차 다락방에 관해서는 일언반구도 언급하지 않았던 것이다. 명색이 가장 주제에 집수리를 한다는데, 관가官家 돝 배 앓기로 그냥 있을 수가 없어 수시로 올라갈 의향을 비칠라치면, 그때마다 '아버지가 오셔봤자, 하나도 도움 될 일이 없다 안 캅니꺼.', '괜히 차비만 축낼 뿐임더. 진짜로 올라오실 필요 없심더.', '정 뭣하면, 요담에 올라오시는 기회에, 대문간에 달 문패나 한 개 만들어 오시이소.' 하는 따위의 말로 한사코 만류했던 진짜 속내는 이렇듯 따로 숨기고 있었구나 싶어, 나는 갑자기 온몸에 진이 다 빠져나가는 기분이었다. 그 다락방이야말로 내게는 건물 전체와도 맞바꿀 수 없는 실로 소중한 공간이었기 때문이다.

70년대 중반, 서울에 올라온 지 이태 만에, 비록 달동네의 외딴집이긴 하지만, 요행히 은행대부금과 전세보증금을 안고 이 집을 삼으로써, 우리 가족들은 그 지긋지긋하던 셋방살이에 종지부를 찍을 수 있었다. 그러나 세입자를 내보내지 못한 관계로 이전과 조금도 다를 바 없이 아내와 아이들은 여전히 한방에서 복작거려야 했으며, 나 역시 지금은 아들이 사용하고 있는, 두 사람이 마주 앉기에도 거북한 콧구

명만한 방에 기거해야만 했음에도 불구하고, 내 집에서 산다는 자긍심으로 마냥 행복하기만 했었다.

　창밖을 내다보면 저 멀리 북한산을 배경으로 남산과 시가지의 중심부가 한눈에 펼쳐지는 가운데, 다리를 뻗치면 유유히 흐르는 한강 물속으로 두 발이 담길 것만 같은 그 방에서 나는 두 번째 장편소설『황소와 엠원M1과 까마귀』를 집필했었다.

　그러다가 해가 갈수록 아이들의 덩치가 커가는 데다 중학교에 들어간 꽃샘이의 독방 타령에 못 이겨 다락방으로 거처를 옮겼던 것인데, 천장과 바람벽에다 스티로폼과 합판을 붙이고 도배를 했더니, 오히려 몇 배나 더 아늑하고 넓은 공간이 탄생했던 것이다. 특히 엎드린 자세라야 글을 쓸 수 있는 나로서는 그야말로 안성맞춤이었다. 나는 집 안에 있는 동안 거의 모든 시간을 그 다락방에서 보냈다. 아내와 두 자녀가 거처하는 큰방이란, 내게는 한낱 다락에 오르기 위한 통로에 불과했다. 나는 세 번째 장편소설『희화戱畵』와 교육 문제 연작소설『분필과 연필』1·2·3·4를 그 다락방에서 집필했던 것이다.

　그리고 무엇보다 그 공간은 우리 부부가 사랑을 나누는 밀실이기도 했던 것이니, 아이들이 깊이 잠든 시간에, 나는 글을 쓰다 말고, 책을 읽다 말고, 은밀히 아내를 불러올렸으며, 때로는 아내 쪽에서 도둑고양이처럼 살금살금 잠입해 올라와 내 겨드랑이를 파고들기도 했던 것이다.

　"다락을 없앤 건 좋은데, 왜 사전에 나하고는 한마디도 상의하지 않았노?"

　이왕지사 엎질러진 물을 갖고 시비를 걸고 싶은 마음은 추호도 없었다. 다만 가장으로서의 손상당한 권위를 최소한으로나마 복원하고 싶은 심정에서 착 가라앉은 목소리로 점잖게 한마디 했더니만, 왕대접에 담긴 미역국을 뜨다 말고 한별이 기다렸다는 듯이 되받았다.

"하이고, 아버지한테 알렸으면 허락하셨겠습니꺼? 다락을 없애고 부엌을 이래 돋와 놓으니까 얼마나 멋집니꺼? 아버지가 계셨으면 절대로 이래 못했죠. 아마 매일 큰누나하고 싸우는 통에 일꾼들이 일을 제대로 하지도 못했을 기이구먼."

나는 말문이 막히고 말았다. 내가 시비를 걸 것에 대비해서 미리 대사를 준비해 놓지 않고서야, 숨도 한 번 안 쉬고 이렇듯 속사포로 맞받아칠 수 없을 터였다.

나는 한숨을 깊이 들이켰다가 '휴유우' 하고 길게 내뿜으며 아내 쪽으로 시선을 돌렸다. 그러나 아내는 시종 싱크대에 붙어 서서 창밖에다 시선을 고정한 채, 이따금 한 번씩 커피잔을 기울이는 것 외에는 정물화인 양 미동조차 하지 않았다.

옆자리의 의자들을 각각 한 개씩 차지하고 앉아 목이 빠져라, 한별이의 입을 쳐다보고 있는 강아지들 보기에도 창피스러웠다.

한 녀석은 요크셔테리어 종으로 두 귀가 쫑긋한 데다 회색과 다갈색이 섞인 유난히 긴 털이 특징이었는데, 털에 가려 두 눈이 보이지 않았으며, 나머지 한 녀석은 몰티즈 종으로 솜처럼 뽀얀 털에 흑구슬처럼 동그란 두 눈이 몹시도 영악해 보였다. 꽃샘이 백화점에서 꽤 거액을 들여 구입했다는 수컷인 요크셔테리어는 '멍멍이'로, 작은딸이 동료 교사한테서 얻어 왔다는 암컷인 몰티즈는 '똘똘이'로 명명해 놓고 있었다. 나는 두 달 전에 올라와 이 녀석들을 처음으로 대했을 때, 환갑 진갑을 다 넘기고도 친손자 외손자 하나 못 보고 있는 아내에게나 30대 후반, 중반, 초반에 들어서서도 여전히 결혼과는 담을 쌓고 나이만 더해 가는 아들딸들에게나 '꼭 필요한 동물'이라는 정도를 넘어서 '없어서는 안 될 식구'라는 생각이 들었다. 대저 풍수지리학에서는 한 건물 안에 주거하는 가족의 평균 연령을 중시하는바, 개도 엄연히 생명체일진대 월등히 높은 우리 가족의 평균 연령을 이 두 녀석이 적정선으로 하향 조정해 주고 있었으니 말이다.

"같은 말이라도 아버지한테 그렇게 말하는 게 아냐."

하고, 아들의 맞은편 의자에 엉덩이를 걸치고 앉자, 혹시나 하는 기대감으로 강아지들이 날렵하게 내 쪽을 향해 돌아앉았다.

"출근하는 널 잡고 긴말하지 않겠다. 다만 내가 말하고 싶은 건, 나를 따돌리고 너거끼리 처리한 기이 섭섭하다, 이 말이다."

그러자 한별이는 참으로 딱하다는 표정으로 나를 정면으로 바라보면서,

"하하하하하……, 하이고, 아버지도 참, 섭섭할 기 독하게도 없는갑심더. 인자 보이 한 2년 촌에 가 사시더니만 완전히 촌 영감쟁이 다 돼뿌렀네요. 하하하하하……."

하고, 제 어미 쪽을 바라보며 밥알을 튀겨 가며 웃어댔다.

내가 밥을 먹지 않자, 강아지들은 다시 한별이 쪽을 향해 돌아앉아 있었다.

"야, 섭섭하다는 말하고 촌 영감쟁이하고 무슨 상관이 있노?"

"결과적으로 아버지도 마음에 드시면 된 거지, 사전에 알리고 안 알리고가 뭐 그리 중요합니꺼? 집수리하느라고 수고했다는 위로의 말씀은 한마디도 안 하시고……. 진짜 이번에 큰누나 욕봤심더. 하루에도 몇 번씩 시내에까지 나가서 자재 사다 날랐죠, 돈도 지가 다 댔죠, 마침 그때 직장에서 짤려 갖고 집에서 놀고 있었기에 엄두를 냈지, 안 그랬으면 지금도 연탄 부엌 그대로였을 깁니더. 이따 큰누나 오거든 다락방 얘기는 아예 입 밖에 꺼내지도 마시이소. 그런데 진짜 아버지는 와 그래 째째하십니꺼?"

"너거 아버지 째째한 줄 인자 알았나?"

여전히 창밖에다 시선을 꽂은 채, 아내가 적시타를 날려 보냈다. 이미 이전에도 이골이 나도록 들어온 말이라, 나는 불쾌한 감정에 앞서 오히려 아내가 나를 걸어 입을 열었다는 사실에 귀가 번쩍 틔었다.

"여보, 꽃샘이는 엊저녁에 안 들왔나?"

"⋯⋯."

혹시나 하고 나 역시 적시타를 날려 보았으나, 아내는 전혀 무반응이었다. 이미 새벽녘에 첫발을 들여놓던 순간부터 이번 걸음 역시 화해가 불가능할 것이라고 예감하긴 했지만, 막상 이 지경이 되고 보니 슬그머니 오기가 뻗쳐올랐다.

"여보, 꽃샘이는 엊저녁에 안 들왔나?"

"⋯⋯."

역시 꿀 먹은 벙어리였다. 한별이는 어느새 수저를 놓고 자리에서 일어서고 있었다.

끝내 헛침만 삼킨 강아지들이 혹시나 하고 또다시 나를 향해 잽싸게 돌아앉았다.

"집안에 말하다가 죽은 조상이 있나, 죽은 입도 무당 빌어 말하는데 멀쩡하게 살아 있는 입이 와 말을 안 하노? 간밤에 꽃샘이 들왔나 안 들왔나?"

"아, 그렇게 답답하거든 직접 한 번 들바다보소 와. 들바다보머 알 거 아이가?"

하고, 아내는 커피잔을 개수대 안에다 팽개쳐 넣음과 동시에 휙 돌아서더니만, 쌩하니 찬바람을 일으키며 거실로 나가버렸다. 의자에서 폴짝 뛰어내린 강아지들이 쪼르르 그 뒤를 따랐다.

"잠시 큰방으로 들어가서 나하고 얘기 좀 하자."

이윽고 거실로 나가, 텔레비전 앞에 모로 드러누워 아침드라마를 보고 있는 아내를 향해 말을 던졌지만, 여전히 소 귀에 경 읽기였다. 하기야 내가 집요하게 요구하는 대답이 결코 꽃샘이의 행방에 관한 것이 아니라, 자신의 입을 열기 위한 방편에 불과하다는 것을 그녀인들 모를 리가 없었다. 기적적으로 꽃샘이 한 달 만에 복직한 그 광고업체라는 데가 워낙 시도 때도 없이 철야 작업을 할 때가 많으므로, 그리고 중학교 미술 교사로 재직 중인 작은딸 봄비 또한 뒤늦게 도예에 미쳐 대학원에 들어간 이후로 실습실에서 꼬박 날밤을 새우고 곧장 출근할 때가 많으므로, 사실 우리 내외는 과년한 두 딸의 잦은 외박에도 남들처럼 그렇게 신경을 써본 적이 없던 터였다.

나는 아내가 무엇 때문에 이토록 앵돌아졌는지 이번 걸음에는 꼭 캐내고야 말겠다고 작심했다. 강다짐하거나 티적거리거나 홀닦아서는 안 된다고 스스로 다짐하며, 나는 그녀에게로 다가가 어깨 위로 손을 가져갔다. 순간, 아내의 앞뒤에 누워 내 일거수일투족을 감시하고 있던 강아지 녀석들이 동시에 상체를 솟구치면서 자지러지게 짖어댔다. 나는 반사적으로 뒤로 튕겨 나며 거실 바닥에 엉덩방아를 찧고 말았다.

그러나 도저히 이대로는 물러설 수가 없어 큰방 문 앞에 서서 한 번 더 간청해 보았다.

"여보, 나하고 얘기 좀 하자니까."

"……."

마침 출근 채비를 하고 나오던 한별이 아주 못마땅한 얼굴로 핀잔을 주었다.

"하튼, 아버지하고 엄마는 서로 만나면 안 된다니깐……. 제발 좀 사이좋게 한번 지내보시이소. 자식들 보기에 부끄럽지도 않습니꺼?"

"한별이 니도 봤제? 이래 가지고서야 우째 사이좋게 지내겠노 말이다."

"아버지도 큰소리치실 거 하나도 없심더. 제가 볼 때엔 두 분이 다 똑같심더."

녀석은 경찰관의 입장에서 쌍방 과실로 판정하듯 툭 한마디 내뱉고는 인사말도 없이 발소리를 요란하게 울리며 대문간 쪽으로 사라져 버렸다.

아들 녀석에게 정곡을 찔린 나는 한동안 텔레비전 화면만을 멍청하게 바라볼 뿐이었는데, 화면이 눈에 들어올 리가 만무했다.

'하튼, 아버지하고 엄마는 서로 만나면 안 된다니깐……'

그랬다. 당초부터 우리 내외는 궁합이 맞질 않았다. 생년월일을 오행에 맞추어 보는 그런 궁합이 아니라, 두 사람의 성격이며 가치관이 너무나 판이했다는 얘기다.

우리는 동갑내기로 스물여섯 살 되던 해에 중매결혼을 했다. 갓 제대하여 인근 사립중학교 재단으로부터 사령장을 받아 놓고, 부임 일자를 한 달 남짓 남겨 두고 있던 구정초에 닷새 사이로 두 사람의 중신아비가 우리 집엘 찾아왔던 것인데, 참으로 희한한 일은, 그들 두 사람은 피차 전연 모르는 사이였음에도 불구하고, 동일한 규수를 두고 중신을 섰던 것이다.

어렸을 적부터 할머니로부터 '니는 시물여섯 살에 장개간단다. 신통도 하제, 열이며 열, 물어보는 점쟁이마다 우째 그렇굼 다 똑같은 점괘가 나오노 말이다.' 이런 말을 수도 없이 들으면서 자란 터라, 과연 스물여섯 살 되는 정초에, 그것도 두 사람의 입을 통해서 등장한 이 아가씨야말로 하늘이 점지해 주는 천생연분이라는 생각을 하면서, 나는 에멜무지로 마산으로 내려가 평생 처음이자 마지막이 된 맞선이란 것을 보았다. 살팍한 생김새에다 산드러진 몸가짐하며 어련무던한 성품에 끌려, 열 집 사위 안 되어 본 총각 없다는 속담이 무색하게, 선을 본 지 꼭 일주일 만에 결혼식을 올렸던 것이다.

전쟁터에 나갈 적에는 한 번 기도하고, 바다에 나갈 적에는 두 번 기도하고, 결혼할 때는 세 번 기도하라는 러시아의 격언을 내가 좀더 일찍 알았던들, 우리들의 불행은 잉태되지 않았으리라. 5년이 지나도록 혼인신고를 하지 않았을 정도로 우리의 신혼생활은 불협화음의 연속이었다. 중신아비를 원망하기는 피차일반이었다. 호봉이란 말은 아예 이름도 들어 보지 못한 채, 다음 달로 넘겨 두세 번 나누어 후불로 받아내는 면세점인 최저봉급에다, 초급대학 출신의 대책 없는 나의 앞날은 그녀를 실망시키기에 충분했으며, 혀에 굳은살이 박였는지 꿔다 놓은 보릿자루처럼 종일토록 입 한 번 벙긋하지 않는 성미에다, 마산에서도 둘째가라면 서러운 명문 여고를 나왔다면서도 대화가 불가능한 그녀의 지적 수준은 나를 낙망시키고도 남았던 것이다.

아니, 지적 수준 따위야 노력 여하에 따라서 얼마든지 향상될 수 있지만, 무엇보다 나를 실망시킨 것은 바로 이념 문제였다.

마산 출신인지라, 3·15의거 당시 시위에 참여했느냐고 물어본 것이 발단이 될 줄이야!

―미쳤는교, 거기에 휩쓸리게?

나는 귀를 의심하며 달리 물어보았다.

―4·19에 대해서 어떻게 생각하는데?

―이승만 대통령 다음에 들어선 2대 대통령 윤보선은 뭐 잘했는교, 밤낮 데모만 일어났지……?

―윤보선은 2대가 아니라 4대야.

―그라모 2대하고 3대는 누구, 누군데요?

―…….

나는 할 말을 잃고 잠시 뒤 달리 물어보았다.

―당신은 이승만하고 김구 둘 중에 누가 더 좋노?

―하이고, 그걸 말이라고 묻는교, 안두희 우리 아저씨가 그때 잘 죽였지, 안 그랬으면 벌써 김일성이 밥이 되고 말았을 거 아인교.

'김구'니 '김일성'이 운운하는 말은 차치하고 안두희를 두고 '아저씨'라고 부르는 호칭에 귀가 번쩍 띄었다.

―아니, 안두희가 '아저씨'라니?

―족보에 보면, 아저씨뻘인 거라요.

―집안에 인물 하나 났군

―어디 하나뿐인 줄 아는교, 이등박문伊藤博文이를 암살한 안중근 의사도 우리 순흥안씨純興安氏인 기라요

나는 가타부타 따지지 않기로 맘먹고, 마지막 질문을 던졌다.

―당신은 박정희에 대해선 어떻게 생각해?

―그야 두말하모 잔소리죠. 보릿고개를 없애고 전 국민을 잘살게 해준 사람이 누군데요?

―한 가지만 알고 두 가지는 모르는 소리. 박정희가 어떤 인물인지 조목조목 한번 말해 볼까?

이 말 한마디에 대한 아내의 대답은 나를 완전히 실망시키고 말았다.

―당신은 당신 생각대로 살고, 나는 내 생각대로 사는 건데, 와 다른 사람 생각을 간섭할라 카는교?

나의 고질적인 여성 편력은 결혼 초기부터 예비되어 있었던 것으로, 고백하거니와 낙향하기 이전까지 나는 줄곧 아내 이외의 다른 대상을 마음속으로 은밀히 탐닉해 왔던 게 사실이다. 그리고 그 대상은 으레 2, 3개월이면 또 다른 대상으로 교체되기 마련이었는데, 그러나 그 어

떠한 대상도 조강지처와 이혼하고 그녀를 안방에 들어 앉혔으면 하는 따위의 아쉬움 같은 건 꿈에도 가져 본 적이 없었다. 때로는 아내가 꼬투리를 잡아 시비를 걸기도 했지만, 나는 그때마다 임기응변으로 위난을 면피하면서 육탄 공세로 즉각 보상해 주곤 했다. 사안이 좀 심각한 경우에는 열흘이건 스무날이건 제풀에 화가 풀릴 때까지 냉전을 계속했던 것인데, 그럴 때는 본의 아니게 나도 맞대응하면서 인내하며 기다리는 수밖에 달리 도리가 없었다. 어쨌든 결혼 이후 40여 년 동안 수차례에 걸쳐 이혼 문턱에까지 갔을 정도로 우리 부부는 금슬이 좋지 않았던 것이 사실이다. 그러나저러나 내가 낙향함으로써 모든 게 일단락되었던 것이 아닌가.

문제는, 낙향 후 2년 동안 대여섯 차례에 걸쳐 상경할 때마다 나를 대하는 아내의 태도가 눈에 띄게 냉담해져 가더니만, 지지난번부터는 냉전체제에 돌입한 채 결사적으로 잠자리를 거부했다는 사실이다. 밀양에서의 내 생활은 하늘을 우러러 한 점 부끄럼이 없으니, 풍문으로라도 무슨 소문을 들었을 리가 만무하고 보면, 아내가 잠자리를 거부한다는 사실은 보통 심각한 문제가 아닐 수 없었다. 제아무리 남편이 밉다손 치더라도, 몇 달 만에 한 번 올라와 통사정을 함에도 불구하고, 끝끝내 동침을 거부한다는 것은, 뒤늦게 어떤 놈을 알게 되어 '일편단심 민들레'가 되기로 작심하지 않은 이상 도대체 있을 수 없는 일이 아닌가.

나는 하릴없이 마당으로 나가 한동안 참았던 담배를 피워 물다가, 너무나 달라져 버린 건물의 외양에 어안이 벙벙해지지 않을 수 없었다. 군데군데 균열이 나 있던 적벽돌 벽을 전면 보수했을 뿐만 아니라, 누수로 인하여 얼룩이 심했던 슬래브 지붕의 처마도 백색 페인트로 산뜻하게 도색한 데다가, 노후하여 여닫기가 여간 불편하지 않았던

목조 창문틀을 모조리 군청색 알루미늄새시로 깔끔하게 교체해 놓았던 것이다. 새집이 되었다는 기쁨에 앞서 나는 별안간 무엇인가에 의해 '나'라는 존재가 건물 밖으로 추방된 느낌을 받았다. 그뿐만 아니라, 애써 가꾸었던 오죽·동백나무·배나무·앵두나무·수수꽃다리·목련 등은 흔적조차 없어지고, 이름도 알 수 없는 기화요초들이 그 자리를 대신 메우고 있는 정원을 바라보면서, 지리산 갈까마귀가 물어 던진 게 다리처럼 나는 이미 이 집의 가족이 아니라는 이질감과 소외감을 뼈저리게 느끼지 않을 수 없었다. 비록 몇 푼 되진 않지만, 밀양으로 내려오면서 저축통장이며 인감도장까지 깡그리 아내에게 인계해 주고, 다달이 큰딸이 부쳐 보내는 용돈에 목줄을 매고 있는 나 자신이 그때처럼 초라하고 한심하게 느껴진 적이 없었다.

2년 전, 가족과 떨어져 단신으로 낙향한 데에는 두 가지 이유가 있었다.

무엇보다 더 이상 서울에 남아 있어야 할 명분이 없었던 것이다. 기린도 늙으면 노마만 못하다고, 60줄에 들어서면 왕년에 제아무리 날고뛰던 강사라도 한더위에 털모자 신세가 되고 마는 것이 학원가의 생리였다. 사립학교의 비민주적인 작태에 환멸을 느낀 나머지, 22년간 몸담았던 교직 생활을 청산하고 입시학원 강사로 출발한 나의 학원 편력은 참으로 기구했다. 명문 단과학원에서부터 출발하여 종합학원, 스파르타식 기숙학원, 군소 입시학원, 보습학원에 이르기까지 거의 안 거쳐 본 데가 없었을 뿐만 아니라, 1주일에 두 번 나가고 월 일백만 원 이상을 받는 소위 불법 고액 과외까지 하느라 아예 일요일도 없었다. 학원을 택했던 당초의 의도는 보다 자유로운 분위기 속에서 창작활동을 왕성하게 해보자는 것이었지만, 그것이야말로 큰 오산이었다. 학원은 교육 현장이 아니라, 어디까지나 영리 현장이었던 것이다.

마지막으로 재직했던 보습학원에서 50명으로 출발한 원생을 1년 만에 500명으로 늘린 공로로 부원장이란 직위에까지 오르기도 했지만, 반면에 나는 그동안 글 한 줄 읽지도 쓰지도 못한 채, 한낱 돈 버는 기계로 전락해 갔다. 설상가상으로 그놈의 아이엠에프가 터져 원생들이 썰물처럼 빠져나갈 조짐을 보이자, 원장이란 작자는 나이를 트집 잡아 0순위로 퇴출시켜 버렸던 것인데, 35년간 교육자로서의 한 생애의 끄트머리에 그런 치욕적이고도 황당한 종말이 기다리고 있을 줄이야! 쥐꼬리 같으면 송곳집으로나 쓰일 수도 있겠지만, 보습학원에서마저 물먹고 쫓겨난 퇴물 강사는 아무짝에도 쓸모가 없었다. 이것이 내가 낙향한 첫 번째 이유였다.

그리고 하루아침에 실직당하여 자루 빠진 도끼 꼴이 되어 허구한 날 집 안에 갇혀 가족들 눈치 보고 지내느니, 노후에 대비하여 이미 10여 년 전에 선산 일대를 개간하여 사과밭을 조성한 데 이어, 마침 재작년에는 정부지원금까지 보태어 5대째 살아온 낡은 한옥을 헐어내고 아담한 2층 양옥까지 지어 놓았으니, 위기를 호기로 삼아 이 기회에 노모님 혼자서 살고 있는 고향으로 내려가 사과 농사를 지으면서 본격적으로 창작활동을 재개해 보자는 것이 그 두 번째 이유였다.

그리하여 사과 재배에 관한 서적까지 잔뜩 구입하여 낙향했던 것인데, 몇몇 지인들을 찾아가 자문을 구해 봤더니, 한결같이 만류하는 것이었다.

—하이고, 어림도 없는 소리 입 밖에 꺼내지도 마라. 1년에 농약을 몇 번 치는지 아나? 자그마치 열일곱 번이다, 열일곱 번! 그것도 혼자서는 엄두도 못 내고 줄을 잡아 주는 사람이 있어야 되는 기라. 그렇다고 팔십 노모가 거들어 줄 수가 있나…….

—늠으 손 빌리갖고 농사짓는 거는 밥 팔아갖고 똥 사묵는 짓인 기

이, 인건비 빼고 뭐 빼고 나머 하나도 남는 기이 없는 기라.

―농사도 지어 본 사람이나 짓지 아무나 짓는 줄 아는가배. 경운기가 있나, 트럭이 있나, 무슨 수로 그 꼭대기꺼정 퇴비를 운반할 기이며, 또 사과를 딴 뒤에는 무슨 수로 실어 내린단 말고?

결국 포기하는 수밖에 없었다.

그러나 어머니만은 그게 아니었다.

―아이고, 야야. 범도 안 보고 똥부터 싼다 카더이, 우째 일 년 농사도 안 지어 보고 나자빠지뿌리노?

―니, 돈 얼매나 가지고 내리왔노? 내 혼자 있을 적에는 도조睹租 받아가주고 그럭저럭 호구에 풀칠이라도 했지마는, 인자 입이 하나 더 불었으니 뭐 묵고 살 기이고?

―한 3년은 고생이 되겠지만, 그 고비만 잘 넝구면 되는 기이라. 초년고생은 은을 주고도 못 산다는 말도 있니라. 농사도 안 질 뱀이야 뭐하로 니리왔노?

―소설? 하이고 마, 마소. 니 여태꺼정 소설 써 가지고 돈 얼매나 벌었더노?.

어머니는 어머니대로 좀처럼 고집을 꺾지 않았다.

결과적으로 나는 안팎곱사등이가 되어버린 꼴이었다. 참으로 참담한 기분이었다.

하루는 점심을 먹고 나서 설거지를 하고 있는데, 삼문동에서 부동산업을 하고 있는 둘째 매제 내외가 다니러 왔었다.

―화앗다, 형님 좋은 데 취직하셨네요!

매제의 우스갯소리에 한바탕 웃음판이 터진 뒤끝에 어머니가 입부조를 바라듯 말꼬를 텄다.

―아이고, 저 나이에 얼매든지 농사를 지을 수 있을 긴데, 사과밭을

늠한테 줘뿌리고 소설만 쓴다 카나 뭐라 카노.

그러자 고맙게도 매제가 발 빠르게 내 입장을 옹호해 주었다.

—빙모님, 그건 빙모님께서 모르고 하시는 말씀임더. 큰처남이 앞으로 얼마나 큰일을 해내는지 한번 두고 보이소. 여태까지는 식솔들을 먹여 살리기 바빠갖고 제대로 힘을 못 썼지마는 인자부터는 크게 달라질 겁니더. 설령 큰처남이 사과 농사를 짓겠다고 우겨도 빙모님 입장에서는 농사를 아무나 짓는 줄 아나, 괜히 두 마리 토끼 잡을라 카지 말고, 그동안에 제대로 못 쓴 글이나 원껏 한번 써보라고 말씀하셔야 안 되겠습니꺼? 그라고 베스트셀러 한 편만 쓰면예, 베스트셀러라 카는 거는 엄청시리 많이 팔리는 책을 말하는데, 그거 한 편만 썼다 카면 그까짓 사과 농사 10년이 아이라, 20년 지은 거보다 더 많은 떼돈이 굴러들어 옵니더.

둘째 매제의 말에 크게 용기를 얻은 나는 다음날부터 사과 창고로 지은 스무 평짜리 1층 공간을 서재로 바꾸기 시작했다.

업자를 불러다 공사하느라, 하루 종일 톱질 소리, 망치 소리가 끊이질 않았지만, 어머니는 단단히 토라진 모양으로 전혀 관심을 두지 않았다.

끼니때마다 이층에서 내려다보고, "밥 묵자." 하던 소리도 들어 볼 수가 없었으며, '삼선짬뽕'이니, '라조기백반' 따위를 올려 보내어도, 쓰다 달다 말 한마디 없었다.

바닥에다 장판을 깐 데 이어 서가를 구입하여 삼면 벽을 온통 책으로 채우던 날, 뜻밖에도 둘째 매제가 카펫이랑 응접세트랑 침대를 들여 줌으로써 그동안 쥐새끼들의 소굴이던 창고가 졸지에 원룸형 서재로 환골탈태했다.

—하이고, 씨부랄거, 수풀만 우거지머 뭐하노? 토찌비도깨비가 나와

야 말이지.

　공사 마감일에야 들어와서 한 바퀴 휘둘러보던 어머니가 툭 던진 이 한마디를 지금껏 가슴 깊이 새겨두고 있거니와, 나는 다음날부터 당장 도깨비를 찾아 나섰다. 내일동을 위시하여 삼문동·부북면·상남면은 물론, 부산이며 서울로 뛰어다니면서, 열불 나게 자료들을 수집하기 시작했다. 이번 서울 걸음도 그 일환이었다. 약산若山 김원봉金元鳳 장군을 위시하여 향토 출신 독립투사들이 전개했던 독립운동과 동척東拓으로 대표되는 일제의 질곡과 수탈에 항거했던 우리 고장의 농민운동을 한데 엮어 민족해방운동사를 형상화하려는, 실로 20여 년 전부터 구상해 온 원대한 꿈을 드디어 실현해 보자는 것이었다.

　나는 감정을 최대한으로 자제하고 한 번 더 시도해 볼까 하다가, 곧장 주방으로 들어가 손수 밥상을 차리기 시작했다. 전례에 비추어 혹시나 마지못해 밥상을 차려주기를 속으로 은근히 바라면서 우정 식기와 수저를 큰 소리를 내며 거칠게 다루어 보았지만, 아무런 효과도 없었다.

　미역국에다 밥을 말아 떠먹기 시작하자, 어느새 나왔는지, 강아지들이 걸상 위에 냉큼 올라앉아 입맛을 다시며 마구 낑낑거렸다. 불쌍하기 짝이 없지만, 나 역시 녀석들의 집요한 요구를 모르쇠로 일관하는 수밖에 없는 것이, 애완견을 건강하게 키우려면 사료 이외의 음식물을 절대로 주어서는 안 된다는 게 단골 수의사의 당부였다는 것이다. 끼니때마다 옆자리에 붙어 앉아 군침을 삼키며 애걸하는 게 너무 애처로워서, 설마 어떠려니 싶어 몇 차례 고기 따위를 먹였다가 그때마다 구토와 함께 온 몸뚱이가 돌덩이처럼 굳어지는 바람에 혼쭐이 났다는 것이다.

마파람에 게 눈 감추듯 먹어 치우고는 애바르게 주방을 빠져나와 잽싸게 문짝을 닫아버리자, 졸지에 주방 안에 갇혀 버린 강아지들이 마구 문짝을 할퀴며 바동거렸다.
얼씨구나, 드디어 기회가 왔나 보다 하고, 나는 아내의 등 뒤에 붙어 앉아 내가 낼 수 있는 가장 부드러운 목소리로 운을 띄워 보았다.
"여보오."
"……."
"여보오오."
"……."
알고 보니, 아내는 연속극을 시청하는 것이 아니라, 눈을 감고 자는 듯이 누워 있었다. 그새 잠이 들었을 리는 만무하고, 필시 나름대로 속을 달이고 있는 중일 터였다.
"당신이 뭣 땜에 화가 나 있는지 모르지만, 내 오늘 당신한테 무조건 사과할게. 지나간 모든 것에 대해서 무조건 내가 잘못했다고 이렇게 빌게."
나는 작전을 바꾸었다. 무엇 때문에 틀어졌는지, 꼭 본인의 입을 통해서 그 해답이 나오도록 강요할 것이 아니라, 차라리 내 쪽에서 그것을 알아내어 무조건 사과하는 것이야말로 최선책이라 판단하고, 나는 진정 속죄하는 마음으로 장광설을 늘어놓기 시작했다.
"지난번에 올라와서 꼭 열흘 머물 동안, 당신이 내게 한 말은, '어서 오이소.', '밥 잡소.', '잘 가이소.', 딱 요 세 마디뿐이었던 거는 당신도 기억하고 있제? 그리고 한 번도 큰방에는 오지 않았고……. 설마 마지막 날 밤에는 와 주겠지 하고 기대했지만, 당신은 끝내 오질 않았어. 그렇다고 그전처럼 강제로 데려갈 수가 없었던 기이, 그전번에 왔을 때 당신이 내보고 뭐라 캤노? '씨발놈아. 니 눈까리에는 내가 ×으로

밖에 안 보이나?', 휴우우……, 그때 그 말을 듣는 순간, 참말로 억장이 무너졌지만……, 밀양에 내려가서 곰곰이 생각해 보이꺼내, 당신 입에서 그런 말이 나오게 된 근본적인 책임이 전적으로 내한테 있더라 이 말이다.

당신 말마따나 한평생 내 본위로만 살아왔다는 걸 솔직히 시인할게. 근 40년 동안 살 섞고 살면서도 단 한 번이라도 결혼기념일을 챙긴 적이 있나, 생일선물을 사다 준 적이 있나, 외식을 한 번 제대로 했나, 이 핑계 저 핑계 대가면서 외박은 또 좀 많이 했노. 남자가 간단하게 수술해버리면 될 걸 겁이 나서 못하고, 일곱 번이나 소파수술을 하게 만들고, 그 일곱 번이란 횟수도 내가 챙겨서 아는 거라면 그래도 일말의 양심이라도 있지, 언젠가 당신이 울면서 말해 갖고 알게 된 거고……. 당신 말대로 나는 한평생 당신을 성적 도구로밖에 취급하지 않았던 거라. 게다가 마흔 밑자리 깐 자식들 끈 붙일 걱정은 눈곱만큼도 안 하고, 내 실속만 달랑 챙겨 갖고 천 리 밖으로 핑 달아나버렸으니, 당신이 화를 안 낸다면 오히려 그기이 비정상이지."

여기까지 쏟아 놓고서 일단 아내의 반응을 살폈다. 아무런 반응이 없었다. 듣기 싫지는 않은 모양이었다.

"그런데 이거 한 가지만은 내 입장을 분명히 밝히겠는데, 애들 혼사 문제에 대해선 당신도 이젠 더 이상 신경 쓰지 말란 말이다. 누누이 해온 말이지만, 결혼은 선택이지 필수가 아냐. 품 안에 자식이라고, 일단 다 키운 이상은 각자 자기 인생을 자기가 살아가는 기이라. 요즘 독신주의자들이 얼마나 많노. 옛날에 내가 사르트르의 말을 인용해 갖고 '결혼이란 무덤'이라 캤다가 당신을 크게 화나게 한 적이 있지만, 어떻더노, 지내고 보이꺼내 실제로 안 그렇더나? 그리고 밀양으로 내려가길 백번 잘한 기이, 서울에서는 폐기 처분되다시피 했던 내 존재가 그래도 고향에 내려가이꺼내 여기저기에서 필요로 하는 데가 의외로 많은 거 있제. 향토를 위해 봉사하면서 여생을 살아갈 수 있다는 기이 얼마나 좋은 일고? 그리고 무엇보다 대하소설을 착수했다 안 카나."

나는 신파극 배우라도 된 기분으로 한달음에 여기까지 읊고 나서 잠시 뜸을 들였다.

다행히 세 아이가 저마다 먹고 살길은 구했으니, 어머니가 돌아가시고 나면 밀양으로 내려와서 함께 살자는 말은 일부러 하지 않았다. 죽었으면 죽었지, 시골에 내려가서는 살지 않겠다는 게 아내의 지론이었으므로, 괜히 긁어 부스럼을 만들 필요가 없었던 것이다.

한동안 낑낑거리던 강아지들이 제풀에 지쳐버렸는지 잠잠했다.

"……."

아내가 홱 일어나서 자리를 피해버리지 않고, 끝까지 들어주는 것만으로도 나는 만족했다. 그전 같았으면 십상팔구 이쯤해서, '흥, 알기는 알구마는!', '환갑 진갑 다 지내고 가리늦가라사 철들었구마는!' 하는 따위의 말로 빈정거리기 일쑤였던 것이다. 하기야 남편이 이렇게까지 나오는 데야 제아무리 얼음장 같은 아내일지라도 어찌할 수 없지 않겠는가.

"더 긴말할 필요 없이 한평생 당신을 홀대한 데 대해서 내 오늘 무조건 사과할게. 그러니 제발 날 좀 따뜻하게 대해 도고, 응? 앞으로도 살아갈 날이 구만린데 피차 아옹다옹할 기이 아이라, 한별이 말마따나 인제부터라도 사이좋게 한번 지내보더라고, 응?"

난 한때 이렇게도 생각해 봤지. 아, 이 여편네가 정을 뗄라고 일부러 그라는갑다, 하기야 언제 나한테 정 같은 걸 느끼고 살았을까마는, 그래도 한 이불 속에서 살을 섞은 정분만은 잊지 못할 테니, 그 정을 뗄라고 고의적으로 악처 노릇을 하는지도 모른다고 말이다."

"…… ."

나는 아내의 어깨 위에 한 손을 가볍게 얹었다.

"여보오, 부부간에는 낮에 싸우고 밤에 푼다는 말도 안 있나. 부부 싸움을 하면서 한 말을 꽁하게 새겨듣는 연놈하고는 가까이 지내지도 말라 캤다. 전에 당신이 한 말 내 다 잊아뿠다. 당신도 내가 전에 했던 거 다 잊아뿌라, 응? 두고 보머 알 거 아이가, 앞으로 내 잘할게."

이쯤하고 말았더라면 딱 좋았을 것을, 아내의 다소곳함에 고무되어,

"여보오, 부부는 살아서는 한 몸이 되고, 죽어서는 한 구덩이에 묻힌다 캤다." 하고, 엉너리를 치면서 가슴께로 손을 가져간 것이 화근이었다.

"이 손 치우소!"

아내의 돌벼락 치는 소리에 강아지들이 또다시 낑낑거리면서 마구 문짝을 할퀴기 시작했다.

"여보오, 부부는 돌아누우면 남이란 말이다. 이번에 올라오면서 문패에도 당신 이름하고 내 이름하고 나란히 써 왔다 아이가. 여보옹."

"참말로 안 치울 것가, 이놈우 손목쟁이!"

"여보옹, 일 년도 더 넘었어."

"씨발, 내 입에서 또 험한 소리가 나와야 알겠나?"

이전 같았으면, 이쯤해서 '알았어요, 알았어, 다락에 먼저 가 있으소.', 했을 아내가 별안간 고래고함을 싸지르면서 발딱 일어나는 것이었다. 문짝을 할퀴며 강아지들이 숨넘어가는 소리로 짖어대기 시작했다.

나는 별수 없이 큰방으로 들어와 이부자리 위에 큰대자로 벌렁 드러눕고 말았다.

"내가 어데 이팔청춘이가? 당신은 인삼 녹용에다 뱀탕까지 처묵어

조지나 강사네 145

갖고 힘이 펄펄 남아도는가 모리지마는, 나는 전신에 골병이 다 들었
단 말이다."
하고, 아내는 외딴집이라고 마음껏 악담을 퍼부어대기 시작했다.
 "한번 시작하머 한 시간 두 시간을 시달쿠는 ×대가리를 무슨 수로
견디란 말고? 당신은 좋지만 나는 따갑고 쓰라려 죽을 지경이란 말이
다. 나는 인자 여자가 아이니꺼내, 정 그렇거든 젊은 년을 하나 구하
라 안 카더나. 젊을 때는 구하라 안 캐도 잘도 구하더이만 인자는 와
구하라 캐도 못 구하노?"
 주방문이 열리는 소리에 이어 한동안 강아지들의 쪼작거리는 발소
리가 들리더니, 와싹와싹 사료를 바수어 먹는 소리가 요란했다.
 계집은 젊어서는 여우가 되고 늙어서는 호랑이가 된다는 속담이 하
나도 틀리지 않았다. 담배 심부름을 시킬라치면 두말하지 않고 가게
에까지 뛰어 갔다 오고, 바로 코앞에 있는 재떨이 심부름을 시켜도 군
소리 하나 없이 대령하곤 했던 아내가 갑자기 호랑이로 보이기 시작
한 것은, 담배 연기를 갖고 까탈을 부리던 바로 그 시기가 아니었던가
싶다.
 ─당신은 발이 없나 와 못 가노? 밤낮 방구석에만 들어박혀 있지 말
고, 바람도 쐴 겸 슬슬 갔다 오소와.
 ─나 참 기가 막혀서. 아, 당신 손이 더 가깝소, 내 손이 더 가깝소?
제발 학교에서 학생들 부려묵던 그 버릇 좀 고치소. 당신 몸만 소중한
줄 알았지, 다른 사람 몸은 흑사리 쭉정이로 보이나?
 아내뿐만 아니라 아이들마저 한통속으로 면박을 주기가 일쑤여서
그 무렵부터 나는 개밥에 도토리처럼 가족들로부터 따돌리기 시작했
던 것이다. 내 밥그릇 국그릇이 한별이의 그것과 뒤바뀐 것도 그 무렵
이었다. 온 식구들이 세샛밥을 비벼 먹던 어느 날, 하나밖에 없는 내

전용의 놋쇠 왕대접이 한별이의 차지가 되는 과정을 지켜보면서, 나는 적의와도 흡사한 질투심으로 속이 부글부글 끓어올랐다. 그동안 남편에게 바쳤던 아내의 사랑과 정성이 고스란히 아들에게로 전이되는 구체적인 장면을 나는 그때 내 두 눈으로 목격했던 것이다. 게다가 그 무렵부터 아내는 말씨까지 백팔십도로 달라져 버렸다. '한별아, 나와서 밥 먹어라.', 아들에겐 그렇게도 나긋나긋하고 상냥하고 부드럽기 짝이 없는 말씨가, '밥 잡소.', 내게는 언제나 퉁명하고 몰풍스럽기만 했다.

아내가 큰방 문을 열고 들어와 장롱 속에 들어 있는 옷가지들을 챙겨 나가는 동안, 나는 짐짓 자는 척하고 눈을 감고 있었다. 잠시 따라 들어와 마치 나를 위로라도 하듯이 이마와 손등을 핥아대던 강아지들이 쫄쫄쫄쫄 아내 뒤를 따라 나가고 난 뒤, 나는 혼곤한 상태에서 깜박 잠이 들고 말았다.

2

얼마나 지났을까? 전화벨 소리에 잠을 깼다.
"아버지십니꺼?"
꽃샘이의 목소리였다.
"오냐."
"엊저녁에 호텔 작업한다고 집에 못 드갔심더."
"알았다, 오늘은 일찍 들오나?"
"이따 봐야 압니더. 아버지예, 집수리한 거 어떻습니꺼?"
"조옿다. 수고 많이 했다. 다락을 없애고 부엌 바닥을 돋와 놓으이

꺼내 훨씬 좋은데? 도대체 누구 아이디어고?"

나는 마음에도 없는 말을 하고 나서 반응을 기다렸다.

"하이고, 참 내, 괜히 캐보는 말 아입니꺼?"

"아이다. 진짜다. 꼭 아파트에 들어온 기분이다."

"아버지예, 언제 내려가실 겁니꺼?."

"오늘 오후에 서울대 도서관에 가서 복사 좀 하고 낼 아침에 바로 내려갈 기이다."

"와 그래 급하게 내려가십니꺼? 오랜만에 친구들도 만나 보고 며칠 쉬었다 가시지……."

"친구들 만나봤자 술밖에 더 마시겠나. 빨리 내려가서 할 일을 해야지."

"아버지예,"

하고, 꽃샘이는 갑자기 목소리를 낮추었다.

"어제 내가 어떤 족집게 점쟁이한테 점을 봤는데예, 그 사람이 아버지보고 뭐라 캤는지 압니꺼?"

"야아가 귀신 씨나락 까먹는 소리도 아이고, 갑자기 우짠 점은?"

"아버지예, 좌우지간 내 말 한번 들어나 보이소. 과연 족집게는 족집게데예. 아버지 생년월일시만 넣었는데, 대뜸 첫마디에 한다는 말이, 엄마하고 같이 안 살고 멀리 떨어져서 살고 있제, 카는 기라예. 과연 족집게지예?"

"……."

"아버지예, 내 말 듣고 있습니꺼?"

"그래, 자알 듣고 있다. 그라고 또?"

"그라고 또 한다는 말이예, 아버지하고 엄마는 육십 살에서 칠십 살까지는 피차 떨어져 살아라 카는 팔자랍니더. 안 그라면 둘 중에 어느 한 사람이 그 안에 먼저 죽는답니더."

"과연 족집게네. 너거 엄마하고 한 집에 더 오래 살다가는 내가 지레 죽을 기이다, 내가 지레 죽어. 뭣 땜에 삐꼈는지 모르지만, 와 사람을 보고 도통 말을 안 하노 말이다."

"하이고 참, 아버지도……, 아버지가 그전부터 엄마한테 잘해 줬으면 엄마가 그랄 텍이 있는가예. 그런데 그기이 문제가 아이라, 오히려 그기이 잘된 기라 카이. 그 점쟁이가예, 아버지가 시골에 내려간 거는 강에서 살던 고기가 바다로 나가서 사는 거하고 같다 캅디더. 그라고 엄마가 일부러라도 정을 띠야지, 안 그라면 아버지를 도로 강으로 불러들인답니더. 하하하하하……."

꽃샘이는 한동안 저 혼자 방정맞게 웃어대더니,

"아버지예, 얼마나 웃깁니꺼? 엄마 성격하고 딱 안 들어맞습니꺼? 다른 여자들 같으면 그래 할라 캐도 그래 하겠습니꺼? 그라고 아버지예, 그 족집게가 얼마나 용한가 하면예, 아버지가 글을 쓴다는 것도 딱 알아맞친다?"

"뭐라 카더노?"

"시골에 내리가서 한 2, 3년 준비기간을 거치면 육십다섯 살에 이름을 크게 한 번 날릴 거라 캅디더."

누가 전화를 거는지 수화기 안에서 뿌우, 뿌우, 하고 통화대기신호음이 계속 울리기 시작했다.

"아버지예, 참 문패 만들어 왔습니꺼?"

"그래, '안주자' 이름하고 내 이름하고 나란히 써 왔다."

"하하하하하……. 엄마가 보고 뭐라 캅디꺼? 전화 왔는갑다. 저녁에 보입시더."

야, 그렇게 용한 점쟁이가 니하고 봄비보고는 뭐라 카더노, 한별이는? 하고 물으려는데 꽃샘이는 서둘러 전화를 끊어버렸다.
 송수화기를 내려놓기가 무섭게 전화벨이 요란스레 울었다.
 "예, 흑석동입니다."
 "…… 저어 거기 안주자 여사님 댁이시죠?"
 젊은 남자의 굵직한 음성이었다.
 "예, 그렇소만 대관절 거기는 어디시죠?"
 "여기 수영장인데요, 아, 네, 마침 도착하셨습니다. 안녕히 계세요."
 나는 송수화기를 잡은 채 한동안 멍청하게 앉아 있었다. 전화를 받는 사이에 어느새 올라왔는지, 똘똘이 녀석이 무릎 위에 천연덕스럽게 드러누워 눈을 감고 있었다.
 수영장이라, …… 수영장? 한때 에어로빅에 열중했던 적은 있었지만, 수영장엘 다닌다는 말은 듣다가도 처음이었다. 나이에 비해 에어로빅이 너무 과격하다고 판단한 나머지 수영으로 바꾸었나 보다고 짐작되긴 했으나, 어쩐지 젊은 남자의 전화질이 꺼림칙했다. 수강생이 미처 정시에 당도하지 않을 경우, 학원에서 집으로 전화를 거는 게 상례이긴 하지만, 방금 그 젊은이의 물기 묻은 목소리는 그 이상의 뉘앙스를 풍기고 있었다. 전연 물에 뜨지 못하는 수영복 차림의 아내가 하루도 거르지 않고 가슴통이며 배며 허벅지를 연하의 싱싱한 남성에게 내맡기고 희희낙락하는 장면이 떠오르자, 나는 살의에 가까운 질투를 느끼면서 전신이 부들부들 떨려 왔다.
 흥, 그러면 그렇지. 필시 곡절이 있었던 게지. 아냐, 아내만은 결코 그럴 위인이 아니지 않은가. 아니지, 믿는 도끼에 발등 찍힌다는 말도 있지 않은가. 어떤 놈에게 푹 빠지지 않고서야 어찌 나를 이렇게까지 홀대할 수가 있단 말인가? 흥, 일편단심의 상대가 이젠 바뀌었다 이거지……?

송수화기를 제자리에 놓기가 무섭게 또다시 전화벨이 울렸다.
"……."
나는 송수화기를 든 채, 짐짓 말을 아끼고 기다려 보았다.
"여보세요?"
수화기 저쪽에서 이번에는 가성에 가까운 아주 세련된 노신사의 목소리가 귓바퀴를 간질였다.
홍, 이제 보니 한 놈만도 아니잖아!
"여보세요, 거기 안주자 여사 댁 아닙니까?"
"맞습니다. 그런데 실례지만 누구시라고 전해드릴까요?"
"나로 말할 것 같으면, 안 여사 옛 애인 되는 사람입니다."
순간, 정신병자가 아닌가도 싶었으나, 이름까지 대는 데는 아연 긴장하지 않을 수 없었다. 나는 얼른 송수화기를 바꿔 잡으면서 마른침을 꼴깍 삼켰다.
"아, 그래요? 이, 이거 반갑습니다. 전 바로 안 여사의 친동생 되는 사람인데요, 그렇잖아도 누님께서 좀 전에 미장원에 가시면서 혹시 전화가 오거든 꼭 메모를 좀 받아 놓으라고 하셨습니다."
"여보시요, 당신은 소설가라서 역시 거짓말이 능하십니다그려. 당신이 아무리 시치미 떼 봤자, 안 여사 동생이 아니라, 남편 박형준 씨라는 걸 난 이미 다 알고 있습니다."
"야, 이 새끼, 너 누구야?"
나도 모르게 욕설이 튀어나왔다.
"어허, 방금 말했잖습니까, 안 여사의 옛 애인이라고……."
"그래, 그렇다 치자. 그런데 도대체 용건이 뭐야? 오거든 내 그대로 전해 줄 테니까, 어서 용건을 말해 보란 말야."
"다름이 아니고, 옛날에는 한 빠×리에 오백 원으로 통했는데 요새는……?"

"야, 송병태, 이 변태 새끼야."

그러자 송병태도 '으핫핫핫핫핫…….' 하고 애써 참았던 폭소를 통쾌하게 터뜨리는 것이었는데, 나는 감쪽같이 속은 분노감에 앞서 우선 안도부터 하면서, 한마디 내뱉었다.

"넌 임마, 환갑 진갑을 다 넘겨도 역시 '병태'보다는 '변태'가 어울리는 놈이야. 사람을 속일 게 따로 있지."

그는 중·고등학교 동기동창으로 재학 당시나 졸업 이후로도 가장 흉허물없이 지내 온 친구였다. 너무 친하다 보니 피차 상대의 마누라 보고 못 하는 소리가 없었다.

서른대여섯 살 때였던가, 공교롭게도 그와 나는 부산 동대신동에서 한 이웃에 산 적이 있었는데, 시내에서 한잔 걸치고 들어오다가 우리 집에 가서 한잔 더 하자면서 끌어들였더니, 초면인 아내더러 대뜸 한다는 소리가 '오백 원 줄게, 빠×리 한번 하자.'였다. 하기야 나도 며칠 뒤에 토씨 하나 안 틀리게 해서 그대로 갚아 주기는 했지만…….

그로부터 몇 달 후, 서울로 직장을 옮기고도 우리는 일 년에 서너 차례씩 꼭꼭 만났다. 그 서너 차례 중에서 두 차례는 서울과 부산을 번갈아 오가며 열렸던 동기생들의 경부친선테니스대회를 통해서였다. 관중이 없는 경기가 어디 있는가. 나같이 라켓 한 번 잡아보지 않은 친구들이 오히려 선수들보다 더 많이 몰려나와 바락바락 술을 퍼마셔 가며 고래고래 소리를 처질러 대는 것으로 한몫했던 것인데, 뒤풀이가 끝나면 그는 으레 별도로 몇몇 친구들을 끌고 다니면서 이차 삼차를 사곤 했다. 그럴 때의 그의 이름은 '병태'가 아니라 '변태'로 바뀌어져 있기 마련이었다.

한번은 부산 보수동에 있는 '깜짝집'이란 데로 끌려간 적이 있었는데, 당시의 일이 떠오르면 20년이 지난 요즈음도 나는 혼자서 키들거리곤 한다. 친구들 다섯 놈이 우중충한 적산가옥 이층으로 안내되어 올라가자, 이내 다섯 명의 미희들이 뒤따라 올라왔다. 미인박명이란 말을 실감하는 순간이었다. 하나같이 쭉쭉 빠진 팔등신에다 얼굴들 또한 탤런트가 따로 없었다. 양주와 안주가 들어와 막 술상을 둘러싸고 앉는 순간이었다. 상호 그대로 나는 깜짝 놀라고 말았다. 아니, 깜짝 놀란 정도가 아니라, 기절초풍했다고 해야 옳았다. 도대체 언제 옷들을 벗었는지 다섯 명의 미희가 실오라기 하나 걸치지 않은 알몸으로 입구 쪽에 나란히 서서 포즈를 취하고 서 있는 것이 아닌가! 그리고 뒤이어 마치 미스코리아 선발대회에서 나체 심사 코너가 신설된 듯한 장면이 연출되기 시작했다. 다섯 명이 차례차례로 애교 띤 간드러진 목소리로 미스 아무개예요, 반갑습니다, 사랑해 주세요, 어쩌고저쩌고 하며 자기소개를 하고 나자, 병태가 벌떡 일어서더니만 아가씨들의 각양각색으로 생긴 옥문을 순서대로 하나하나 손가락으로 가리키면서, 큰소리로 읊어대기 시작하는 것이었다.

—이거는 강원도 산비탈 삐딱×지……! 요거는 충청도 한약방 천장×지……! 이거는 서울 하이타이 거품×지……! 요거는 경상도 보리타작 회까닥×지……! 이거는 부산 자갈치시장 칼치×지!"

한마디 한마디에 배꼽을 잡고 웃어대다가 품평이 죄다 끝나자, 어떤 녀석은 눈물을 찔끔거리는가 하면, 어떤 녀석은 방귀를 푸륵푸륵 뀌어가며 방바닥에 데굴데굴 나뒹굴었다.

이렇듯 그는 타고난 재담으로 항상 친구들을 즐겁게 했다. 그러고 보니 만난 지가 꽤 오래되었을 뿐만 아니라, 작년 연말에 동기회 정기총회에서 회장으로 선출되었다는 소식지를 접하고도, 아직 축하 전화 한 통화 못 해준 터였으므로, 나는 녀석의 음성을 듣는 것만으로도 너무나 반가웠다.

"아쭈, 그래도 제법이던데? 처음부터 성깔 안 내고 능청시리 척 둘러대는 걸 보머……."

"야, 임마, 여러 말 할 것 없이 지금 어데 있노? 부산이가, 서울이가?"

"요즘엔 나도 서울 물 좀 묵고 산다. 니늠만 두 집 살림 하라 카는 법이 있나, 나도 늘그막에 서울 바닥에 작은마누라 하나 구해 놨다 말이다."

"야, 병신 육갑 그만 떨고, 지금 있는 데나 빨리 대봐라, 내 0.5초 안으로 뛰어갈게."

"아따, 성급하기는……. 이따 오후 5시 정각에 노량진역 입구에서 만나자. 그때꺼정 나는 불알에 요령 소리가 나도록 뛰어댕기야 할 판이다."

"아, 참, 축하한다. 동기회 회장 됐다면서?"

"야, 야, 말도 마라. 환갑에 능참봉을 하이 한 달에 거동이 스물아홉 번이라 카더이마는, 내 돈 써 가면서 이기이 무신 짓고? 젠장맞을 거, 이것도 감투라고 팔자에 없는 걸 얻어 썼더이마는 대가리가 쪼개질라 칸다."

"지랄하고 자빠지는 소리 하고 있네. 아무튼 만나서 얘기하도록 하자. 노량진역 입구, 5시라캤제?"

"와? 그때꺼정 기다릴라 카이 이 형님이 보고 싶어 환장하겠나. 정 그렇거든 지금 당장 이리 나와 갖고 이 형님캉 같이 뛰어댕기든강."

"아냐, 아냐. 아까 내가 0.5초라 칸 거는 하도 반가워 갖고 앞뒤 재 보지도 않고 해본 소리고, 실은 나도 오늘 낮에 꼭 해야 할 일이 좀 있다."

"야, 야, 니늠이 할 일이라 카머 낯거리하는 거 한 가지빽이 더 있나? 몇 달 동안 굶어 있다가 만났다고 주자 씨가 막 퍼 주는가배, 그 이름도 '주자' 아이가?"

"야, 한 가지만 알고 두 가지는 모르는 이 놀대가리 변태 새끼야, 너거 형수 씨 이름이 '주자' 씨라 카는 거만 알았지, 풀 네임이 '안주자' 씨라 카는 거는 잊아뿄나? 어느 년이 줘야 묵지. 안 준다, 안 줘. '주자'가 아이라 '안주자'라 말이다."

"으하하하하……, 조지나 강사네나 불러라, 이 새끼야."

"이 새끼가 갑자기 허파에 바람이 들었나, 뜬금없이 '조지나 강사네'가 와 튀어나오노?"

그러자 그는 대답 대신에 가락을 뽑기 시작하는 것이었다.

"조지나 가앙사네에 조지나 가앙사네에 조오지나 가앙사네 조지나 강사네에……."

해방 직후 국민학교 시절에 즐겨 불렀던 '삼천리 강산에 새봄이 왔구나. 농부는 밭을 갈고 씨를 뿌린다.'라는 동요를 개사한 것이었는데,「새봄」인지「봄」인지 곡명은 기억에 남아 있지 않지만, 이 노래는 당시 나의 유일한 애창곡이었다. 나는 워낙 음치여서 노래를 부르면 노상 급우들의 웃음거리가 되곤 했던 것인데, 이상하게도 이 노래 하나만은 음정과 박자가 안 틀리게 완창할 수 있는지라, 음악 시간이나 오락 시간 같은 때 나의 고정 레퍼토리가 되다시피 한 노래였다.

그런데 송병태가 이 노래를 개사해서 부르는 데에는 그 나름대로의 사연이 있었다.

고1 때로 기억된다. 하루는 둘이서 영선고개를 넘어가고 있는데, 길가 공터에서 여자아이들이 연속적으로 이 노래를 부르며 고무줄넘기를 하고 있었다.

삼천리 강산에 새봄이 왔구나 농부는 밭을 갈고 씨를 뿌린다 삼천리 강산에 새봄이 왔구나……

바로 그 순간이었다, 느닷없이 그의 입에서 '조지나 강사네'가 튀어나온 것은…….
—조지나 가앙사네에 조지나 가앙사네 조오지나 가앙사네 조지나 강사네에…….
—야.
하고, 나는 정색을 하면서 물었다.
—니 임마, 우째 그런 기발한 개사를 했노?
—듣기 괜찮더나?
—묻는 말에나 대답해라. 니 머리에 우째 그런 기발한 착상을 했노 말이다.
—좌우지간에 듣기 괜찮더나 말이다.
—괜찮은 정도가 아니라, 기똥차다.
—말하자면 일종의 반발심이지.
—반발심……?
—선생님들이 허구헌날 '삼천리 강산'을 내세우미 '우리나라 좋은 나라, 살기 좋은 우리나라' 우짜고 저짜고 칼 때마다 '욱!' 카고 치미는 감정 있제, 씨팔, 좋기는 뭐가 좋단 말고, 아버지는 일찍 돌아가셨고, 엄마는 집을 나갔고, 할매는 밥낮 아파 누워 있제, 아침저녁마다 동냥바가지 들고 개새끼들한테 뒤꿈치 물리가미 밥 동냥하러 댕기는 판인데……. 가시나들이 고무줄넘기를 하면서 이 노래를 부를 때마다 나는 '조지나 강사네'를 계속해서 불렀다 아이가. 그라모 나도 모리게 불끈불끈 용기가 솟아나더라 말이다. 오냐, 세상아 덤벼라, 누가 이기나

어데 한분 해보자 카고 말이지.

"조지나 가앙사네에 조지나 가앙사네에 조오지나 가앙사네 조지나 강사네에……."

그는 그칠 줄을 모르고 계속 되풀이했으며, 나 또한 솔깃하게 듣고 있었다. 실로 이상한 것은, 녀석의 노래를 경청하는 동안, 내 마음이 말할 수 없이 편안한 경지로 빨려들고 있었다는 사실이다. 마치 내 마음을 환히 꿰뚫고서 거기에 맞춰 처방하는 정신과 의사 앞에 앉아 있는 기분과도 흡사했다.

"…….."

"야, 형준아, 니 이 노래 들어보이 어떻노?"

"어이, 병태야."

그가 내 이름을 불러 준 것처럼 내 입에서도 그의 본명이 튀어나왔다.

"병태야, 그거 참말로 희한하네. 분명히 무슨 주문도 아닌데 숨통이 확 뚫리는 듯한 묘한 기분이 드는 거 있제?"

"바로 그기이다. 전에도 말했지마는 진짜로 이 노래를 백 분만 계속해서 한분 불러바라. 일만 근심이 싸악 다 걷힌다 말이다. 야, 임마, 빠×리 생각날 때마다 괜히 안 줄라 카는 할마이 괴롭히지 말고, '조지나 강사네'나 처부리면서 손빨래하는 기이 그중 상수다. 너거 마누라뿐만 아이라, 여자들은 육십 살만 넘으며 모지리 안주자가 돼뿌리는 걸 우짤 것고? 그래도 우리 세대는 복 받은 줄이나 알아라. 우리 바로 앞 세대만 해도 40대만 되며 사랑방 거처를 했다 아이가?"

나는 약속 시간과 장소를 한 번 더 확인하고 서둘러 통화를 끝냈다.

3

　대문간에다 문패를 달고 집을 나서면서, 꽃샘이의 전화 때문인지, 병태의 전화 때문인지 확실치는 않지만, 아무튼 나는 말할 수 없이 홀가분한 기분이 되었다.
　서울대로 가서 중앙도서관과 규장각을 몇 차례 번갈아 드나들면서 필요한 자료들을 복사하고 나니, 오후 3시경이었다. 병태와의 약속 시간은 아직 두 시간이나 더 남아 있었다.
　숨이 콱콱 막히는 불볕더위도 아랑곳하지 않고, 구내 곳곳에 내걸리고 나붙여진 현수막이며 대자보들을 하나하나 훑어 나가면서, 나는 최루탄과 돌멩이가 난무했던 저 7, 80년대로 시간여행을 떠났다. 감개무량했다. 철야농성을 하는 동안, 가두시위를 하는 동안, 언제나 나를 위축시켰던 것은 가솔들이었다. 내가 교도소에 들어가면 저것들은 무얼 먹고 살아갈 것인가, 무슨 수로 학교에 다닌단 말인가? 나란히 누워 평화롭게 잠들어 있는 처자식들을 바라보노라면, 으레 이런 연민들이 옴나위없이 나를 주눅들게 했다.
　나는 열사들의 동상과 기념비가 나타날 때마다 경건한 자세로 묵념을 올렸다.
　무릇 한 민족이 시련에 부닥치면, 목숨을 걸고 저항하는 이들이 있는가 하면, 저항은 하되 소극적인 부류가 있고, 처음에는 저항하다 종당에는 적의 주구로 훼절하는 이들이 있는가 하면, 아예 적에게 빌붙어 부귀영달을 누리는 부류가 있고, 처음에는 적의 앞잡이로 발호하다가 속량하여 투사가 되는 이들이 있는가 하면, 애당초 바람 부는 대로 물결치는 대로 휩쓸리며 사는 부류가 있을진대, 과연 나는 어느 부류에 속하는 것인가?

조형물 앞에 설 때마다 나는 말할 수 없이 자신이 초라하고 부끄러웠으며, 그럴수록 대하소설을 하루빨리 완성해야 한다는 그 어떤 책무감, 강박감 같은 것이 용솟음치곤 했다.

버스를 이용해서 노량진역에 당도하고 보니, 약속 시간이 15분가량 남아 있었다. 구내는 비교적 한산한 편이었다.

나는 다음날 아침에 내려갈 무궁화호 열차표를 예매한 다음, 입구로 나가 기다릴까 하다가, 전철을 타고 올지도 모른다는 생각이 들어, 양쪽을 동시에 살필 수 있는 중간 지점에 멀찍이 떨어져 서 있기로 했다.

이윽고 쏟아져 나오는 한 무리의 인파 속에서 코발트색 정장에다 하얀 캡을 눌러쓴 병태를 발견하기란 어렵지 않았다. 복장도 복장이지만, 주위 사람들에 비해 귓바퀴 위만큼이나 키가 더 크기 때문이었다.

병태가 말했다.

"여름철이라 회를 먹을 순 없고, 니늠이 좋아하는 고기나 구어 묵자. 이 바닥은 왕년에 니늠 아지트 아이가. 어데 근사한 집으로 한분 안내해 바라."

우리는 수산시장 쪽에서 풍겨오는 고약한 비린내를 피하느라 잰걸음으로 육교를 건너 대형 매장이며 단란주점, 소주방, 호프집, 오락장, 노래방, 당구장 따위가 빽빽이 들어차 있는 먹자골목 안으로 접어들었다.

마침 저녁 시간이라 골목 양쪽으로 즐비한 포장마차마다 남녀 수강생들로 시끌벅적 붐비는가 하면, 온갖 고기 굽는 냄새가 진동하면서 한껏 식욕을 돋우었다.

"허허, 이늠아들 이거, 술 마시는 재미로 학원 댕기는 텍가, 도대체 저래 처마시고도 공부가 되기는 되나?"

"야, 입조심해라, 괜히 망신당하지 말고. 요즘 애들 어떤지 알제?"

"흥, 범 무서워서 산에 못 가겠다. 내가 어데 틀린 소리 했나?"

마침내 동료 강사들과 어울려 자주 들락거렸던 '쌍과부집' 간판이 시야에 들어왔다.

"야, 아직도 저 자리에 그대로 있네. 문자 그대로 쌍과부가 장사하는 집인데, 두 여자가 아주 걸물들이다. 참, 오늘 니하고 한판 붙어 봐라, 누구 주둥이가 더 센지……."

"야, 야, 우에 주둥이가 세머 머할 것고, 밑에 주둥이가 세어야지. 과연 쓸 만한 년이 있는지 좌우지간에 한분 가보더라고."

앞장서서 출입문을 드르륵 열어젖히자, 시원한 냉기가 확 끼쳐 나왔다. 다행히도 손님이 한 사람도 없었다.

"김 여사, 최 여사, 안녕하세요?"

"에그머니나, 이게 누구세요!"

"어머머, 세상에나! 박 선생님 아니세요!"

방바닥 저 안쪽에서 화투를 치고 있던, 40대 후반, 50대 초반의 두 여자가 화들짝 놀라면서 동시에 외쳤다.

"박 선생님, 요즘은 어느 학원에 나가세요? 아니, 어쩌면 그렇게두 매정하실 수가 있어요?"

에어컨이 있는 안쪽으로 가서 자리를 잡고 앉자, 김 여사가 방석을 깔아 주며 내 옆자리에 붙어 앉았다. 동글반반한 생김새는 이전 그대로였다.

"그동안 달나라에 좀 갔다 왔지."

나는 김 여사의 희멀건 허벅지를 훔쳐보면서 능청을 떨었다.

"너무하셨다. 거기까지 가서 그래, 그냥 오셨어요, 선물도 하나 사 오시지 않구……?"

"선물이 무슨 필요 있어, 당신을 모셔 가려고 이렇게 왔음 됐지."
그러자 주방으로 들어가 냉수와 물수건을 갖고 나온, 자그마한 얼굴이 댓돌같이 생긴 최 여사가 병태 옆에 붙어 앉으면서, "진짜로 너무 하셨어. 그럼 전 어떡해요?" 했다.
"눈치가 그렇게도 없어 갖고 어떻게 장사를 하나? 옆에 앉아 있는 그 양반을 내가 보디가드로 데리고 온 줄 아나?"
그러자 최 여사가 가볍게 고개를 숙이면서,
"'최'라고 불러주세용. 절 꼭 달나라로 데리고 가주세용."
하고, 코맹맹이 소리로 애교를 떨자, 김 여사가 톱상스레 톡 쏘았다.
"엠병헐, 낙화하니 오던 나비도 되돌아가는 판국에 청승 떨구 자빠졌네."
"어허, 언니두 그 무슨 망발이요? 꽃 본 나비가 담 안 넘겠수?"
"꽃도 꽃 나름이지 낙화란 말야, 낙화. 이것아!"
병태는 모자와 웃옷을 벗어버리고는 과감하게 최 여사의 어깨를 감싸안으면서,
"어허, 새벽달 볼라고 으스름달 안 쳐다보겠네. 새도 다급하며 사람 품 안으로 날아들고, 호랑이도 시장하면 가재를 잡아묵는단 말도 못 들었소?"
"이 양반은 송병태라는 분이신데,"
하고, 나는 뒤늦게 두 여인에게 병태를 소개했다. 중·고등학교 동기 동창으로 나와 가장 절친한 사이이며, 웬만한 사람이면 다 아는 부산에 있는 모 신발회사 중역이라는 말에 이어, '홀아비'라는 상투적인 거짓말까지 덤으로 얹었다.
병태는 엄청 기분 좋은 표정으로 최 여사의 어깨를 감싸안은 팔에 더욱 힘을 주며, 호기를 부렸다.

"어째 오늘 술맛 한번 째지겠는데? 주모, 쐬주하고 이 가게에서 젤 비싼 안주하고 왕창 한번 내놔 보더라고."

"그래 보더라고. 앗다, 오늘 우리 동생 댕기풀이 한번 걸쭉하게 생겼네, 잉."

하고, 김 여사가 엉덩잇바람을 일으키며 주방으로 향하자, 나도 신바람을 내어 떠벌렸다.

"야, 두 선남선녀가 궁합이 맞나 안 맞나 한번 봐야 할 거 아이가?"

"야, 야, 냉수 마시고 이빨 부러지는 소리 하고 자빠졌네."

하고, 병태가 맞받아쳤다.

"과부 홀애비 만나는 데 예절 찾고 사주 볼 거 뭐 있노?"

"아녜요, 송 선생님, 저기 우리 김 언니가 사주 관상을 기막히게 잘 보걸랑요. 실례지만 생년월일시가 어떻게 되세요?"

"사주 관상 좋아하시네. 방구들 꺼질까봐 × 못한다는 소리는 들었어도 사주 관상 안 맞아 × 못한다는 소리는 듣다가도 첨이네."

"송 선생님."

하고, 주방에서 김 여사가 얼굴을 내밀고 거들었다.

"길가에 돌이 많아도 인연이 있어야 찬다잖아요. 하다못해 띠사주라도 한번 보셔야죠. 무슨 띠예요?"

"내 대가리에 털 나고 띠사주라 카는 말도 오늘 이 집구석에 와서 처음 들어보겠네. 공×하고 비녀 빼 가는 늠을 봤나, 와 자꾸 절차를 복잡하기 맹글라 카노? 주고 싶으며 팍 주고 주기 싫으며 말 일이지."

이렇게 시작된 입씨름은 술자리가 벌어진 뒤에도 계속 이어졌던 것인데, 결국 두 여인은 앞발 뒷발 다 들어버리고 병태의 독무대가 되고 말았다.

"어이, 제수 씨."

술이 몇 순배 오간 뒤에 병태는 내 옆에 앉아 있는 김 여사에게 술잔을 건네면서 능청을 떨었다.

"오늘 우리 동생 근육 좀 풀어 주라. 근 일 년 동안 굶어 갖고 가시나 치마만 바도 벌떡벌떡 일라서는 통에 영 미치겠단다."

"아니, 사모님은 뒀다 어따 쓰시구요?"

"아나 콩콩, 줘야 묵제, 아무리 통사정을 해도 안 벌리주는데 우짤 것고?"

"보나마나 박 선생님께서 젊었을 때 사모님 속을 어지간히 썩인 모양이죠?"

"그래요, 여자는 젊었을 때 당한 분풀이를 늙어서 하는 거라구요."

두 여인은 아내 편을 들어 쌍나발을 불어댔다.

"박 선생님, 한번 생각해보세요. 쇠말뚝 같을 땐 엉뚱한 데 다 빼줘 버리고 솜방망이만두 못한 걸루다 귀찮게 구는데 좋아할 아내가 어딨겠어요?"

"아냐, 이것아. 박 선생님 연세에 솜방망이라니? 실례지만 사모님 연세가 몇이세요?"

"예순셋."

"아이고, 그럼 더 얘기할 것두 없어요. 원래, 여자는……."

"'원래'는 양산군 장안면에 있는 기이 '월내'고, 어이 형준아."
하고, 병태는 갑자기 생각난 듯이 화제를 돌렸다.

"'월래'라 카이 생각난다. 코보 그늠아 고향이 월내 아이가. 니, 코보 이바구 한번 들어 볼래?"

'코보'란, 고3 때 우리와 한반이었던 심기보의 별명이었다. 일본에서 태어나 해방 이듬해까지 거기서 자란 탓으로 중1 때까지만 해도 우리말 발음이 서툴러 "쪽발이"라고 놀림을 당하기도 했으며, 유달리 큰

코에 비해서 숫기라곤 어림 반 푼어치도 없어 고1 때 붙은 '코보'라는 별명을 아직도 떼지 못하고 있는 녀석이었다. 평생 고정적인 일자리 한 번 가져 보지 못하고 빌빌거리다가 최근에야 어느 친척이 경영하는 슈퍼마켓에서 배달원으로 일한다더니, 그마저 고령으로 밀려나왔다는 소문을 들은 지도 꽤 오래되었다.

"참, 요즘 코보 그 새끼 뭐 하노?"

"밤낮 마누라한테 구박받아 가며 빈둥빈둥 지내는 기이 하도 보기에 딱해 갖고, 내가 회장이 되자마자 거마비조로 한 달에 얼마씩 주기로 하고, 총무 자리에 척 앉혀 놨다 아이가."

"햐아, 니 진짜 그거 참 잘했다. 그래서?"

"지기미, 동기회 사무실 지키는 그거 만고에 할 일이 뭐 있노? 한 달에 한 건 있을까 말까 하는 경조사, 비상 연락망 통해 갖고 전화 몇 통화 해 줘뿌머 끝나고, 하루에 우짜다가 한두 차례 걸려오는 전화 받고, 청소하는 거밖에 더 있나?"

"그런데?"

"그런데, 그 새끼는 그기이 아이더라 이 말이다. 그 전 총무들은 친구들이 자주 찾아와 갖고 점심내기 바둑도 두고 저녁내기 화투도 치고 해서 한세월 잘 보냈지마는, 이늠우 아이메폰지 유메폰지 터져 갖고, 요즘은 하루 종일 눈까리 빠지게 기다리 봤자 개미 새끼 한 마리도 안 찾아 오는 기이라. 딴 늠 곁으머사 책이나 읽고 기보棋譜나 연구하면서 소일하겠지마는, 니기미 씨발, 그 새끼가 원래 또 책이나 바둑하고는 사돈에 팔촌 아이가? 니 한번 상상해 바라. 감옥살이가 따로 없을 거 아잉가배? 하다못해 독바둑이라도 두고 싶지만, 호랑말코겉이 지나내나 호구도 모리는 늠이 바둑알을 잡아 봤자, 봉사 하늘 쳐다보지, 이렇다 보이 이 새끼가 영 미치겠는지, 한 달 전부터 내한테 뻔질나게 전화질을 해대는 기라."

"뭐라고?"

"그야 뻔할뻔 자 아이가. 어이 회장, 제발 좀 놀러 온나 카는 말밖에 지늠이 할 말이 뭐 있겠노?"

"그럼 회장님께서 자주 놀러 가주지 그러셔요?"

상추보쌈을 싸고 있던 최 여사가 들다못해 한마디 참견하자, 병태는

"서방님 말씀 도중에 어데 헌 이불에 × 튀어나오드키 톡 튀어나오노. 자네는 술이나 열심히 따라주면서 고기나 잘 굽게."

짐짓 퉁바리를 놓고는 술잔에 담긴 술을 한입에 털어 넣었다. 마치 기다렸다는 듯이 최 여사가 '카아' 하는 그의 입에다 앙증스럽게 싼 보쌈을 쏙 넣어주자, 병태는 씹는 둥 마는 둥 몇 번 우물거리다 꿀꺽 삼키고는 다시 계속했다.

"씨부랄 거, 어데꺼정 이바구 했노?"

"돼지갈비 처묵고 까마구고기 처문 소리 하고 자빠졌네. 코보가 놀러 오라고 자꾸……."

"아, 맞다, 맞다……. 그래 할 수 있나……. 나도 도의적인 책임이 있다 싶어서 하루는 척 안 찾아갔더나. 그랬더이 휏다, 날 보더이마는 죽은 저거 할배가 살아오는 거카머도 더 반갑다 카는 거 있제? 당장에 데리고 나가서 술을 한잔 받아 줬더이, 대뜸 한다는 소리가 총무고 나발이고 다 싫다 캄시로, 사내새끼가 초장부터 더럭더럭 우는 바람에 사람 환장하겠데. 하기야 씨부랄거, 집 안에서는 처자식들한테 구박 받제, 그렇다고 밖에 나와 봤자 어느 늠 하나 알아주기나 하나, 지늠 심정은 내 백번 이해하고도 남지."

"그래서?"

"그래서 이 본관 사또가, 야 이 코보야, 마누라한테나 친구들한테나

어떤 늠한테도 기 안 죽고 살 수 있는 비결을 한 가지 아르켜 주까 캤더이마는, 이 새끼가 대반에 구미가 팍 땡기던 모양이라. 그래 내가, 니, 초등학교 때 불렀던 '삼천리 강산에 새봄이 왔구나' 카는 노래 기억하제? 그 곡조에다가 가사만 바꿔 부르머 된다 캤더이, 이 쪼다가 자기는 일본에서 늦가 나온 통에 '삼천리 강산에' 노래를 도통 모린다는 거라. 할 수 없이 본관 사또께서 또 음악 선생 노릇을 좀 했다 아이가. '조지나 가앙사네에 조지나 가앙사네에 조오지나 가앙사네 조지나 강사네……'

그런데 그 새끼가 음치라 카는 거는 세상이 다 아는 사실이지마는, 음치, 음치, 그런 음치는 내 귓구마리 생기고는 첨이다. 와았다, 한마디 한마디씩 끊어 가미 갤카 줘도 도대체 음정하고 박자가 영 엉망인 기라. 여러 수십 번 연습에 연습을 거듭한 끝에 어느 정도 흉내를 내길래, 인자 니 혼자서 한번 불러 바라 캤더이마는, 지기미, 거기에 「아리랑」 곡조가 와 튀어 나오노 말이다."

나는 뱃살이 당겨 웃지도 못할 지경이었으며, 두 여인도 데굴데굴 굴렀다. 다른 사람이야 웃건 울건 상관없이 그는 청산유수로 엮어나갔다.

"좌우지간에 그날 그 노래를 배야 주는 데 거짓말 하나도 안 보태고 한 시간 이상 걸렸다 카머 이바구 다 했다 아이가. 그런데 그 쪼다가 이 노래를 배우더이마는 그렇게 좋아하는 거 있제. 과연 니 말대로 이 노래를 계속 부르다 보니꺼내 자기도 모리게 간뗑이가 커진 거 겉다 캄시로, 뭐라 캤는지 아나? 앞으로 기죽을 일이 있기나 화가 나기나 하며, 꼭 이 노래를 부르겠다는 거라. 그런데 이 새끼가 얼매나 웃기는고 하니, 어이 코보, 자. 인자 노래는 그만하고 술이나 마시자 캤더이, 지는 하노 음치라서 계속해서 안 부리머 잋아뿐다 캄시로 술을 한 잔 마시고 나면 '조지나 가앙사네에' 또 한 잔 마시고 나면 '조지나 가앙사네에' 이거는 안주가 필요없는 기이라. '조지나 강사네'가 바로 안주라."

이야기가 다 끝난 줄 알고 다들 마음껏 홍소를 터뜨리는데, 병태는 손사래를 치면서 진짜는 아직 남아 있다는 시늉을 했다.

"며칠 뒤에 또 동기회 사무실에 갔더이마는, 코보 그 새끼가 내보고 뭐라 캤는지 아나? 그날 헤어져 갖고 집으로 돌아가면서 혹시나 감시나 잊아뿌릴까 싶어서 길을 걸어가면서도 '조지나 강사네', 전철을 타고 가면서도 '조지나 강사네', 전철에서 내리 갖고 저거 집 대문간에 갈 때꺼정도 계속 '조지나 강사네'를 처불러댔다는 거라. 그랬더이마는 전에 없던 용기가 팍 생기 갖고 구둣발로 대문을 탕탕 차면서, 그늠우 '조지나 강사네'를 더 크게 처불렀다 카네. 그런데 저거 마누라가 나와 갖고 대문을 따주면서, 당신 방금 무슨 노래 불렀소? 카는 순간에 그만 지도 모리게 '삼천리 강산에 새봄이 왔구나……' 카고 불렀다는 거라. 그랬더이마는, 보소, 그 가사가 아이던데요? 카고 저거 마누라가 재차 삼차 따지고 드는데, 그때마다 이 새끼는 계속 '삼천리 강산에'를 불러댔다는 기라. 하도 마누라가 끈질기게 물고 늘어지길래, 여보, 당신이 암만 캐도 그 맛을 본 지가 하도 오래되어 논께 '삼천리 강산에'가 '조지나 강사네'로 들맀던 모양인데, 내가 그 사실을 알고 우째 오늘밤을 그냥 넘구겠노, 그자? 캄시로 지 방으로 탁 차고 드갔다 안 카나. 씨발거, 그랬더이마는 그다음 날 아침에 대반에 반찬이 싹 달라지더란다."

나는 뱃가죽이 당겨 아랫입술을 꽉 깨물고서 억지로 웃음을 참다 보니 눈알이 튀어나올 지경이었으며, 두 여인은 웃다 못해 주방으로 줄행랑을 놓고 말았다.

이윽고 손님들이 밀어닥쳤으므로, 아쉽게도 병태의 원맨쇼는 더 이상 이어질 수가 없었다. 우리는 서로의 근황에 대해 이야기를 나누면서 소주를 네 병이나 깠다. 그가 이차 가자고 제안했지만, 나는 내일 아침 일찌감치 밀양으로 내려가야 한다는 핑계를 대며 극구 사양했다.

4

  조지나 가앙사네에 조지나 가앙사네에 조오지나 가앙사네 조지나 강사네에……

마을버스 종점에서 내려 오솔길에 들어서자, 나도 모르게 이 노래가 튀어 나왔다. 집이 가까워질수록 나는 차츰차츰 볼륨을 더 키웠다. 한쪽 손에 들린 복사물 봉투를 두 번 세 번 확인할 정도로 정신이 맨송맨송하면서도 도시 두 발이 제자리에 놓이지를 않았다. 세 발짝을 전진해 놓고는 두 발짝을 후퇴할 정도로 비틀거리느라 1분이면 충분할 거리가 5분도 더 걸리는 성싶었다. 얼굴이며 목덜미며 등허리 할 것 없이 온몸이 땀으로 범벅이 되었지만, 나는 마치 둥실둥실 구름 위를 유영하는 것처럼 기분이 좋았다.

  조지나 가앙사네에 조지나 가앙사네에 조오지나 가앙사네 조지나 강사네에……

마침내 대문 앞에 당도한 나는 엄지손가락으로 힘차게 인터폰 버튼을 눌렀다.

문패에 씐 '박형준 안주자' 한글 예서체가 외등 불빛을 받아 유난히 돋보였다.
"누구세요?"
아내의 목소리에 이어 강아지들이 짖어대는 소리가 흘러나왔다.
나는 코보처럼 '삼천리 강산에'를 불러서는 절대로 안 된다고 생각하면서 부르던 노래를 계속했다.

조지나 가앙사네에 조지나 가앙사네에······

강아지들을 야단치는 앙칼진 쇳소리가 들린 데 이어, "누구세요?" 하고 아내가 다시 물었다.
"조지나 강산이다!"
"네에?"
"조지나 강산이라 말이다!"
'똑!' 하고 경쾌한 금속성이 울리면서 자동개폐기의 잠금쇠가 풀렸다. 코보가 연출했던 드라마의 반전이 우리 집에서도 그대로 재연되기를 기대하면서, 나는 정신을 바짝 차리고 현관을 향해 비틀비틀 걸어 들어갔다.
그러나 나의 기대는 거실 안으로 첫발을 들여놓는 순간 무산되고 말았으니, 아내는 언제 인터폰을 받았느냐는 듯, 텔레비전 앞에 등을 돌리고 자는 듯이 누워 있는가 하면, 강아지들마저 귀찮다는 듯 아내의 앞뒤에 발랑 드러누워 버리고는 더 이상 거들떠보지도 않았다.
나는 소리가 안 나게 조심조심 아이들의 방문을 차례로 열어 보았다. 한별이는 삼각팬티 바람으로 세상모르게 드르렁드르렁 코를 골고 있었으며, 꽃샘이와 봄비도 오늘은 어째 일찍들 들어왔는지 침대 위에 나란히 한잠이 들어 있었다.

　나는 너무 더워 우선 샤워부터 했다. 그리고 팬티 바람으로 마당으로 나가 담배를 태우면서 곰곰이 생각했다.

　천하없어도 이번에는 이대로 그냥 내려갈 수 없었다. 무슨 수를 써서라도 화해를 해야만 했다, 이전 같으면 제아무리 완강히 버티다가도 귀를 잡아당기는 최후의 수단 앞에는 코 꿰인 송아지처럼 꼼짝없이 끌려오게 마련이었지만, 이제는 망할 놈의 강아지들 때문에 그럴 수도 없는 형편이었다.

　나는 큰방으로 들어가 작전계획을 세우기 시작했다. 그래, 꼭 섹스를 하자는 게 아니다, 소위 스킨십이라는 것도 있지 않은가. 아내의 사정이 정 그렇다면 나도 얼마든지 욕정을 자제한 채, 다만 애무하면서 나란히 누워 자는 것만으로도 얼마든지 만족할 자신이 있었다. 그렇게라도 하지 않으면 이 엄청난 단절감을 메울 길이 없었다. 그걸 메우지 않고 내려간다면 아무 일도 할 수가 없을 것만 같았다. 아침에 그만큼 설득했으니 어쩌면 아내도 지금쯤 내 손길을 은근히 기다리고 있는지도 모르지 않는가. 그래, 왕년의 그 최후의 수단을 진짜 최후로 한번 써보는 거다, 만약에 아내가 '꽥!' 하고 고함을 처지른다면, 잽싸게 큰방으로 뛰어 들어와 버리면 될 것 아닌가!

　나는 팬티 바람 그대로 소리를 죽여 방문을 열고 나가 아내에게로 살금살금 다가갔다. 막 아내의 어깨에 손을 얹으려는 순간, 강아지들이 동시에 발딱 일어나 온 집 안을 발칵 뒤집어 놓을 듯이 짖어대기 시작했다. 나는 큰방으로 뛰어든다는 게 엉겁결에 주방 안으로 몸을 날리고 말았다. 그리고는 짐짓 여유 있는 동작으로 스위치를 올렸다. 아이들이 놀라 뛰쳐나온다 해도 눈치채지 못하게 냉장고에서 물병을 끄집어내어 들고 식탁에 걸터앉았다. 다행히 어느 방문도 열리지 않았다. 아내는 여전히 발싸심도 하지 않은 채 누워 있었으며, 강아지들만이 내가 뭘 먹나 하고 목을 잔뜩 뽑은 채 연신 고개를 갸우뚱거리고 있었다. 오전처럼 저놈의 개새끼들을 주방에다 가두어 버리고 재도전을 시도해볼까 하다가, 그마저 포기하고 말았다. 방문만 열리지 않았을 뿐이지, 다 큰 놈들이라, 나름대로 머리를 굴리며 바깥 동정을 환히 꿰뚫고 있을 것만 같았다. 게다가 아내가 고함을 싸지르지 않는다는 보장도 없지 않은가.

나는 갑자기 목이 컬컬해 오며 술을 더 마시고 싶었다. 억병으로 취하지 않고서는 도시 잠을 이룰 수가 없을 것 같았다. 구석구석 뒤져봤더니, 이게 웬 횡재인가. 찬장 맨 구석 자리에 시바스 리갈 한 병이 꼭꼭 숨어 있는 게 아닌가. 얼음통이며 멸치볶음 안주랑 술잔을 챙기는 사이에 어느새 왔는지 강아지들이 의자 위에 냉큼 올라앉아 입술을 핥아대고 있었다.

나는 기발한 착상이 떠올랐다. 한 손에는 술병을 들고 한 손에는 안주와 술잔이며 얼음통을 한데 몰아넣은 비닐봉지를 들고, 주방 뒷문을 따고 나가 잽싸게 문을 닫아버렸다. 그리고는 강아지들이 낑낑대는 소리를 들으면서, 옥상으로 통하는 계단을 밟았다.

사방이 탁 트인 옥상에 올라서자, 여기야말로 이 건물 가운데에서 유일한 나의 공간이라는 생각이 들었다.

저 멀리 오색영롱한 조명을 받아 아름다운 자태를 유감없이 발휘하고 있는 남산타워를 중심으로 아찔하도록 현란하게 펼쳐진 서울 시가의 야경이 한눈에 들어오는가 하면, 집 뒤로는 야트막하게 솟은 달마산의 정상이 손을 뻗치면 닿을 듯한데, 봉우리 바로 위에는 만월에 가까운 둥근 달이 달무리를 띠고 있었다.

나는 달빛을 깔고 앉아 자작하기 시작했다. 한 잔씩 한 잔씩 홀짝홀짝 마시노라니, 만감이 교차했다. 한 가정의 가장으로서, 한 아내의 남편으로서, 2녀 1남의 아버지로서 내가 받을 수 있는 점수는 과연 몇 점이나 될까, 그리고 한 어머니의 장남으로서 받을 수 있는 점수는……? 점쟁이 말마따나 예순다섯 살쯤에 과연 크게 한 번 빛을 볼 수 있을 것인가? 자료는 어느 정도 확보했지만, 그걸 읽고 소화하는 데만도 족히 1년은 걸릴 터, 탈고하기까지 또 몇 년이나 걸릴 것이며, 완성한다 해도 꼭 성공작이 된다는 보장도 없지 않은가? 아니, 어쩌면 채 완성도 하지 못하고 생을 마감하고 말지도 모를 일이 아닌가……?

나는 갑자기 콧날이 시큰해 오면서 눈시울이 뜨거웠다. 무심코 노래가 흘러나왔다.

    조지나 가앙사네에 조지나 가앙사네에 조오지나 가앙사네 조지나 강사네에……

나는 점점 볼륨을 높이기 시작했다. 마침내 노랫소리는 고성능 스피커를 통한 것처럼 집 주위의 숲속을 쩌렁쩌렁 울렸다.

저만치 떨어진 마을에서 뭇 개들이 떼거리로 짖어대기 시작했다.

    조지나 가앙사네에 조지나 가앙사네에 조오지나 가앙사네 조지나 강사네에……

이윽고 문득 내 앞으로 긴 그림자가 드리워졌다. 언제 올라왔는지 바로 등 뒤에 아내가 달빛을 등지고 서 있었다.

    조지나…… 가앙사네에…… 조, 조오……조오……

그런데 어찌된 일인가? 별안간 콧물과 눈물이 쏟아지면서 노래가 제대로 나오지 않았다.

"조오지나…… 으흐흑…… 가앙사네…… 조…… 조오, 조지나 가, 가앙…… <u>으흐흐흑흑</u>…… <u>으흐흐흐흑</u>……."

"갑시더. 큰방에 자로 갑시더."

아내가 손바닥으로 내 입을 틀어막은 채 애원조로 내 팔을 잡아끌었다.

"조오지, 흑흑, 조오지, 조오지…… 흑흑, 조오…… 조…… 흑흑, <u>으흐흐흐흑</u>……."

아내의 손바닥에 막혀 나는 더 이상 노래를 부를 수 없었다. 한사코 나를 일으켜 세우려고 안간힘을 쓰는 아내의 손바닥에다 나는 콧물, 눈물을 마구 쏟아낼 뿐이었다.

— 『경남작가』 창간호, 2000.

산적과 똘만이들

원제 : 선생님, 집에 잘 다녀왔습니다

교육의 목적은 기계를 만드는 데 있지 않고,
사람을 만드는 데 있다.

― J. J. 루소

산적과 똘만이들
원제 : 선생님, 집에 잘 다녀왔습니다

석민이네 집 뒤, 달마산 중턱의 널따란 공터.

교복 차림의 고교생 네댓 명이 징·꽹과리·북·장구 따위로 덧뵈기 장단을 치며 신나게 춤판을 벌이고 있다. 주위에는 같은 교련복 차림의 급우들이 빙 둘러앉아 어깨춤을 추며 신바람을 낸다.

쿵 망막 캥작캥작 굴랄라망막 캥작캥작 쿵 망막 캥작캥작……

상 쇠 절정에서 딱 멈추고 급우들을 둘러보며, 작은 소리로 관객 여어러부운.
급우들 아무런 반응이 없다.
상 쇠 워어메, 사람 말이 말 같잖은게벼. 부르는디 워찌 대답들이 없디야? '여어러부운.' 하고 부리면, '왜 불러?' 하고 대답들을 혀야 쓸 거 아닌감?
조금 큰 소리로 여어러부운!
급우들 조금 큰 소리로 왜 불러어?
상 쇠 워어메, 워어메, 이런 호랑말코같이……. 사흘에 피죽도 한 그릇 못 얻어 처 묵었남, 워찌 이래 매가리들이 쏘옥 빠지뿌릿디야?
아주 큰 소리로 여어러어부운!
급우들 아주 큰 소리로 왜애 불러어?
상 쇠 워어따메! 귀청 떨어지뿌리겄네. 그려, 그려, 진작 그랬어야지. 사내자식들 50여 명이 내지르는 소리가 최소한 고쯤은 돼야 쓴다 이 말씸이여. 아, 그래야 저 백리 밖에 있는 그 머시기냐, 문교부장관이나 교육감 나으리들 귓구마리에 들어갈 거 아닌가, 그 말여.

자, 자, 자, 각설하고, 여러분! 허벌나게 좋지라우, 잉?

급우들 아주 큰 소리로 예에!

상 쇠 날이 날마중 고놈의 지긋지긋한 그 머시기냐, 보충수업에다 자율학습인가 타율학습인가 하니라고 파김치가 돼 갖고설라므니 매가리들을 못 추고 있다가, 요로코롬 산 좋고 물 좋고 공기 좋은 이 '대성의 집'에 와서 2박 3일간 하계수련회를 갖게 되었응께 말이여.

워따메, 요로코롬 좋은 날, 워째 춤과 노래와 흥이 없을 것이여, 잉?

자아, 우리 K대부고 2학년 5반, 마당놀이 한번 신나게 놀아 봅세에!

급우들 풍물패의 '덩따기 더엉 따 얼쑤!' 장단에 맞춰 우루루 몰려나와 흥겹게 춤판을 벌인다.

1

석민은 마루 끝에 놓인 배낭끈을 풀어, 어머니가 준비물을 제대로 챙겨 넣었는지 확인해 본다. 삼색 종이꽃으로 장식한 고깔을 들어내자, 곱게 다림질한 삼색 띠와 흰 무명 바지저고리가 주인을 보고 반색한다.

"석민이 니."

하고, 설거지를 막 끝낸 오십대 초반의 윤 여사가 앞치마로 물 묻은 손을 닦고 나오며 강다짐을 받으려 든다. 오늘따라 표정이 잔뜩 굳어 있다.

"분명히 엄마하고 약속했대이. 이번 행사가 마지막이라고."

"엄마도 참……, 장부일언丈夫一言이 중천금重千金이라 캤는데, 한입에 두말할 리가 있겠습니꺼?"

"이 자리에서 한 번 더 맹세해라, 이번 행사를 마치고 나모, 다시는 풍물에 손 안 대고, 죽으라고 공부만 하겠다고……."

"엄마도 참, 그까짓 맹세, 백번 하면 뭐합니꺼? 형아를 한번 보이소, 맹세보다 더한 각서까지 썼지만, 실행하지 않으이꺼내 무슨 소용이 있습디꺼?"

"이놈우 자석아, 그라모 니도 형아 맞잽이 날라 카나?"

"걱정도 팔잡니더, 앞으로 제 일은 제가 다 알아서 할 겁니더."

하고, 한쪽 어깨에 배낭을 걸친 석민은 북 가방을 들면서, 제법 어른스럽게 타이른다.

"엄마, 내 걱정은 딱 붙잡아 매고요, 오늘 형아 면회나 잘하이소, 내 안부도 전해 주고요……. 그리고 마산에 가면 아버지한테도 공부 잘하고 있다고 안부 전해 주이소. 다녀오겠습니다아."

"이놈우 자석아, 니 입에서 공부 잘하고 있다는 말이 나오나? 아부지가 니 성적표를 보머 기절초풍하실 기다."

"알았심더, 알았어요. 2학기부터 열심히 하면 될 거 아입니꺼."

어머니의 심정을 석민도 모를 리 없다. 590명 중에 10위였던 1학년 말 학년 석차가 이번 2학년 1학기 말에는 105위로 추락하고 말았으니, 그 심정이 오죽할 것인가!

산적과 똘만이들 179

"요새 니 하는 꼬라지를 보모, 도로 마산으로 전학시켜 내리갔으모 싶다."

하고, 윤 여사는 골목 어귀까지 따라 나오며 지청구를 늘어놓는다.

 "니 형아는 이왕지사 그래 됐다 치고, 니라도 정신을 똑바로 채리야 될 거 아이가."

 "참, 엄마요."

하고, 석민은 동문빨래[1]를 한다.

 "지난번에 내가 보낸 책들, 검열에 걸려 갖고 받지 못했답니더. 오늘 그 책들 좀 찾아오이소."

 "이놈우 자석아, 그까짓 책이 문제가, 엄마 말을 꼭 명심하거라.",

그러나 석민은 듣는 둥 마는 둥, 저만치 앞서 내려가고 있는 일행을 향해 줄달음질을 친다.

2

 "석민아, 느네 엄닌 진짜 짱이다, 짱!"

석민이 따라붙자, 장구 가방을 멘 병태가 부러운 듯이 입을 연다.

 "우리 엄닌 하루에 수백 번도 더 하는 소리가 뭔지 아니? 공부, 공부, 공부, 공부…… 아휴, 내가 미치지, 미쳐!"

 "야, 야, 우리 엄닌 어디 안 그러는 줄 아니? 요즘 내 하는 꼬락서니를 보면 도로 마산으로 전학시켜 내려가고 싶댄다."

 "그래두 짜샤, 넌 뭣이든 하구 싶은 대루 다 하잖아. 이번 일만 해두

---

[1] '동문서답'을 익살스럽게 표현한 말. '빨래'라는 말이 경상 방언으로 '서답'이기 때문이다.

그래. 느네 엄니가 아니었어봐, 이딴 걸 얻다 보관해 두구 연습했겠어?"

징 가방을 든 성호가 맞장구를 친다.

"그려, 석민이 엄니가 아니었음 어림두 없었지."

하긴 그랬다. 달마산 중턱에 있는 공터를 연습 장소로 정했던 것도 바로 그 때문이었다.

"우리 엄닌 내가 마당극 하는 걸 꿈에도 몰라. 만일 아는 날엔 당장 다리몽둥이가 부러질 거야."

꽹과리 가방을 든 동우의 말에 병태가 쐐기를 박는다.

"누군 안 그래? 다 마찬가지지. 그러니까 석민이 엄니가 대단하다는 거 아냐."

석민이 나선다.

"니네들은 아직 우리 엄마를 잘 몰라서 그래. 우리 엄마 교육열은 마산 바닥에서 둘째가라면 서러울 정도였어. 우리 형제 둘 다 자동차학원, 요리학원만 빼놓구 안 다녀본 학원이 없어. 주산학원, 웅변학원, 피아노학원, 속셈학원, 속독학원, 태권도학원……, 아휴, 지긋지긋해."

"임마, 그 덕분에 우리 반에서 공부 짱 된 거 아니겠어. 마산 촌놈이 서울에 올라와서 출세했지."

병태의 말에 동우가 한 술 더 뜬다.

"그리구 그 덕분에 석준이 형은 서울사대 수학교육과에 들어갈 수 있었구 말야. 요즘은 중·고등학교 영수 선생 월수입이 웬만한 중소기업 사장보다 높다잖아. 석준이 형은 선견지명이 정말 대단한 거 같애."

"선견지명 좋아하시네. 형이 진짜 원했던 건 사대師大가 아니라, 농대農大였다구.”
"어쭈구리! 뭐, 농대? 거길 나와 갖구 뭘 하게?"
"야, 우리 부모님하구 어쩜 그렇게두 똑같은 소릴 하니?"

그랬다. 서울대 농대를 고집하는 형에 맞서 아버지와 어머니는 한사코 사대 수학교육과를 고집했던 것이다.
어머니가 말했다.
―이놈우 자석아, 너거 아부지 평교사 시절에 코피 쏟아가며 과외해 갖고 번 돈 너거 밑에 다 털어넌 줄도 모리고, 뭣이 우째라? 아니 그래, 꼴랑 농대 나와 갖고 뭐 해 물라 카노, 앙?
―요즘 세상에는 뭐니 뭐니 캐쌓아도 교직이 젤이다.
하고, 아버지가 말했다.
―인석아, 고등학교 영·수 선생은 중소기업 사장도 안 부럽다. 그리고 서울사대 못 나온 이 아버지 한을 좀 풀어 주면 누가 와서 잡아가나?
부모의 입장에서는 백번 타당한 말인지도 몰랐다. 특히 비사대 출신이라 만년 교감 신세를 면치 못하고 있는 아버지의 입장에서는 의당 할 수 있는 말이기도 했다.
그러나 형은 고집을 꺾기는커녕 오히려 당당하게 맞서는 것이었다.
―제발, 과외시켜 준 거 갖고 생색낼라 카지 마이소. 유치원 시절부터 그놈의 과외 땜에 제가 얼마나 스트레스받으며 자랐는지 알기나 하십니꺼?
―뭣이 어쩌고 어째?
―지금까지는 부모님께서 시키시는 대로 했지만, 인자부터는 제가 하고 싶은 대로 할 겁니더.

─니가 하고 싶은 기이 도대체 뭔데?

─생명과학을 공부해 갖고 낙후된 우리나라의 농업을 발전시키는 게 제 꿈이라 말입니다.

─생명과학 겉은 소리 하고 자빠졌네.

하고, 아버지가 몰아붙였다.

─인석아, 학문의 길이 얼마나 춥고 배고프고 험난한지 알기나 알고 하는 소리가?

그러자 어머니도 맞장구를 쳤다.

─여러 말 할 거 없다. 등 따숩고 배 부린 기 최고다. 맨손으로 구름 잡는 소리 하지 말고, 제발 부모 말 좀 들어라.

─엄마도 참, 저도 아버지처럼 과외를 해서 본전을 뽑으라는 겁니꺼, 뭡니꺼?

─말조심햇!

─아버지는 교육자이시면서, 어째서 아들의 소질을 키워 줄 생각을 하지 않습니꺼?

하고, 형은 막말을 내뱉었다.

─그러니까, 평생 교감밖에 못 되죠.

급기야 아버지의 주먹이 형의 면상을 강타했는가 하면, 어머니는 거품을 물고 쓰러지고 말았던 것인데, 당시 중2였던 석민은 어머니의 사지를 주무르면서 형을 향해 울부짖었다.

─형아, 잘난 척하지 마라! 부모님한테 이래도 되는 기이가?

결국 형은 서울사대 수학교육과에 차석으로 합격함으로써 온 가족을 기쁘게 했지만, 그러나 그것도 잠시, 이내 애물단지가 되고 말았으니, 마치 농대에 진학하지 못한 분풀이라도 하듯 데모로 날밤을 보냈던 것이다, 새내기답지 않게, 그것도 선봉에서……

공안당국의 회유책은 참으로 교활하고도 집요했다. 교장을 비롯하여 장학사, 교육감, 심지어는 도지사까지 아버지에게 압력을 가하는가 하면, 지도교수와 고3 때의 담임 등을 사주하여 어머니까지 괴롭혔던 것이다.

―이놈우 자석아, 너거 아부지가 사표를 쓰게 됐다 안 카나.

―긴말 할 거 없다. 둘 중에 하나를 택해라.

여름방학이 되어 내려온 형을 꿇어앉혀 놓고, 아버지가 다그쳤다.

―1년간 휴학하고 마산으로 내리와 있을래, 아니모 이 시간 이후 학업에만 전념하겠다고 각서를 쓸래?

―…….

―아부지 말씀대로 학업에만 전념하겠다 카모……

형이 뜸을 들이는 사이에 어머니가 솔깃한 말로 형을 꼬드겼다.

―니 동생 석민이도 서울로 전학시키기로 아부지하고 합의했다. 그라고 쬐그만 전셋집을 하나 얻어 갖고 엄마가 너거들 뒷바라지해 줄라고 맘묵고 있다.

―…….

아버지가 닦달했다.

―휴학을 할래? 각서를 쓸래?

결국 형이 '앞으로는 절대로 데모를 하지 않겠다, 데모를 하면 퇴학을 시켜도 좋다.'는 내용의 각서를 써서 위기를 넘긴 데 이어, 어부지리로 석민이 2학기 초에 K대부중에 편입하고, 달마산 중턱에 있는 조그마한 독채를 전세 얻어 세 모자가 딴살림을 차린 것까지는 참 좋았다. 그리고 약속대로 매일매일 해넘이 전에 귀가하여 형제가 나란히 붙어 앉아 자정이 넘도록 공부했으니, 그 이상 더 바랄 것이 없었다. 게다가 석민이 학년말 학급 석차 1위, 학년 석차 10위를 차지했음에라!

그러나 여기까지다. 작년 10월의 어느 날 밤, 석준은 배낭 한가득 책을 챙겨 지하 연탄광 안에다 숨기고 나오며 말했다.

―당분간 집에 안 들어올 거다. 엄마 걱정 안 하시도록 니가 잘 모셔라.

그리고 불과 사흘 뒤였다, 두 명의 기관원이 들이닥친 것은.

―아들이 데모 주동자로 연행되어, 관악경찰서에서 조사받고 있습니다. 가택수색을 좀 해야겠습니다.

어머니가 물었다.

―무신 일이 이런 일이 다 있습니껴, 대관절 우리 아들이 무슨 잘못을 저질렀습니껴?

―친구 세 놈과 함께 영등포에 있는 88다방 옥상에 올라가서 횃불을 들고, '해체 민자당! 타도 노태우!' 구호를 외치면서 유인물을 뿌렸어요.

구둣발로 온 집 안을 이 잡듯이 뒤져 몇 권의 책과 노트를 압수해 가면서, 그들 중의 한 명이 말했다.

―최소한 1년은 각오하십시오.

그리고 얼마 뒤, 결심공판정에서 1년을 언도받았다는 말을 어머니로부터 전해 듣던 날 밤부터. 석민은 형이 숨겨둔 책들을 한 권씩 꺼내다 은밀히 탐독하기 시작했다.

『교사와 교권』[2], 『이 아이들을 어찌할 것인가』[3], 『교육악법·교육자치제』[4], 『민중교육론』[5], 『교사와 교원단체』[6], 『교육노동운동』[7], 『학

---

2) 진영옥, 기획출판사 거름, 1988.
3) 이오덕, 청년사, 1977.
4) 전국교사협의회, 미래사, 1988.
5) 파울로 프레이리 외 저 / 채광석 외 역, 한길사, 1979.
6) 전국교사협의회 편, 미래사, 1988.

교는 죽었다』[8], 『삶을 위한 문학교육』[9]……, 고맙게도 주요 대목마다 붉은 볼펜으로 밑줄을 그어 놓았으므로, 읽는 족족 머리에 쏙쏙 들어왔다. 한 권 두 권 읽어나가는 사이에 석민은 자신도 모르게 새로운 세계 속으로 깊숙이 빨려들었다.

─…… 교육은 학생들에게 올바른 가치관과 역사관을 심어주어 자주·민주·통일 의지를 갖게 하며, 더불어 함께 사는 공동체를 건설하도록 도와주는 과정이어야 한다. 그러나 지금까지의 학교 교육은 모든 사람이 알고 있듯, 독재정권의 정통성과 합법성을 선전해주는 권력의 시녀 역할과 이기적 출세를 위한 수단으로 이용되어 왔을 뿐, 민중의 민주화 의지와 통일의 염원을 수렴하여 전달하는 역할을 수행하지 못하고, 교육의 참모습을 잃어버렸다…….[10]

─…… 관 주도 교육체제 아래에서는 일차적으로 교사들의 전문적 자율성이 위축된다. 교육 내용에 대한 결정권과 해석권이 제한될 뿐 아니라, 학사 운영과 교육정책 수립에의 참여도 제한된다. 그리고 전문집단으로서의 단체 활동도 크게 제약을 받는다. 이런 현상은 초·중등학교 교사들뿐만 아니라, 대학 교수들에게도 마찬가지이다…….[11]

─…… 우리는 이제까지의 대부분의 아동문학이란 이름으로 불리는 환상적인 꿈과 거짓되고 사치한 말의 유희에서 우리 어린이들을 보호하고자 한다. ……중략…… 그리하여 우리는 잘난 사람만을 내세우고 점수

---

7) 교육출판 기획실 편, 도서출판 석탑, 1986.
8) 가와까미 겐따로川上源太郞 저 / 문제안 역, 시청각교육사, 1974.
9) 문학교육연구회 편, 성내운 추천, 연구사, 1987.
10) 각주 3)의 책 9쪽.
11) 김신일, 『민족교육의 역사와 현실』, 101-102쪽, 한길사, 1985.

따기와 상호경쟁으로 빚어지는 오늘날 교육제도의 요지경 속에서 잃어버린 아이들의 진실한 삶을 찾아주고자 작은 힘을 서로 모은다 …….[12]

―…… "행복은 성적순이 아니잖아! 난 그 성적 순위라는 올가미 속에서 허우적거리면서 살아가는 삶에 경멸감을 느낀다. 무엇이든 최선을 다해 이 사회에 봉사하고, 가난하고 불쌍한 사람을 위해 조금이라도 도움을 주면, 그게 보람이고 행복한 거잖아……."

이 글은 1986년 1월 14일, 비뚤어진 사회 구조와 병든 교육풍토의 질곡을 견디지 못하고 음독 자살한 어느 여중 3학년 우등생이 쓴 유서의 일부분이다. 교육은 학생들에게 올바르게 사는 것을 가르쳐야 할 텐데, 오히려 사회의 구조적 모순을 인정하게 만들며, 남을 누르고 이겨야만 살 수 있다는 비인간적 삶을 강요하여 왔다…….[13]

담임이면서 미술 담당인 임진교 선생이 노상 강조하던 '민중교육', '교육민주화선언'[14], '자주교육선언'[15] 등의 실체가 형이 숨겨둔 책들

---

12) 경기글쓰기교육연구회, 『글쓰기교육』 제1호 회보, 1981. 7. 10.
13) 각주 6)의 책, 12-13쪽.
14) 1986년 5월 10일, 한국YMCA중등교육자협회가 서울, 부산, 광주, 춘천에서 제1회 교사의 날 집회를 열고 교육민주화를 위하여 발표한 선언. 그 내용은 1) 헌법에 명시된 교육의 정치적 중립성은 실질적으로 보장되어야 한다. 교육은 정치에 엄정한 중립을 지켜 파당적 이해에 악용되어서는 안 된다. 2) 교사의 교육권과 제반 시민적 권리는 침해되어서는 안 되며, 학생과 학부모의 교육권도 최대한 보장되어야 한다. 3) 교육행정의 비민주성, 관료성이 배제되고, 교육의 자율성이 확립되기 위해 교육자치제는 조속히 실현되어야 한다. 4) 자주적인 교원단체의 설립과 활동의 자유는 전면 보장되어야 하며, 이에 대한 당국의 부당한 간섭과 탄압은 배제되어야 한다. 5) 정상적인 교육활동을 저해하는 온갖 비교육적 잡무는 제거되어야 하며, 교육의 파행성을 심화시키는 강요된 보충수업과 비인간화를 조장하는 심야학습은 즉각 철폐되어야 한다, 등이다. 그러자 교육 당국은 1986년 5월 17일 관련 교사들에 대한 감봉, 경고 등의 처분을 내렸으며, 이에 맞서 전국적으로 교

속에 고스란히 담겨 있었다. '빨갱이'라는 누명을 쓰고 억울하게 교단에서 쫓겨난 선생님들의 '양심선언'과 그들을 복직시키기 위해 발 벗고 나선 학부모들의 진정서, 선생님들을 잃고 슬퍼하는 어린 학생들의 일기와 편지는 크나큰 감동을 주었다.

한편, 바로 그 순간에도 전교협[16]에 가입한 교사들을 집집이 찾아다니며 탈퇴하도록 강요하고 있을 아버지가 떠오르자, 석민은 쥐구멍이라도 찾고 싶은 심정이었다.

자신도 대학생이 되면, 형처럼 될 수밖에 없으리라 생각했다.

그리고 해직된 임진교 선생이야말로 참스승임을 새삼 확신했다.

'차려', '경례'로 시작하여 노상 일방적인 지시 전달로 일관하는, 딱딱하고 지겹기만 한 여느 경우와는 딴판으로, 반가班歌 제창으로 시작하는 조·종례는 일과 중에서도 가장 신나는 시간이었다.

　　에야 디야 에야디야 해 뜨는 교실
　　에야 디야 에야디야 해야 솟아라
　　같이 웃고 함께 울고 서로 도우는
　　우리는 1학년 5반 미운 얄개[17]들……

　　육민주화운동이 확산되어, 1987년 8월 13일 전국교사협의회를 결성하는 계기가 되었으며, 마침내 1989년 5월 28일 전국교직원노동조합 결성으로 연결되는 기반이 되었다.
15) 1986년 군사독재정권에 의해 해직당한 교사들을 중심으로 발족된 교육운동 단체인 민주교육실천협의회가 1987년 5월 15일, 창립 1주년을 맞아 자주 교육 건설을 위해 투쟁할 것을 천명한 선언문. 군사독재정권이 야기한 비민주적인 교육 상황을 직시, 비판하고 자주 교육을 정의하며 교사, 학생, 학부모의 권리 보장을 요구하는 내용이다.
16) 전국교사협의회의 약칭. 교육 악법 개정 및 폐지 투쟁을 중심으로 참교육 실천 활동과 교사의 신분 보장을 위해 결성된 조직으로, 1989년 5월 28일 결성된 전국교직원노동조합의 모태이기도 하다.
17) '사고는 치지만 밉지 않은 말썽꾸러기'를 가리키는 함경도 방언. 1960년-1970년대에 '얄개 시리즈'라는 청소년 소설과 영화들로 인기를 끌었다.

학교 당국의 지시 전달 사항은 담임선생이 전해주는 메모를 반장인 석민이 소칠판에 적어두는 것으로 족했다.

'사랑과 봉사로 채우는 하루'라는 급훈이 암시하듯이, 임 선생의 교육철학은 남달랐다. 30%의 대학 진학생을 위해 70%를 들러리로 내세우는 현행 입시 교육을 개탄하는 한편, 1등짜리만 소용되는 출세주의 교육, 꼴찌를 버리는 교육을 하루빨리 지양해야 한다는 것이 그의 주장이었다.

특히 주당 1시간씩 들어 있는 미술 시간은 학생들로부터 절대적인 인기를 얻고 있었다.

수업 시간 50분 가운데에 정작 미술 교과에 관한 내용은 통틀어 10분쯤이나 될까, 나머지 시간을 송두리째 소위 의식화 교육에 임 선생은 할애했다.

두 귀를 덮는 다듬지 않은 장발에다 노상 개량 한복을 즐겨 입는 그의 전공은 이름마저 생소한 '설치미술'이었다.

작년 여름방학의 어느 날, 석민은 친구들과 함께 대성리 강변에서 열리고 있는 '제1회 설치미술동인전'을 관람하러 갔었다. 강변 자갈밭 요소요소에 전시된 작품들을 하나하나 대하면서, 그들 일행이 맛본 것은 한마디로 충격 그 자체였다.

빨랫줄에 걸어 놓은 세탁물들, 먹고 남은 생선 뼈다귀가 담긴 스티로폼으로 만든 일회용 접시들, 악취를 풍기는 쓰레기통, 해체된 승용차의 부품들, 심지어는 1년간 사용했다는 해설까지 달아놓은 피 묻은 생리대에 이르기까지……, 전통적 미술 양식과는 너무나 동떨어진, 도무지 미술 전시장이라는 이름을 붙일 수가 없는 기상천외의 공간이었던 것이다.

그중에서도 가장 충격적이었던 것은, 왼쪽 동공에 녹슨 수류탄이 박혀 있고, 바른쪽 동공에 희디흰 약솜으로 위장한 잔설 속에 색종이로 만든 빨간 동백꽃 한 송이가 꽂혀 있는, 어린애로 추정되는 자그마한 안면 두개골이었는데, 놀랍게도 바로 임 선생의 작품이었다. 동공에 박힌 녹슨 수류탄과 빨간 동백꽃, 그리고 어린애의 안면 두개골이 절묘하게 앙상블을 이루며 많은 것을 시사해 주었거니와, 1년이 지난 지금껏 뇌리에서 떠나지 않는 것은, 한국전쟁 당시 채 피워보지도 못한 채 희생되었을 이 땅의 무수한 천진무구한 어린이들을 지울 수가 없기 때문이다.

'오로지 시각에만 의존하는 전통 미술 양식에서 과감히 탈피하여 청각·후각·촉각 등 모든 감각을 총동원할 뿐만 아니라, 시공을 초월한 다양한 소재로 문명사회를 통렬하게 비판하고 풍자' 하고자 하는 그의 미술관은 수업 시간에도 그대로 반영되었다.

구미 세계관이 창조한 서양미술이나 개인주의적 추상화 따위를 가르치는 구태의연한 미술 교육보다 유치원 시절부터 잘못 길들여진 학생들의 의식구조를 올곧은 방향으로 바로잡아주는 게 더 중요하다는 것이 그의 교육관이었다.

우선 그는 학생들의 의식 속에 뿌리 깊이 내재해 있는 우상들을 하나씩 허물어뜨려 나갔다. 그리고 여태까지 역사의 그늘에 가려져 있던 새로운 인물들로 그 자리를 채우는 것이었다. 남산공원과 탑골공원에 세워져 있던 이승만 동상이 4·19 직후 김구와 손병희의 그것으로 각각 대체되었던 것처럼, 그의 입김이 한번 닿기만 하면 만고 충신이 천하 역적으로 몰락하는가 하면, 교과서에 이름도 없는 생소한 인물들이 일약 위인으로 부상되기도 했다.

작년 4월 19일 조례 때 임 선생은 말했다.

─오늘은 4월 19일, 이른바 '피의 화요일'입니다. 1년에 50여 회나

들어 있는 화요일 가운데 하필 왜 오늘을 가리켜 '피의 화요일'이라고 명명했는지 아는 학생?

석민이 대답했다.

―피로써 이룩한 4·19가 일어난 그날이 화요일이었기 때문입니다.

―정답입니다. 국민학생부터 대학생에 이르기까지, 그리고 일반 시민들이 죽음을 각오하고 끝까지 싸워서 이승만 독재정권을 무너뜨리고, 이 땅에 민주 정부를 수립할 수 있는 초석을 다진 날이, 지금으로부터 29년 전인 1960년 4월 19일, 그날이 바로 화요일이었기 때문입니다.

일제 식민지에서 해방된 지 15년, 6·25전쟁이 끝난 지 7년밖에 안된 시점이었죠.

영국의 『더 타임즈』지에서 '한국에서 민주주의를 바라는 것은 쓰레기통에서 장미꽃을 구하는 것과 같다.'고 논평했을 정도로, 1950년대 당시 우리나라를 바라보는 세계 각국의 시선은 극히 냉소적이었지만, 그러나 우리는 4·19를 통해서 그러한 시각이 잘못되었음을 증명했습니다.

그런데 한 가지 간과하지 말아야 할 것은, 미국 제3대 대통령 제퍼슨[18]이 말한 것처럼, '자유라는 나무는 때때로 애국자와 독재자의 피로 새롭게 태어나야만 한다.'[19]는 사실입니다. 다시 말해서, 한번 민주주의가 이룩되었다고 해서 영원한 것이 아니라, 다시 독재자가 생겨남

---

18) Thomas Jefferson 1801-1809 : 미국의 제3대 대통령인 동시에 철학자, 교육자이다. 미국독립선언문 작성 및 헌법 제정에 중요한 역할을 함으로써, 조지 워싱턴·벤자민 프랭클린·존 애덤스·제임스 매디슨·알렉산더 해밀턴 등과 더불어 '건국의 아버지'로 추앙받고 있다.

19) The tree of liberty must be refreshed from time to time with the blood of patriots and tyrants.

으로써 민주주의가 후퇴하게 되며, 또다시 민중들이 독재자를 무너뜨리고, 그리고 또다시 독재자가 등장하는, 이러한 악순환의 반복과정을 통해서 민주주의가 성장한다는 뜻입니다. 흔히들 이 말을 '민주주의는 피를 먹고 자라는 나무'라고 달리 표현하기도 하죠.

돌이켜보면, 4·19 이래로 5·16, 10·26, 12·12, 5·18, 6·29로 이어져 온 우리의 지난날이 이러한 사실을 입증해 주고 있지 않습니까!

우리는 4·19정신을 계승하여 민주주의를 수호해야 합니다. 애국을 가장한 독재자, 애족을 가장한 폭력자는 그 어떠한 명분으로도 배격당해야 마땅한 대상인 것입니다.

이러헌 맥락에서 나는 여러분에게 신동엽[20] 시인의 「껍데기는 가라」[21]라는 시를 꼭 한번 읽어보라고 권장하고 싶습니다. 여러분이 고2에 올라가면 배우게 될 '문학' 교과서에 실려 있는데, 유감스럽게도 우리 학교에서 채택한 교과서에는 그 시가 수록되어 있지 않습니다. 4·19를 노래한 많은 시들 가운데에서 가장 뛰어난 작품으로 평가받고 있는 그 시를 수록하지 않은 편찬자나 출판사, 그리고 그런 교과서를 채택한 학교는 과연 어떤 부류에 속하며, 어떠한 성향을 지니고 있는 것일까, 여러분이 한번 유추해보기 바랍니다…….

그날 석민이 귀가하여 놀란 것은, 나란히 붙어 있는 형의 책상머리 정면 벽에 꼭 환영을 보는 것처럼, 형의 필체로 쓴 예의 그 시가 나붙어져 있는 것이었다.

---

20) 1930-1969 : 충남 부여 출생. 1960년대를 대표하는 참여시인.
21) 4월혁명을 노래한 대표적인 시로, 1967년 1월에 신구문화사에서 『현대한국문학전집』 제18권으로 기획한 『52인 시집』에 발표한 것으로 기록되어 있다.

껍데기는 가라/ 사월도 알맹이만 남고/ 껍데기는 가라// 껍데기는 가라/ 동학년東學年 곰나루의, 그 아우성만 살고/ 껍데기는 가라// 그리하여, 다시/ 껍데기는 가라/ 이곳에선, 두 가슴과 그곳까지 내논/ 아사달 아사녀가/ 중립中立의 초례청 앞에 서서/ 부끄럼 빛내며/ 맞절할지니// 껍데기는 가라/ 한라에서 백두까지/ 향그러운 흙가슴만 남고/ 그, 모오든 쇠붙이는 가라

한 구절 한 구절 읽어 나가는 동안, 석민은 머리끝이 쭈볏쭈볏 곤두서고, 온 얼굴과 목덜미와 등골에 소름이 쫙 돋았다. '껍데기'와 '쇠붙이', 그리고 이에 대비되는 '알맹이'와 '아우성'과 '아사달과 아사녀'와 '흙가슴'이 각각 무엇을 상징하는지, 석민은 가슴 깊숙이 와 닿았다. 부정적인 세력이 물러가고, 순수와 열정의 시대가 도래하기를 바라는 소망을 이렇듯 쉬운 말로 간결하게 표현하다니!

틈틈이 얼마나 애송했던지, 불과 며칠 사이에 석민은 전문을 횅하게 암송할 수 있었다.

학교 당국에서 이러한 담임선생을 방관할 리가 만무했다. 수업 참관차 입실한 교장이 그를 복도로 불러내어 주의를 주기도 여러 차례였으며, 심지어는 관할 경찰서 정보과 형사들이 급우들 몇 명을 인근 빵집으로 데리고 가서 '임진교 선생이 수업 시간에 북한을 고무 찬양하는 발언을 자주 한다.'는 허위 진술서를 받아내려다 실패한 사례까지 있었다.

결국 임 선생은 작년 12월 말, 겨울방학을 며칠 앞둔 어느 날, 전교협 탈퇴각서에 끝내 서명을 거부한 죄 아닌 죄로 교단에서 쫓겨나고 말았던 것이다.

3

학교가 가까워질수록 교련복에 자주색 베레모를 쓴 동급생들이 저마다 배낭을 짊어지고 꾸역꾸역 몰려들고 있다. 10시까지 모이라고 했지만, 이왕이면 불볕더위가 시작되기 이전에 서둘러 집을 나섰을 터이다. 학급 대항 장기자랑대회에 대비해서 어떤 소도구들을 준비했는지 엄청스레 부피가 큰 가방들도 더러 눈에 띈다.

서로 반갑게 인사들을 나누며 교문 안으로 들어서자, 본관 옥상의 시계탑이 9시 5분을 가리키고 있다. 동우가 큰 소리로 외친다.

"야, 저기 좀 봐, 우리가 타고 갈 버스들이 벌써 와 있어."

과연 운동장 서편 플라타너스 그늘에 앞유리창마다 1번부터 8번까지의 일련번호를 부착한 똑같은 모양의 여덟 대의 진자줏빛 관광버스들이 질서정연하게 도열해 있다.

"야호오!"

"야호오!"

풍물패 일행은 '야호오!'를 연호하며 흥분을 감추지 못한다.

그러자 맞은편에서 메아리가 울려오듯이 "야호오!" 하고 호응한다.

벌떡 일어서서 야구방망이를 휘두르는 녀석은 교장역을 맡은 김홍규, 두 팔을 흔들어대고 있는 녀석은 여타 선생들의 가면과 표찰을 제작한 김영수다. 그들 주위로 연극패가 모두 모여 있다. 그러고 보니 '마당극 놀이패'인 '풍물패'와 '연극패'가 자연스럽게 한자리에 모이게 되는 셈이다.

풍물패가 다가가자, 영수가 5호 차량의 트렁크 문을 재빨리 열어주며 서두른다.

"빨리 이 안에 넣으라구, 난 이미 넣었어."

과연 트렁크 안에 큼지막한 배낭이 들어 있다.

풍물패가 가방들을 넣자, 잽싸게 문을 닫으며 영수가 불안한 표정으로 입을 연다.

"제발 들키지 않아야 할 텐데 말야."

석민이 영수의 등을 두드리며 안심시킨다.

"짜아식, 설령 압수를 당해도 걱정할 거 뭐 있어. 플랜B가 있잖아."

플랜 B란, 운때 사납게 준비물들을 압수당할 경우, 현지 구내식당 종업인들의 복색과 주방 기구들을 빌리기로 한 것이다. 어쩌면 그게 더 효과적일지도 모른다.

영수가 종이로 만든 가면과 표찰들을 떠올리며, 석민은 절로 입이 벌어진다.

졸업앨범까지 구해다 주며 실물과 똑같게 제작하라고 주문했지만, 며칠 뒤에 막상 보여 준 완성품은 너무나 생뚱맞은, 만화에나 나옴 직한 캐릭터들이어서 실망스러웠지만, 곧이어 내어 보이는, 켄트지에다 검정 매직잉크로 '교장', '학생과장', '국어', '수학'…… 따위로 써서 코팅까지 한 표찰들을 보는 순간, 석민은 자신의 생각이 짧았음을 깨달았다. 학교 내부의 일을 풍자한 것만으로도 과연 무사히 넘길 수 있을까 아슬아슬한 판에, 감히 교장 이하 등장하는 교사들의 얼굴까지 실물 그대로 제작하려고 맘먹었다니!

"어라, KBC 차가 왜 들어오지?"

하고, 동우가 교문 쪽을 가리킨다.

아닌 게 아니라, 옆구리에 'KBC' 로고가 선명한 하얀 봉고차 한 대가 교정으로 굴러 들어서고 있다.

"야, 혹시 말야."

하고, 석민은 큰 소리를 지르며 흥분한다.
"우리 학교 하계수련회를 취재하러 오는 게 아닐까?"
"에이, 설마?"
"아냐, 석민이 말이 맞을지두 몰라."
하고, 동우의 말을 성호가 받는다.
"KBC에서 내보내는 텔레비 예고편 못 봤어?"
"쨔샤, 티브이 볼 시간이 어딨어, 오줌 누고 그거 볼 새도 없는데……?"
"야, 저기 좀 봐."
하고, 병태가 황급히 교문 쪽을 가리키며 소리친다.
"산적이다!"
 시커먼 구레나룻에 블루진 바지에다 오늘따라 빨간 등산 조끼에 빨간 등산모에 녹색 배낭을 멘 황보 선생이 들어선 것이다.
 그들은 방금 화두에 올렸던 텔레비전 예고편 건은 까맣게 잊어버린 채 환호성을 연발하기에 바쁘다.
"으와아, 선생님 캡이예요, 캡!"
"선생님, 짱이예요, 짱!"
"우리 담임선생님, 최고예요, 최고오!"
 저마다 엄지척을 쌍으로 추켜올리며 환성을 싸지르자, 황보 선생이 이쪽을 향해 손을 흔들어 준다.
 누군가의 입에서 "산적!"이란 구호가 터지자, 일제히 박수에 맞춰 "산적! 산적! 산적! 산적……!" 하고 연호한다.
 '산적'이란 황보 선생의 별명이다. 10여 년 전 H신문 신춘문예를 통하여 소설가로 등단한 이래 꾸준히 작품 활동을 하는 한편, 틈틈이 신문, 잡지에 현행교육의 여러 문제점들을 신랄하게 비판하는 칼럼을 발표하기도 했다.

그의 국어 수업 시간은 언제나 활기와 생동감이 넘친다.

가령, 김구의 「나의 소원」의 경우, 다른 선생들 같으면, 시시콜콜하게 문법이나 따지고, 학력고사 기출문제, 예상문제 따위를 가르치기 십상일 테지만, 그는 전혀 그렇지 않았다.

교과서에 실린 「나의 소원」은, 실은 그 전문이 아니라, 첫머리 부분인 '민족국가'일 뿐, 따라서 나머지 부분인 '정치 이념'과 '내가 원하는 우리나라'까지 마저 읽어야 한다면서, 사비로 복사까지 해서 학생들에게 나눠주고 수업 시간에 읽혔을 뿐만 아니라, 한 걸음 더 나아가 그 출전인 『백범일지白凡逸志』를 읽고 독후감을 써내게 했으며, 더욱 놀라운 것은 그것으로 끝나는 것이 아니라, '김구'와 '이승만'의 정치노선을 설명한 다음, 학생들로 하여금 이들 두 노선을 주제로 자유토론을 시키기까지 했던 것이다.

한마디로 말해서, 그는 국어 수업을 통하여 고득점을 따는 기술을 가르치는 것이 아니라, 교과서를 재구성하고 재해석하여 '인간'을 길러내는 데 역점을 두는 것이다.

임진교 선생의 뒤를 이어 황보 선생이 담임을 맡게 되었을 때, 반원들은 얼마나 환호했는지 모른다.

"야, 만약에 산적이 아니라, 번개가 담임이 됐다면 어쩔 뻔했지?"

석민이 한마디 내뱉자, 성호가 날름 받는다.

"아이구, 벌써 자퇴하구 말았지, 여태 붙어 있어?"

담임이 현관문 안으로 사라지고 나서도 그들은 다투어 한마디씩 내뱉는다.

"맞아, 차라리 검정고시 준비하는 게 훨씬 낫지, × 빤다구 학교에 다녀?"

산적과 똘만이들 197

"나두 마찬가지야."

"산적이 담임을 맡지 않게 된다면, 난 그날 당장 자퇴하구 말 거야."

4

"야아, 보기 좋심다."

"역시 황보는 황보구먼!"

"나두 등산복을 입구 올 걸 잘못했네."

황보 선생이 교무실로 들어서자, 소파에 앉아 잡담을 나누고 있던 2반 담임 한치성, 3반 담임 심규보, 4반 담임 신상철 선생 등이 반긴다. 넓은 교무실에 달랑 셋만 앉아 있는 게 황보 선생은 뜨악하다.

"다들 어디 갔지?"

심 선생이 떫은 표정으로 한마디 내뱉는다.

"회의하나 봐."

"회의라니……?"

"방금 들어오시면서 KBC 취재차 못 봤어?"

"봤어. 근데 왜 왔지?"

"아니, 못 봤어?"

"봤다니까, 봉고차."

"그게 아니라, TV 예고편 말야."

"'창사 20주년 기념 특집'인가 뭔가 하는 그거?"

"어디서 용케 정보를 수집해 갖구, 동행 취재를 할 수 있도록 허락해 달라구 무데뽀로 떼를 쓰나 봐요."

한 선생의 귀띔이다.

"허락하면 될 거 아냐, 쫍쌀교장의 별명 그 양반 원래 텔레비에 나오는 거 좋아하잖아."

"모르시는 말씀."

하고, 심 선생이 반박한다.

"보나마나 부정적인 측면을 다룰 게 뻔한데, 괜히 희생양이 되려구 하겠어?"

황보 선생은 아침밥을 먹는 도중에 우연히 그 예고편을 시청했었다.

KBC 창사 20주년 기념 특집 「우리나라 학교 교육 이대로 좋은가」

제1부 우리나라 학교 교육의 현주소

제2부 선진국의 학교 교육

제3부 21세기와 학교 교육

   오는 8월 18일부터 3일간에 걸쳐 방영하는 KBC 창사 20주년 기념 특집 「우리나라 학교 교육 이대로 좋은가」 많은 시청 바랍니다.

순간 눈과 귀를 의심하지 않을 수 없었다. 평소에 노상 불평불만을 품어 왔던 '학교 교육'의 문제점들을 제대로 파헤쳐 주기만 한다면, 그리하여 학교 교육에 일대 혁신을 불러일으키는 계기가 되어 주기만 한다면, 그 이상 더 무엇을 바랄 것인가!

그러나 그는 이내 고개를 젓고 말았다. 한때 『광주는 말한다』[22], 『어머니의 노래』, 『떠도는 주검』[23] 등을 방영하기에 이제야 제정신을

---

22) 1989년 3월 8일 KBS광주방송국에서 방영한, 1980년 5월 18일~27일까지의 5·18민주화운동 현장을 다룬 다큐멘터리. 잔혹한 진압 장면, 희생자 유가족의 가슴 아픈 사연, 부상자들의 증언 등이 담겨 있다.

23) 1989년 6월 20일 광주MBC에서 방영한, 이철규변사사건을 다룬 다큐멘터리. 이철규는 조선대학교 전자공학과 4학년 학생으로, 1985년 11월 반외세독재투쟁위원회 활동과 관

좀 차리는가 싶던 방송들이 다시 5공 언론[24]으로 회귀해 버린 추이로 보아, 그 어떠한 수식어로 포장한다 해도 그 결말은 보나마나이기 때문이었다. 이른바 '전인교육全人敎育'을 표방하면서 7·30조치[25]를 단행했지만, 학부모들의 환심을 사기 위한 한낱 사탕발림일 뿐, 입시 위주의 수업 방식은 조금도 달라진 것이 없는 이상, 이 또한 빛 좋은 개살구일 것임은 너무나 뻔하지 않은가.

"그건 그렇고, 정말 너무 하잖아? 10시가 넘은 지가 언젠데, 도대체 뭘 하구 있는 거야? 학교를 흑싸리 쭉정이로 아나, 그 새끼들이 뭔데 학교 행사에 초를 치구 지랄이야, 지랄이……?"

마침내 심 선생이 불편한 심기를 드러내자, 황보 선생도 그냥 넘어갈 수가 없다.

"좁쌀두 그렇지, 새파란 새끼들한테 붙잡혀 갖구 왜 꼼짝 못하지? 안 된다고 딱 잘라 거절하고 교무실로 와버리면 될 걸."

"아, 참!"

하고, 한 선생이 갑자기 생각난 듯 주위를 둘러보며 목소리를 낮춘다.

"좀 전에 버스 안에서 임진교 선생을 만났어요. 선생님들한테 안부

련하여 국보법 위반 혐의로 구속되었다가 1987년 7월 가석방 되었으며, 이후 전횡을 일삼던 조선대 재단을 몰아내는 데 앞장선 인물로, 1989년 5월 10일 광주 제4수원지에서 변사체로 발견됨에 따라 많은 의혹을 자아내었다.

24) 광주항쟁을 피로 물들이고 집권에 성공한 전두환 군사정권은 언론통폐합과 '땡전뉴스'로 상징되는 언론통제를 일삼았다. '땡전뉴스'란 전두환 정부 당시, 뉴스 시보를 알리는 9시 알람이 '땡' 하고 울리자마자, "'전'두환 대통령은……"으로 시작되는 헤드라인 '뉴스'를 내보낸 데서 비롯된 명칭이다.

25) 1980년 7월 30일, 전두환을 중심으로 한 신군부가 국가보위비상대책위원회를 통해 발표한 교육개혁 조치로, 그 골자는 대학별 본고사 폐지·대학 졸업정원제 도입·과외 전면 금지 등이다. 그러나 입시제도 개혁과 과외 금지 조치는 근본적인 해결책이 되지 못했다. 특히 과외 금지 조치는 반감만 불러일으킨 채, 단속반을 피해야 하는 위험부담 때문에 과외비만 턱없이 올려놓은 결과를 초래했을 뿐만 아니라, 이때부터 이른바 숨어서 한다는 뜻으로 '몰래바이트', 또는 '비밀과외'가 극성을 부리기 시작했으며, 일부 상류층 자녀들을 위한 '승용차 과외', '별장 과외', '심야 과외'가 등장하기도 했다.

전해달래요."

"……."

"……."

'임진교 선생'이란 말에 모두 숙연해지고 만다. 비단 임 선생뿐만 아니다. 정호승 선생이나 문종훈 선생의 이름이 거론될라치면, 이들은 누구나 심기가 불편해지지 않을 수 없다.

작년 12월 재단 측의 갖은 회유와 압박을 견디다 못해 결국 전교협 탈퇴각서에 서명하고 말았던 자신들과는 달리 이들 세 사람은 사형선고나 다름없는 '해직'을 당하면서도 끝내 소신을 굽히지 않았던 것이다.

재단에서 이들을 전격적으로 해임해 버리자, 학교는 온통 쑤셔 놓은 벌집이 되고 말았다. K대 총학생회 간부진과 사대생, 그리고 전교생과 졸업생들의 지원을 받으며, 1학년 5반 학생들은 겨울방학 한 달 내내 중앙현관과 교장실 앞 복도를 점거하고서 '부당징계' 철회를 주장했다. 그리고 그 중심에 반장 석민이 있었다.

개학을 앞두고, 교장은 골머리를 앓지 않을 수 없었다. 대관절 이 골치 아픈 1학년 5반 담임을 누구에게 맡기느냐 말이다.

그런데 뜻밖에도 황보 선생이 자청하고 나섰던 것이다. 작품 활동을 핑계 대고, 부임 이래 10여 년 동안 줄곧 담임을 고사해 온 그가 담임을 자청한 데에는 그만한 이유가 있었다. 1년 동안 임진교 선생이 애지중지 길러온 애들이 다른 이에게 넘어가 음으로 양으로 당할 보복이 눈앞에 선하기 때문이었다.

그는 임 선생의 빈자리를 채우기 위해서 최선을 다했다. '사랑과 봉사로 채우는 하루'라는 급훈을 위시하여, 반가로 시작하는 조·종례

등 학급 경영 방식을 종전 그대로 계승하는 한편, 개인 상담·집단 상담을 통하여 일단 해직이 돼버린 상황에서 '부당징계 철회'를 주장하는 것은, 버스 지나고 손드는 것처럼 얼마나 무모한 짓인가, 그 대신에 임 선생의 가르침을 받들어 학업에 매진하는 것이야말로 당신께서도 바라는 바가 아니겠느냐는 등의 말로 설득한 결과, 다행히 이렇다 할 동요 없이 무사히 학년말을 넘길 수 있었다.

그러나 신학년도 분반을 앞두고 1학년 5반은 다시 도마에 올려져야만 했다. 소위 의식화된 놈들을 각 반에 분산시킴으로써 결집력을 약화시키자는 안과, 그렇게 하면 오히려 전 학년이 오염될 우려가 있으므로, 다행히 두서너 명밖에 되지 않는 자연계열 지망생들만 분산시키고, 나머지는 고스란히 한 반에 가두어 놓자는 안이 팽팽히 맞선 끝에, 결국 후자가 채택되었던 것인데, 단 황보 선생이 계속 담임을 맡아야 한다는 전제조건이 꼬리표처럼 따랐음은 물론이다.

신학년이 되어서도 여전히 석민이 반장으로 선출되었다. 그가 급우들로부터 받는 지지도는 가히 절대적이었다.

황보 선생은 나름대로 최선을 다하면서도, 그러나 때로는 임 선생을 따라갈 수 없는 한계에 부닥치고는 했다. 반장인 석민을 위시한 몇몇 학생들이 과격한 주장을 펼칠라치면, 그는 속앓이를 하면서 이중성을 드러내지 않을 수 없었다.

이번 일만 해도 그랬다.

대성의 집 마지막 날 밤에 열기로 되어 있는 학급 대항 장기자랑대회에 출품할 작품을 한번 구상해보라고 했더니, 며칠 뒤에 석민은 「산적과 똘만이들」이라는 마당극 대본을 꾸려 왔던 것인데, 어릴 적부터 입버릇이 된 '아버지, 어머니, 학교에 잘 다녀왔습니다'를 패러디한

'선생님, 집에 잘 다녀왔습니다'라는 부제목이 암시하듯이, 현행 제도 교육의 모순점을 신랄하게 풍자한 내용으로, 학급 대항전이 아니라, 전국 규모의 학교 대항전에 출품해도 조금도 손색이 없을 만큼 극적 구성이나 대사를 엮어나간 솜씨가 범상치 않았다. 따라서 담임인 자신이 직접 연출을 맡아 지도해주고 싶은 충동까지 일었지만, 딜레마에 빠질 수밖에 없었던 것은, 교장 이하 여러 선생을 등장시켜 희화화한 것도 모자라, 한술 더 떠서 학교에서 가뜩이나 금기시하고 있는 풍물놀이로 마당을 여는 판이니, 학교 당국에서 묵과할 리가 없기 때문이었다.

　다음 날, 황보 선생은 석민을 교무실로 불렀다.

　—이거 누가 지었지?

　—제가 지은 건데요……?

　—그래? 야아……, 너 앞으로 이 방면으로 나가도 되겠다.

　이 말에 녀석은 머리통을 긁적거리며 입이 귀밑에까지 벌어졌다.

　—그런데 말야…….

하고, 황보 선생은 고추 먹은 소리를 내던 끝에 난색을 표했다.

　—학생과에서 내용을 검토하게 돼 있는데, 이걸 어쩌지……?

　—대본을 검열한다구요?

　—그럼, 시국이 어느 땐데…….

　—선생님, 그럼 이렇게 하면 어떨까요?

　—어떻게……?

　—검열용 대본을 따로 하나 만들어서…….

　—당일 현장에서는 이걸 기습적으로 공연하겠다 그 말이지?

　—그러면 안 될까요, 선생님?

　—그걸 말이라고 하니? 현장에는 장학사가 상근하고 있을 뿐만 아

니라, 정보과 형사들이 풀방구리에 생쥐 드나들 듯 들락거리는 판야.

―어디 구더기가 무서워서 장을 못 담급니까?

―어, 이 녀석 봐라, 너도 형처럼 철창신세를 지고 싶니? 아니, 너 혼자뿐만 아냐. 전 출연진은 물론, 담임인 나까지도 무사할 수가 없어.

말을 뱉고 나서 '아차!' 싶었다. 동시에 쾌히 연출을 맡아 그대로 밀고 나가고도 남을 임진교 선생을 떠올리며, 자신의 한계에 대한 자괴감이 밀려왔다. 자실自實[26]에 가입한 이래 6월항쟁[27]에 이르기까지, 「'4·13호헌조치[28]'에 대한 '문학인 206인의 견해'」에 서명한 것을 비롯하여, 각종 민주화운동에 적극적으로 가담했음에도 불구하고, 집안 살림밖에 모르는 아내랑 국민학교와 중학교에 다니는 어린 자식들이 눈에 밟혀, 끝내 전교협 탈퇴각서에 서명을 거부하지 못했던 자신이 심히 부끄러웠다.

황보 선생은 양심의 가책을 느끼며, 마음에 없는 말로 석민을 타이르느라 진땀을 뺐다.

올해에 들어서만도 해직 교사들의 부당징계에 항의하다가, 4·19정신을 계승하려는 집회를 기획하려다가, 5·18광주민주화운동에 희생된 이들의 추모 집회를 가지려다가 전국 각지에서 얼마나 많은 고교생

---

26) '자유실천문인협의회'의 약칭. 1974년 11월 18일 결성된 반독재민주화투쟁의 선봉을 담당했던 진보 진영의 문인 단체이다. 1980년대 들어선 전두환의 군사반란세력에 잠시 중지되었다가, 1987년 '민족문학작가회의민작'로 확대 개편된 뒤, 2007년 '한국작가회의'로 거듭나 오늘에 이르고 있다.

27) 6·10민주항쟁, 6월민주항쟁 : 1987년 6월 10일부터 6월 29일까지 전국적으로 벌어진 반정부 시위로서, 4·13호헌조치와 부천경찰서 성고문 사건, 박종철 고문치사사건, 그리고 이한열 최루탄피격사건 등이 도화선이 되어 6월 10일 이후 전국적으로 시위가 확산하여, 마침내 '6·29선언'으로 대통령 직선제 개헌이 이루어졌던바, 이는 우리나라 민주화운동의 기념비적인 사건으로 기록된다.

28) 1987년 4월 13일, 전두환 대통령이 발표한 담화로서, 당시의 헌법을 바꾸지 않고 계속 유지하겠다는 요지이다. 그러나 이 조치는 오히려 역풍을 불러일으켜 6월항쟁의 도화선이 되었다.

이 퇴학, 내지 무기정학을 당했는지를 교명까지 일일이 거명해 가며 설득했지만, 녀석은 좀처럼 굽히려 들지 않는 것이었다.

―선생님, 정 그렇다면 풍물놀이로 시작해서, 중후반부에 가서 교사로 가장한 학생들이 퇴장하고 나서, 반원들이 스크럼을 짜고 「우리 모두 여기 모였구나」를 합창하는 장면으로 끝내고, 곧장 뒤풀이로 들어가면 어떻겠습니까?

―글쎄다……. 그것도 장담할 수가 없어. 왜 너희들도 지난번 체육대회 때 봤잖니, 3학년 어느 반에서 농악을 울렸다가 풍물을 모조리 압수당하는 거……?

―말두 안 돼요, 선생님! 기타나 디스코, 힙합 따위는 허용하면서 우리 가락, 우리 춤은 왜 안 된다는 거예요?

―기타나 디스코, 힙합도 마찬가지야. 내용을 바꾸지 않는 한 그걸로 대체한다구 해서 통과될 거 같애? 어림 반 푼어치두 없어. 문제는 내용이야.

간신히 설득해서 돌려보냈더니, 바로 그다음 날 녀석은 KBS 2 TV에서 방영하고 있는 인기 오락 프로그램인 「쓰리랑 부부」[29]를 패러디해서 들고 왔던 것이다.

남녀 주인공인 개그맨 김한국과 개그우먼 김미화 역을 창수와 성호가 각기 맡아 고3짜리 아들인 석민과의 대학 진로 문제를 둘러싸고 갑론을박하는 내용으로, 피차 공방을 주고받는 사이 사이에, 전국적으로 유행어가 된 '음메, 기 죽어!', '음메, 기 살어!'라는 코믹한 대사를 적재적소에 적절히 구사함으로써 극적 효과를 극대화하고 있을 뿐만 아니라, 여기에다 여주인공인 순악질 여사 전용의 어린이용 야구방망

---

29) 1987년 5월 14일부터 방영하여 1991년 4월 21일 종영된 KBS 2 TV 『쇼 비디오 자키』 인기 프로그램. 김한국, 김미화 주연으로, 한때 70%의 시청률을 자랑하기도 했다.

이와 검정 전기 테이프로 두 눈썹을 연결한 일자눈썹 또한 나름의 역할을 톡톡히 할 터였다.
　―바로 이거야, 방송국 제작진이 봤으면 탐을 내고도 남겠어. 그런데 어떻게 이런 기발한 걸 착상했지?
하고, 칭찬해 주자, 녀석은 바로 자신의 가정사를 소재로 삼았다고 털어놓는 것이었다.
　다만, 한 가지 걸리는 것은, 여전히 도입부에다 풍물놀이를 등장시킨 점이었다. 하기야 검열에 대비하여, 징을 위시하여 꽹과리며 장구며 북을 세숫대야, 프라이팬, 주전자, 양동이 따위로 교체하긴 했지만, 이 역시 귀에 걸면 귀걸이, 코에 걸면 코걸이가 될 게 뻔했다.
　―그런데 꼭 풍물패를 등장시켜야 하는 이유가 뭐야?
　―분위기 조성을 위해서는 그만한 게 없다고 생각합니다.
　듣고 보니 틀린 말이 아니었다. 그리고 어쩌면 학교에서도 그냥 봐 줄 것 같기도 했다.
　―그럼 세숫대야, 프라이팬, 주전자, 양동이를 현장에까지 가져갈 작정이야?
　―그건 현지 구내식당에 사정을 잘 얘기해서 잠시 빌릴 계획입니다.
　황보 선생은 원고를 돌려주며 용기를 불어넣어 주었다.
　―좋았어. 이왕이면 주방 아줌마들이 쓰는 모자랑 가운까지 빌리는 거야. 그건 내가 책임질 테니까, 열심히들 연습해.

"정 선생이나 문 선생도 잘 있대?"
"잘 계시나 봐요, 문 선생은 요즘 컴퓨터학원에 다닌대요."
　황보 선생은 또 한 번 가슴이 찡해온다. 해직 교사와 그 가족들이 겪고 있을 심리적, 경제적 고통을 생각하면, 현직 교사들은 그 누구도 자유로울 수가 없다. 조합비 월 1만 원 외에 별도로 지원하기로 합의한 후원회비를 4만 원에서 3만 원으로, 3만 원이 다시 2만 원으로 줄였는가 하면, 당초 월 1회 마련키로 했던 '만남의 자리' 마저 시일이 흐를수록 시들해지고 있는 실정이다 보니, 그들을 떠올릴 때마다 죄책감과 자괴감이 앞서지 않을 수 없는 것이다.

학년주임 강병택 선생이 군복 차림으로 출입문에 나타나 쉰 목소리로 외친다.

"자, 선생님들, 빨리 회의실로 갑시다."

유난히 검은 피부에 개기름이 번지르르 흐르는 그의 별명은 '번개'다. 예비역 중위로 교련 과목을 담당한 그는 동에 번쩍 서에 번쩍하는 탁월한 기동력으로 교내외 학생 지도에서 발군의 실력을 발휘할 뿐만 아니라, 학급 경영 면에서도 단연 타의 추종을 불허한다. 공납금 납부를 위시해서 각종 납부금 징수, 학과 성적, 출결 상태, 환경미화심사, 교내체육대회, 저축 실적 등, 학급 대항 시상이 걸려 있는 종목이라면 단 한 차례도 입상을 놓친 적이 없다.

"아니, 왜 이리 늦게 시작하는 거요?"

"KBC에서 왜 나왔대요?"

"학교장이 허락했어요?"

여럿이 줄레줄레 뒤따라가며 질문을 던져 보지만, 번개는 일언반구 코대답도 없다. 군소리 하지 말고 무조건 따라오라는 투다.

"제에미, 평교사 말은 개새끼 방귀 소리만도 못한 모양이지?"

"눈먼 말 요령 소리 듣고 따라가면 되는 거지, 웬 말들이 많어?"

모두들 키들키들 웃으며 회의실 안으로 들어서자, 교감, 교무과장, 학생과장, 서무과장, 시청각 담당 배정환 선생 등이 널따란 원탁 테이블을 둘러싸고 빙 둘러앉아 있다.

담임들이 빈자리에 가 앉자, 번개가 번개처럼 교장실로 들어간다.
황보 선생은 우선 돋보기안경을 쓰고 탁자 위에 놓인 유인물을 훑어본다.

※ 대성의 집 하계수련회 행사 일정표

▶ 8월 6일
10:00 담임 회의
10:10 운동장 집결, 인원 파악 및 유의 사항 시달
10:30 출발
12:00 대성의 집 도착, 인원 파악 및 중식
13:00 입소식
14:00 방 배정 및 사물 정돈
15:00 레크리에이션
17:00 수영
18:00 석식
19:00 반기班旗·반가 제정 및 반별 레크리에이션
20:00 H·R
22:00 일석 점호
23:00 취침
23:10 담임 회의

▶ 8월 7일
06:00 기상, 일조 점호, 체조 및 청소
07:00 조식
08:30 레크리에이션
10:00 정신 교육 : 명사 초청 강연
12:00 중식

13:00   학급 대항 체육대회 : 축구 · 배구 · 씨름
15:00   수영
18:00   석식
19:00   촛불 행진
20:30   캠프파이어 및 학급 대항 장기자랑대회
23:00   취침 점호
23:10   담임 회의

▶ **8월 9일**
06:00   기상, 일조 점호, 체조 및 청소
07:00   조식
08:00   명상의 시간
09:00   감상문 쓰기
10:00   레크리에이션
12:00   중식
12:40   퇴소식, 종합평가 및 시상식
12:50   출발
14:30   귀교 및 귀가
14:00   담임 회의

"본의 아니게 예정 시간보다 30분이나 지연되었습니다."

교장을 모시고 나와 잽싸게 의자까지 대령해 주고 난 번개가 사회를 시작한다.

"시간 관계상 행사 일정에 관한 설명은 앞에 놓인 유인물로 대체하기로 하고, 먼저 교장선생님께서 한 말씀 하시겠습니다."

창문을 등지고 앉은 교장의 잘 빗질한 머리칼이 형광등 불빛을 받아 잔뜩 윤기를 발하고 있다.

"에에 또……, 여러 선생님께서도 보셨을 줄로 압니다. 조금 전에 KBC 취재차가 본교에 온 거……. 어디서 어떻게 정보를 입수했는지 모르지만, 뜬금없이 교장실에 들이닥쳐 갖고, 아 글쎄, 2박 3일 동안 우리 학교 이번 행사를 쭈욱 밀착 취재하겠다지 뭡니까."

그는 미스 최가 올리는 엽차로 가볍게 입술을 축이고 나서, 오랜만에 만면에 미소를 흠뻑 담고 계속한다.

"뭣 땜에 그러느냐고 물었더니, 창사 20주년 기념 특집으로「우리나라 학교 교육, 이대로 좋은가」를 3부작으로 제작하는데, 그 제1부가 '우리나라 학교 교육의 현주소'라지 뭡니까……."

그는 엽차로 다시 입술을 축이고 나서 잇는다.

"솔직히 말해서, 속된 말로 굴러들어온 호박이나 마찬가지 아닙니까? 평준화 제도가 곧 폐지될 거라는 관측들이 심심찮게 나도는 현시점에서 볼 때, 우리 학교를 전국에 PR할 수 있는 절호의 찬스다 이겁니다……."

그는 여러 선생의 동의라도 구하듯, 한동안 뜸을 들인 끝에 계속한다.

"그럼에도 불구하고, 학교장인 본인은 단호히 그 제안을 받아들일 수가 없더라, 이겁니다. 왠지 아십니까? 한마디로 말해서, 전국의 시청자들에게 내놓을 만한 자랑거리가 있어야 할 거 아닙니까? 아쉽게도 우리 학교에는 그게 없더라, 이겁니다. 디스코 추는 장면을 자랑거리로 내놓겠습니까, 그렇다고 유행가 부르는 장면을 내놓겠습니까?"

황보 선생은 한마디 할까 말까 망설인다.

놀이문화가 없는 그게 바로 '우리 학교 교육의 현주소'가 아닌가 말이다. 봄가을 소풍만 해도 그랬다. 도시락을 까먹기가 바쁘게 학생들을 집으로 쫓아 보내기에만 급급했지, 어디 놀이 한 번, 노래 한 번 제대로 시켜 보기나 했던가? 체육대회 같은 때 풍물이라도 울릴라치면, 기겁을 하며 빼앗은 이들이 누구이며, 학년 초에 서류상으로만 조직해 놓을 뿐, 일 년 내내 단 한 시간이라도 C·A특별활동를 실시한 적이 있었던가? 조조학습이니, 보충수업이니, 자율학습이란 허울로 아침 7시부터 밤 11시까지 학생들의 발목을 꽁꽁 묶어 놓고 있는 주제에 감히 저런 말을 할 수 있을까?

"기자들은 역시 근성이 대단한 게, 정 그렇다면 내일 저녁에 잠깐 들러 갖고 몇 장면만이라도 녹화할 테니, 꼭 좀 허락해 달라는 데야 더 이상 거절할 수가 없었습니다.

그러니만치 오늘 출발하시는 전반기 담임선생 다섯 분께서는 특히 내일 저녁에 있을 학급 대항 장기자랑대회에 각별히 신경을 써주셔야겠습니다. 최소한 5반 학생들의「쓰리랑 부부」정도는 되어야 하지 않겠어요? 다른 반도 새로 한번 구상해보세요. 준비하고 연습하는 시간이 필요하다면, 일부 행사를 조정해 드릴 용의도 있습니다……."

황보 선생은 어깨가 으쓱해진다.

쫍쌀한테 칭찬을 받아본 적이 언제였던가!

5

―후, 후…… 아, 마이크, 마이크, 아, 아, 하나, 둘, 셋, 넷, 하나, 둘, 셋, 넷……마이크 시험 중, 마이크 시험 중…….

중앙현관 위에 얹힌 스피커에서 번개의 쉰 목소리가 흘러나온다.

―2학년 1, 2, 3, 4, 5반 학생들에게 전달한다. 2학년 1, 2, 3, 4, 5반 학생들은 지금 곧 소지품을 휴대하여, 운동장 서편에 대기하고 있는 관광버스 전방에 반별로 집합해 주기 바란다. 버스 앞 유리창에 부착해 놓은 일련번호가 각 반 표시다. 그리고 각 반 반장은 인원 점검을 철저히 해주기 바란다. 이상.

여기저기 나무 그늘에 모여 있던 학생들이 버스 쪽을 향해 어슬렁어슬렁 움직이기 시작한다.
"어휴 씨펄, 좀 일찍 출발하면 어디가 덧나?"
"난 학교에서 도시락을 까먹구 출발하는 줄 알았어."
"근데, 재미는 있을까?"
"야, 야. 재미가 씨가 말랐냐?"
"그래두 보충수업 받는 거보다야 백번 나을 거 아냐."
학생들은 저마다 한마디씩 불평불만을 터뜨리며, 자기 반 자리를 찾아간다.
석민은 5번 버스 앞에서 반원들을 정렬시키면서, 마당극에 출연하는 10여 명을 일부러 앞쪽에다 집결시킨다.
"아이구, 벌써부터 찌네 쪄."
석민이 모자로 부채질하며 운을 떼자,
"진짜 존나 덥네."
하고, 성호가 받는다.
"씨팔, 난 대성의 집에 도착하자마자, 옷 입은 채로 물속에 풍덩 뛰어들 거야."
"제에길, 내일 아침뉴스에 익사 사고 한 건 나오게 생겼군."
동우가 조롱조로 한마디 던지자, 성호가 가만히 있을 리가 없다.

"짜샤, 넌 아직 내 수영 실력 모르지?"

"야, 보나마나 보틀Bottle : 물병일 테지, 뭘."

"짜샤, 웃기지 마. 이래 봬두 국민학교 때 제2의 조오련[30]이 되는 게 꿈이었다구."

"어쭈구리!"

"두구 보면 알 거 아냐. 물속에서 3분 동안은 거뜬히 견딜 자신이 있다구."

"하하하하……, 죽어버리면 3분만 가겠냐?"

"지구가 멸망할 때까지 가지, 하하하하하……"

한바탕 웃고 떠드는 사이에 석민은 인원 파악을 한다. 58명 전원 출석이다.

―전 학생은 들어라. 주목……! 주목!

언제 나왔는지 번개가 지휘대 위에 올라서서 핸드마이크를 들고 외쳐댄다.

―시간 관계상 주의 사항은 대성의 집에 가서 하기로 하고, 지금 바로 출발하도록 하겠다. 버스 한 대당 법적 정원이 45명이지만, 담임선생님까지 합해서 38명씩만 승차하고, 나머지 학생들은 6, 7, 8번 차량에 분산해서 승차한다. 6번 차량 임시 담임선생님은 학생과장님, 7번

---

30) 1952-2009 : 대한민국의 전설적인 수영 선수로 아시아의 물개라는 별칭으로 알려져 있다. 1970년 아시안 게임 자유형 400m, 1,500m, 그리고 4년 뒤인 1974년 아시안 게임 자유형 400m, 1,500m에서 모두 아시아 신기록으로 금메달을 획득하였으며, 1980년에는 대한해협, 1982년에는 영국-프랑스 도버해협을 횡단하는 데 성공했다.

차량 임시 담임선생님은 배정환 선생님, 8번 차량 임시 담임선생님은 앨범 기사이신 도정만 아저씨께서 좀 수고해 주셔야겠습니다. 각반 담임선생님께서는 정원을 엄수해 주시기 바랍니다. 자, 그럼 반별로 승차 실시!

순간, 자투리반에 들어가지 않으려고 서로 밀고 당기느라 아수라장이 되고 만다. 석민은 마당극에 출연하는 멤버들을 일부러 5, 6, 7, 8번 차량에다 분산시킨다. 혹시 도중에 담임선생이 한 번도 해 보지 않은 「쓰리랑 부부」리허설을 시킬지도 모르기 때문이다.
드디어 차바퀴가 구르기 시작한다.
교문통에 대기하고 있던 교장의 까만 그랜저가 유유히 미끄러져 나가면서, 여덟 대의 버스를 줄줄이 한길로 이끌어낸다.

─학생 여러분, 안녕하세요?

조수석에 앉아 있던, 청색 베레모에 유난히 하얀 살갗에 반달눈썹이 새까만 안내양이 마이크를 들고 인사하자, 잠시 버스 안은 환호성과 함께 박수갈채와 휘파람으로 요란해진다.

─반갑습니다. 저는 여러분의 안내를 맡은 박순애라고 해요. 우선 모두 안전벨트를 착용해 주시기 바랍니다. 그리고 요즘은 워낙 단속이 심해서 운행 중에 차 안에서 노래를 부르거나 춤을 출 수가 없답니다. 그러나 일단 시내를 벗어나면 담임선생님과 상의해서 특별히 노래만은 부를 수 있도록 해드리겠어요. 그리고 불편한 사항이 있으면 언제든지 말씀해 주세요. 감사합니다.

운전석 바로 뒷좌석에 담임과 나란히 앉은 석민은 다소 불안하다.

한강대교를 지나 강변대로로 접어든 버스가 막 속력을 올리기 시작할 즈음, 아니나 다를까, 담임이 묻는다.

"어때, 리허설은 충분히 했어?"

석민은 임기응변으로 둘러댄다.

"아, 예……. 대, 대충 했습니다."

"이따 도심지를 벗어나면, 어디 한번 해봐."

"선생님, 출연자들이 5, 6, 7, 8호 차에 분산해서 탔는데 어떡허죠?"

"순악질 여사는 어느 차에 탔어?"

"이 차 맨 뒤쪽에 앉아 있습니다."

"잠깐 이리 오라구 해 봐."

석민이 상반신을 일으켜 손짓을 보내자, 눈치를 챈 성호가 홍규한테서 야구방망이를 받아 들고 작대기 삼아 짚으며 다가온다.

"그것만 있으면 돼?"

하고, 담임은 웃음기를 잔뜩 머금고 묻는다.

"치마저고리랑 일자 눈썹두 준비해 왔어?"

"그럼요."

성호가 얼른 윗주머니에서 전기 테이프를 꺼내어 보이자, 주위에서 폭소가 터진다. 담임이 큰소리로 말한다.

"야, 니들 말야, 실수 없이 잘해야 돼. KBC에서 나와 갖구 취재한단 말야."

"아니, 왜요?"

"창사 20주년 기념 특집으로 우리 학교 이번 행사 중에서 장기자랑 대회를 취재하기로 했어."

"대애박!"

성호가 환성을 지르자, 또 한차례 폭소가 터진다.

석민은 슬그머니 일어나 성호에게 눈짓을 보내고는 동우가 앉아 있는 맨 뒤쪽 자리로 향한다.

"야, 니들 방금 들었지, 담임선생님 말씀……?"

"무슨 말?"

"내일 밤 장기자랑 때 말야, KBC에서 나와 갖구 녹화한댔잖아."

"나두 신문에서 그 기사 봤어."

하고, 영수가 맞장구를 친다.

"창사 20주년 기념 특집으로 18일부터 3일간 방영할 거래."

"어떤 프로그램인데……?"

동우의 질문을 영수가 소상하게 설명해 준다.

"「우리나라 학교 교육, 이대로 좋은가」라는 프론데, 제1부는 우리나라 학교 교육의 현주소, 제2부는 선진국의 학교 교육, 제3부는 21세기와 학교 교육이래."

"야, 그게 사실이라면 말야, 이거 완전히 죽여주는 거 아냐?"

"그건 또 무슨 소리야?"

한 학생의 질문에 석민이 앞자리를 흘깃 쳐다보고 나서 목소리를 낮춘다.

"생각해봐. 우리 차례가 돼갖고 「산적과 똘만이들」을 기습적으로 공연한다, 그러면 카메라가 계속 돌아갈 거 아냐?"

"그거 말 되네. 괜히 중단시키려 들었다간 그 장면이 그대로 다 녹화되고 말 테니깐……."

"하하하하……, 이건 바로 우리 K대부고 2학년 5반 마당극을 위해서 만든 프로그램이잖아."

"좋았어. 그럼, 이제 더 이상 걱정할 필요가 없잖아, 야호오!"
"야호오!"
"야호오!"
　모두 좋아하는 사이에, 한강을 끼고 버스는 계속 신나게 달리고 있다.
　호수처럼 잔잔한 물결이 한낮의 햇살을 받아 사금파리처럼 반짝이고 있는 가운데, 강 건너편으로 바라다보이는 아파트 군상이 파노라마처럼 흘러가고 있다.
　강 양안의 잘 정비된 둔치 위에는 더운 날씨에도 불구하고 농구니 축구를 즐기는 이들이 있는가 하면, 파라솔은 쓴 아베크족들도 심심찮게 시야에 들어온다. 흔히 티브이 화면에서 보는 이국의 풍광을 방불케 한다.
　"문제는 말야……."
하고, 동우가 운을 뗀다.
　"버스에서 내려 갖고 꽤 걷는다는데, 과연 들키지 않구 무사히 운반할 수 있을까, 하는 점이야."
　"그건 걱정 안 해두 돼. 여행용 가방인 줄로 알지, 누가 풍물 가방인 줄 알겠어? 설령 발각된다 해두 플랜 B가 있잖니."
　"야, 석민아."
　용비교를 타고 오를 무렵, 동우가 석민의 옆구리를 툭 치며 턱짓으로 반대편 차창 밖을 가리킨다.
　저만치 중랑천 상류 쪽 언덕배기에 한양대학교의 흰 건물들이 햇빛을 받아 유난히 눈부시게 빛나고 있다.
　"야, 생각 안 나니?"
　석민의 물음에 동우는 「6·25의 노래」 첫 소절을 흥얼거린다.

"아아 잊으랴, 어찌 우리 이날을!"
그랬다. 어찌 그날을 잊을 수 있을 것인가!

지난 5월 28일이었다. 마침 일요일이어서 아침 일찌감치 그들은 아무도 모르게 사당역에서 2호선 전철을 탔다. 한양대에서 열린다는 전국해직교사대회에 참가하기 위해서였다. 보다 정확히 말하면, 임진교 선생을 만나기 위해서였다. 참교육을 위해서 헌신하다 해직당한 당신에게 제자 된 도리로 최소한의 경의라도 표하고 싶었던 것이다.
그런데, 어찌된 영문인지 전철이 한양대역을 그대로 통과해 버리는 것이 아닌가. 하는 수 없이 다음 역인 왕십리역에서 내려 출구로 나오던 그들은 사복 경찰들의 불심검문에 걸려들고 말았다.
—어딜 가는 길이야? 학생증 내봐.
군청색 점퍼 차림의 매부리코가 석민을 잡고 물었다.
—안 갖구 왔는데요.
—어딜 가는 길이야?
—서점에 가는 길인데요.
—이 새끼, 구라치지 말어, 데모하러 가는 거지?
—중말예요.
하고, 옆에서 별도로 검문을 받고 있는 동우의 귀에 들리도록 석민은 일부러 큰소리로 대거리를 했다.
—저 친구한테 물어보세요. '국어문제집'을 사러 가는 길이란 말예요.
—이 새끼들, 개수작하지 말고 빨리 집으로 꺼젓!
경찰들은 무조건 지하도 안으로 밀쳐 넣으며, 한 발짝이라도 밖으로 나오기만 하면, 당장 '닭장차'[31]에 실어버리겠다고 으름장을 놓았다. 실제로 일부 대학생들이, 대기시켜 놓은 경찰차에 강제로 실리고 있었다.

인파에 섞여 도로 매표구 앞에까지 밀려들어 간 그들은 진퇴양난에 부닥치고 말았다. 집회 예정지가 한양대에서 건국대로 변경되었다면서, 마침 도착한 전철 안으로 앞다퉈 밀고 들어가는 인파 속에서 그들은 서로 엇갈리는 주장을 펼쳤다. 인파를 따라 건국대로 가자는 석민의 주장에 맞서 동우는 한사코 한양대로 가야 한다고 고집하는 것이었다. 어디까지나 임진교 선생을 만나러 갈 뿐이지, 해직교사대회에 참가하러 가는 것은 아니지 않느냐, 임 선생 정도의 열성분자라면 이미 하루 전에 한양대 안에 들어가 있다, 건국대로 장소를 변경했다는 말은 주최 측에서 흘린 가짜정보다, 고립무원, 사면초가에 처해 있을 임 선생을 두고 어찌 엉뚱한 장소로 간단 말인가? 하도 왕고집을 부리는 통에 녀석의 주장을 따를 수밖에 없었다.

하는 수 없이 다시 전철을 타고 다음 역인 상왕십리역에서 내려 버스를 타고 한양대 정류장에서 내렸지만, 도무지 철통같은 경비망을 뚫을 재간이 없었다.

그들은 혹시나 하고 부랴부랴 택시를 잡아타고 건국대로 행했다.

다행히 아무런 방해도 받지 않고 교문 안으로 발을 들여놓자, 현장은 한마디로 열광의 도가니였다.

스탠드를 가득 메운, 전국 각지에서 운집한 6천여 명의 교사, 학부모, 학생 들의 포효하는 함성, 장대 끝에 높이 휘날리는 깃발과 깃발, 플래카드와 플래카드……, 폭죽이 터지고, 색종이가 뿌려지고, 오색

---

31) 차창을 촘촘한 철망으로 둘러싼 외양 탓에 '닭장차' 라는 오명을 얻은 경찰 버스를 가리키는 은어로서, 주로 돌멩이가 난무하는 시위 현장에 사용된다.

풍선이 하늘을 수놓는 가운데 대회장의 열기는 이미 달아오를 대로 달아올라 있었다.

―선봉대가 불꽃 40만 교사 기름 되어 전교조 합법성 쟁취하자!

사회자가 마이크를 잡고 구호를 선창하자, 장내가 떠나갈 듯한 우렁찬 함성이 일었다.

―쟁취하자! 쟁취하자! 쟁취하자……!

대학생들은 말할 나위도 없고, 고등학생들도 상당수 눈에 띄었다. 그러나 유감스럽게도 K대부고 학생들은 눈에 들어오지 않았다.
그들은 서울지부 깃발을 찾아가 더벅머리에 검정 뿔테안경을 쓴 임진교 선생을 쉽게 찾아낼 수 있었다. 놀랍게도 그 자리에는 담임선생을 위시하여 한치성, 심규보 선생도 와 있었다.

―야, 느네들이 여길 어떻게……?

임 선생은 벌떡 일어나더니만, 말을 잇지 못하고 두 팔을 벌려 그들을 얼싸안았다. 그들은 그의 품에 안기자마자, 기어이 오열을 터뜨리고 말았다. 곧이어 정호승 선생과 문종훈 선생이 달려와 그들을 와락 껴안았다. 담임선생도 주먹을 불끈 쥔 손을 들어 보이며 빙긋 웃어 주었다.
먼저 간 교육 동지, 민주열사, 순국선열에 대한 묵념이 시작되어 장내가 천 길 물속으로 가라앉았을 때였다.

―두·두·두·두·두……! 빠바팡! 팡! 팡! 팡……!
느닷없이 최루탄이 터지면서, 백골단과 전경들이 쳐들어 왔다.

스탠드를 가득 메운 군중들이 양사방으로 흩어지면서, 대회장은 순식간에 아수라장으로 변하고 말았다.

—우리 모두 냉정합시다. 일단 현장 교사들은 제2선으로 물러나고, 제1선을 해직 교사들이 맡읍시다.

사회자가 마이크를 잡고 외치고 있었다.

—동지 여러분! 최루탄 연기를 두려워하지 맙시다. 이것은 민주교육을 지키는 신성한 공기입니다. 우리 모두 이 신성한 민주 공기를 마음껏 마시면서, 경찰을 몰아내고 대회장을 사수합시다!

순간, 흩어지고 있던 군중들이 방향을 돌려 운동장 안으로 노도처럼 쏟아져 내려왔다.

임진교 선생도 해직 교사 대열에 끼어 백골단과 온몸으로 맞서고 있었다. 석민은 전신이 근질근질하지만, 차마 용기가 나질 않아 동우랑 함께 하릴없이 발만 동동 구를 뿐이었다.

마침내 백골단을 교문 밖으로 몰아내는 데 성공한 해직 교사들이 드럼통으로 바리게이트를 친 가운데 대회가 속개되었다.

학부모회장의 인사, 전노협위원장 직무대행의 연대사에 이은 전농全農[32] 의장의 연대사 도중에 전열을 가다듬은 경찰이 다시 최루탄을 퍼부으며 저지선을 뚫으려고 시도했다.

그러나 이번에는 그 누구도 후퇴하지 않았다.

---

32) '전국농민회총연맹'의 약칭.

― 네놈들이 지랄탄[33]이면 우리는 육탄이다!
― 폭력 경찰 물러가라!
― 참교육하자는 게 죄냐?
― 차라리 이 가슴에 최루탄을 박아라!
― 이놈들아, 네놈들을 가르친 스승님들이 여기 계신다!

 백골단의 곤봉 세례에 머리가 터지고, 최루가스로 눈을 뜨지 못하면서도, 교사들은 육탄으로 맞섰다. 그들 틈에 담임선생을 비롯하여 임진교, 정호승, 문종훈. 한치성, 심규보 등 여러 선생의 모습이 얼핏얼핏 눈에 띄었다
 마침내 발만 동동 구르고 있던 여선생들이 가세하고 나서자, 고교생들이 벌떼처럼 뛰쳐나갔다.

 석민아, 뭘 꾸물거리고 있노!

 형의 목소리가 고막을 때린 것은 어느 한 순간이었다.
 석민은 옆자리에 서 있는 동우의 팔을 끼고 정문을 향해 달려 나갔다.
 어떤 여선생이 머리채를 휘어잡힌 채, 백골단의 발목을 부여잡고 개 끌리듯이 끌려가고 있었다.
 석민과 동우는 육탄으로 백골단을 쓰러뜨리고, 여선생을 극적으로 구출해 내었다.
 비록 작은 힘이지만, 하나로 뭉치면 얼마나 큰 힘을 발휘하는지를

---

33) 최루탄을 속되게 일컫는 말. 간질환자가 몸을 가누지 못하고 게거품을 토해내는 것과 비슷한 모습이라고 해서 붙여진 별칭이다.

석민은 난생처음으로 깨달았다. 닥치는 대로 짓밟히며, 교문 밖에 대기시켜 놓은 닭장차로 끌려 나갔던 30여 명이, 하나로 뭉친 시민들의 거센 항의와 저지로 되돌아 들어오고 있었다.

그날 석민은 형을 완전히 이해할 수 있었다.

뒷날 밝혀진 바에 의하면, 그날 건국대에서의 모임은 '교직원노동조합탄압규탄대회'였던 것이며, 정작 역사적인 '전국교직원노동조합'[34] 결성식은 같은 시간대에 연세대 도서관 앞에서 윤영규[35] 위원장, 이수호[36] 사무차장 등 2백여 명의 교사들이 모인 가운데 조촐하게, 그리고 성공적으로 마칠 수 있었던 것이다.

지금 어머니는 어디쯤 가고 있을까? 형과 만나면 피차 어떤 말들을 나눌까? 문득 형이 보고 싶다. 일전에 받은 서신의 한 대목이 떠오른다.

―네가 보낸 책은 받을 수 없었다. '금서禁書'라면서 안 주는구나. 다

---

34) 4·19혁명 직후 대한교원조합연합회약칭 대한교련가 조직되었으나 5·16쿠데타로 불법화되었다가, 1989년 5월 18일에 '민족 민주 인간화 교육'을 기치로 내걸고 전국교직원노동조합약칭 전교조를 결성하자, 정부는 현행법을 위반한 불법단체로 규정하고 관련 교사들을 구속·파면·해임 조치했다. 그러나 이에 굴하지 않고 전 조합원이 끈질기게 투쟁함으로써, 1994년 해직 교사들이 교단으로 복귀했으며, 마침내 1999년 '교원의 노동조합 설립 및 운영 등에 관한 법률'이 제정됨에 따라, 1989년 5월 28일 결성식을 가진 지 10년 만에 합법화되었다.
35) 1935-2005 : 광주상고 교사로 재직 중 참교육과 민주화운동에 깊이 관여하였다. 전교조 초대 위원장 역임. 평생을 교육민주화운동에 헌신하였으며, 또한 5·18광주민주화운동 당시 시민수습대책위원으로 활동하며 민주화운동에도 깊이 관여함으로써 여러 차례 투옥되는 등 많은 고난을 겪었다. 1990년대 말부터 민주화운동 원로로서 5·18기념재단 이사장으로 일하며 민주화유공자법 제정에 공을 들였으며, 광주인권운동센터 상임고문과 동아시아 평화·인권 한국위원회 상임의장을 지내다가, 2005년 심근경색으로 사망하였다.
36) 1949- : 신일고 교사로 재직 중 교육민주화운동에 투신, 전교협 및 전교조 사무총장, 민노총 위원장, 민주노동당 최고위원 등을 역임하였다. 현재 전태일재단 이사장을 거쳐 노동공제연합 풀빵 상임이사장으로 활동하고 있다.

음에 어머니나 네가 올 때 찾아가도록 해라. 앞으로는 『사서삼경四書三經』이나, 『도덕경』, 『육도삼략六韜三略』 같은 고전을 공부하고 싶구나.
　집안에 걱정을 끼쳐 미안하다…….

버스가 구리시를 막 벗어날 무렵, 담임이 석민을 불러내더니, 노래자랑을 하라고 지시한다.
　안내양이 재빨리 선반에 꽂힌 마이크를 뽑아 건네준다.

　―훗후, 에에……, 지금부터 노래자랑을 하도록 하겠습니다. 우리 이렇게 합시다. 먼저 노래를 부른 사람이 다음에 부를 사람을 지명하는 겁니다. 시간 관계상 노래는 일 절만 부르기로 하고, 물론 앵콜도 없습니다.
　그럼 맨 먼저, 못 부르는 노래지만, 제가 한 곡조 뽑겠습니다. 그리고 맨 마지막에는 담임선생님께서 피날레를 장식하도록 하겠습니다. 좋습니까?

　그러자 약속이나 한 듯이 이구동성으로 "박순애! 박순애! 박순애! 박순애!……" 하는 함성과 함께 박수가 계속된다.

　―좋습니다, 좋습니다. 제가 미처 생각하지 못했습니다. 박순애 누나가 부르고 난 다음에 담임선생님께서 피날레를 장식하도록 하겠습니다. 여러분, 동의하시면, 박수로 화답해 주십시오.

　한차례 박수가 끝나기를 기다렸다가, 석민은 헛기침을 두어 번 하고 나서 차분한 목소리로 「임을 위한 행진곡」을 부른다.

사랑도 명예도 이름도 남김없이……

그러자 일제히 목소리를 합치면서. 노래자랑이 아니라, 숫제 합창이 되어버린다.

한평생 나가자던 뜨거운 맹세
세월은 흘러가도 산천은 안다
깨어나서 외치는 뜨거운 함성
앞서서 나가니 산 자여 따르라
앞서서 나가니 산 자여 따르라

마이크를 받은 성호가 김광석의 「광야에서」를 부르자, 다시 합창이 계속된다.

찢기는 가슴 안고 사라졌던
이 땅의 피울음 있다
부둥킨 두 팔에 솟아나는
하얀 옷의 핏줄기 있다
해 뜨는 동해에서 해지는 서해까지
뜨거운 남도에서 광활한 만주벌판
우리 어찌 가난하리오
우리 어찌 주저하리오
다시 서는 저 들판에서……

그 뒤를 이어 10여 명의 학생들이 저마다 실력을 뽐낸 끝에, 마침내 홍일점인 안내양이 마이크를 잡자, 분위기는 절정에 이른다.

한동안 경춘선을 끼고 달리던 버스가 갑자기 넓게 트인 강줄기를 끼고 질주하기 시작한다.

안내양은 노래를 부르기에 앞서서, 낭랑한 목소리로 앞소리를 먹인다.

─지금 차창 밖으로 내다보이는 이 강은, 멀리 금강산에서 발원한 북한강입니다. 그리고 강원도 오대산에서 발원한 남한강과 팔당댐에서 서로 만나는 것입니다. 이처럼 남북으로 갈라져 있는 우리 겨레도 하루빨리 하나로 뭉쳐지는 그날이 오기를 진심으로 기원하는 뜻에서 못 부르는 노래지만, 「우리의 소원」을 한번 불러보겠습니다.

우리의 소원은 통일
꿈에도 소원은 통일……

옆자리의 짝지와 어깨동무를 한 채 일제히 한껏 목청을 높인다.

이 목숨 바쳐서 통일
통일을 이루자
이 겨레 살리는 통일
통일이여 어서 오라
통일이여 오라

안내양에 이어 학생들의 열렬한 환호성 속에 마이크를 인계받은 황보 선생이 자리에서 일어나 복도로 나선다.

─우리 예쁜 박순애 누나가 「우리의 소원」을 열창했으니, 이 젊은 황보동철 형님도 「가자! 통일을 향해」로 화답하겠습니다.

또 한 차례 열광하는 함성과 박수…….

침묵과 굴종 속에서 뚫고 일어나
참자유 찾아가는 젊음의 대열
눈보라 몰아치고 거센 파도 닥쳐와도
물러서지 않는다 정의의 깃발 날리며
가자 자유 찾으러 가자 민주 찾으러
민중의 힘으로 민족의 염원으로
가자 자유 찾으러 가자 통일을 향해……

6

이윽고 대성리에 도착한 학생들은 마을 복판으로 뚫린 길을 따라 행군한다. 진입로가 협소하여 승용차 이상의 대형 차량은 통행이 불가능하기 때문이다.

냉방차 안에서 한동안 더위를 잊고 지내다가, 갑자기 불볕더위 속으로 내몰린 그들은 금세 온몸이 땀으로 젖고 만다.

야트막한 구릉이 시야를 가로막으면서, 갑자기 가파른 비탈길이 시작된다. 나무 한 그루 없는 숨 막히는 황톳길을 힘겹게 한 발짝 한 발짝 톺아 오르자니, 찜질방이 따로 없다.

마침내 언덕배기 정상에 올라선 학생들은 저마다 꽈리눈을 크게 뜨고 탄성을 싸지른다. 한마디로 별천지가 펼쳐진 것이다.

우선 야트막한 구릉이 그 이면에다 현기증이 일 정도로 까마득히 높은 벼랑을 숨기고 있었다는 사실이 도무지 믿어지지 않는 것이다.

사방을 병풍처럼 에워싸고 있는 높고 낮은 산봉우리들하며 분지를 S자형으로 양분하면서 유유히 흐르고 있는 시내, 그리고 시냇가를 따라 우거진 울창한 수림이 마치 비행기를 타고 내려다보는 듯한 착각마저 들게 하는 것이다.

"야아, 피서객들 좀 봐."

"히야, 시원하겠다!"

시내 양쪽으로 원색의 비치파라솔과 텐트들이 즐비하게 펼쳐져 있는 가운데, 시내는 물 묻은 바가지에 깨알 엉겨 붙듯 온통 피서객들로 발 디딜 틈조차 없다.

"햐아, 저기 있는 3층 건물이 수련장인가 봐."

"맞아, 그 앞에 있는 게 풀장이구 말야."

"근데 왜 저긴 텅 비어 있지?"

"짜샤, 것두 몰라서 묻는 거야?"

"수련원 전용 풀장이란 말이지?"

"짜샤, 이왕이면 제대로 말해."

"어떻게?"

"우리 K대부고 2학년 1·2·3·4·5반 전용 풀장!"

"어쭈구리, 말 되네."

석민이랑 병태랑 성호랑 동우가 주고받는 말이다.

황보 선생은 우선 예상했던 것보다 훨씬 넓은 수련원 전용 풀장의 규모에 놀라지 않을 수 없다. 눈대중으로 어림잡아 50여 m 너비에 길이가 100여 m도 더 넘을 성싶다.

마침 물갈이를 하는 모양으로 하류를 가로지른 댐의 수문에서 엄청난 양의 물이 폭포처럼 쏟아져 내리고 있다.
 일행은 매미 소리가 시원하게 들리고 있는 본관 건물 뒤편의 오솔길을 따라 상류 쪽을 향해 올라간다.

 겨레의 힘 나라의 빛
 몸도 튼튼 마음도 튼튼

 풀장 건너편에 설치한 콘크리드 벽에 대문짝만하게 크게 쓴 글자들이 유난히 시선을 사로잡는다. 학교 건물 외벽 상단에 써 놓은 '자주국방·총력안보' 따위보다야 백번 신선한 느낌을 준다.
 "저것 좀 보세요."
하고, 한 선생이 건너편 상류 쪽을 턱으로 가리키며 말한다.
 "대한민국에서 가장 자상하고, 가장 인자하신 우리 K대부고 조갑조 교장선생님!"
 과연 거기에는 승용차로 먼저 도착한 교장이 잔디구장 입구 계단 위에 근엄한 자세로 버티고 서서 수중보 위에 놓인 징검다리를 건너 제방 위로 올라서는 학생 한 명, 한 명과 일일이 악수를 나누고 있다. 등하교 때마다 중앙계단 앞에서 하던 모습 그대로다. 더욱 꼴불견인 것은 비디오카메라를 멘 배 기사와 앨범 기사가 다리를 걷어붙이고 물속에 들어가 이 감격적?인 장면을 열심히 담고 있는 것이다. '배 기사'란 기술 과목을 담당하고 있으면서, 교내외 행사는 물론, 교장 집안의 대소사 행사까지 불려 다니며 기념 촬영을 전담하고 있는 배정환 선생의 별명이다.
 학생들에게는 인자하게, 교사들에게는 엄하게 대하는 교장의 이중적 경영철학은 점심을 먹으면서 더욱 극명하게 드러난다.

학생들에게 도시락을 먹도록 지시한 뒤에 담임들도 등나무 그늘에 둘러앉아 각자 지참해 온 도시락을 먹기 시작한다. 교장도 예외일 수 없다. 교내 체육대회나 소풍 같은 행사 때, 일반적으로 담임의 도시락을 학생 쪽에서 준비해 오는 것이 관례지만, 학부형에게 부담을 줘서는 안 된다는 교장의 방침에 따라 K대부고에서는 그게 통하지 않는 것이다.

그런데 오늘따라 그만 문제가 발생하고 만다. 교사들이 각자 집에서 싸 온 김밥들을 막 먹기 시작할 즈음, 각반 정·부반장들이 바리바리 보따리를 싸들고 몰려든 것이다.

그러자 교장이 벌떡 일어서며 제지한다.

"여러분의 성의는 기특하지만……."

입안 가득 김밥을 우물거리다 말고, 거구를 벌떡 일으켜 세운 배 기사가 동작 하나 재빠르게 비디오카메라를 들이댄다.

"보다시피 선생님들께서는 사모님들께서 손수 싸주신 도시락들을 잡수시고 계십니다. 그러니만치 여러분이 마련해 온 이 음식물은 절대로 받을 수가 없습니다. 이것은 이 학교장의 기본방침입니다. 그러니 혹시 도시락을 싸 오지 않은 학생이 있으면, 나눠 먹게 하든지, 아니면 급우들끼리 나눠 먹도록 해요."

배 기사는 유독 교장과 임흥순의 얼굴에다 초점을 맞춘다.

임흥순은 재단 이사장의 둘째 아들이자, 교장의 처조카인 학생이다. 3년 전에 학생회장까지 역임하면서 우등생으로 졸업한 그의 형과는 대조적으로, 월례고사 성적이 한 번도 5백 등 안으로 들어선 적이 없을 뿐만 아니라, 무단 지각이랑 무단 조퇴를 밥 먹듯이 하지만, 그 누구도 감히 제재를 가하지 못하는 골칫덩어리인 녀석이다.

멋쩍은 표정으로 서 있는 각반 정·부반장들을 향해서 교장은 계속한다.

"에에 또……, 여러분은 이번 전반기 수련대회에 참가한 학생들을 대표하는 지도급 학생들이라, 학교장으로서 간곡히 당부하는 바인데, 수련회를 무사하게 마칠 수 있도록 최선을 다해 주기 바랍니다. 특히 내일 저녁에는 KBC에서……."

원래 소식가인 황보 선생은 마지막 김밥 조각을 입안에 집어넣고 슬그머니 자리를 뜬다.

잔디밭을 가로질러 학생들 쪽으로 향하던 그는 갑자기 방향을 바꿔 등나무 터널을 따라 하류 쪽으로 내려간다.

맞은편에 건너다보이는 3층짜리 수련원 본관 건물이 풀장에서 증발하는 뜨거운 증기로 마치 허물어져 내리는 형상으로 일렁이고 있다.

홍수에 대비해서 각종 내부 시설을 2, 3층으로 올리고, 1층의 절반은 창고로, 나머지는 강의장으로 사용하는 모양으로, 마침 어느 여학교가 퇴소식을 거행하고 있는 중이다.

황보 선생은 풀장의 규모에 다시 한번 감탄한다. 곧 수문을 닫아 새물로 가득 채우게 되면 그 진면목을 유감없이 발휘할 터, 마음껏 물놀이를 즐길 학생들을 떠올리며, 그는 계속 하류 쪽으로 내려가 본다. 댐이 가까워질수록 수심이 점점 깊어지면서 하상이 드러난 상류 쪽과는 달리 밑바닥이 잘 보이지 않는다.

댐에 이르자, 활짝 열어 놓은 수문들이 엄청난 양의 물을 쏟아내리고 있다.

7

―친애하는 학생 여러분!

그동안 학교에서, 가정에서 날마다 책과 씨름하느라 얼마나 고생이 많았습니까? 기어코 해내고야 말겠다는 굳은 의지로 열심히 노력하느라 여러분의 몸과 마음은 지칠 대로 지쳐 있을 줄로 압니다…….

예정 시간보다 30분이나 늦은 1시 30분, 방금 어느 여학교에서 퇴소식을 가졌던 바로 그 자리에서 입소식을 거행하고 있다. 교장이 서 있는 바로 옆자리에는 50대 초반으로 보이는, 잘 닦은 놋그릇처럼 빤질빤질 윤기가 흐르는 대머리를 빛내며 장학사가 앉아 있다.

교장은 국어과 김 선생이 써 줬을 원고를 마냥 죽죽 읽어 내려가고 있다.

―…… 학교장인 이 사람은 평소에 지칠 대로 지쳐 있는 학생 여러분이 잠시나마 대자연 속에서 휴식을 취하면서 충전할 수 있는 기회를 마련해주고자 해마다 이곳 대성의 집에서…….

황보 선생은 3백여 명의 학생을 대표하여 중대장 격으로 강도상 앞에 서 있는 임홍순을 바라보며, 일말의 분노를 느끼지 않을 수 없다. 반장들이 다섯 명이나 있음에도 불구하고, 하필 골칫덩어리인 저 녀석을 저 자리에다 세운다는 것은, 새 학기에 들어 차기 전교학생회장으로 임명할 것임을 은연중에 시사해 주는 것이다.

평교사에서 교무과장으로, 교무과장에서 교감을 제치고 일약 교장으로 특진시켜준 손위 처남인 재단 이사장의 은택을, 하기야 이런 식으로 보답하는 것인지도 모른다.

―…… 친애하는 학생 여러분!
 이 순간부터 2박 3일 동안, 여러분은 교과서를 깡그리 잊어버리고, 야생마처럼 마음껏 뛰어노십시오. 개구리가 몸을 옴츠리는 것은 보다 멀리 뛰기 위해서입니다…….

 "개구리 어쩌구 하는 말을 듣구 보니, 작년에 읽었던 원고 그대론데요……?"
 옆자리의 한 선생이 귀엣말로 소곤거린다.
 "개구리가 작년에만 있었겠어. 해마다 있는 동물 아냐?"
 황보 선생의 말에 한 선생은 입을 가리고 쿡쿡 웃어댄다.
 "가령 말야……, 교직원 투표를 해서 교장을 뽑는다면, 좁쌀 저 양반 몇 표쯤이나 나올까?"
 "좁쌀만큼!"
 "하하하하……, 그런데 임흥순 저 새끼는 또 무슨 자격으로 저 자리에다 세웠지?"
 "차세대 이사장, 내지 교장 자격으로!"
 이번에는 황보 선생이 쿡쿡 웃어댄다.

―존경하는 K대부고 교장선생님 이하 여러 선생님, 그리고 사랑하는 학생 여러분!…….

 교장의 뒤를 이어 장학사가 격려사를 읊조린다.

―이곳 대성의 집은 전인교육을 지향하는 문교 방침에 따라서 막대한 시 예산을 투입하여…….

황보 선생은 길거리에서 경찰관을 만나거나 파출소 앞을 지나칠라치면, 꼭 자신을 불러 세울 것만 같은 피해망상증에 걸려 있거니와, 장학사니 교육청이란 말만 들어도 거부반응부터 일어난다.

초·중·고 어느 시절을 막론하고, 장학 시찰이 있는 하루 전날은 으레 대청소를 하기 마련이었다. 비누칠로 묵은때를 말끔히 씻어낸 마룻바닥에다 양초를 문질러 광을 내고, 유리창을 닦고, 거미줄을 제거하고, 잡초를 뽑고, 운동장을 쓸고……, 화장실에 나프탈렌이 걸리고, 크레졸 소독제 냄새가 진동하는 것도 바로 그날이었다.

이 세상에서 가장 무서운 선생님들이 벌벌 떠는 장학사란 존재는 도대체 어떤 사람들일까, 궁금하기 짝이 없었다.

황보 선생은 교단에 서게 되면서부터 저절로 그 해답을 얻을 수 있었다.

―전화로 당신이 담당이오? '꽃길 가꾸기' 월말 실적을 왜 아직껏 보고하지 않는 거야, 앙? 당신네 학교 하나 땜에 독촉장을 받게 됐단 말야, 독촉장! 수업이고 나발이고 다 때려치우고, 지금 당장 작성해 갖고 0.5초 안으로 뛰어오란 말야.

향읍의 모 중학교에 근무했을 때의 일이다.

―상부 지시에 의해서, 여러 선생님께서 '국민교육헌장'을 어느 정도 숙지하고 계시는지 암기 테스트를 하겠습니다. 재시험을 치르지 않도록 잘 써 주시되, 절대로 커닝을 해서는 안 됩니다.

어느 고등학교에서 겪었던 일이다.

―선생님의 학습지도안에는 도통 정부 시책이 반영되어 있지 않으

니, 대관절 그 이유가 뭡니까? 가령 「유비무환」 같은 단원에서는 '유신이념'을 필수적으로 지도해야 함에도 불구하고, 거기에 대한 언급이 일언반구도 없지 않습니까? '자주국방', '멸공통일', '간접침략분쇄', '애국애족', '새마을운동', '10월유신', '구국의 영단……' 써넣을 말이 얼마나 많아요?

K대부고에 부임해 온 첫해에 받았던 지적이다.

―아이고 선생님, 오늘 큰일날 뻔했심더. 조금 전에 본서에서 나온 형사 한 사람하고 교육청에서 나온 장학사 한 사람이 우리 집에 들이닥쳐 갖고, 선생님이 오늘 반상회에 나왔느냐고 묻기에 덮어놓고 나왔다고 안 캤십니꺼. 그랬더니 무슨 말을 하더냐고 묻길래, 다른 데서 들은 말이 있어 갖고, 유신헌법에 대해서 홍보하더라고 거짓말로 둘러댔심더. 혹시 뒤에 묻더라도 서로 말을 맞차 놔야 안 되겠습니꺼.

어느 날 밤늦게 귀가하는데, 반장인 주인집 아주머니가 들려준 말이다.

―전교협 참여 교사가 남달리 직분에 충실하고, 정의감이 투철하다는 것은 누구나 다 아는 사실입니다. 그리고 노조 형태의 조직을 통하여 참교육을 실현하려는 의도도 물론 충분히 이해합니다. 그러나 한번 생각해 보세요. 엄연히 전교협은 실정법상 금지하고 있는 사조직입니다. 이처럼 실정법을 어기게 되면, 제아무리 참교육을 외쳐봤자, 설득력이 없습니다. 그런 극단적인 방법 말고도, 얼마든지 교육 문제를 풀 수 있지 않습니까? 제발 탈퇴서를 제출해 주십시오. 정말이지 우리도 죽을 지경입니다.

작년에 집으로 찾아온 어느 장학사의 말이다.

―…… 현재 여러분이 서 계시는 이 장소가 대강당이 되겠습니

다…….

 장학사는 뒷벽에 부착해 놓은 '일반수칙사항'을 일러주고 나서, 지휘봉으로 괘도걸이에 걸린 평면도를 가리키며, 본관 건물의 내부 구조를 소상하게 소개해 준다.

 ― 여기는 세면장 겸 샤워실 겸 화장실입니다. 건물 중앙에 위치해 있는 양쪽 계단을 밟고 올라가면, 수영장 쪽으로 돌출한 발코니가 나오는데, 여기는 선생님들의 지휘대 겸 식당입니다. 그리고 2층 앞쪽에 길게 식탁이 놓여 있는 이 공간은 바로 학생 여러분의 식당 겸 복도 겸 휴게 장소입니다.
 다음으로 부속실을 소개하자면, 2층에는 서편에서부터 관리실, 의무실, 지도교사실, 방송실, 화장실, 계단, 주방, 1호실, 2호실이 있고, 그리고 3층에는 서편에서부터 3호실, 4호실, 5호실, 6호실, 7호실, 8호실까지 있는데, 학생 여러분은 1호실에서부터 8호실까지 한방에 40명씩 입실하게 되겠습니다…….

8

 2시 정각에 반 배정에 들어가, 5반의 경우 출석번호 40번까지는 5호실에, 그 나머지는 4반에서 넘쳐난 자투리 아이들과 함께 8호실에 배정되었다.
 사냥개처럼 코를 벌름거리며, 조금 전에 퇴소한 여학생들의 체취를 추적하는 것도, 혹시 떨어뜨려 놓고 간 물건이라도 없을까, 하고 방구석구석을 탐색하는 것도 잠시, 이내 불평들이 쏟아진다.

"씨팔, 이산가족도 아니구 이게 뭐야?"

"내 말이 그 말이야. 이왕이면 방을 좀 넓게 만든단 말이지."

"그렇다구 건축비가 더 드는 것두 아닐 텐데 말야. 한 반 학생이 다 들어갈 수 있도록 널찍하게 만들었으면 좀 좋아?"

"기대하라구. 요담에 내가 교육감이 되면, 전 학년을 다 수용할 수 있는 아주 큰 건물에다 한 학급이 다 들어갈 수 있는 아주 널따란 방을 지을 테니깐……."

"어쭈, 니가 교육감이 되면 난 대통령이 되겠다."

마당놀이패들은 저마다 한마디씩 내뱉으며, 각자 무사히 운반해 온 가방들을 구석 자리에다 몰아넣고서 이불 더미로 그럴싸하게 위장한다.

"야, 니들 말야, ……"

하고, 석민이 반원들을 향해 큰 소리로 외친다.

"알지, 다 된 죽에 코 빠지면 안 되는 거……?"

"야, 야, 아흔일곱 번만 더 들으면 백 번째다, 백 번째!"

"우리 걱정을랑 말구, 니놈들이나 잘하라구. 1등을 못하기만 해봐라, 그냥 두나."

"걱정된다, 걱정돼."

붙박이장 안에다 각자 소지품들을 챙겨 넣으면서, 학생들은 마냥 즐겁기만 하다.

—전달한다. 전달한다…….

이때 번개 특유의 쉰 쇳소리가 실내 스피커를 통해 흘러나온다.

─현재 시각은 정확하게 2시 50분이다. 학생들은 전원 수영복으로 갈아입고 3시 정각까지 좀 전에 입소식을 거행했던 강당에 집합 완료해 주기 바란다. 한 번 더 전달한다. 학생들은 전원 수영복으로 갈아입고 3시 정각까지 강당에 집합 완료해 주기 바란다.

그리고 지금 곧 각반 담임선생님께서 입실하시면, 귀중품이나 금품을 맡겨 주기 바란다. 담임선생님께 맡기지 않은 귀중품이나 금품에 대해서는 혹시 도난 사고나 분실 사고가 발생한다고 해도, 학교 당국에서는 책임지지 않는다. 이 점을 분명히 밝혀 둔다.

마지막으로 한 가지 더, 여러분들의 사물함, 침구, 신발 등의 정리정돈 상태, 집합 상태, 일거수일투족 모두가 종합평가 대상에 들어간다는 점을 명심해 두기 바란다. 이상!

순간, 방 안은 대중목욕탕의 탈의장 풍경을 연출하고 만다.

드르륵 출입문이 열리면서, 카키색 반바지에다 흰색 민소매 러닝 차림의 황보 선생이 나타나자, 알몸으로 껍죽대던 학생들은 혼비백산한 채 수영복을 껴입느라 북새통을 이룬다. 어떤 녀석은 수영복에 다리를 꿰려다 마룻바닥에 엉덩방아를 찧으며 뒤로 나동그라지기도 한다.

"다들 방금 방송 들었지?"

하고, 담임이 덧붙인다.

"재차 강조하지만, 마지막 날 종합평가에서 우리 반이 1등을 해야 한다. 밤낮 돌대가리반이라고 괄시받아 온 걸 이런 기회에 설욕하잔 말야. 체육대회나 환경미화심사에서 보여준 그 저력을 유감없이 발휘하잔 말이야. 알겠지?"

"예엣!"

반원들은 천장이 들썩하도록 기합을 넣어 외친다.

"혹시 귀중품이나 현금을 맡길 사람은 지금 가지고 나와."

담임이 교무수첩을 펼쳐 들고 보관 물품을 받는 사이에, 남 먼저 검정색 수영복으로 갈아입은 석민은 강당으로 내려간다. 뒤따라 내려올 반원들을 정렬시키기 위해서이다.

―자, 각 반 반장은 반원들을 3열 종대로 집합시켜 주기 바란다.

그러나 학생들에게는 그야말로 소귀에 경 읽기다. 거추장스럽기 짝이 없는 교련복 대신에 홀가분한 수영복으로 갈아입은 학생들은 한마디로 고삐 풀린 망아지들이다. 서로 간지럼을 먹이느니, 때려먹느니, 넘어뜨리느니, 쫓고 쫓기느라, 번개의 스피커 소리 따윈 아예 귀에 들어오지도 않는다.

더구나 한국놀이지도연구회에서 나온, 아가씨 두 명을 달고 온 지도원이 기타 반주로 분위기를 잡으려고 시도해보지만, 그따위엔 아무런 관심도 없다.

상석에 앉아 장내 분위기를 잔뜩 못마땅한 표정으로 살피고 있던 교장이 더 이상 못 참겠다는 듯이 벌떡 일어섰는가 하면, 담임들도 막대기를 한 개씩 꼬나들고 대오 속으로 뛰어든다. 급기야 시범 케이스로 몇몇 애들이 번개의 주먹맛을 보고 나서야 가까스로 집합이 완료된다.

―너희들, 증말 초장부터 이따위로 나올 거야, 앙?

번개는 마이크 잡은 손을 벌벌 떨면서 일갈한다.

―오락이구 수영이구 다 때려치우고, 본때를 한번 보여줘? 천마산

꼭대기까지 구보로 왕복하는 고행 훈련을 한번 실시해? 밤새 잠도 안 재우고 극기 훈련을 한번 실시해 줘?
 만약 이 시각 이후 한 번만 더 이따위로 나온다면, 교장선생님께 건의해 갖구 계획을 변경하는 수밖에 없어……!

 분이 삭아질 때까지 한동안 게거품을 물고 중언부언한 끝에 번개는 갑자기 톤을 낮춘다.

 —그러면, 지금부터 레크리에이션을 지도하실 한국놀이지도연구회에서 나오신 강사 선생님들을 소개하겠다. 자, 이리들 올라오시죠.

 단하에 서 있던 세 사람이 단상으로 올라간다.

 —내가 한 분 한 분 소개하면, 학생 여러분은 힘찬 박수로 맞이해 주기 바란다.
 바로 내 옆에 서 계시는 분은 진행 겸 노래를 지도하실 김수부 팀장님……, 가운데 서 계시는 분은 율동을 지도하실 오향미 지도원……, 그리고 역시 율동을 지도하실 성미경 지도원…….

 한 사람 한 사람 소개할 때마다 우레와 같은 박수가 터진다. 특히 두 아가씨를 소개할 때는 여기저기에서 '와아!' 하는 환성과 함께 휘파람 소리가 요란하다.

 —여러분, 이렇게 만나게 되어 반갑습니다…….

번개한테서 마이크를 인계받은 검정 색안경을 낀 김수부 팀장이 인사하는 사이에 검정색 트레이닝복을 커플 세트로 입은 두 아가씨가 강도상을 한쪽으로 치우고, 괘도 걸이에다 준비해 온 괘도를 건다.

―K대부고 학생들은 공부만 열심히 하는 줄 알았는데, 이렇게 방학을 이용하여 심신을 단련하는 모습을 보니 정말 흐뭇하기 짝이 없습니다.
저희 한국놀이지도연구회 소속 지도원 세 사람은 오늘과 내일 이틀 동안 여러분과 호흡을 같이 하면서, 학업에 매진하느라 쌓이고 쌓인 여러분의 피로와 긴장을 노래와 율동으로 말끔히 씻어드릴까 합니다.
그럼, 잠시 괘도를 좀 보실까요?
손으로 괘도를 가리키며 「신나게 장난치다가」라는 노랩니다. 기타 반주에 맞춰 제가 먼저 한번 불러보겠습니다.

반주가 시작되자, 두 아가씨는 율동을 곁들여 시범을 보인다.

　　신나게 간질이다가 그대로 멈춰라
　　신나게 꼬집다가 그대로 멈춰라
　　간질이다 꼬집기도 하며 때리기도 하다 멈춰라
　　신나게 장난치다가 그대로 멈춰라

―자, 보셨죠? '신나게' 할 때는 양팔을 위로 들고 아가씨들 다시 시범을 보인다. 얼굴도 위쪽으로 본 상태에서 신들린 사람처럼 두 손을 마구 흔듭니다. 그리고 '간질이다' 할 때는 옆 사람을 마구 간질이고, '꼬집고' 할 때엔 꼬집고, '때리고' 할 때엔 때려서 괴롭히는 겁니다. 그러다

가 중간중간에 '멈춰라' 하는 가사가 나오면 딱 멈춰야 합니다. 만약 멈추지 않고 움직이는 학생이 있으면, 이 단상으로 불러내어 뒤로 돌아서서 엉덩이로 본인의 이름을 쓰게 하겠어요.

　아시겠죠? 그러다가 내가 '하나, 둘, 셋' 하면, 다음 소절로 넘어가는 겁니다.

　자, 다시 한번 동작을 잘 보면서 다 함께 불러봅시다.

　시이작! 하나, 둘, 셋, 넷, 신나게 간질이다가 그대로 멈춰라……! 아, 멈추지 않고 계속 간질이는 학생들이 왜 이렇게 많죠? 딱 한 번만 봐 드리겠습니다. 이제부턴 봐 드리는 거 없습니다. 아시겠죠……? 신나게 꼬집다가, 시이작! 하나, 둘, 셋, 넷, 신나게 꼬집다가 그대로 멈춰라……! 자, 저기 맨 앞에 앉아 있는 학생!

　멈추지 못한 학생들이 부지기수이건만, 하필이면 석민이 찍히고 만다. 이 무슨 날벼락인가. 하도 어처구니가 없어 석민은 그냥 앉아 있어 본다.

　―자, 여러분!

하고, 팀장이 말한다.

　―저 학생처럼 얼른 안 나온다거나, 나와서 엉덩이로 이름을 쓰면 이렇게 합니다. 두 팔을 머리 위로 들고 손을 이렇게 흔들면서 '열광! 열광! 반짝! 반짝!' 하고 외치다가 손바닥으로 자기 입을 두드리면서 '우우우우우……!' 하고 소리를 지르는 겁니다. 자, 다 같이……!

―열광! 열광! 반짝! 반짝! 우우우우우……!

석민은 하는 수 없이 강단 위로 올라간다.

―자, 뒤로 돌아서서 엉덩이로 본인의 이름을 쓰세요. 시이작!

석민이 엉덩이를 이리저리 돌리면서 이름을 쓰는 동안, 폭소와 휘파람 소리 속에 '열광! 열광! 반짝! 반짝! 우우우우우……!' 하는 함성이 장내를 뒤흔든다.

―다음으로는「자전거」입니다. 국민학교 때 배운「자전거」노래 다들 아시죠? '따르릉 따르릉'할 때는 두 손으로 핸들을 잡는 시늉을 하고서 왼쪽으로 한 번, 바른쪽으로 한 번 돌립니다. 다음 '비켜나세요.' 할 적엔 양 팔꿈치로 옆에 앉은 학생을 사정없이 칩니다. 그리고 '자전거가 나갑니다.' 할 때는…….

이제나저제나 날 작정 들 작정만 하고 있던 황보 선생은 한 선생에게 턱짓을 보내고는 슬그머니 자리에서 빠져나간다. 잠시 사이를 두고 한 선생도 그 뒤를 따른다.
"어떻게 생각해?"
하고, 황보 선생은 한 선생이 옆자리에 앉기를 기다렸다가 계속한다.
"순치 교육도 이만하면 극치 아냐?"
"저두 방금 그런 생각을 하던 참이었어요. 다 큰 애들을 모아 놓고 정말 뭐하는 짓들인지 모르겠어요. 차전놀이, 동채싸움, 기마전…… 남성적인 기상을 길러줄 수 있는 전통 민속놀이가 좀 많아요."

"대한민국 고등학생들이 불쌍할 뿐이지."

황보 선생은 어느 친구의 여행담을 떠올리면서 마음이 울적해진다.

―유럽 여러 나라에서는 열차표 한 장이면 어느 나라든 다 갈 수 있으니까, 고등학생들이 방학을 맞이하면 배낭족이 되더라구…….

재작년 여름방학을 이용하여 지구를 반 바퀴 돌고 온 그의 여행담은 적재적소를 골라 가며 도시 마을 줄을 몰랐다.

―요르단에서 겪었던 일인데 말야, 수도 암만에서 '페트라 유적지'[37] 로 가는 도로변 요소마다 청소년들이 십심오오 무리를 지어 피켓을 들고 서 있더라구. 데모를 하는 줄 알고 안내원더러 물어보았지, 뭣 땜에 저러느냐구……. 그랬더니 안내원이 한다는 소리가 무전여행을 하는 배낭족인데, 행선지가 맞으면 좀 태워 주십사 하는 거래. 그 말을 듣고 피켓에 쓰인 글자를 눈여겨보니까, 알파벳으로 쓴 지명들이더라구.

마침 'PETRA'라고 쓴 피켓을 발견하고, 금발의 두 아가씨를 우리 차에다 태웠지 뭐야. 한 아가씨는 덴마크고, 한 아가씨는 스웨덴인데, 서로 펜팔로 사귄 사이라는 말에 놀라기도 했지만, 둘 다 고3이란 말을 듣는 순간, 나도 모르게 눈물이 핑 돌더라구……. 그 시간대에 찜통 교실에서 땀을 뻘뻘 흘리며 보충수업을 받고 있을 우리나라 고3짜

---

[37] 페트라Petra는 요르단에 위치한 고대 나바테아 왕국의 수도로, 기원전 4세기경에 건설되었다. 일찍부터 동서 무역의 중심지로서 다양한 문화와 교역이 활발히 이루어졌다. '페트라'는 고대 그리스로 '바위', 또는 '돌'이라는 뜻으로, 바위를 깎아 조각한 독창적인 건축 기술과 사막 한가운데에서도 빗물을 저장하고 분배하는 수로 시스템으로도 유명하다. 1985년 유네스코 세계문화유산으로 지정되었으며, 2007년에는 세계 7대 불가사의 중 하나로 선정되었다.

리들을 생각하구서 말야.

그런데 더욱 놀라운 게 말야, 걔들이 그냥 놀러 다니는 게 아니라, '세계 지리', '세계사' 교과서를 노상 펼쳐 놓고, 뭔가 열심히 필기하더라는 거야.

제에길, 한쪽에선 산지식을 배우도록 세상 밖으로 내보내고, 다른 한쪽에선 죽은 지식을 가르치느라고 찜통 교실에다 감금시켜 놓고…….

"낼 오전에 있을 명사 초청 강연도 걱정되네요."
하고, 한 선생이 묻는다.
"초청되는 명사가 누군지 아세요?"
"글쎄……?"
"방국태 과장이래요."
"뭐, 그게 정말이야?"
"놀라셨죠?"
하마터면 황보 선생은 폭소를 터뜨릴 뻔했다.
"아무리 명사가 씨가 말라두 그렇지, 이 무슨 괴변이야?"
"왜요, 대학 교수님 아니십니까?"
"하하하하……, 소가 웃을 일이지, 1주일에 딱 한 시간 강의하는 것두 교수야?
"그래두 그 자리 하나 얻으려구 1억을 들였다잖아요."
"하튼 무서운 놈이야. 하기야 좁쌀한테 금송아지 한 마리 상납하고 윤리과장이 된 재주로 무슨 짓인들 못하겠어."
"앞으로 정교수 되는 건 시간 문제래요."
"그건 또 무슨 소리야?"

"2억을 더 쓰면 되나 봐요."

"시간 문제가 아니라, 돈 문제구먼."

연전에 직원 조례 석상에서 방국태와 대판 다툰 일이며, 오히려 그를 감싸돌던 교장의 비열한 태도를 황보 선생은 결코 잊지 못한다.

당시 문교부 당국에서 강력히 추진한 충효 교육의 일환으로, 윤리과 주관으로 전교생을 상대로 '뿌리찾기운동'을 한 것 자체는 좋았다. 학생들에게 배부해 준 서식에다 각자의 본적지·현주소·조부모·부모·외조부모의 성명을 한자로 기재해서 학부모의 날인을 받아 제출하라는 것까지도 좋았다. 그리고, 교명과 이사장·학교장·교감·각 과 과장·담임의 성명을 한자로 적게 한 것까지도 좋았다고 치자. 그런데 모든 난마다 '姓名성명'이라고 써놓고, 왜 유독 한중간에 있는 이사장과 학교장 두 칸에는 '성명'이 '尊銜존함'으로 둔갑해 있느냐 말이다.

담임들이 조조학습 감독차 입실하기를 기다렸다가 일부러 그의 자리에까지 다가가 부드러운 음성으로 지적해 주면서 바랐던 것은, '아뿔싸!' 하는 오직 이 한마디뿐이었다.

그러나 그의 입에서 나온 말은 너무나 뜻밖이었다.

―어른의 성명은 '존함'이라는 말을 사용한다는 걸 학생들에게 가르쳐 주려 했을 뿐예요.

―아니, 그럼 이사장과 교장 이외에는 모두 아이들이란 말입니까?

―도대체 뭘 원하시는 겁니까?

하고, 그는 교무수첩으로 책상을 쾅 내려치면서 벌떡 일어서더니만,

―원, 재수가 없으려니까, 아침부터 별걸 갖구 시비를 다 걸구 자빠졌네.

그리고는 뒤도 돌아보지 않고, 간부회의 참석차 교장실을 향해 종종

걸음을 쳐버리는 것이었다.

―일전에 여러 담임선생님께 '뿌리찾기운동' 서식을 배부해 드린 적이 있습니다.

뒤가 켕겼던지, 곧이어 열린 직원회의 석상에서 방국태는 먼저 일어나 말막음을 했다.

―거기에 보시면, 이사장님과 학교장님 성명란에다 제가 '존함'이라고 적어 넣었더랬는데, 그건 결코 다른 의도에서가 아니라, 어른의 성명은 존함이라고 한다는 걸 우리 학생들에게 가르쳐 주려고 했을 뿐입니다. 오해 없으시길 바랍니다.

그 말에 주저앉고 말 황보 선생이 아니었다.

―한 가지 질문하겠습니다.

하고, 벌떡 일어나 큰소리로 물었다.

―그렇다면 나머지 사람들은 모두 애들이라는 말입니까?

―황보 선생! 무슨 말씀을 그렇게 하십니까? 누가 언제 애들이라고 했습니까?

―논리상 그렇잖습니까? 맨 위 칸에 '성명'이라고 썼으면, 응당 그 아래 모든 칸마다 땐땐〃: 중복기호, 디토 마크 Ditto Mark 표시를 해야 옳지, 유독 이사장과 학교장 난에만 '존함'이란 말이 들어갔느냐 이 말입니다.

―그건 학생의 신분을 고려해서 학교와 가장 밀접한 관계에 계시는 이사장님과 학교장님을 택했을 뿐인데, 그 별것도 아닌 걸 갖고 이상하게 보는 사람이 오히려 더 이상합니다.

―무슨 소릴 하는 거요? 이건 분명히 '뿌리찾기운동'입니다. 이사장과 학교장이 학생들의 조상이라도 된단 말입니까? '뿌리찾기운동'을 하려면 제대로 하시오. 윗사람한테 잘 보이려는 이따위 '알랑방귀 아

첨운동'을 당장 때려치우란 말이오!

─아니, 지금 도대체 뭣들 하는 짓이오?

급기야 교장이 벌떡 일어나 호통을 쳤기에 망정이지, 그렇잖았으면 한바탕 난장판이 벌어졌을지도 몰랐다.

─두 분은 직원회의를 마치는 즉시 내 방으로 좀 오시오.

황보 선생은 최소한 교장이 시비만은 가려줄 줄 알았다. 아니, 자기도 결재 과정에서 전혀 발견하지 못했노라고 실토했더라면 얼마나 좋았을까! 그러나 결과는 어떠했던가. 시비를 가려주기는커녕 도리어 되술래를 잡히고 말았던 것이다.

─나이를 잡수셔도 한참 더 잡수신 분이 신성한 교무실에서 그게 무슨 언동이오? 그런 일이 있으면, 교장실로 와서 조용히 건의할 일이지, 꼭 직원회 석상에서 큰소리를 쳐서 직성을 풀어야 속이 시원하시겠어요?

명색이 자신의 명의로 발송하는 공문서에다 제 이름 앞에 '존함'이라고 적어 넣는, 그러면서도 끝내 그것이 실수임을 인정할 줄 모르는, 충효 교육을 도리어 역행하는, 도대체 교장감과는 거리가 멀어도 한참 먼, 누가 붙였는지 모르지만 '좁쌀'이라는 별명이 딱 어울리는 위인이라고 황보 선생은 그때 단정해 버렸다.

"야아, 내일 방국태 그 새끼, 방귀 테메우는 소리 또 어떻게 듣구 있지?"

이때 번개가 장외로 빠져나온다.

"교장선생님께서 2층 베란다로 모두 모이라십니다. 빨리들 갑시다."

이층으로 올라가자, 쥘부채를 부치고 있던 교장이 담임선생들을 향해 말한다.
"다름이 아니라, 이 시간을 이용해서 학생들의 호주머니랑 가방을 검사해 주셔야겠습니다. 혹시 흉기를 소지하고 온 녀석들이 있을지도 모르니, 철저하게 검사해야 합니다. 그뿐만 아니라, 술, 담배, 화투짝, 만화책, 도색잡지 등, 조금만 거시기 해도 일단 모두 압수해 오세요. 구체적인 방법은 학생과장님 지시에 따르시기 바랍니다."
"교장선생님 말씀 잘 들으셨죠?"
하고, 그 옆에 붙어 앉은 학생과장이 드럼통만한 거구를 일으켜 세우며 말한다.
"요는 불의의 사고에 대비해서 미연에 방지하자는 말씀이십니다. 에에 또……, 이렇게 하도록 하겠습니다. 담임을 바꿔서, 1호실은 황보동철 선생님, 2호실은 심규보 선생님, 3호실은 한치성 선생님, 4호실은 배정환 선생님, 5호실은 강병택 선생님, 6호실은 신상철 선생님, 7호실은 제가, 그리고 마지막으로 8호실은 교장선생님께서 몸소 수고해 주시겠다고 하십니다. 교장선생님께서 말씀하신 것처럼 술, 담배, 화투짝, 만화책, 도색잡지 따위를 모조리 압수해 갖고, 이 비닐봉지에 담아서 지도교사실로 집결해 주시기 바랍니다."
공교롭게도 황보 선생은 번개와 맞바꾼 셈이다.
"황보 선생!"
하고, 1호실을 향해 걸어가는 황보 선생에게 번개가 말을 건넨다.
"될 수 있는 대로 철저히 조사해 줘. 나도 그렇게 할 테니깐……."
마치 '아무리 털어 봐라, 먼지 하나 나오나. 그렇지만 당신네 반은 각오해.'라고 엄포를 놓는 것만 같아 불쾌하지만, 못 들은 척하고 만다.
과연 모범반답게 1호실은 흠 하나 잡을 데 없이 잘 정돈되어 있다.

사물함이나 침구는 말할 나위도 없고, 오와 열을 맞춰 2열 횡대로 정돈해 놓은 교련복이며, 복도에 벗어놓은 신발에 이르기까지 마치 군 내무반 안에 들어온 기분이다.

황보 선생은 슬리퍼를 벗고 침상 위로 올라가, 가방이며 옷이며 사물함, 침구 들을 죄다 뒤져 보지만, 압수할 만한 물건을 단 한 가지도 발견할 수가 없다.

2학년 학생의 절반이 흡연 상습자로 알고 있는 마당에, 검열에 대비해서 사전에 조치를 취하지 않고서는 이렇듯 완벽할 수가 없다. 하기야 자신도 그렇게 하도록 철저히 지시해 둔 입장이지만…….

선생들 눈을 피해 날밤을 새우며 화투짝 만지는 재미로 수학여행, 수련회에 참가한다는 말이 공공연히 나도는 마당에, 어쩌면 이렇게 완벽할 수 있단 말인가?

제발 자기 반도 무사하기를 바라면서, 마지막 수단으로 플래시를 켜들고 가지런히 정돈되어 있는 학생들의 신발을 밟으며 침상 밑을 훑어 나가다 말고, 하마터면 그는 큰소리를 지를 뻔했다. 발바닥에 이질감이 와 닿았던 것이다. 아니나 다를까, 검정 운동화 속에 화투곽이 숨겨져 있는 것이 아닌가! 맨 위에 얹힌 8광을 들여다보면서 황보 선생은 38광땡을 잡은 이상으로 흥분한다. 이어 그는 여러 신발 속에서 담배, 라이터 등속을 찾아내는 족족 비닐봉지에다 담는다.

그러나 막상 문을 열고 밖으로 나가려다 말고 우뚝 멈추어 선다.

이걸 압수한다고 해서 녀석들이 과연 담배를 끊게 될까? 세 사람만 모이면 화투판을 벌이는 '고스톱공화국'에서, 이런 기회에 화투짝을 좀 만지기로서니, 죄가 될 것까지야 있는가……?

그렇다고 원위치에 돌려놓을 수도 없어 진퇴양난에 빠져 있는데, 마침 한 선생이 이쪽을 향해 어슬렁어슬렁 걸어오고 있다. 순간, 그는 비닐봉지의 아가리를 틀어 잽싸게 침상 밑으로 깊숙이 던져버린다.
"아니, 1호실에선 암것두 안 나왔어요?"
복도로 나서자, 한 선생이 아래위를 톺아보며 묻는다. 마치 방금 자신이 던진 걸 받기라도 한 듯, 내용물이 너무나 흡사한 비닐봉지가 그의 손에 들려 있다.
"역시 모범반이라 다르더군."
"무슨 말씀이세요? 제가 당장 찾아낼게요. 따라 들어오세요."
"아냐, 관둬."
"그러다간 괜히 선생님만 손해 보실 텐데요."
"그래두 할 수 없지, 뭐."
하고, 황보 선생은 한 발짝 앞서 걸으면서 말한다.
"우리 반에서도 암것두 안 나올 거야. 어제 그만큼 일러뒀으니깐……."
지도교사실에는 이미 교장을 위시해서 담임들이 저마다 혁혁한 전과들을 자랑하고 있다.
황보 선생은 번개를 보는 순간, 그만 뒤통수를 한 대 얻어맞은 기분이다.
야구방망이를 위시해서 징·꽹과리·북·장구, 고깔, 삼색띠, 한복, 가면, 표찰 따위를 전리품인 양 일목요연하게 진열해 놓고, 마치 개선장군인 양 의기양양한 자세로 앉아 있는 것이다.
무엇보다 당혹스러운 것은 가면과 표찰이다. 그러고 보니, 「쓰리랑 부부」로 그럴싸하게 눈가림해 놓고, 정작 현장에서는 「산적과 똘만이들」을 기습적으로 공연하겠다던 당초의 계획을 담임 몰래 은밀히 진행시켜 온 게 분명하다. 순악질 여사 역이 입을 치마저고리가 눈에 띄지 않는 점이 더욱 심증을 굳혀 준다.

당혹감을 감추지 못하고 망연자실해 있는 황보 선생을 쳐다보며, 번개가 히죽히죽 웃으며 약을 올린다.

"아까 내가 말했지, 우리 반은 먼지 하나 안 나올 거라구?"

막다른 골목에선 쥐도 고양이를 문다고 하지 않는가, 안팎곱사등이 꼴이 된 황보 선생은 더 이상 물러설 자리가 없다.

"아니, 우리 반에선 뭐 대단한 거라두 나왔어?"

"히히, 이걸 보면서두 그런 말이 나와?"

"학생과장!"

하고, 교장이 양미간에 내천川 자를 크게 그리며 언성을 높인다.

"도대체 학생 지도를 어떻게 했기에 이런 결과가 나오는 겁니까? 지금 당장 반별로 압수한 품목과 수량을 기록해서 제출하세요. 그리고 황보 선생!"

황보 선생은 대답 대신 교장을 정면으로 바라보며, 할말이 있으면 하라는 표정이다.

"어디 한번 물어봅시다. 학교장이 풍물놀이를 금지하고 있다는 걸 누구보다 잘 아실 텐데, 그 반 애들이 저런 걸 몰래 반입한 데 대해서 담임으로서 어떻게 생각하세요?"

"교장선생님."

하고, 황보 선생은 당당하게 임기응변으로 맞선다,

"실은, 오늘 아침에 제가 비상연락망을 통해서 풍물놀이에 필요한 물품들을 구해 오라고 지시했더랬습니다. 저희 반에서 제출한「쓰리랑 부부」대본을 보셔서 아시겠지만, 도입 단계와 마무리 부분에 풍물 대용품으로 양재기니 냄비 같은 게 등장하지 않습니까?"

"그래서요?"

"그런데, 오늘 아침에 KBC에서 '우리나라 학교 교육의 실태'를 취재하러 나온다는 말을 듣고, 이왕이면 제대로 그럴듯하게 한번 보여주고 싶었던 겁니다. 그리고 또 한 가지, 캠프파이어 때 앰프에 맞춰 디스코를 추는 장면이 찍히는 것보다 우리 가락에 맞춰 우리 전통춤을 추는 장면이 카메라에 담기는 편이 훨씬 좋겠다고 판단했던 겁니다."

"그래서요?"

교장은 미간에다 내천자를 더욱 깊게 만든다.

"교장선생님 방침이 정 그러시다면 대본대로 하도록 하겠습니다. 그러나 한 가지 분명한 것은……."

"교장선생님!"

하고, 번개가 그의 말을 중동무이하고 톡 튀어나온다.

"절대로 풍물놀이를 허락해선 안 됩니다. 한 번 허락하시면 전례가 돼버릴 텐데, 그 감당을 어떻게 하실 것입니까?"

그러자 학생과장도 가만히 있을 리가 없다.

"저도 동감입니다."

"좋습니다. 담임선생의 지시에 따른 것이라니, 학교장으로서 이 문제를 더 이상 왈가왈부하지 않겠습니다."

하고, 교장은 결론을 내린다.

"그 대신에 저 물건들은 수련회가 끝날 때까지 이 방 안에다 그대로 보관하도록 하세요."

황보 선생은 한편으로는 녀석들을 믿어 보고 싶기도 하다.

가면과 표찰은 짐 속에 넣어 두었다가 재수 없게 발각되었을 뿐, 어쩌면 지시한 대로 「쓰리랑 부부」를 공연할는지도 모르지 않는가. 치마저고리는 별도로 깊숙이 감추어 발각되지 않았을 수도 있고…….

그런데 만일 녀석들이 아예 「쓰리랑 부부」는 리허설조차 하지 않은 채, 끝내 「산적과 똘만이들」을 공연하겠다고 우긴다면, 그때엔 어떻게

산적과 똘만이들 253

한다?

문득 임진교 선생이 떠오른다.

이봐, 임 선생! 한 수 가르쳐 줘, 당신 같으면 어떻게 하겠어?

9

"교장선생님."

심규보 선생이 문을 열고 들어서면서 말한다.

"레크레이션 지도가 거의 끝나 갑니다. 지금 곧 수문을 닫도록 하겠습니다."

"자, 자, 잠깐만!"

하고, 별안간 교장이 권총을 뽑아 들듯이 손가락을 뻗치며 외친다.

"아니, 수문을 닫다니, 누구 맘대로?"

심 선생은 얼음판에 넘어진 황소처럼 두 눈을 껌벅거릴 뿐이다.

"도대체 기관장이 누군데, 누구 맘대루 수문을 닫고 열고 한단 말이오?"

문득 황보 선생은 연전에 당했던 일이 떠오른다.

『K대부고50년사』 편찬위원회 심의회의 자리에서였다.

실무를 위임받은 황보 선생이 고심해서 작성한 편집계획안을 일별하고 난 교장은 대뜸 노발대발했다.

─도대체 기관장이 누군데, 누구 맘대로 원고료 책정을 했어요? 당신이 교장이오, 뭐요?

도시 해명이 통하질 않았다. 어디까지나 안案에 불과한 것임에도 불구하고, 그는 무식하게도 2백 자 원고지 장당 1천5백 원씩 책정한 고료를 입안자가 확정한 것인 양 착각하고 회의를 무산시켜 버렸는가 하면, 한술 더 떠서 '50년사' 발간 그 자체를 숫제 없었던 일로 해버렸던 것이다. 황보 선생은 차라리 얼씨구나 잘되었다 싶었다. 그렇잖아도 원고 수집에서부터 발간에 이르기까지의 번다한 과정을 혼자서 감당해 나갈 일이 여간 부담스럽지 않던 터였다.

"담임선생님들, 내 말 잘 들으시오."
하고, 교장은 발딱 일어서더니만, 풀장을 내려다보며 엄명한다.

"학생이고 선생님이고 간에 그 누구를 막론하고 풀장에 들어가서는 안 됩니다. 장학사님 말씀이, 매년 홍수 때마다 떠내려온 자갈 모래로 하상이 고르지 않을 뿐만 아니라, 밑바닥에 깨어진 병 조각이 많아서 도저히 수영을 할 수가 없다는 겁니다. 게다가 근년에 와서는 상류 쪽에 목장들이 많이 들어선 통에 수질까지 오염됐다는 겁니다.

만일 학생들이 발바닥을 찔리거나 피부병이라도 옮으면, 그 책임을 누가 질 겁니까?

담임선생님들께서 학생들에게 이 점을 잘 주지시켜서, 한 학생도 물에 들어가는 일이 없도록 각별히 신경 써주시기 바랍니다. 그 대신에 땀이 날 만큼 맨손체조를 충분히 시켜 갖고 샤워장에 들여보내도록 하세요. 자, 다들 나가서 지도에 임해 주세요."

선생들은 구린 입도 떼지 못하고, 말없이 계단을 밟아 내려간다.

번개의 손에는 5호실에서 압수한 야구방망이가 쥐어져 있다.

마침 관리실에서 나오는 구릿빛으로 그을린 수영복 차림의 건장한 청년을 잡고, 황보 선생은 지나가는 말투로 말을 건넨다,

"저, 형씨, 말씀 좀 물읍시다."

"네, 말씀하세요."

"금년에 대성의 집을 다녀간 학교가 모두 몇 개 교나 되죠?"

"K대부고가 다섯 번째예요."

"그런데 그 네 학교 모두 수영을 시키지 않았어요?"

"……?"

그러자 청년은 무슨 풍딴지같은 소리를 하느냐는 표정으로 멀뚱하게 쳐다본다.

"얼핏 듣자 하니, 바닥에 병 조각이 많을 뿐만 아니라, 수질이 오염돼서 수영을 금지시킨다기에 한번 물어보는 거예요."

"무슨 말씀을 하시는지 통 모르겠네요."

하고, 청년은 어처구니없다는 듯이 반문한다.

"누가 그래요? 우리 관리인이 밥 먹고 하는 일이 바닥 청손데 병 조각이라뇨? 그리고 저기 아래위 쪽을 보세요, 일터로 수질이 오염됐다면, 저렇게 사람들이 바글바글하겠습니까?"

"혹시 사고가 일어난 적은 없어요?"

"익사 사고 말씀인가요?"

"예."

"에이, 무슨 그런 말씀을!"

하고, 청년은 원 별사람을 다 보겠다는 듯이 허구픈 웃음을 날린다.

"그래도 학교에 따라선 수영을 안 시키는 경우도 있겠군요,"

"갑자기 비가 너무 많이 와서 홍수가 지면 모를까……."

"평상시에는……?"

"평상시에는 물어 보나마나죠. 아니, 선생님, 생각해보세요. 수영을 안 시킬 바에야 구태어 여기에까지 왜 옵니까, 그렇잖아요?"

"저어, …… 만수가 되면 수위가 어느 정도 되죠?"

"워낙 자갈 모래가 많이 퇴적해 갖구 젤 깊은 데 들어가도 한 길이 채 못 돼요. 상류 쪽으로는 배꼽에도 못 미치구요."

"깊은 데로 못 들어가게 하는 부표라고 하나, 뭐 그런 건 없어요?"
"왜 없어요. 부표 라인이 있죠."
"감사합니다. 잘 들었습니다."
황보 선생은, 쑥스러워 머리를 긁적거리면서 사양하는 청년에게 억지로 담배에 불까지 붙여 권하고는 계단을 밟아 내려간다.

—…… 시원한 물속에 들어가서 풍덩풍덩 물장구를 치고 싶은 마음은 선생님들도 다 마찬가집니다…….

마침 학생과장이 학생들을 설득하고 있는 중이다.

—…… 그러니 이 점을 충분히 이해하고…….

후미 쪽에서 "우우우우……! 이이이이……!" 하고 야유가 터지자, 번개가 야구방망이를 꼬나들고 득달같이 달려간다.
"어느 놈의 새꺄? 이리 나왓!"
황보 선생은 당장 지휘대 위로 뛰어 올라가 마이크를 빼앗아 들고, '그게 아니다.'라고 크게 한번 외치고 싶은 충동을 가까스로 다스리며, 담임들이 모여 있는 후미 쪽으로 걸어간다.
저만치 외따로 떨어진 위치에서 한 선생이 수영장의 물속을 유심히 들여다보고 있다.
"거기에서 혼자 뭘하구 있어?"
황보 선생이 다가가자, 한 선생이 윗몸을 일으켜 세우며 말한다.
"'수질 오염' 운운 한 말은 말짱 거짓말이예요, 여기 와서 피라미 새끼들 놀구 있는 거 좀 보세요. 1급수예요, 1급수!"

"작년에두 수영을 안 시켰어? 한 선생은 작년에두 왔잖아."
"말두 마세요, 작년엔 홍수가 나서 건물이 완전히 경회루가 돼버렸지 뭐예요."
"그럼, 재작년엔……?"
"그땐 장 교장 때 아녜요, 그분이 어떤 양반인데 수영을 안 시켰겠어요?"
"그리구 보니, 금년엔 시기를 잘못 잡은 셈이군. 홍수기를 놓치고 말았으니 말야."
황보 선생은 방금 관리인한테서 들은 얘기를 대충 들려준다. 그러자 한 선생 역시 몹시 분개한다.
"선생님, 이건 도저히 그냥 넘길 수 없는 일이라구요."
"그냥 넘길 수 없다면……?"
"일단 건의해 봐야죠. 담임들이 의기투합해 갖구 한목소리로……."
"그래두 안 먹혀든다면……?"
"열 번 찍어 안 넘어가는 나무 있겠어요?"

─하나, 둘, 셋, 야앗!…….

학생들이 체조 대형으로 벌리고 있다.
"바로 이때 방송국에서 나오면 딱인데 말예요."
하고, 한 선생이 덧붙인다.
"풀장에서 실컷 준비체조 시켜갖구 샤워장으로 들여보내는 '우리나라 학교 교육의 현주소!' 얼마나 멋져요?"
"이런 장면을 안 찍히려구 취재를 승낙하지 않았던 게지……."

—……둘, 둘, 셋, 넷, 다섯, 여섯, 일곱, 목운동, 하나, 둘, 셋, 넷, …….

황보 선생은 갑자기 콧날이 시큰해 온다. 구령에 맞춰 로봇처럼 팔다리를 놀리고 있는 애들이 불쌍하기 짝이 없다.

겨레의 힘 나라의 빛
몸도 튼튼 마음도 튼튼

풀장 건너편 콘크리트 벽면에 대문짝만하게 적힌 글자들이 점차 확대되면서 마침내 제방 전체가 거대한 파도로 부풀어 오른다.

잠시 그는 자신의 중·고등학교 시절을 떠올린다. 광안리·해운대·송정·일광·신선대·송도·감천·다대포 등등……, 부산에는 유난히 해수욕장이 많았다.

따라서 대부분의 중·고등학교에서는 매년 연중행사의 하나로 7월 25일을 전후하여 방학에 앞서 연 사흘간씩 이들 해수욕장에서 이른바 '해양 훈련'을 실시하는 것이 관례였다.

오전 9시경에 전교생이 수영복으로 갈아입고 한데 집결하여 준비운동을 마치고 나면, 오후 5시경에 재집결하기 이전까지 완전 자유 시간이었다.

물놀이 가운데에서 가장 신나는 것은 뭐니 뭐니 해도 파도타기였다. 흔히들 해안선에 부딪쳐 밀려 나오는 역파도〔이안류:離岸流〕를 두려워했지만, 오히려 그는 정반대였다. 점점 몸집을 부풀리며 바로 눈앞에 역파도가 밀려올라치면, 잽싸게 깊숙이 자맥질하여 등 위로 지나가기를 기다렸다가 수면 위로 솟구쳐 오르면, 으레 후방에 그만한 규모의 거

대한 파도가 덤벼오게 마련이었는데, 이번에는 반대로 온몸을 띄워 그 위에 편승하는 것이다. 한껏 허공으로 솟구쳐 올라 정점에 다다른 순간, 마치 스키점프를 하듯 100여 m 전방으로 활강하면서 맛보는 짜릿한 쾌감이란 그 무엇과도 비길 수 없는 것이었다.[38]

10

 6시가 되자, 번개가 방송으로 학생들을 앞뜰로 불러낸다. 저녁 식사 시간인 것이다. 반별로 정렬시키는 품이 자기 반인 1반부터 먼저 불러 올릴 줄 알았는데, 뜻밖에도 5반부터 먼저 올라오라고 한다, 그 대신 내일 아침에는 맨 꽁지라는 단서를 달면서…….
 석민은 동우·병태·성호 등을 이끌고 계단을 밟아 오른다. 알루미늄 식판을 챙겨 들고 배식대 앞으로 다가가자, 하얀 위생모에 하얀 위생복을 입은 아줌마들이 하얀 쌀밥에 쇠고깃국, 김치, 치킨, 계란찜, 나물무침에 수박 조각까지 그득하게 담아 준다.
 "야, 반장."
 식탁에 앉자마자, 영수가 불만을 터뜨린다.
 "십 년 공부해 갖구 이게 무슨 꼴이야. 차라리 이 주방에다 맡겼더라면 안전했을 거 아냐?"
 "야, 야, 죽은 자식 불알 만지면 뭘 해."
하고, 성호가 받는다.
 "플랜 B가 있잖아, 무슨 걱정이야? "

---

38) 김춘복, 자전적 성장소설 『토찌비 사냥』, 239-240쪽에서 발췌 인용, 도서출판 두엄, 2019.

"맞았어, 바로 이거야!"

동우가 숟가락으로 식판을 두들기며 덧뵈기장단을 먹이며 말한다.

"마당극이라는 게 원래 그렇구 그런 거 아냐? 오히려 이게 극적 효과를 더 높일 수도 있다구. 있다 두구봐, 프라이팬으로 두들기면 훨씬 더 실감이 날 테니까."

"하하하하……, 좋았어, 좋았어!"

하고, 석민이 덧붙인다.

"고깔이랑 한복 대신에 말야, 주방 아줌마들이 쓰는 모자에다 가운까지 입고 춤추는 장면을 한번 상상해 봐. 멋있잖아?"

병태가 묻는다.

"그런데 과연 선뜻 빌려줄까?"

"담임선생님이 책임지고 빌려다 주겠다구 했으니까 걱정할 거 없어. 진짜 문제는 가면과 표찰이라구."

하고, 석민이 영수더러 묻는다.

"무슨 좋은 수가 없겠니?"

"걱정 마. 내가 누구야? 이럴 줄 알구 매직잉크를 준비해 왔지롱. 그걸루 러닝 앞가슴에다 '교장', '학생과장', '국어', '수학' 하는 식으로 쓰면 될 거 아냐."

"대애박!"

하고, 동우가 갑자기 휘모리장단으로 몰아붙이자, 석민도 환호한다.

"야, 진짜 굿 아이디어야! 가면이나 표찰보다 그게 훨씬 더 좋겠어. 근데 담임선생이 어떻게 나올지 그게 문제야."

석민의 말을 동우가 맞받는다.

"무슨 소리야, 산적이 어떤 분이신지 몰라서 그래?"

영수가 오금을 꺾는다.

"동우 말이 맞아. 담임선생님두 우리 마음하구 똑같을 거라구. 겉으론 야단을 치는 체해두 속으론 박수를 보낼 거야. 그리구 무엇보다 든든한 백 KBC 취재진이 있잖니, 뭣이 걱정이야?"

그들은 무슨 수를 써서라도 끝까지 밀어붙일 각오를 단단히 한다. 질식할 것만 같은 교육 현실에서 '임금님 귀는 당나귀 귀'라고 속 시원하게 한번 크게 외치지 않고서는 도무지 미칠 것만 같은 것이다.

저녁밥을 먹고 방으로 막 들어서는 순간, 담임이 뒤따라 들어선다.

"이놈들, 왜 여태까지 담임을 속였어, 응?"

하고, 담임은 흥분을 감추지 못한다.

"사전에 발각됐기에 망정이지, 그대로 넘어갔더라면 어떻게 될 뻔했어?"

"죄송합니다, 선생님."

석민을 위시하여 주위에 있는 마당놀이패는 모두 머리를 숙이고 처분을 기다리는 수밖에 없다.

뜻밖에도 담임이 부드러운 목소리로 타이른다.

"공연히 엉뚱한 생각들 하지 말고, 내가 지시한 대로 구내식당에서 빌려다 주는 걸루 대신하란 말야. 그걸로두 충분히 효과를 낼 수 있어. 알겠지?"

"선생님, 저희들 생각이 짧았습니다, 그렇게 하겠습니다."

"좋아. 그럼 어느 정도 연습했는지 어디 한번 볼까."

하고, 황보 선생은 드디어 정곡을 찌른다.

"자, 풍물놀이가 끝났다 치고, 그다음 장면부터 리허설을 한번 해 봐."

"……!"

이런 날벼락이 있나, 석민을 비롯한 마당놀이패 일동은 당혹하지 않을 수 없다.

"왜 다들 갑자기 쇠말뚝이 돼버렸지?"

하고, 황보 선생은 능청스레 다음 말을 잇는다.

"성호 이 녀석, 빨리 일자눈썹을 붙이지 않구 뭘 꾸물거리구 있어? 야구방망이는 압수당했지만. 전기 테이프는 가지고 있을 거 아냐?"

"선생님, 사실대로 말씀드리겠는데요……,"

석민은 더 이상 버티지 못하고, 이실직고하지 않을 수 없다.

"실은,「쓰리랑 부부」를 한 번도 연습해보지 않았습니다. 죄송합니다, 선생님."

"선생님, 죄송합니다. 용서해 주십시오."

모두들 한목소리로 사죄한다.

"하하하하……, 이 녀석들. 역시 내 짐작이 맞았군!"

하고, 담임의 입에서 너무나 뜻밖의 말이 떨어진다.

"이왕지사 이렇게 된 이상, 이제 와서 어쩔 수 없지, 뭐. 이판사판 밀어붙이는 수밖에."

"선생님, 감사합니다,"

"으와아, 살았다아!"

"으와아, 대애박!"

"단, 한 가지 조건이 있어."

하고, 황보 선생은 덧붙인다.

"내가 식당에서 빌려다 주는 걸루 풍물놀이를 시작해서 죽 진행해 나가다가 말야, 일전에 석민이 네가 말한대로, 그 왜…… 중후반부에 가서 교사로 가장한 학생들이 퇴장하고 나서, 반원 전체가 스크럼을 짜고「우리 모두 여기 모였구나」를 합창하는 장면까지만 하란 말야.

거기까지만 해두 충분히 주제를 살릴 수 있어."

 석민은 난감하다. 당시엔 미봉책으로 그렇게 말했지만, 그대로 한다면 팥소 없는 찐빵이 되고 말 것이 아닌가!

 "저……, 선생님의 뜻은 잘 알겠습니다만, 이왕이면 끝까지 할 수는 없겠습니까?"

 석민이 말하는 '끝까지'란, 이들의 마당극 내용을 번개가 잽싸게 교장에게, 교장이 경찰서장에게, 교육감에게 연달아 고발하는 장면, 뒤이어 경관이 병태랑 성호를 여관으로 유인하여 임 선생이 평소 수업 시간에 북한을 고무, 찬양하는 발언을 자주 한다는 허위자백을 받아내려다 실패하는 장면, 임 선생이 해직당하는 장면, 학생과 학부모들이 임 선생의 복직을 위해 투쟁하는 장면 등으로 이어지는 내용이다.

 "이 녀석아, 그걸 말이라고 하니?"

 황보 선생은 자책감을 느끼면서도 강력히 말리는 수밖에 달리 도리가 없다.

 "그랬다간 니들이나 내가 무사할 거 같애? 요즘은 해직 교사 복직을 위한 연판장에 서명만 해도 모가지가 짤리는 판이야."

 순간, 석민은 전광석화처럼 스치는 게 있다.

 "아, 선생님! 이렇게 하면 어떻겠습니까?"

 "뭘 어떻게?"

 "선생님 지시대로 다 잘라내는 대신에, 신동엽 시인의 「껍데기는 가라」를 낭송하는 장면으로 피날레를……?"

 "야, 바로 그거야!"

하고, 황보 선생은 석민의 양어깨를 덥썩 움켜잡고 묻는다.

 "근데 너, 그 시 욀 수 있어?"

 "그럼요, 선생님!"

"하하하하……, 됐어, 됐어!"

황보 선생은 쾌재를 부르지 않을 수 없다.

"그럼 말야. 이왕이면 임진교 선생님이 등장해서 그 시를 낭송하는 걸로 하자구, 그리구 그 역을 석민이 네가 맡아."

"선생님, 정말 감사합니다. 정말 감사합니다."

"그런데 표찰은 어떻게 할 거야?"

"선생님, 그건 문제없습니다. 러닝 앞가슴에다 매직잉크로 쓰면 되잖습니까."

11

―전달한다. 전달한다…….

스피커에서 번개의 쉰 목소리가 흘러나온다.

―각 내무반은 들어라. 현재 시각은 7시 5분 전. 이 시간 이후의 일정을 전달하겠다.

"까구 있네."

"저승사자는 뭘하구 있는 거야."

"누가 아니래? 윗사람한테 알랑방귀 뀌는 저런 싸가지 없는 새끼들은 하루빨리 교단에서 싸그리 다 몰아내야 한다구."

―7시부터 8시까지는 반기, 반가 제작 및 학급별 레크레이션, 그리

고 8시부터 10시까지는 홈룸을 실시한다. 이 시간에는 담임선생님의 지도하에 분임 토의를 하든가, 아니면 내일 저녁에 열릴 학급 대항 장기자랑 연습을 하든가, 그것은 자유다.
특히 KBC에서 현장 취재차 출동하는 만큼 연습을 충분히 해주기 바란다…….

방마다 '와하!' 하는 환호성이 터지자, 번개는 잠시 뜸을 들였다가 다시 잇는다.

―그리고 반기 및 반가 제작에 대한 구체적인 요령은 각 반 대표한테 전달할 테니까, 각 반 반장과 총무는 이 방송이 끝나는 즉시 방송실로 집결해주기 바란다.
그다음, 10시부터 11시까지는 일석 점호 시간이다. 각 반은 10시부터 만반의 준비를 갖추어 30분 정각에 점호를 받을 수 있도록 한다. 일석 점호를 받는 요령도 반장을 통해서 시달하겠다.
마지막으로, 11시 정각에 취침에 들어간다. 미리 경고해 두는데, 취침 시간에 자리에서 이탈하는 행위는 일절 허용하지 않는다. 단, 화장실 출입만은 예외로 하겠다. 이상!

석민은 동우와 함께 방송실로 가서 번개로부터 반기 제작, 반가 제정, 일석 점호에 관한 설명을 듣고 나서, 깃대랑 광목이랑 검정·빨강·초록 등 삼색 매직잉크를 받아온다.
반기에는 반을 상징하는 동물을 그리고, 거기에다 애칭을 정하라는 것이었는데, 5반 학생들은 담임의 얼굴에다 임꺽정의 수염을 그리고, 거기에다 호랑이 몸통을 합성하여 희화화한 바탕 위에 '산적과 똘만이들'을 애칭으로 정하여 검정색 매직잉크로 큼지막하게 적어 넣기로 결정한다.

영수가 그린 반기를 깃대 끝에 매달고 석민이 흔들자, 방 안이 떠나갈 듯한 함성과 박수가 터진다. 반가는 「해뜨는 교실」을 그대로 사용하기로 했다.

"8시가 되자면, 아직 20분이나 남았어."

하고, 석민은 손목시계를 들여다보며 덧붙인다.

"화장실에 갈 사람들은 빨리 다녀와."

그러자 여기저기에서 진풍경이 벌어진다. 침상 밑으로 손을 넣어 더듬던 녀석들이 마치 마술사처럼 담배를 한 개비씩 뽑아 손아귀 안에다 감추는 것이다.

"캬아, 진짜로 기막힌 아이디언데……?"

플래시를 켜 들고 침상 밑을 들여다보던 동우가 석민을 부른다.

과연 놀라지 않을 수 없다. 침상 밑바닥 언저리를 따라 담배곽, 화투곽 들이 박쥐처럼 즐비하게 매달려 있는 것이다. 번개한테 들키지 않은 게 천만다행이다.

8시 정각이 되자, 각 방에서 부르는 반가로 건물이 들썩들썩한다.

다른 반에 질세라, 5반에서도 합창이 터진다.

　　에야 디야 에야 디야 해 뜨는 교실
　　에야 디야 에야 디야 해야 솟아라
　　함께 웃고 함께 울고 서로 도우는
　　우리는야 2학년 5반 미운……

막 노래가 끝나 갈 무렵, 담임이 플래시와 양초를 들고 들어온다.

"지금부터 우리 반은 조용한 장소로 옮긴다. 모기가 꽤 많은 모양인데, 모두 긴 바지와 긴 팔 상의로 갈아입도록 한다. 그리고 플래시를 갖고 온 학생들은 휴대하도록……."

반원들을 풀장 위쪽에 있는 자갈마당으로 인솔해 간 황보 선생은 둥글게 원을 만들어 앉히고는 모두 플래시를 끄게 한다.

순간, 사위가 칠흑 어둠 속에 용해된 채 눈에 들어오는 것이라곤 아무것도 없다.

댐 쪽에서 쏟아져 내리는 물소리만 희미하게 들릴 뿐, 사방이 고즈넉한 가운데 본관 건물 안에서 내지르는 다른 반 학생들의 노랫소리가 아주 먼 곳에서처럼 들려온다.

"자, 고개를 들어 밤하늘을 한번 쳐다볼까요?"

담임의 제안에 일제히 고개를 쳐들고 밤하늘을 쳐다본다. 방금이라도 쏟아져 내릴 듯한 크고 작은 무수한 별들이 보석처럼 반짝이고 있다. 서울에서는 결코 볼 수 없는 진풍경이다.

"북극성을 찾아낼 수 있는 학생……?"

"……?"

그러나 단 한 명도 알아맞히는 학생이 없다. 황보 선생은 북극성을 위시해서 북두칠성, 직녀성, 견우성, 카시오페이아, 오리온 등의 별자리를 하나하나 알려 주고는 준비해 간 양초에다 불을 붙여 중앙에 놓여 있는 돌멩이 위에다 세운다. 학생들의 얼굴이 서서히 윤곽을 드러내면서 부각된다.

황보 선생이 말한다.

―지금부터 각자 평소에 남몰래 간직하고 있는 고민을 털어놓는 시간입니다. 고민이 아니라도 좋습니다. 장래 희망도 좋고, 학교에 대한

불평불만도 좋고, 담임인 나에 대한 건의사항도 좋습니다.

맨 먼저 담임인 나부터 말하고 나면, 오른쪽으로 돌아가면서 차례대로 말하는데, 시간 관계상 1인당 1분을 초과하지 않도록 합니다.

황보 선생은 잠시 뜸을 들인 다음 차분한 어조로 계속한다.

―나는 2학년 5반 여러분의 담임을 맡은 걸 참으로 영광으로 생각합니다. 임진교 선생님 뒤를 이어받아 나름대로 최선을 다합니다만, 그러나 여러분의 눈높이에서 볼 때에는 부족한 점이 많을 줄 압니다.

이번 마당극만 해도 그렇습니다. 임 선생님 같으면 끝까지 밀고 나가고도 남을 테지만, 나는 그러지 못합니다. 그나마 임 선생님을 등장시켜 「껍데기는 가라」를 낭송하기로 했으니, 차후 임 선생님을 만나도 부끄럽지 않게 되어 다행입니다. 만약에 이 마당극 건으로 학교에서 꼬투리를 잡는다면, 모든 책임을 담임인 내가 질 것이니, 여러분은 안심하고, 그동안 갈고닦은 실력을 마음껏 펼쳐 주기 바랍니다. 이상입니다.

요란한 박수에 이어 석민이 이어받는다.

―임진교 선생님 뒤를 이어 황보동철 선생님께서 저희 반 담임을 맡으신 데 대하여 저희 반원 일동은 얼마나 다행으로 생각하는지 모릅니다. 선생님께서는 해직된 선생님들 못지않게 현장에 남아 참교육에 앞장서는 훌륭한 참스승이십니다. 만에 하나 선생님께서 저희 반 담임을 그만두시게 된다면, 저희들 또한 그날로 자퇴하여 검정고시를 준비할 것입니다. 부디 내년에도 계속 담임을 맡아 졸업하는 그날까지 저

희들을 지켜주실 것을 간곡히 말씀드립니다. 이상입니다.

다시 요란한 박수와 함성에 이어 병태가 이어받는다.

―저는 아무리 공부해도 성적이 오르지 않아서 고민입니다. 매일 새벽 1시까지 책상에 붙어 앉아 죽자 살자 열심히 해 보지만, 학급 석차가 30등 이상 올라가지 않습니다.
한 번은 어느 여중생이 성적 비관으로 투신자살했다는 뉴스를 보고, 저도 아파트 옥상으로 올라가 뛰어내리려고 한 적도 있습니다만, 그러나 저는 그럴 용기마저도 없는 놈이라 결국 포기하고 말았습니다. 부끄럽습니다. 이상입니다.

―저는 앞으로 미대美大에 가려고 하는데, 영어하고 수학 때문에 고민입니다. 실기만큼은 누구에게도 뒤지지 않는다고 자부하는데, 그놈의 영·수 때문에 합격하지 못한다면 얼마나 억울합니까? 김홍도, 신윤복, 장승업 같은 분들이 어디 영어·수학을 잘해 갖고 훌륭한 화가가 됐습니까? 문교부에서 이런 점을 배려해줬으면 좋겠습니다. 이상입니다.

영수 다음으로 창수 차례다.

―저는 문교부에서 표방하는 '전인교육'에 대해서 전적으로 찬성합니다. 그런데 어째서 우리 학교에서는 시간표상에는 1주일에 1시간씩 특활을 버젓이 짜 놓고도 무슨 이유로 그걸 실시하지 않는지 도무지 이해할 수가 없습니다. 입학한 이래 지금까지 단 한 시간이라도 실시

한 적이 있습니까? 그럼에도 불구하고 1학년 말에 받아본 개개인 성적표에는 '상', '중', '하'로 나누어 평가했으니, 도대체 그 근거가 무엇인지 도무지 이해할 수 없습니다. 제발 2학기부터는 특활을 제대로 실시해주었으면 좋겠습니다. 이상입니다.

―저는 수영장을 눈앞에 두고도 수영을 안 시키는 이따위 수련회는 내년부터 폐지해야 마땅하다고 생각합니다. 국민학교 시절에 제2의 조오련을 꿈꾸었을 정도로 저는 수영을 무지무지 좋아합니다. 여기에 와서 폼을 한번 잡으려고 단단히 벼르고 왔는데, 이게 뭡니까? 정학이나 퇴학을 각오하고, 저는 내일 낮에 맘껏 실력을 한번 뽐내고 말 것입니다. 그리고 무엇보다 분통이 터지는 건 학교에서 왜 풍물을 못 치게 합니까? 대학생 형들처럼 그걸 갖고 데모라도 할까봐 그러는지 모르지만…….

성호의 발언에 이어 학생들은 저마다 성격에 관한 고민, 교육 환경에 관한 건의, 이성 문제, 폭력 교사에 대한 불만 등을 진솔하게 털어놓는다.

특히 한 학생이 학년 초에 발생했던 카세트 도난 사건을 상기시킨데 이어, 울먹이는 목소리로 바로 자신이 그 범인임을 자백하면서 용서를 구하는 장면은 오히려 듣는 이로 하여금 가슴을 뭉클하게 했다.

58명 전원이 한마디씩 하기로 했지만, 한 학생이 자율학습 무용론을 주장하고 있는 도중에 학생과장을 대동하고 교장이 등장하는 머리에 중단되고 만다. 교장이 목소리를 높인다.

"다른 반들은 일석 점호를 준비하느라 야단법석들인데, 5반은 여태 여기에서 뭘 하고 있어요?"

"집단 상담을 하고 있는 중입니다."
하고, 황보 선생은 당당한 목소리로 응대한다.
"아직 15분이나 남았잖습니까?"
"여러 말 말고, 빨리 들여보내세요."
교장은 플래시 불빛으로 학생들의 얼굴을 훑어보면서 사뭇 언성을 높인다.
"이러다가 모기에 물려서 뇌염이라도 걸리면, 누가 책임질 거예요?"
그러자 누군가 들릴락 말락 낮은 목소리로 내뱉는다.
"뇌염 같은 소리 하구 자빠졌네."

12

아침 안개가 새하얀 솜이불처럼 산허리를 감싸고 있는 가운데, 뒷산 봉우리에 햇살이 눈부시게 빛나고 있다.
밤새 생기를 되찾은 수림들이 서서히 기지개를 켜는가 하면, 풀장의 수면 위로 물안개가 스멀스멀 피어오르고 있다.
금상첨화 격이라고나 할까, 계곡 안쪽에서 은방울을 굴리는 듯한 꾀꼬리의 울음소리가 간헐적으로 들려온다.
"햐아, 한 선생, 정말 멋지다, 동양화가 따로 없구먼그래!"
"그러게 말예요, 자연은 이렇게 아름답건만······."
복잡한 세면장을 피해서 황보 선생은 한 선생과 함께 징검다리 위쪽으로 향한다.
"야, 거기 좀 서라구. 니들끼리만 가기 있어?"

저만치 뒤쪽에 심규보 선생이 조깅 자세를 유지하며 뛰어오고 있다.

"저 폼 좀 보세요, 누가 쉰세 살이라 그러겠어요?"

"나랑 동갑내기지만, 나보다 십 년은 더 젊어 보이지?"

"그야 당연하죠. 한평생 운동으로 다진 몸하고 술에 곯은 몸하고 어떻게 비교할 수 있겠어요?"

"하하하하……, 옳은 말씀이야. 아까 체조할 때 있잖아, 난 진짜 가랑이가 찢어지는 줄 알았어."

"이 형님을 빼놓구, 고얀 놈들 같으니라구……."

심 선생은 100여 m나 되는 거리를 뛰어왔으면서도 전연 헐떡거리지 않는다.

"에끼, 세상에 젊은 형님두 있나? 자넨 나보다 십 년 아래야."

"이것 좀 보세요, 선생님!"

하고, 한 선생이 두 손으로 물을 움켜 들고 오며 외친다.

"어제도 말했지만, 완전히 1급수예요, 1급수!"

"어이, 심 선생."

하고, 황보 선생이 묻는다.

"수영 지도할 수 있지?"

"형님을 뭘루 보는 거야? 이래 뵈두 수상안전요원자격증 소지자라구."

"그럼 잘됐어, 오늘 오후에 좁쌀한테 강력하게 한번 건의해 보자구"

"실은, 나두 나름대로 각본을 다 짜놓았어. 정 안 되면 KBC 팀장한테 풀장 밑바닥과 수질 상태를 취재하도록 하겠다구 으름장을 놓으려구 해."

셋이서 고양이 세수를 하고 천천히 내려오는데, "저기……." 하고, 한 선생이 턱짓을 보내며 덧붙인다.

산적과 똘만이들 273

"열성분자 셋이서 또 무슨 역적모의를 하나 하고, 쌍심지를 켜고 바라보고 있는 저 꼬락서니 좀 보세요."

과연 세면장 앞마당에 좁쌀이 장승처럼 서서 이쪽을 향해 주시하고 있다.

그러고 보니 현장조합원 중에서도 가장 열성분자라고 낙인이 찍혀 있는 세 사람이 공교롭게도 한자리에 모여 있는 셈이다.

"말이 나왔으니 하는 얘긴데……."

하고, 황보 선생은 계속한다.

"그동안 너무 안일했다고 할까, 의기소침했다고 할까, 해직 교사들 보기에 민망한 점이 한두 가지가 아냐."

"그려, 지금부터라도 다시 시작해야 혀."

"이번 행사에서 그걸 확실히 보여주자구."

그들이 막 계단 앞뜰에 도착할 무렵, 학생들이 3층 계단을 밟고 내려오기 시작한다. 아침 식사 시간인 것이다.

어제 예고한 대로 4·3·2·1·5반 순으로 배식하지만, 먼저 받았다고 해서, 그리고 꼴찌에 받았다고 해서 좋아할 것도, 싫어할 것도 없다, 어제와는 달리 3백 명 분의 배식이 완료될 때까지 수저를 들지 못하게 통제함으로써 오히려 먼저 받은 학생들은 침을 삼키며 기다리자니 여간 고역이 아닐 수 없는 것이다. 지루한 시간을 견디다 못해 몰래 반찬을 집어 먹다 호통을 당하기도 하던 끝에, 드디어 학생과장이 마이크를 잡고 "식사에 대한 묵념!" 하고 구령을 붙이자, 학생들은 일제히 "감사히 먹겠습니다." 하고 허발을 하며 먹기 시작한다.

이 희한한 군대식 식사 방식을 지시한 이는 물론 교장인데, 표리부동하게도 선생들에게는 셀프서비스를 강력히 주장해 놓고, 정작 자신은 수련 기간 내내 단 한 차례도 식판을 든 적이 없다. 운전기사나, 아니면 배 기사가 타다 갖다 바치는 것이다.
 예정대로 8시 30분부터 10시까지 또다시 레크리에이션이 진행된다.
 전날 배운 것들을 몇 번씩이나 번복한 끝에 오늘은 보다 재미나는 놀이를 가르쳐 주겠다고 잔뜩 기대를 부풀려 놓고, 고작 지도한다는 것이 한결같이 국민학교 어린이들에게나 알맞은 것들뿐이다.

 ─…… 이번에는 8박자 박수 치기를 가르쳐 드리겠습니다. 먼저 양 손바닥으로 양 무릎을 칩니다. 그게 한 박잡니다. 그 담에는 가슴 앞에서 '짝!' 하고 손뼉을 한 번 칩니다. 다음, 오른손 손바닥을 왼팔 팔꿈치에 갖다 대고, 이번엔 반대로, 그다음 양손을 벌렸다가 가슴 앞에서 한 번 치고, 다시 양손을 벌렸다가 가슴 앞에서 또 한 번, 오른손 손바닥을 왼팔 팔꿈치에 갖다 대고, 이번엔 반대로……, 이렇게 모두 8박잡니다. 처음부터 끊어지지 않게 누나들을 따라 해 봅니다. 하나·둘·셋·넷·다섯·여섯·일곱·여덟…… 잘했어요.
 그럼 이제부터 박수를 치면서「고향의 봄」을 불러봅니다. 하나·둘·셋·넷, 나의 살던 고향은 꽃 피는 산골…….

 놀이 지도가 거의 끝나 갈 무렵, 윤리과장 방국태의 검정색 스텔라가 미끄러져 들어온다.
 미색 정장에 금테안경을 낀 방국태가 007가방을 들고 승용차에서 내리자, 평상시와는 딴판으로 학생과장과 번개가 잽싸게 뛰어가 그를 영접한다. 번개가 얼른 가방을 받아 들자, 방국태는 초청 인사답게 위엄 있는 걸음걸이로 다가와 교장과 정중하게 인사를 나눈다.
 10분간의 휴식에 이어 단 1초의 오차도 없이 10시 정각이 되자, 번개가 마이크를 잡는다. 바야흐로 정신 교육이 시작되는 것이다.

―오늘 연사로 모신 방국태 선생님은 일찍이 우리 K대 법정대학 및 동 대학원을 우수한 성적으로 졸업하시고, 현재 우리 학교 윤리과장으로 재직하고 계시면서 3학년 국사 과목을 가르치시는 분이십니다. 그뿐만 아니라, 선생님께서는 우리 K대에 출강하시는 한편, 현재 K대 대학원에서 박사과정을 밟고 계시는, 장래가 아주 촉망되는 선생님이십니다.

학생 여러분은 이처럼 유능하신 선생님께서 우리 학교에 재직하고 계신다는 사실에 대해서 무한한 영광으로 여겨야 할 것입니다

그러면 지금부터 방국태 선생님께서 '충효 사상의 현대적 의미'라는 주제로 120분간 좋은 말씀을 들려주시겠습니다.

황보 선생과 한 선생은 서로의 얼굴을 마주 쳐다본다. 장장 두 시간 동안 참고 견딜 일이 막막한 것이다.

단상으로 올라간 방국태는 본론에 들어가기 전에 우선 교장에 대한 칭송으로 거의 5분을 소비한다.

―저는 우리나라의 많고 많은 고등학교 교장선생님 가운데 우리 K대부고 조잡조 교장선생님을 가장 존경합니다. 매일 아침 7시 이전에 출근하셔서 밤 11시 이후에 퇴근하시는 교장선생님이 과연 우리 대한민국에 몇 분이나 계시겠습니까?

누구보다도 자상하시고, 친절하시고, 교육철학이 확고하신 교장선생님께서 취임하신 이래 우리 학교는 괄목할 만큼 발전에 발전을 거듭하고 있습니다…….

"짜고 치는 고스톱이 따로 없구먼."

황보 선생의 말에 한 선생과 심 선생이 키들거리며 애써 폭소를 참는다.

드디어 본론으로 들어간 방국태는 옛날 서당 훈장이 동네 코흘리개들을 앉혀 놓고 훈도하듯 충효 교육의 당위성을 중언부언 늘어놓더니, 나머지 시간은 고등학생이라면 누구나 다 아는 역사적 사실에다 『삼강행실도』나 『오륜행실도』 따위에 실려 있음직한 야담으로 시간을 때운다.

볼모로 왜국에 잡혀가 있는 왕제 미사흔未斯欣을 고국으로 무사히 돌려보내고 순절한 박제상朴堤上, 백제군에 항복하느니 차라리 괴화나무를 들이받고 자결한 찬덕讚德, 끝내 절의를 지키다 죽은 눌최訥催, 적진 속으로 돌격하다 죽은 비령자丕寧子, 고구려와의 싸움에서 온몸에 화살을 맞고 장렬하게 전사한 필부匹夫, 자신의 몸을 종으로 팔아 어머니를 봉양했던 효녀 지은知恩, 한겨울에 개구리를 구해 어머니의 종기를 치료했던 서능徐稜 따위의 호랑이 담배 피우는 소리를 이마에 핏대를 세워 가며 늘어놓는다.

─…… 조선조 태종 때의 일입니다. 강원도 강릉 땅에 이성무라는 사람이 살았습니다. 그는 일찍이 아버지를 여의고 동생 섬무, 추무, 양무와 더불어 79세 노모님을 극진히 모시고 그날그날을 아주 어렵사리 살아가고 있었습니다.

태종 17년 AD 1417년에 그의 어머님이 병환이 드셔서 몇 달 동안 식음을 전폐하고 자리에 누워 계셨습니다.

어느날 어머니는 맏이인 성무에게 말합니다.

─애비야, 다른 음식은 생각이 없는데, 어쩐 일인지 잉어회가 무척 먹고 싶구나.

때는 한겨울이었습니다. 강이란 강마다 꽁꽁 얼어 있는 판에 어디에 가서 잉어를 구한단 말입니까?

그러나 효자 이성무는 꼭 구해다 드리겠다고 약속하고, 동생들과 함께 강가로 나갔습니다. 세 동생과 함께 강 한복판에다 구멍을 뚫어 놓고 얼음 바닥을 치며 대성통곡을 하자, 이게 웬일입니까? 돌연 짚단만한 잉어 한 마리가 얼음구멍 밖으로 풀쩍 튀어나오는 것이 아니겠습니까.

그의 어머니는 잉어회를 잡수시고 씻은 듯이 병이 나았습니다…….

"진짜 방귀 테메우는 소리 하구 자빠졌네."

황보 선생의 말에 심 선생이 짐짓 핀잔을 준다.

"그럼 못 써, 동생! 대학 교수님 말씀을 감히 고등학교 접장 주제에……"

"대학 교수 좋아하시네. 1억 주고 1주일에 1시간 강의하는 것도 교수야?"

한 선생도 한마디 거들고 나선다.

"박사학위 논문 쓰자면, 또 몇 사람 죽어나겠구먼."

그의 석사 학위 논문이 사회과, 국어과의 젊은 선생들의 합작품인 점을 꼬집은 것이다.

"아니, 저건 또 누구야?"

뒤늦게 장학사 옆자리에 와 앉는 낯선 사내를 가리키며, 심 선생이 묻는다. 가느다란 눈매에 메부리코가 유난히 크다.

"보나마나 짭새[39]겠지 뭘."

---

39) 짭새 : 경찰을 뜻하는 비속어.

"흥, 안 끼는 데가 없군."

방국태가 마이크를 잡고 있는 사이에 학생과장이 세 차례나 일어나서 떠드는 학생들을 상대로 사천왕 같은 험악한 표정으로 똥폼을 잡았으며, 떠드는 애들을 방치한 채 뒤쪽에 모여 사담을 나누고 있는 담임들을 교장이 두 차례나 와서 흩어지게 했다.

이윽고 방국태의 지루하기 짝이 없는 강연이 막 끝나려 할 즈음, 난데없이 자동차 퍼레이드가 들이닥친다.

땀을 팥죽같이 흘리며 내려서는 방국태의 손을 잡고 흔들던 것도 잠시, 교장이 넥타이를 바로 잡으면서 승용차들 쪽으로 잰걸음을 친다.

교감, 교무과장, 서무과장 등이 그 뒤를 따르는가 하면, 선글라스를 낀 10여 명의 여인이 몸매들을 과시하며 줄줄이 승용차에서 내리고 있다. 각 반 어머니회 간부들이다.

교감, 교무과장, 서무과장 등이 트렁크에서 짐을 꺼내는 동안 교장은 어머니들을 2층으로 친절하게 안내한다. 황보 선생은 보나마나 자기 반 어머니회 간부는 단 한 명도 오지 않았으리란 생각을 한다.

다른 반과 달리 정·부반장을 직선제로 선출한 데다가 1학년 말 행동발달상황을 곧이곧대로 평가한 대가로, 학년 초에 어머니회를 조직하면서 황보 선생은 얼마나 고전했는지 모른다. 너 나 할 것 없이 간부직을 극구 고사했을 뿐만 아니라, 찬조금마저도 잘 내질 않았던 것이다. 찬조금이란, 교장의 지시로 학교 운영비 보조금이란 명목으로 학급당 매달 어머니회로부터 징수하여 학교에 바치는 일정 액수의 금액이다. 다른 반에서는 하루 이틀 만에 할당액의 150%, 200%를 거뜬히 거두어, 50%씩, 100%씩 떡고물을 잘도 챙겼지만, 황보 선생은 할당액의 절반을 거두는 데에도 한 달이 넘게 소요되었던 것이다. 학교 운영비 보조금이라니, 이름이 좋아 불로초지, 과연 그 돈이 어디에 어떻게 쓰이는지는 아무도 모른다.

학생들에게 12시 정각에 앞뜰에 집합하여 배식을 받도록 지시해 놓고, 담임들도 지도교사실로 올라가 어머니회 간부들과 인사를 나눈다.

실내는 어느새 감미로운 향내로 가득 차 있으며, 누가 가져왔는지 사물함 위에 놓인 휴대용 전축에서 이미자의「섬마을 선생님」이 흘러나오고 있다.

"5반 어머니들은 다들 왜 그런지 모르겠어요."

남색 원피스에 입술 화장이 유난히 짙은 어머니회장이 황보 선생을 향해 은연중에 뼈 있는 한마디를 톡 던진다.

"다들 집안에 무슨 일이 생겨서 못 오시겠다지 뭐예요, 글쎄. 저희는 뭐 한가해서 오나요?"

이때다. 바깥쪽에서 "와아……!" 하고 계곡이 떠나갈 듯 함성이 일더니, "열광! 열광! 반짝! 반짝! 우우우우우……!" 하는 환호성으로 바뀐다.

선생들은 앞을 다투어 문밖으로 튀어 나간다. 어머니들도 우루루 뒤따라 나간다.

"야, 야! 거기 풀장에 들어간 학생! 학생……!"

학생과장이 핸드마이크를 잡고 연거푸 숨 넘어가는 소리로 외쳐대지만, 스탠드를 가득 메우고 열광하는 학생들의 환호성에 파묻혀 공허한 메아리가 될 뿐이다.

황보 선생은 풀장 하류의 한 지점을 바라보면서 망연자실할 수밖에 없다.

수영복, 수영모에 물안경까지 착용하고서 자유영 실력을 한껏 뽐내며 물살을 가로지르고 있는 녀석은 보나마나 성호일 공산이 크기 때문이다. 드디어 건너편 제방의 스탠드를 짚고 상체를 솟구친 녀석은 두 팔을 번쩍 쳐들어 환호에 답하는 여유까지 보낸다.

"아, 선생님들, 뭣들 해요, 빨리 가서 저 녀석을 당장 잡아 오질 않고!"

하고, 교장은 백랍처럼 창백한 얼굴로 온몸을 부들부들 떨며 외친다.

"학생과장, 그 마이크 이리 주고, 당장 뛰어가서 저 녀석을 끌고 와욧!"

선생들이 쫓기다시피 허겁지겁 계단 아래로 쏟아져 내려가자, 베란다 위에는 교장과 황보 선생과 어머니회 간부들만 남는다.

마이크를 받아 든 교장은 할 말을 잊어버린 채, 입만 쩍 벌리고 있다. 일체의 소리가 끊어지면서, 별안간 사방이 적막에 휩싸이고 만다.

방금 건너편에서 두 팔을 흔들어대던 녀석이 그만 가뭇없이 사라져 버리고 만 것이다. 꼭 백주에 환각을 본 것만 같다.

"어머머, 애가 어디루 갔지?"

"자맥질을 하고 있는 거 아냐?"

"세상에, 아무리 자맥질을 해두 그렇지, 이렇게나 오래 있을려구······."

"아이구, 제발 무사해야 할 텐데······, 부모가 알면 오죽할까?"

"쯧쯧쯧쯧······, 어딜 가나 저런 애들이 항상 말썽이라니까."

처음에는 느긋했던 황보 선생도 차츰 불안한 예감이 들지 않을 수 없다. 족히 2분은 지났을 성싶다. 잠수 실력이 아무리 뛰어나기로서니, 이렇게 오래 있지는 못할 터이다.

뒤늦게 부랴부랴 계단을 밟고 내려가 아이들을 헤치고 들어서는 순간, "와아!" 하고 풀장이 떠날 듯한 함성과 동시에 물개처럼 온몸을 번들거리며 바로 코앞에 솟아오른 녀석은 분명히 성호다.

학생들의 열광적인 박수갈채를 받으며 스탠드 위로 올라선 그는, 그러나 학생과장의 야구 글러브만 한 손아귀에 덜미를 잡혀 강당 안으로 끌려 들어가는 신세가 되고 만다.

"너, 이 새끼, 몇 반이야? 담임선생님이 누구야, 앙?"

드럼통 같은 거구 앞에 성호는 주걱턱을 다물지 못하고 연신 가쁜 숨을 헐떡거리기만 할 뿐, 대답을 하지 않는다.

"학생과장님!"

터놓고 지내는 사이지만, 황보 선생은 우정 경어를 쓰면서 통사정하는 체한다.

"이놈 이거 우리 반 총무 녀석인데, 제게 맡겨 주세요. 담임인 제가 따끔하게 지도하겠습니다."

이때다.

"안 돼요!"

하고, 서슬이 시퍼레진 번개가 뛰어든다.

"이런 놈을 용서해 준다면 너도나도 모두 물에 뛰어들 텐데, 그 감당을 누가 할 거예요? 이놈의 새끼 이거, 너 담임선생님 시말서 쓰시게 하려구 작정했어?"

동시에 그의 억센 손바닥이 성호의 뺨을 연거푸 후려친다.

그러자, 입구 쪽에서 "우우우우우……!" 하고 야유가 터진다.

"이 새끼들, 뭘 보구 있어, 앙?"

뒤늦게 학생들을 의식한 학생과장이 벼락 치는 소리를 내지르며 달려 나가자, 학생들은 혼비백산한 채 거미 새끼들처럼 흩어진다.

황보 선생을 향해 번개가 말한다.

"황보 선생님, 아까 같아서는 이 새끼를 반쯤 죽여 놓으려구 했어요."

번개는 손바닥으로 성호의 맨가슴을 탕탕 치면서 덧붙인다.
 "너 임마, 오늘 담임선생님 땜에 살아난 줄이나 알아, 알았어?"
 "녜."
 성호는 고개를 숙인 채 들릴락 말락 기어드는 목소리로 대답한다.
 "너두 한번 생각해 봐, 이 새꺄! 어제 그만큼 경고했으면 학교 방침을 따라야 할 거 아냐? 학교는 엄연히 조직사회야. 내가 왜 널 때렸는지 알겠어?"
 "녜."
 "얼른 꺼져. 교장선생님 눈에 안 띄게 뒤쪽 비상계단으로 올라가란 말야."
 황보 선생은 얼떨떨하지 않을 수 없다. 전에 없이 번개가 호의적이기 때문이다. 결코 어머니들이 와 있기 때문만은 아닐 터이다.
 "역시 황보 선생은 멋쟁이셔. 어제 정말 고마웠어."
하고, 번개가 황보 선생의 손을 덥석 잡으며 덧붙인다.
 "오늘 아침에 침상 밑 청소를 하다가 발견했지 뭐야."
 "그러고 보니 품앗이를 받은 셈이군."
 "내 서울 가서 한잔 살게."
 "어쨌어요? 보냈어요?"
 학생과장이 두 눈을 부라리며 다시 돌아오자, 번개가 얼렁뚱땅 변명한다.
 "아주 따끔한 맛을 보여 보냈어요."
 황보 선생은 지금이 적기라고 생각하고 조심스럽게 입을 연다.
 "저……, 두 분의 의향은 어떤지 모르겠는데, 오후에 수영을 시키도록 교장선생님께 한번 건의해 볼 생각 없어?"
 "하, 이런!"

산적과 똘만이들 283

하고, 학생과장은 주위를 두리번거리고 나서 목소리를 낮춘다.
"강 선생하구 나하구 어젯밤에 한 번, 오늘 아침에 한 번, 두 번이나 간청해 봤지만, 말두 마, 아예 손톱두 안 들어가더라구."
"……."
"물을 더 이상 가두지 않은 상태에서 중간 지점에 부표 라인을 치면 아무 문제 없다, 심 선생이 수영강사자격증도 소지하고 있다, 학생들 등쌀에 더 이상 못 견디겠다, 심지어는 무슨 말까지 했는지 알아?"
"……?"
"관리인한테 물어봤더니, 유리병 조각도 다 치워졌고, 홍수 뒤끝이라 수질도 아주 깨끗하다고 하더라는 말까지 했다구."
"그 외에 딴말은 안 했어?"
"아, 엠병헐! 그 외에 또 어떤 말을 더해?"
하고, 학생과장은 눈을 부라리며 덧붙인다.
"정 뭣 하면, 어디 언변 좋은 당신이 직접 한번 건의해 보라구. 우린 앞발 뒷발 다 들고 말았으니 까……."

13

점심 식단은 유달리 푸짐하다. 오이냉채, 다시마튀각, 후라이드치킨, 깍두기, 두부튀김 외에 어머니회에서 나누어 주는 복숭아와 우유까지……. 게다가 아예 복도 중앙에다 밥통과 반찬통을 내다 놓고, 더 먹고 싶은 학생은 얼마든지 마음대로 퍼다 먹으라는 것이다.
식사 분위기도 그지없이 화기애애하다. 교장과 장학사를 가운데 모시고 교사들과 합석한 어머니들은 식사가 끝나기가 바쁘게 냉장고에서 수박이랑 포도랑 캔 맥주 박스 따위를 꺼내어 온다.

　배 기사와 앨범 기사가 카메라를 들고 바쁘게 돌아다닌다.

　"저……, 어머님들."

하고, 교장은 특유의 인자한 미소를 듬뿍 담고서, 캔 맥주 두껑을 따려는 어머니들에게 제동을 건다.

　"죄송하지만, 선생님들께 술은 절대로 권하지 마세요."

　"교장선생님, 선생님들 목이 몹시 마르실 텐데……?"

하고, 어머니회장이 덧붙인다.

　"딱 한 잔씩만 권하겠어요."

　"안 됩니다."

　"교장선생님두 참, 맥주가 어디 술인가요, 음료수지……?"

　"그래두 안 됩니다."

　"너무 하시다, 딱 한 잔씩만 드릴게요."

　어머니들이 이구동성으로 간청해 보지만, 교장은 막무가내다.

　"내일 귀교해서 학생들을 무사히 귀가시키고 난 뒤에 잡수시도록 조치하겠습니다."

　"장학사님, 보셨죠?"

하고, 어머니회장이 호들갑을 떤다.

　"햐튼 대한민국에 우리 교장선생님 같으신 분은 다시 없을 거예요."

　"아, 그야 우리 교육감님께서도 이미 인정하는 사실입니다."

　포도알을 입에 넣고 우물거리던 장학사가 맞장구를 치자, 그녀는 더욱 신이 난다.

　"어떻게나 철두철미하신지, 저희 어머니들두 두렵다니깐요. 소풍 때나 이런 행사 때 담임선생님들더러 도시락을 싸 오도록 지시한다면 말 다했지 뭐예요."

산적과 똘만이들　285

이어, 어머니들은 자율학습과 보충수업에 쏟는 교장의 헌신적인 열정과 담임들의 희생적인 노고에 대하여 침이 마르도록 치하한다.
 "중3 때까지만 해두 오락실, 만화가게 땜에 그렇게두 속을 썩였더랬는데, 글쎄 K대부고에 들어가고부터는 애가 백팔십도로 싹 달라진 거 있죠?"
 "우리 애두 그래요. 중학교 땐 시험 기간에도 자정을 넘겨본 일이 없던 애가, 글쎄 고등학교에 들어가더니만, 평상시에도 새벽 1시까지 책상에 붙어 앉아 있는 게 신통해 죽겠어요."
 "어머님들, '4당當 5락落'이란 말 들어보셨죠?"
하고, 교장은 목에 힘을 잔뜩 넣어 말한다.
 "대학에 합격하려면, 하루에 4시간만 자야지, 5시간을 자면 낙방한다는 말입니다."
 "어머머머, '4당 5락!' 집에 가던 길로 당장 책상머리에다 써 붙여놔야겠네."
 "그건 이미 고전이예요."
하고, 한 어머니가 은근히 퇴박을 준다.
 "전 지금 대학 3학년짜리 큰애가 고1 때 이미 써 붙였다구요."
 황보 선생은 잠시 고개를 돌려 계곡 쪽으로 시선을 돌린다.
 점심을 막 먹고 난 학생들의 일부는 학급 대항 체육대회가 열리기로 되어 있는 건너편 잔디구장으로 몰려가 축구, 배구, 씨름 등을 연습하고 있는가 하면, 나머지 학생들도 계속 징검다리를 건너고 있다.
 한낮의 뜨거운 햇볕을 받으며 거대한 거울처럼 반사열을 내뿜고 있는 텅텅 비어 있는 풀장을 바라보는 황보 선생의 심정은 착잡하다. 보고도 못 먹는 그림의 떡이나 다름없는 풀장과는 대조적으로 징검다리 위쪽의 얕은 여울목과 댐 아래쪽의 웅덩이 일대는 그야말로 원색의 인파로 들끓고 있는 것이다.

 체육대회를 끝내고 유순한 양떼처럼 샤워실로 몰려 들어갈 아이들을 떠올리자, 도저히 더 이상 참을 수가 없다.

 그는 맞은편에 앉아 수박을 먹고 있는 심 선생의 발을 툭 건드리며 눈짓을 보낸다. 전 담임들의 동의를 받아 놓았으니, 이제 어머니들이 한마디씩만 거들어 준다면, 예상 밖의 결과를 얻어낼 수 있을 것이다.

 "저……, 교장선생님과 장학사님께 한 가지 건의 말씀 올릴 게 있습니다."
하고, 황보 선생은 조심스럽게 운을 뗀다.

 주위의 시선이 집중한다.

 "어제 교장선생님께서 이번 행사에서 수영 지도를 배제한다고 말씀하셨는데, 담임의 한 사람으로서 재고해 주셨으면 합니다. 제가 알기로는 선진국에서는 학교마다 실내는 물론, 옥외 풀장까지 갖추어 놓고 전천후로 수영 지도를 하는 것으로 알고 있습니다. 영어·수학을 가르치는 이상으로 수영도 중요하다고 봅니다."

 어머니들 앞이라 그런지, 다행스럽게도 교장이나 장학사나 불쾌한 낯빛은 아니다. 오히려 그 정도는 누구나 알고 있는 상식이 아니냐는 듯 사뭇 밝은 표정들이다.

 "이 자리에 계시는 분 가운데에서 선생님 말씀에 이의를 달 사람은 아무도 없을 겁니다."
하고, 장학사는 대머리를 쓰다듬으며 덧붙인다.

 "그러나 이론과 현실은 엄연히 다릅니다. 최근 몇 년간의 통계에 의하면, 매년 여름방학마다 전국적으로 100여 명이나 되는 학생들이 익사했다는 거 아닙니까? 금년에도 그저께 현재로 이미 70명을 돌파했습니다.

저기 좀 보세요. 어제 오전에 바로 저 수문 아래쪽에 있는 웅덩이에서도 모 여고 1학년 학생이 심장마비로 숨진 사고가 발생했습니다."

어머니들의 경악을 금치 못하는 소리를 귓가로 들으며, 황보 선생은 장학사를 정면으로 물고 늘어진다.

"장학사님께서 정말 좋은 말씀을 해주셨습니다. 제가 주장하는 게 바로 그 점입니다. 학교에서 수상안전교육을 제대로 시켰더라면, 그런 불상사가 일어났겠습니까? 그 책임은 바로 우리 교육계가 짊어져야 하는 거 아닙니까?"

"이봐요, 황보 선생!"

하고, 교장이 끼어든다.

"3백여 명이나 되는 학생들을 물속에 집어넣어 수영 지도를 하자면, 수영 강사를 최소한 10명은 초빙해야 할 텐데, 도대체 그 경비가 어디에서 나옵니까? 이번에 레크리에이션 강사 세 분을 초청하는 데에 든 경비가 얼마인지 아세요?"

황보 선생은 학생과장이나 번개나, 또는 어머니들이라도 지원사격을 좀 해주기를 바라지만, 모두 꿀 먹은 벙어리가 되어 있을 뿐이다.

"교장선생님."

마침내 심 선생이 나선다.

"중간쯤에 부표 라인을 친다면, 저 혼자서라도 충분히 지도할 수 있습니다."

"아아니, 만에 하나라도 사고가 발생한다면 심 선생이 책임을 질 거요?"

한 선생이 교장의 말을 날름 받는다.

"교장선생님, 그게 어찌 심 선생님 책임입니까?"

"그럼 누구 책임입니까?"

"그야 당연히 행정 책임자이신 학교장님의 책임이죠."

"알긴 아시는군. 그래서 책임자 되는 이 사람이 수영 지도를 안 시키겠다는 거 아닙니까? 왜들 이렇게 말귀를 못 알아듣는 거예요?"

"교장선생님!"

하고, 황보 선생이 다시 나선다.

"비단 수영뿐만 아니라, 1년에 교통사고로 죽는 학생들은 또 얼마나 많습니까? 그럼에도 불구하고, 어제 우리는 관광버스를 여덟 대나 전세 내어 여기 왔습니다. 교장선생님 논리대로라면, 버스를 이용하지 않고 걸어서 왔어야 옳지 않습니까?"

"아니, 좋아요, 좋아!"

교장은 갑자기 기발한 착상이라도 떠오른 듯 호탕한 어조로 말한다.

"마침 어머님들께서 이 자리에 동석해 계시니, 어디 한번 여쭤보겠습니다. 우선 회장 어머님부터 말씀해 보실까요?"

"호호호……, 하도 진지하게 말씀들을 나누시던 뒤끝이라, 저로선 어느 한쪽을 편들기가 어렵네요."

"괜찮아요. 학부모님 입장에서 얼마든지 말씀하실 수 있잖아요. 기탄없이 말씀해 주세요. 만약 어머님들께서 전원 찬성하신다면 학교장도 그 의견을 존중하도록 하겠습니다."

이 얼마나 기막힌 반전인가! 이제 어머니들만 찬성하면 해결되는 것이다.

그러나 초록은 동색이라 했던가. 그녀들은 한결같이 제 아이들이 당장 사고라도 당할 것처럼 난색들을 표한다.

"이렇게 말씀드리면 오해를 불러일으킬지 모르겠습니다만……."

하고, 회장 어머니가 겸연쩍은 웃음을 머금고 말한다.

"천상 담임선생님들께서 양보해 주셔야겠습니다. 교장선생님 말씀대로 만에 하나 사고가 생길 경우, 그런 불상사가 어딨겠어요? 수영이야 각자 자기 동네에 있는 실내 수영장에서 배워도 충분하지 않겠어요?"

"무슨 말씀을 그리 하십니까, 회장 어머님?"

하고, 황보 선생은 정면으로 맞선다.

"그건 애들을 학교에 보내지 않고, 동네에 있는 학원에 보내도 충분하다는 주장과 같습니다. 자식은 어디까지나 강하게……."

"학생과장!"

하고, 갑자기 교장이 벌떡 일어서며 황보 선생의 말을 중동무이한다.

"벌써 시간이 5분이나 지났는데, 왜들 꾸물거리구 있어요? 빨리 체육대회를 여세요."

'학급 대항 체육대회'라는 거창한 명칭에 잔뜩 기대를 걸었던 학생들은 크게 실망하지 않을 수 없다.

데굴데굴 굴러보고 싶을 정도로 잘 가꿔진 잔디구장에서 고작 한다는 것이 드리블 게임이라니!

배구 역시 시간을 핑계 삼아 원 세트로 승부를 가리는, 약식도 그런 약식이 없다.

이리저리 몰려다니며 맥 빠진 응원을 하던 학생들이 마지막으로 모인 곳은 씨름장인데, 그러나 뚝심 한 가지만 믿고 출전한 선수들이 대부분인지라, 민속씨름 특유의 박진감이나 긴장감 따위와는 애당초 거리가 멀 수밖에 없다.

얼렁뚱땅 체육대회를 마친 학생들은 비록 미니게임이라도 좋으니 축구를 하게 해 달라고 건의해 보지만, 끝내 받아들여지지 않는다. 잔디를 상하게 한다는 것이 유일한 이유이다.

누구를 위한 시설인가? 누구를 위한 행사인가? 누구를 위한 교장이며, 누구를 위한 장학사란 말인가?

수영복 차림새로 풀장이 아닌 샤워장으로 몰려 들어가는 학생들 틈에서 석민은 '욱!' 하고 치미는 분노를 억누를 길이 없다.

차라리 없느니만 못한 풀장, 김빠지는 레크리에이션, 군대식 일석점호, 쳐다볼수록 눈꼴이 신 어머니회 간부들…….

석민은 문득 어머니가 떠오른다.

어제 면회는 무사히 끝냈을까? 형은 건강하게 잘 지내고 있을까? 마산에 내려간 어머니는 아버지한테 어떤 말을 전했을까……?

14

저녁을 먹고 난 석민은 반원들을 데리고 일찌감치 잔디구장 쪽을 향해 올라간다. 7시부터 가질 촛불 행진에 대비하기 위해서이다.

앞산 너머로 해가 넘어간 지도 꽤 오래되었지만, 주위의 높은 산봉우리에는 아직도 삿갓만큼씩 햇살이 남아 있다.

반원들을 인솔하여 징검다리를 건너간 석민은 제방을 타고 위쪽으로 더 거슬러 올라가, 잔디 위에 자리를 잡고 앉는다.

"성호 넌 그래두 두고두고 할말이라두 있어 좋겠다."

동우의 말에 한바탕 웃음판이 벌어질 법도 하건만, 표정들이 한결같이 침통하다. 사정사정해서 풍물을 받아내 보려고 맘먹고 있었지만, 낮에 부린 성호의 객기로 도무지 입을 뗄 수 없다는 말을 조금 전에 담임한테서 들었기 때문이다.

"나 땜에 정말 미안해."

하고, 성호가 말한다.

"단지, 한번 맘먹은 걸 실행했을 뿐인데⋯⋯."

"짜샤, 괜찮아, 잊어버리라니깐, 오히려 플랜B가 더 효과적일 수도 있다구 했잖아."

동우의 말에 이어 주위에서 성호를 마구 추켜세운다.

"그럼, 그럼!"

"야아, 한번 한다고 맘먹으면 기어코 해내고야 마는, 대성의 집 풀장에서 수영을 한 K대부고의 유일한 싸나이!"

"해저 2만리를 잠영한 초인 권성호!"

"사실 난 말야,⋯⋯."

하고, 성호는 어깨를 으쓱해 보이며 덧붙인다.

"어제 한 약속도 약속이지만, 언젠가 임진교 선생님께서 들려주신 얘기를 한번 실행해 보구 싶었을 뿐야."

"무슨 얘긴데⋯⋯?"

"그, 왜, 마오쩌둥하고 조카딸하고 주고받았다는 얘기 있잖아⋯⋯."

"야아, 역시 넌 대단해⋯⋯."

어느 날 종례 시간에 임 선생은 이런 이야기를 들려주었다.

―주인공 이름은 잊어버렸는데, 중국의 초대 주석인 마오쩌둥의 질녀뻘 되는 아가씨에 관한 일화입니다. 그녀는 대학을 갓 졸업하고, 시골의 어느 학교 여교사로 근무하고 있었습니다.

그 학교는 학생 전원이 의무적으로 기숙사 생활을 해야 하는 특수학교로서 매주 토요일 오후 1시부터 다음날 오후 5시 사이에만 외출과 외박이 가능합니다. 그리고 귀교 시간을 어긴 학생은 학칙에 따라 아주 엄하게 다스리는 겁니다.

그 여선생은 그런대로 학교생활에 만족했지만, 한 가지 골칫거리가 있었습니다. 그게 뭔고 하니, 자기 반 아이 가운데 딱 한 녀석이 도통 귀교 시간을 지키지 않는 겁니다. 한두 시간 늦게 돌아오는 것은 기본이고, 심지어는 이튿날 새벽에 담장을 뛰어넘어 들어오는 경우도 허다한 겁니다. 아무리 심한 체벌을 가해도 전혀 먹혀들지 않는, 소위 문제아 중의 문제아인 셈이죠.

그러던 어느 날, 여선생이 마오쩌둥 아저씨 댁을 방문하게 되었는데, 아저씨가 학교생활에 애로사항이 없느냐고 물었습니다. 그러자 여선생은 그 아이의 이야기를 낱낱이 일러바칩니다. 아저씨의 입에서, 그런 못된 녀석을 당장 퇴학시키지 않고, 왜 골머리를 썩이느냐는 질책이 나오기를 은근히 기대하면서 말이죠.

그런데 정작 마오쩌둥 아저씨는 전연 뜻밖의 말을 하지 뭡니까.

―얘야, 5시까지 돌아오라고 해서 5시 안에 꼬박꼬박 돌아오는 그런 멍청이들이 장차 커서 뭘 하겠느냐? 학교 교칙이란 게 때로는 얼마나 거추장스러울 때가 많으냐? 네가 골치 아프다고 하는 바로 그 아이야말로 장차 커서 크게 될 인물이다. 너, 그 녀석 잘 키워야 한다.

드디어 먼 산꼭대기에 손수건만하게 남아 있던 햇살마저 흔적도 없이 사라지고 사위가 어둑어둑해질 무렵, 교장을 위시하여 여러 선생이 플래시를 켜 들고 징검다리를 건너오고 있다.

―모두들 들어라.

반장들이 반원들을 3열 종대로 정렬시키기를 기다렸다가, 번개가 핸드마이크를 들고 외친다.

산적과 똘만이들 293

―지금부터 촛불 행진에 들어가겠는데, 각 반은 현재 인원수대로 양초를 수령해 가기 바란다. 각 반 반장 앞으로 나왓!

반장들이 반원들에게 손가락 굵기의 양초를 한 자루씩 나눠주고 나자, 번개가 라이터를 켜 교장의 손에 들린 양초에다 불을 댕긴다.
콩알만한 촛불이 점점 커지면서 교장의 얼굴이 환히 드러나기를 기다렸다가, 번개는 다시 외친다.

―다들 잘 듣는다. 이제 곧 교장선생님께서 중대장이 들고 있는 양초에다 불을 댕겨 주시면, 중대장은 각 반 반장에게, 그리고 각반 반장은 선두에 선 세 명에게 불을 댕겨 준다. 그다음부터는 그 뒤에 서 있는 학생들에게, 또 그 학생들은 그다음 학생들에게……, 이런 식으로 불을 댕겨 준다. 알겠지?

"예엣……!"
우렁찬 함성이 박명을 뚫고 하늘 높이 울려 퍼진다.
석민은 임흥순한테서 불씨를 받는다는 그 자체가 몹시 불쾌하지만, 어쩔 도리가 없지 않은가.
어둑어둑하던 주위가 서서히 밝아지면서, 삽시간에 잔디구장은 촛불 잔치마당으로 변한다.

―학생 여러분……!

교장이 핸드마이크를 잡고 말한다.

―지금 여러분은 각자 한 자루씩의 촛불을 들고 있습니다. 한 사람, 한 사람의 촛불 그 자체는 미약하기 짝이 없지만, 보는 바와 같이 이렇게 많은 촛불이 힘을 합하니까, 주위가 대낮처럼 밝아졌습니다.

이와 마찬가지로 한 사람 한 사람은 비록 미약한 존재이지만, 모두가 한마음으로 뭉치면, 이 세상의 어둠을 몰아낼 수 있는 것입니다.

지금부터 여러분은 대성의 집 앞마당까지 촛불 행진을 하게 되는데, 촛불이 꺼지지 않도록 조심해서 걸어야 합니다. 특히 징검다리를 건널 적에 발을 헛디디지 않도록 유의하기 바랍니다.

자, 그러면 내가 앞장을 설 테니, 1반부터 한 줄로 조용히 따라와 주기 바랍니다.

이 말을 마침과 동시에 교장은 선봉장처럼 앞장선다.

촛불의 행렬은 그야말로 장관을 이룬다. 행여 꺼뜨릴세라, 혹시나 발을 헛디딜세라, 조심조심 움직이는 장엄한 행렬은 마치 불 비늘을 가진 거대한 용이 목표물을 향하여 서서히 꿈틀거리며 전진하는 형국과도 흡사하다.

체전이나 올림픽 기간에 왜 성화를 밝히는지, 제사를 지낼 때나 굿을 할 때 왜 촛불을 켜는지, 성호는 알 것 같다.

3백여 명의 손에 들린 3백여 자루의 촛불은 물리적, 가시적 현상으로서의 촛불이 아니라, '불에는 언제나 자신의 얼굴이 보인다.'고 한 소로H.D Thoreau[40]의 말대로 촛불 한 자루 한 자루는 3백여 명의 분신에 다름 아니라는 생각이 든다.

'사람들은 불을 쳐다보면서 온종일 자기의 몸에 붙어 다닌 찌꺼기

---

40) 1817-1862 : 미국의 시인, 철학자. 대표작 『월든』・『숲속의 생활』・『시민의 반항』 등이 있다.

와 흙냄새로부터 자신을 순화한다.'라고 한 소로의 말대로, 성호는 촛불을 바라보면서, 지금껏 자신의 육신에 붙어 다닌 모든 욕망과 질곡으로부터 해방되는 기분을 맛본다.

마침내 본관 앞뜰에 집결하여 일대를 환하게 밝히던 3백여 자루의 촛불과 본관 건물의 모든 전깃불이 놀이지도자의 구령에 따라 동시에 꺼지는 순간, 사위는 온통 칠흑 어둠뿐, 성호는 자신으로부터 완전히 자유로워지는 해방감의 절정을 만끽한다.

어둠은 곧 우주 그 자체이며, 어둠에 용해되어 버린 현장에는 나도 너도, 그리고 그 누구도 존재하지 않는다.

이윽고 대성의 집 옥상 좌우 허공에서 반짝 일어난 불꽃이 불화살처럼 학생들을 향해 낙하하는가 하면, '펑!' 하는 폭음과 함께 마당 한가운데에 마련해 놓은 장작더미에서 허공 높이 화염을 솟구친다.

"와아아!……" 하는 탄성도 잠깐, 고막을 찢는 듯한 재즈 음악과 동시에 난데없이 가면을 쓴 괴물들이 사방에서 튀어나와 춤판을 벌인다.

본관 건물이 다시 불을 밝히자, 2층 베란다로 나와 구경하고 있던 주방 아줌마들이 기겁을 하며 쫓겨 들어가기도 한다.

수영복 차림에다 울긋불긋 보디페인팅을 한 괴물들의 정체는 은밀히 차출된 학생들임이 분명한데, 그들이 덮어쓰고 있는 마귀와 마녀, 그리고 외계인 남녀의 가면과 분장은 죄다 서양인들의 그것이다.

석민은 괴물들의 춤사위를 바라보면서 못내 아쉽다. 같은 값이면 다 홍치마라고, 이왕이면 우리의 전통 가면을 쓰고, 우리 가락에 맞춰, 우리 춤을 춘다면 얼마나 신명이 더할 것인가! 더욱 실망스러운 것은, 갑자기 음악이 뚝 그치면서, 괴물들이 싱겁게 퇴장해버리고 만다.

"씨팔, 무슨 놈의 앞풀이가 이래?"

"야, 저기 좀 봐!"

병태가 가리키는 뒤쪽을 바라보자, 언제 나타났는지, KBC에서 나온 취재팀들이 조명과 함께 카메라를 들이대고 있다. 그 양옆에 배 기사와 앨범 기사도 빠질 리 없다.

성호는 장내를 한번 휘둘러본다. 마당 한가운데 활활 타오르고 있는 캠프파이어를 중심으로 동편으로는 1·2·3반이, 서편으로는 4·5반이, 본관 쪽으로는 교장과 장학사, 학생과장, 그리고 어머니회 간부들이 앉아 있는가 하면, 남쪽인 뒤쪽은 무대공간으로 활용할 모양으로 훤하게 틔워져 있다.

─자, 학생 여러분, 모두 풀장 쪽을 향해 돌아앉아 주시기 바랍니다.

놀이지도원 김 팀장의 지시에 따라 앉은 자세 그대로 방향을 바꾸어 앉음과 동시에 학생들 서리에 끼어 앉은 담임들이 일제히 플래시를 비추자, 풀장 건너편의 글자들이 환하게 드러나면서, 무대 배경 구실을 톡톡히 해준다.

겨레의 힘 나라의 빛
몸도 튼튼 마음도 튼튼

─자, 지금부터 학급 대항 장기자랑대회를 가진 다음, 신나는 디스코 타임으로 피날레를 장식하도록 하겠습니다.

그러자 학생들은 기성을 싸질러대면서 열광한다.

─장기자랑 심사위원으로는 교장선생님, 장학사님, 어머니회 회장

님, 그리고 저희 놀이연구회의 누나 두 분께서 수고하시겠습니다.

출연하는 학생들은 그동안 연마해 온 기량을 마음껏 발휘할 것이며, 관객들 또한 그들의 연기에 큰 박수를 보내주시기 바랍니다.

진행 순서를 말씀드리자면, 1반, 5반, 2반, 4반, 그리고 맨 마지막으로 3반 순이 되겠습니다.

그럼, 첫 번째 순서로, 1반 학생들의 멋진 '로봇춤'을 감상하시겠습니다. 힘찬 박수 부탁드립니다!

당황한 건 5반이다. 으레 맨 나중에 차례가 돌아올 줄 알고 느긋하게 앉아 있던 마당극 놀이패는 허겁지겁 3층으로 뛰어 올라간다. 1반 학생들의 로봇춤이 제발 오래 끌어주기를 바라면서…….

담임이 주방에서 빌려다 준 하얀 모자에다 같은 색깔의 반소매 조리 가운을 재빨리 갈아입고, 세숫대야, 식판, 들통, 주전자 등을 든 풍물패와 앞가슴에다 검정 매직잉크로 '교장', '학생과장', '국어', '수학' 등을 표기한 러닝셔츠를 입은 연극패가 2층 복도로 내려온 것은 거의 동시다.

그들은 곧장 마당으로 내려가지 않고, 계단에 몸을 숨기고 앉아 순서가 되기를 기다린다.

다행히도 1반의 로봇춤은 아직도 계속되고 있다. 대학생이나 전문가의 지도를 받지 않고서는 흉내 낼 수 없는, 로봇 특유의 연계 동작으로 이어지는 녀석들의 춤사위는 가히 일품이라 할 만하다.

방송국에서 나온 사진기자와 앨범 기사와 배 기사가 한 장면 한 장면을 열심히 카메라에 담고 있다.

이윽고 1반 학생들이 우레와 같은 박수를 받으며 퇴장하자, 사회자가 외친다.

―1반 학생들의 아주 훌륭한 로봇춤이었습니다. 이들에게 다시 한 번 격려의 박수를 보내 주시기 바랍니다.
　다음 순서는 5반 학생들의 마당극 「쓰리랑 부부」 공연입니다. 과연 어떤 내용인지 몹시 궁금합니다. 음메, 기 죽어!, 음메, 기 살어!.
　여러분, 뜨거운 박수로 맞아 주시기 바랍니다.

　　쿵 망막 캥작캥작 굴랄라망막 캥작캥작 쿵 망막 캥작캥작……

　신살 오른 무당처럼 우쭐우쭐 춤을 추는 '산적과 똘만이들' 반기를 앞세우고, 상쇠인 동우가 숟가락으로 프라이팬을 힘차게 두들기며 덧뵈기장단을 먹임과 동시에 성호는 운동화짝으로 세숫대야를, 병태는 주전자 뚜껑으로 주전자를, 석민은 국자로 들통을 두들기면서 마당으로 내려선다.
　그리고 교련복 바지에 러닝 앞가슴에다 검정색 매직잉크로 '교장'·'국어' 하는 식으로 커다랗게 신분을 표기한 연극패가 한 줄로 서서 뒤따라 입장한다.
　상상을 초월하는 이들의 복장과 기물은 그럼으로써 한층 더 익살스럽고 흥겹기만 하다. 마치 수련원 주방 아줌마들이 장기자랑을 하는 듯한 광경이다.
　풍물패의 장단에 맞춰 교장을 위시하여 학생과장 및 교과 담임들로 가장한 연극패가 걸음걸이까지 그럴싸하게 흉내 내며 장내를 휘젓고 돌아다니자, 선생들도 어머니들도 학생들도 모두 배꼽을 잡고 폭소를 터뜨린다.
　이윽고 연극패가 객석으로 물러나 앉자, 기수와 풍물패만 남아 신나게 춤을 춘다.

쿵 망막 캥작캥작 굴랄라망막 캥작캥작 쿵 망막 캥작캥작……

상 쇠 절정에서 딱 멈추고 급우들을 둘러보며, 작은 소리로 관객 여어러부운.
급우들 아무런 반응이 없다.
상 쇠 워어메, 사람 말이 말 같잖은게벼. 부르는디 워찌 대답들이 없디야? '여어러부운.' 하고 부리면, '왜 불러?' 하고 대답들을 혀야 쓸 거 아닌감?
　조금 큰 소리로 여어러부운!
급우들 조금 큰 소리로 왜 불러어?
상 쇠 워어메, 워어메, 이런 호랑말코같이……. 사흘에 피죽도 한 그릇 못 얻어 처 묵었남, 워째 이래 매가리들이 쏘옥 빠지뿌릿디야?
　아주 큰 소리로 여어러어부운!
급우들 아주 큰 소리로 왜애 불러어?
상 쇠 워어따메, 워어따메! 귀청 떨어지뿌리겄네. 그려, 그려, 진작 그랬어야지. 사내자식들 50여 명이 내지르는 소리가 최소한 고쯤은 돼야 쓴다 이 말씸이여. 아, 그래야 저어 백리 밖에 있는 그 머시기냐, 문교부장관이나 교육감 나으리들 귓구마리에 들어갈 거 아닌가, 그 말여.
　자, 자, 자, 각설하고, 여러분! 허벌나게 좋지라우, 잉?
급우들 아주 큰 소리로 예에!
상 쇠 날이 날마중 고놈의 지긋지긋한 그 머시기냐, 보충수업에다 자율학습인지, 타율학습인지 하니라고 파김치가 돼 갖고설라므니 매가리들을 못 추고 있다가, 요로코롬 산 좋고 물 좋고 공기 좋은 이 '대성의 집'에 와서 2박 3일간 하계수련회를 갖

　　　　게 되었응께 말이여.
　　　　워따메, 요로코롬 좋은 날, 워째 춤과 노래와 흥이 없을 것이
　　　　여, 잉?
　　　　자아, 우리 K대부고 2학년 5반, 마당놀이 한번 신나게 놀아
　　　　봅세에!
　급우들 풍물패의 '덩따기 더엉 따 얼쑤!' 장단에 맞춰 우루루 몰려나와 흥겹게 춤
　　　　판을 벌인다.

　교장과 장학사가 자못 심각한 표정으로 서로 귓속말을 주고받고 있
다. 장학사가 계속 뭐라고 속삭이면서 교장을 설득하는 눈치이다.
　풍물패와 급우들이 퇴장하자, 교장과 학생과장 역을 담당한 두 학생
이 입장한다.
　이때 5반 학생들 삼삼오오 무리를 지어 등교한다. 책가방을 짊어진
그들의 등허리는 한결같이 구십도로 꼬부라져 있으며, 두 다리는 힘없
이 비틀거린다.
　방송국 사진기자가 부지런히 카메라를 돌리고 있다.
　학생들이 학생과장으로 가장한 학생 앞에 서서 거수경례를 하며 맥
빠진 목소리로 "선생님, 집에 잘 다녀왔습니다." 한 다음, 비틀거리며
걷다가 교장으로 가장한 학생 앞에 가서 "교장선생님, 집에 잘 다녀왔
습니다." 하고 같은 동작을 반복한다. 그럴 때마다 교장 역을 담당한
학생은 인자한 미소를 머금고서 일일이 "열심히 하자.", "열심히 하
자." 하고 답례한다.
　학생들의 입장이 끝나갈 무렵, 시계를 들여다보던 학생과장 역을 담
당한 학생, 뒤늦게 헐레벌떡 뛰어 들어오는 두 학생을 불러 세운다.
　교장 역은 이를 못 본 채 슬그머니 퇴장한다.

학생과장 야, 이 새끼들아. 니놈들은 도대체 뭐야, 앙? 지금 몇 신데 이제 오는 거야, 몇 학년 몇 반, 이름이 뭐야?

학생1·2 고개를 떨군 채 대답을 못한다.

학생과장 원산폭격햇!

학생1·2 두어 번 넘어지다가 가까스로 원산폭격 자세를 취할 즈음, 학생 3이 헐레벌떡 뛰어 들어온다.

학생과장 넌 또 뭐야, 이 새꺄? 몇 학년 몇 반이야? 담임이 누구야?

학 생 3 고개를 숙인 채 말이 없다.

학생과장 같이 원산폭격햇! 도대체 니놈 새끼들은 정신 상태가 글러 먹었어. 그따위 썩은 정신으로 대학에 들어갈 수 있겠어, 앙? 인문계 나와 갖구 대학에 못 들어가면 깡패밖에 더 돼?

학생1·2·3 …….

학생과장 일어서……! 앉어……! 일어서……! 앉어……! 일어서……! 앉어……! 일어서! 일어서……! 학생1·2·3 앉는다. 이 새끼들, 누가 앉으랬어, 앙? 그 봐, 지금 정신 상태가 그만큼 해이해져 있다는 증거야.

학생1·2·3 …….

학생과장 낼 아침부턴 일찍 오는 거지?

학생1·2·3 힘없는 목소리로 예.

학생과장 엠병헐, 사흘에 피죽도 한 그릇 못 얻어 처먹었어? 그것밖에 소리가 안 나왓? 한 번만 더 걸리는 날엔 용서 없어, 알았어?

학생1·2·3 옛!

학생과장 교실로 향해서 뛰어어갓!

교장, 학생과장 역을 맡은 학생 퇴장한다.

학생1·2·3 잠시 뛰어가다 말고 돌아서서 서로 어깨동무한 자세로 노가바[41]한 「해방가」를 부르면, 객석에 앉아 있는 풍물패 장단을 먹임과 동시에 5반 학생 전원 합창한다.

    어둡고 괴로워라 등교 하굣길
    별 보며 나와서 별 보며 가네
    동무야 자리 차고 일어나거라
    학교가 집이요 집은 하숙집
    아아 자유의 자유의 그날은 언제······

학생1·2·3 퇴장, 황보 선생으로 분장한 학생이 등장한다. 5반 학생들 그와 함께 합창한다.

E 장단

    에야 디야 에야디야 해뜨는 교실
    에야 디야 에야디야 해야 솟아라
    함께 웃고 함께 울고 서로 도우는
    우리들은 2학년 5반 미운 얄개들

---

41) '노래 가사 바꾸기'의 줄임말.

담 임 에에 또……, 이번 월례고사 성적 역시 우리 5반이 영광스럽
게도 2학년 10개 반 중에서 꼴찌에서 1등입니다.

관객들 폭소.

담 임 그러나 학급 평균이 지난번보다 1점이 올라갔기 때문에 담임
은 그것으로 대만족입니다.
우리 2학년 5반 급훈이 뭐죠?

급우들 큰 소리로 사랑과 봉사로 채우는 하루!

담 임 그렇습니다. 내가 이 세상에 태어나서 할 수 있는 가장 훌륭
한 일은 무엇일까, 오늘도 사랑과 봉사로 채우는 하루를 생각
하면서 공부합시다.

담임으로 가장한 학생 퇴장하면, 학생들 노가바한 「늙은 군인의
노래」를 합창한다.

E 장단

허리 잘린 이 강산에 학생이 되어
벌만 서기 매만 맞기 어언 10여 년
무엇을 배웠느냐 무엇을 바랐느냐
열심히 공부해도 꼴찌하긴 마찬가지
아아 다시 못 올 흘러간 내 청춘
자율학습에 실려 나간 꽃다운 내 청춘

영어·수학·국사·문학·체육·윤리 선생으로 가장한 학생들이 등
장하여 일렬횡대로 늘어서서 객석에 앉아 있는 2학년 5반 반원들을

향하여 한 사람씩 차례로 질문을 던진다.

영 어 검정 매직펜으로 쓴 종이를 펼쳐 들고 다음 중에서 스펠링이 잘못된 것은?
  ㄱ) Seperate   ㄴ) Argument
  ㄷ) Develop   ㄹ) Occurrence
누가 답해봐. 몇 번이 정답이야?

객 석 아무런 답이 없다.

영 어 이런 맹추들, 손가락으로 ㄱ)을 가리키며 S, e, p, e가 아니라, S, e, p, a가 돼야지. 이거 86학년도 학력고사 문제야, 이 병신 새끼들아! 무슨 뜻인지 알아? 천천히 여백에다 '때어 놓다, 식별하다'라고 쓴다. 알겠어, 이 밥통 새끼들아······?

학생1 벌떡 일어나 판서를 지적하며 선생님, 맞춤법이 틀렸어요. '때어 놓다'는 '쌍디귿ㄸ'에 'ㅏ, ㅣ'가 아니라, 'ㅓ, ㅣ'로 써야 맞는데요.

영 어 야, 이 새꺄! 지금이 국어 시간이야? 한글 맞춤법은 국어 시간에나 공부해.

수 학 검정 매직펜으로 쓴 종이를 펼쳐 들고 세 쌍의 부부가 식탁에 둘러앉을 때, 남편 세 사람이 자기 부인과 앉을 수 있는 경우의 수는?
  ㄱ) 20 ㄴ) 18 ㄷ) 16 ㄹ) 14

객 석 아무런 답이 없다.

수 학 이런 돌대가리들이 있나. 정답은 ㄷ)이다. 돌대가리들은 무조건 정답을 외어두라구. 수학도 암기 과목이야.

국 사 검정 매직펜으로 쓴 종이를 펼쳐 들고 다음 4가지 가운데 나머지 셋과 기능이 다른 하나는?
  ㄱ) 방납제 ㄴ) 의창 ㄷ) 진대법 ㄹ) 제위보

객 석 아무런 답이 없다.
국 사 정답은 ㄱ)이다.
학생2 방납제가 뭔지 설명해 주시면 감사하겠습니다.
국 사 『실력국사』 34페이지를 봐. 거기에 자세하게 해설되어 있어.
문 학 미당未堂의 「국화 옆에서」는 명시 중의 명시다. 미당은 1세기에 한 사람 날까 말까 한 위대한 민족시인이시다.
학생3 벌떡 일어나 선생님, 서정주는 친일파 중의 친일파라던데요?
문 학 야, 임마! 시인과 작품은 별개 문제야, 그리구 일제 당시에 친일파 아닌 사람 있으면 나와 보라구 해!
화 학 이 돌대가리들아!
수 학 이 보온밥통들아!
국 사 이 머저리들아!
문 학 이 쪼다 새끼들아!
체 육 이것두 모르면 아예 자퇴하고 공장에나 가!
영 어 노가다판에나 가!
수 학 아예 콱 죽어버렷!
국 사 죽어두 밖에 나가 죽어, 교실에 파리 끓어!
화 학 다음 시간까지!
문 학 1페이지부터 10페이지까지!
영 어 무조건 달달 외어 와!
수 학 만약에 못 외는 놈이 있으면!
국 사 못 외는 놈으은!
문 학 못 외는 노오므은……!
일 동 동시에 각오하라구!
영 어 엉덩이에 빳다 스무 대!

수 학 손바닥에 회초리 열 대!
국 사 1시간 동안 원산폭격!
화 학 운동장 열 바퀴 돌리기!

교사로 가장한 학생들 의기양양하게 퇴장하고 나면, 급우들 일어나 스크럼을 짜고서 「우리 모두 여기 모였구나」 곡으로 합창한다.

E 장단

유치원 국민학교 중학교 졸업하고
연합고사 합격하고 배정받아 들어와
모두들 여기까지 모두들 여기까지 달려왔구나
온 교실에 울려 퍼지는 노래 크게 부르며
어차피 행복은 성적순이 아니잖아요
아 아 모두들 열망하네 참교육 참스승

학생들 일제히 주먹을 솟구치면서 구호를 외친다.

우리는 점수를 따는 로봇이 아니다!
우리는 30%를 위한 들러리가 아니다!
입시 교육 지양하고 전인교육 실현하자!
참스승 다시 모셔 받아보자, 참교육!

등장인물들 퇴장하면, 석민이 교련복 바지에 앞가슴에 '임진교'라고 쓴 러닝 차림으로 입장한다.

석 민 서서히 객석을 둘러보다가, 비장한 목소리로 「껍데기는 가라」를 암송한다. 꽹과리와 장구가 '덩 기덕 쿵 따 쿵따……' 하고 작은 소리로 효과음을 내다가 한 연이 끝날 때마다 큰 소리로 요란하게 울린다.

E Up→Down 덩 기덕 쿵 따 쿵따덩 기덕 쿵 따 쿵따 ……

껍데기는 가라
4월도 알맹이만 남고
껍데기는 가라

E Up→Down 덩 기덕 쿵 따 쿵따덩 기덕 쿵 따 쿵따 ……

껍데기는 가라
동학년 곰나루의, 그 아우성만 남고
껍데기는 가라

E Up→Down 덩 기덕 쿵 따 쿵따덩 기덕 쿵 따 쿵따 ……

그리하여, 다시
껍데기는 가라
이곳에선, 두 가슴과 그곳까지 내 논
아사달 아사녀가
중립의 초례청 앞에 서서
부끄럼 빛내며 맞절할지니
껍데기는 가라

E Up→Down 덩 기덕 쿵 따 쿵따덩 기덕 쿵 따 쿵따······

　　한라에서 백두까지
　　향그러운 흙가슴만 남고
　　그, 모오든 쇠붙이는 가라

　　　E Up→Down 덩 기덕 쿵 따 쿵따덩 기덕 쿵 따 쿵따······

　일단 마당극은 여기에서 끝나고, 이제 뒤풀이만 남았다. 여기까지 진행하는 동안 교장, 장학사, 학생과장의 눈치를 살피며, 석민은 얼마나 좀이 쑤셨는지 모른다.
　그나마 한편으로 안심이 되는 것은, KBC 취재팀이 한 장면 한 장면을 놓치지 않고 촬영하고 있다는 사실이다. 만약에 학교 측에서 공연을 강제로 중단시켰다간 그 장면까지 생생하게 찍힐 터인즉, 속에서 아무리 부글부글 열불이 끓어도 어찌할 도리가 없을 것이 아닌가. 이왕 내친김에 담임과의 약조를 파기하고 끝까지 밀고 나가고 싶은 충동을 가까스로 다스리며, 석민은 상쇠인 동우에게 눈짓을 보내며 뒤풀이로 들어간다.

　　　쿵 망막 캥작캥작 굴랄라망막 캥작캥작······

　―자, 우리 모두 다 함께 춤을 춥시다······

　석민이 객석을 향하여 큰 소리로 외치자, 5반 학생들이 와 몰려나온 데 이어, 전 학생들이 벌떼처럼 몰려나와 함께 어울린다.

덧뵈기장장이 자진모리장단으로 바뀐다.

덩 덕쿵덕 쿵 덕쿵덕 덩 덕쿵덕 쿵 덕쿵덕 덩 덕쿵덕 쿵 덕쿵덕……

지구상에서 우리 춤사위만큼 쉬운 것이 또 있을까. 평생 처음으로 추는 춤이건만, 학생들은 이내 한 덩어리가 된다.

이때 교장과 장학사가 자리를 박차고 일어나더니, 학생과장을 불러 퇴장해버린다.

―동작 그만! 동작 그만! 내 말 안 들려? 이 새끼들아, 동작 그만! 동작 그만……!

잠시 후, 불시에 나타난 학생과장이 핸드마이크를 들고 외쳐댄다. 번개가 천둥에 개 뛰듯 날뛰며, 가짜 풍물들을 압수하기에 바쁘다.

―지금 바로 반별로 입실해서 일석 점호를 준비해주기 바란다. 그리고 담임선생님들께서는 지금 당장 지도교사실로 와주시기 바랍니다.

―이이이이이……! 우우우우우……!

학생들의 입에서 일제히 야유가 터진다.
학생과장과 번개가 여기저기 흩어져 있는 담임들에게 다급하게 손짓을 하고 사라졌으나, 정작 담임들은 눈알을 멀뚱거릴 뿐, 도시 일어날 기미가 없다.

―여러분!

하고, 이때 한 학생이 한가운데로 튀어나오면서 외친다. 성호다.

―우리 모두 이 자리를 사수해야 합니다. 장기자랑은 아직 끝나지 않았습니다. 5개 반 중에서 아직 3개 반이나 남아 있습니다. 교장선생님 이하 전 선생님이 다시 참석하신 가운데 나머지 3개 반의 장기자랑을 모두 마칠 때까지 우리 모두 한 발짝도 물러나지 맙시다!

―옳소오! 옳소오……!
―열광! 열광! 반짝! 반짝! 열광! 열광! 반짝! 반짝! 열광! 열광! 반짝! 반짝! 우우우우우……!

15

"어때, 이 정도는 괜찮잖어?"
"그럼, 어디 없는 걸 만들어냈어?"
"좁쌀 그 양반, 괜히 긁어 부스럼 만들고 있는 거라구."
담임들은 계단을 밟아 오르면서 저마다 한마디씩 내뱉는다.
"황보 선생, 어쩜 그렇게 감쪽같이 속였어, 「쓰리랑부부」를 한다구 잔뜩 자랑해놓구서 말야……?"
"저……."
2층 베란다로 올라서자, 황보 선생은 담임들을 막아서며 동문서답을 한다.

"모든 책임은 제가 지겠습니다. 그 대신에 담임선생님들께 간곡히 부탁드릴 게 있습니다."

"······?"

"저희 2학년 5반 마당극이 아직 끝나지 않았다고 생각해 주십시오."

"무슨 말씀인지······?"

"무슨 말인가 하면, 가장 핵심적인 클라이맥스 장면이 아직 남아 있단 말입니다. 그리고 지금부터는 우리 담임들이 극중인물로 등장하는 겁니다."

"말하자면······."

하고, 심 선생이 묻는다.

"쫍쌀이나 장학사가 꼬투리를 잡아 질책한다면, 우리 모두 공동으로 대응하자, 이거지?"

"그래, 바로 그거야. 대본은 없지만, 즉흥극으로 엮어나가는 거야."

―공연! 계속! 공연! 계속! 공연! 계속! 공연! 계속······!

학생들은 숫제 본관 건물을 향해 방향을 바꾸어 앉아 농성에 돌입해 있다. 성호 말고도 10여 명이나 되는 각반 대표들이 진두에 나와, 각기 자기네 반기를 흔들며 사기를 진작하고 있다.

―공연! 계속! 공연! 계속! 공연! 계속! 공연! 계속······!

"저거 좀 들어보라구."

하고, 황보 선생은 말한다.

"마치 우리보고 클라이맥스 부분을 완성해 달라고 외치는 소리 같잖아?"

"저도 동감입니다.

하고, 한 선생이 쐐기를 박는다.

"방송국 카메라 앞에서 꼼짝두 못하는 꼬락서니 아까 보셨잖아요? 까짓거, 이판사판 한번 밀고 나가 봅시다."

지도교사실의 분위기는 험악하기 그지없다. 침상 안쪽 한가운데에는 교장과 장학사가, 그리고 그 양옆으로 학생과장과 번개가 날개를 벌린 꼴로 앉아, 저마다 버러지를 씹은 듯 곤혹스런 표정들을 짓고 있다.

"황보 선생!"

황보 선생이 발을 들여놓는 순간, 교장의 입에서 돌벼락이 떨어진다.

"학교를 말아먹을 작정을 했소? 도대체 학교장을 뭘로 보는 거요, 앙?"

"교장선생님."

하고, 황보 선생은 당당하게 맞선다.

"무슨 말씀을 그렇게 하십니까?"

"아니, 시방 제정신으로 하는 소리요, 그걸 몰라서 묻는 거요?"

"아마도 제 반 학생들의 마당극 내용을 두고 하시는 말씀 같으신데, 혹시 어디 잘못된 데라도 있습니까?"

이때다. KBC 취재팀이 들이닥친 것은······. 검정 뿔테안경을 쓴, 30대 중반으로 보이는 PD와 마이크를 잡은, 30대 초반으로 보이는 리포터가 실내로 들어서는가 하면, 사진기자와 조명 기사가 이내 뒤따라 입장한다.

번개가 얼른 튀어 나가 두 팔을 한껏 벌리며 그들을 가로막는다.

"왜들 이러십니까? 지금 회의 중이니 나가 주세요."

"이럴 줄 알고 일부러 올라왔습니다."

하고, PD가 나서면서 덧붙인다.

"죄송하지만, 회의 장면을 한 컷만 찍겠습니다."

"여보세요, PD 양반!"

하고, 교장이 돌연 인자한 미소를 머금고 말한다.

"방금 우리 강 선생님이, 여러분들이 들어오시니까 성가실 것 같아서 일부러 '회의 중'이라 한 모양인데, 실은 회의 중이 아녜요. 그러니 찍을 장면이 아무것도 없어요."

그러나 교장의 이 임시변통은 중대한 실언이 되고 만다.

"그럼 더 잘됐습니다, 교장선생님. 잠시 몇 말씀 여쭤보겠습니다."

PD가 사인을 보내자, 사진기자가 재빨리 운동화를 벗고 침상 위로 뛰어오른다. 조명 기사가 라이트를 켜자, 실내가 대낮처럼 눈부신 가운데 카메라가 앵글을 잡는다.

이때 어머니회 간부들과 각반 반장들이 들이닥친다.

황보 선생은 석민이와 눈길이 마주치자, 안심하고 지켜보라는 의미로 윙크를 보낸다. 석민도 불끈 쥔 두 주먹을 은밀히 흔들어 보인다.

"교장선생님, 생방송이 아니니까, 조금도 부담감을 가지지 마시고, 사실 그대로 자연스럽게 답변하시면 됩니다.

자, 그럼 몇 가지만 여쭤보겠습니다."

하고, 리포터는 차분한 어조로 말을 잇는다.

"K대부고는 다른 학교에 비해서 놀이문화 수준이 아주 높습니다. 일반적으로 중·고교에서는 마당극이라든가 풍물놀이를 금지하고 있는데, 교장선생님께서는 평소에 어떤 취지에서 이렇게 적극적으로 장려하시는지요?"

"아, 녜…… 잠시 당혹한 빛을 띠다가 에에 또……, 마당극이나 농악은 원래 우리나라 고유의 전통예술 아닙니까? 요즘 젊은이들이 너무 서구문화에 심취해 있는데, 이건 아주 잘못된 가치관에서 출발한 거예요. 그래서 본교에서는 우리의 전통 놀이문화를 계승하자는 취지에서 적극적으로 장려하고 있습니다."

선생들이나 반장들이나 어머니들은 서로 옆 사람의 얼굴을 쳐다보기에 바쁘다. 무슨 이런 괴변이 있단 말인가!

　…… 벌만 서기 매만 맞기 어언 10여 년
　무엇을 배웠느냐 무엇을 바랐느냐
　열심히 공부해도 꼴찌하긴 마찬가지……

바깥에선 학생들의 노랫소리와 구호가 잠시도 쉬지 않고 들려오고 있다.

　아아 다시 못 올 흘러간 내 청춘
　자율학습에 실려 나간 꽃다운 내 청춘……

"녜, 정말 훌륭하십니다. 저희 취재진은 그런 줄도 모르고 공연을 중단시키고 선생님들을 집합시키시기에, 혹시나 모종의 조치를 취하기 위한 모임이 아닌가 하고, 뒤쫓아 올라왔지 뭡니까. 전혀 그런 게 아니었군요."

"그럼요, 모종의 조치라뇨?"

"그러면 장기자랑을 발표하지 않은 반이 3개 반이나 남아 있는데, 어떻게 하실 계획이신지요?"

교장은 온 얼굴에 땀을 뻘뻘 흘리며,

"아, 네, 그, 그건…… 사실대로 말씀드리겠는데, 아까 그 마당극이 말이죠, 검열용으로 제출한 대본과 상이했지만, 그때까지는 내용상 별문제가 될 게 없어 그대로 진행하도록 했지만, 더 이상 진행했다간, 뭐 우리끼리라면 괜찮겠는데, 전국의 시청자들에게 내보내기에는 좀 곤란한 장면이 연출될 것 같아서 일단 중단시키고, 담임선생들과 상의하려 했던 겁니다. 목소리를 잔뜩 낮추어 사정조로 지금 제가 하는 말은 편집 과정에서 삭제해 주셔야 합니다."

"물론입니다. 그 점은 조금도 염려하지 마시고 소신껏 말씀해 주시면 감사하겠습니다. 그러면 장기자랑대회를 속개하실 거군요?"

"그럼요, 아직 3개 학급이나 남아 있지 않습니까."

그야말로 모순의 극치가 아닐 수 없다. 학생과장을 시켜서 일석 점호를 준비하라고 지시한 사실은 까맣게 잊어버린 것일까?

황보 선생은 생각한다.

2박 3일간의 수련회가 아니라, 이건 완전히 2막 3장의 연극이 아니고 무엇인가!

그렇다. 쫍쌀 그는 교장이라기보다 차라리 한 드라마의 반동인물로서 파국을 열연하고 있는 것이다. 실로 그의 연기는 완벽하여, 담임들은 물론, 반장과 어머니들도 기립박수를 보내고 싶을 정도다.

"거듭 말씀드립니다만, 교장선생님, 정말 대단하십니다. 연극패 학생들이 교장선생님을 위시해서 여러 선생님을 풍자하기에 저희 취재진은 간이 조마조마했습니다. 혹시 교장선생님께서 중단시키시지나 않을까 해서 말이죠."

"중단시키다뇨, 마당극이란 게 원래 그런 거 아녜요?"
하고, 교장은 신바람을 낸다.
"그 뭡니까……, 옛날 상민들이 양반 계층을 맘껏 풍자함으로써 평소에 품어 온 원한을 통쾌하게 날려버릴 수 있었던 것처럼, 입시 위주의 주입식 교육으로 쌓일 대로 쌓인 스트레스를 이렇게 해서 다소라도 해소할 수 있다면, 그 좋은 거 아니겠어요?"
"과연 그렇습니다. 그런데 요즘 각계각층에서 교육정책의 전환을 서둘러야 한다는 비판의 목소리가 높습니다. 교장선생님께선 이 문제에 대해서 어떻게 생각하십니까?"
"물론 저도 전적으로 동감입니다."
교장은 흘러내리는 비지땀을 손수건으로 닦으며 덧붙인다.
"그러나 그렇다고 우물에 가서 숭늉을 달라고는 할 수 없지 않습니까? 마침 정부에서도 현행 입시제도의 문제점을 개선하려는 움직임을 보이고 있으니, 2, 3년 안으로 곧 좋은 결과물이 나올 거라고 믿습니다."
"감사합니다."
하고, 리포터가 장학사를 향한다.
"이번에는 장학사님께 한 가지만 여쭙겠습니다."
"녜, 좋습니다."
장학사 역시 당혹스러운 표정이 역력하다.
"엉뚱한 질문인지 모르겠습니다만, 조금 전에 몇몇 학생을 잡고, 이곳에 와서 수영을 많이 했느냐고 물어 보았더니, 수질이 오염되고 밑바닥에 유리병 조각이 많아서 풀장에는 손도 한 번 담가 보지 못했다고 불평들이 대단하던데, 그게 사실입니까?"
장학사는 어찌할 바를 몰라 쩔쩔맨다. '카메라 출동'의 한 장면이 따로 없다. 체중을 불리기 위해서 물을 잔뜩 먹인 소를 트럭 꽁무니에 매달아 끌고 다니다가 밀도살하는 현장을 덮치자, 카메라와 마이크 앞에서 쩔쩔매는 악덕 업주의 꼬락서니, 바로 그것이다.

"아, 그건 말이죠, ……."

하고, 교장이 잽싸게 가로챘다.

"실은, 프로그램을 변경해서…… 내일 오전에 수영을 시킬 예정입니다. 어머니들을 향해 어색한 미소를 보내며 학생들이 그 이전에 함부로 입수하지 못하게 일부러 그렇게 말한 것이지, 사실은 그게 아닙니다."

"하하하하……."

갑자기 폭소를 터뜨리며 리포터가 말한다.

"저희들은 그런 깊은 뜻을 모르고, 내일 아침에 다시 와서 풀장 바닥과 수질 오염 실태를 취재하려 했지 뭡니까. 그럼 낼 오전에 오면, 학생들이 수영하는 현장을 카메라에 담을 수 있겠군요."

"아, 그야 물론이죠. 오전에도 좋고 오후에도 좋습니다. 오후에는 6반부터 10반까지 후반기 학생들이 또 오니까요."

석민을 위시한 반장들은 더 들을 것이 없다는 듯이 환호하면서 밖으로 몰려 나간다.

황보 선생은 취재팀이 눈물겹도록 고맙다. 바로 이런 분들이 있었기에 『광주는 말한다』, 『떠도는 주검』, 『어머니의 노래』 같은 작품들이 방영될 수 있었으리라.

"장시간 감사합니다. 그럼 저희들은 밖에 나가서, 오늘 행사가 끝날 때까지 취재하겠습니다."

"그런데 교장선생님!"

리포터의 인사말이 끝나기가 무섭게 PD가 방구석에 놓인 풍물 가방들을 가리키면서 묻는다.

"교장선생님, 이건 풍물 가방들 아닙니까?"

"맞아요. 학생들이 맡겨둔 겁니다."

"근데 왜 아깐……?"

"아, 그건 말이죠."

하고, 궁지에 몰린 교장을 이번에는 장학사가 구해준다.

"보다 극적인 효과를 내자면, 가짜 풍물을 사용하는 게 더 낫다나 어떻다나, 원 녀석들두……."

취재팀이 사라지고 나자, 방안은 온통 웃음바다가 된다.

"야아, 교장선생님!"

어머니들과 장학사와 학생과장이 이구동성으로 교장을 향해 입을 연다.

"교장선생님, 정말 놀랐습니다. 어디서 그런 순발력이 나오십니까?"

"교장선생님, 증말 대단하십니다."

"저는요,……."

하고, 어머니회장이 입을 연다.

"기자 양반이 한마디씩 질문을 던질 때마다, 간이 콩알만해져 갖구 숨도 제대로 쉬지 못했어요."

"교장선생님!"

하고, 장학사도 한마디 입부조한다.

"교장선생님의 기지는 제가 한 수 배워야겠습니다."

"하하하하……."

하고, 교장은 장학사의 허벅지를 '탁!' 치며 덧붙인다.

"무슨 말씀이세요, 장학사님도 그만하면 수준급이던데요, 뭘!"

이때다. 바깥에서 "으와아, 우리가 이겼다아!" 하는 함성에 이어 느닷없이 골짜기가 떠나갈 듯한 만세삼창이 터진다.

—만세에! 만세에! 마흔세에……!

그리고 뒤이은 풍악 소리.

쿵 망막 캥작캥작 굴랄라망막 캥작캥작 쿵 망막 캥작캥작……

16

먼저 일어난 심 선생이 선생들을 깨운다. 밖으로 나와 보라는 것이다.
 언제 수문을 닫았는지, 수영장은 꼭 거짓말처럼 만수가 되어 있다.
 어제 성호가 헤엄친 자리를 따라 하얀 부표들이 징검다리처럼 떠 있는 가운데 거대한 노천 온천탕인 양 거울처럼 잔잔한 수면 위로 우윳빛 물안개가 스멀스멀 피어오르고 있다.
 "야아, 과연 언론의 힘이 세긴 세군! 하마터면 나머지 세 개 반 장기자랑이랑 디스코 타임을 놓칠 뻔했잖아."
 "'디스코 타임'이라니, 이왕이면 말을 똑바로 하라구."
 "알았어. '풍물놀이'라고 하라는 거지?"
 "당연하지. 난 말야, 3반 학생들의 촌극 「짱구는 못 말려」도 좋았지만, 무엇보다 '디스코 타임'을 '풍물놀이'로 대체했다는 사실이 도무지 믿어지지 않아."
 "디스코가 아니면 춤이 아닌 줄 알던 애들이, 우리 춤을 얼마나 잘

쳤어, 전혀 경험도 없었을 텐데 말야."

"무슨 소리야, 조상님들한테서 물려받은 DNA라는 게 있잖아."

그랬다. 가짜 풍물이 아닌, 압수당했던 진짜 풍물을 되찾아 신나게 두들기는 풍물패의 가락에 맞춰 3백여 명의 학생들은 모두 한 덩어리가 되어 원도 한도 없이 신명풀이를 했다. 제도교육에 맞서 쟁취해 낸 값진 전리품이기에 그 신명은 그만큼 더 배가될 수밖에 없었다.

"말이 났으니 하는 말이지만, 정말 리포턴가 뭔가 하는 그 젊은이 보통내기가 아니었어. 그렇잖어?"

"그런데, 그런 사람이 지난봄 전교조 파동 땐 왜 침묵했지?"

"윗대가리에서 내리누르는 데야 별수 있간? 속내를 알구 보면, 언론계도 교육계 이상으로 곪아 있다구······."

"아무튼 쫍쌀 그 양반, 얼굴에 통칠한 거 생각하면 고소해 죽겠어."

"쫍쌀 그 양반, 이번 일루 깨우친 게 많을 거예요."

"깨우친 게 없다면 인간두 아니지······."

"아나 콩콩, 어디 두구 봐, 제 버릇 개 주나······."

"나두 동감이야. 개망신을 당하고 나서두 주위에서 '순발력' 이 어쩌구 알랑방귀를 뀌어대니까, 우쭐거리던 꼬락서니를 생각해보라구."

담임들은 저마다 신바람을 내며 입방아들을 찧어댄다.

8시부터 9시까지는 '명상의 시간', 9시부터 10시까지는 '감상문 쓰기' 시간이다.

명상의 시간은 꽤 감동적이다.

침상 위에 오열을 맞춰 단정하게 가부좌를 틀고 앉아 눈을 지그시 감은 학생들의 모습은 참선 삼매경에 든 선승들과도 흡사하다.

실내 스피커에서는 은은한 배음을 깔고, 맑고 고운 남녀의 목소리가 교차하면서, 위인들의 명언을 들려주고 있다.

M 「엘리제를 위하여」 Up→Down

여자E 세상에는 많은 자유가 있다. 어떠한 자유보다도 먼저 양심에 따라 알고 생각하며 믿는 자유, 그리고 자기 소신대로 말할 수 있는 자유를 우리에게 달라. ―밀턴

M Up→Down

남자E 애국심은 국가의 영원한 존속을 위한, 목숨과도 맥박과도 같은 것이다. 목숨과 맥박이 소진되면 생명이 끝나듯이, 국민의 애국심이 쇠퇴하면 국가의 운명은 나약해진다. ―카알라일

M Up→Down

여자E 고생이여, 괴로움이여, 모두 겹쳐 오라. 고생은 사람을 만들지만, 안일은 괴물을 만든다. ―셰익스피어

M Up→Down

남자E 노력은 수단이 아니라 그 자체가 목적이다. 노력하는 것 자체에 보람을 느낀다면, 누구든지 인생의 마지막 시점에서 미소를 지을 수 있을 것이다. ―레프 톨스토이

M Up→Down

여자E 요즈음은 부모에게 물질로써 봉양함을 효도라 한다. 그러나 개나 말도 집에 두고 먹이지 않는가, 공경하는 마음이 따르지 않는다면, 무엇으로써 구별하랴. —공자

M Up→Down ……

'감상문 쓰기' 또한 그렇게 진지할 수가 없다. 어쩌다 자습 시간에 글짓기를 시킬라치면, 두 줄도 못 채우고 분탕질을 치던 애들이 오늘따라 아주 진지한 자세로 원고지와 씨름하고 있다.

  10시부터 12시까지 실시하기로 한 '레크리에이션'을 '수영'으로 대체한다는 방송이 나가자, 수련원이 들썩일 정도로 환성이 터진다.
  심규보 선생의 호루라기에 맞춰 한창 준비운동을 하는 도중에 때마침 KBC 취재진이 당도한다.
  준비운동이 끝나자, 3백여 명의 벌거숭이들은 일시에 환호성을 싸지르면서 물속으로 풍덩풍덩 뛰어든다.
  여태 침만 잔뜩 삼키며 보고도 못 먹던 그림의 떡이 실제로 먹을 수 있는 떡으로 둔갑하는 꿈같은 순간이다. 이틀 동안 잠잠하던 풀장이 졸지에 활기가 넘친다.
  오랫동안 어항 속에 갇혀 질식사할 뻔하다가 방생된 물고기들처럼 학생들은 생동감으로 넘친다. 개헤엄을 치는 아이들, 물싸움을 하는 아이들, 물장구를 치는 아이들, 자맥질을 하여 친구의 불알을 덥석 잡는 녀석들…….

방송국 사진기자와 앨범 기사와 배 기사가 서로 경쟁이라도 하듯 열심히 카메라를 돌리고 있다.
 스탠드에 앉아 있는 담임들은 물속에 발을 담그고서 한가로이 담소를 나누면서도, 만에 하나 발생할지도 모를 불상사에 대비해서 잠시도 긴장을 늦출 수가 없다. 황보 선생이 말한다.
 "이렇게 좋아 날뛰는데 말야……, 만약에 그대로 돌아갔더라면, 어찌 될 뻔했어?"
 한 선생이 맞장구를 친다.
 "생각할수록 통쾌해 죽겠어요, 간밤에 있었던 일이…….'"
 "한 선생, 이따 저 KBC 양반들 명함이나 한 장 받아놓으라구."
 "서울에 가서 저녁이라두 한 끼 사시게요?"
 "저녁도 저녁이지만, 또 언제 아쉬운 소리를 해야 할지 알어?"
 이때다. "어때?" 하고, 가운데에 앉은 심 선생이 "우리도 물속으로 뛰어드는 게?" 하는 순간, 셋은 동시에 스탠드 아래로 곤두박질치고 만다. 심 선생이 두 사람의 허리를 꽉 껴안은 채 몸을 날린 것이다.
 그러자 학생들이 떼거리로 몰려와 물싸움을 건다. 선생과 학생들이 한데 뒤엉켜 넘어지고 깔리고 하면서 한바탕 소동이 벌어진다. 결국 수적 열세에 몰린 선생들이 물을 서너 모금씩이나 들이켜고 나서야 겨우 풀려난다.
 그 여세를 몰아 학생들은 스탠드 위쪽을 향하여 와 몰려간다. 번개와 방국태가 '종짓굽아, 날 살려라.' 하고 도망을 쳐보지만, 몇 발짝도 가지 못하고 포위망에 걸려들고 만다. 물가에까지 끌려온 두 사람의 팔다리가 두어 번 허공을 찌르며 솟구치는가 하면, 그대로 풀장 안으로 던져지고 만다.
 지휘대 옆 등나무 그늘에 앉아 이 광경을 바라보면서 박장대소를 해대던 교장과 장학사와 학생과장이 별안간 의자를 박차고 일어나 불난 강변에 덴 소 날뛰듯 한다. 학생들이 괴성을 싸지르며 자기들을 향해 벌떼처럼 몰려오고 있기 때문이다.

 교장과 장학사는 요행히 그물망을 벗어난 토끼처럼 잽싸게 도망칠 수 있었지만, 드럼통만한 체구를 주체하지 못하고 왕지네 마당에 씨암탉처럼 제자리에서 맴돌며 뒤뚱거리기만 하던 학생과장은 그만 학생들에게 붙잡히고 만다.

 그 거구가 별수 없이 물가로 끌려와 헹가래를 당한 끝에 "풍덩!" 하고 물속으로 던져지는 순간, 허공으로 치솟는 물기둥과 함께 계곡이 떠나갈 듯 환호성이 터진다.

―와아아……!
―열광! 열광! 반짝! 반짝! 우우우우우……!

취재 카메라가 이 장면들을 놓칠 리가 없다.

12시 40분. 강당 안이다.
 거창하게 거행됐던 입소식과는 달리, 퇴소식은 극히 간소하게 치러진다.
 교장과 장학사는 아예 코빼기도 뵈지 않는 가운데, 종합성적 1, 2, 3위를 차지한 학급의 반장을 불러내어 학생과장이 시상하는 것으로 싱겁게 끝나고 만다.
 1위는 물론 5반이 차지했는데, 학생과장이 "위의 학급으은……." 하다 말고 한동안 하마처럼 허공을 향해 입을 크게 벌리고 있다가, 갑자기 "에이취!" 하고 재채기를 하는 바람에 폭소가 터지기도 한다.

산적과 똘만이들 325

17

"엄마요, 수련회 잘 마치고 무사히 집에 도착했습니더……. 그럼요, 이따 10시 정각에 KBC 보면 다 나옵니더. 꼭 보이소. 알았죠? 10시 정각, KBC임더……. 그리고 옆에 아버지 계시면……, 알았습니더. 아버지 건강하시죠……? 참 형아 면회는 잘 마쳤습니꺼……? 잘 있습디꺼……? 책은 잘 찾아왔습니꺼……? 언제 올라오십니꺼……? 그럼 조심해서 올라오이소. 끊습니더"

어머니와 통화를 마친 석민은 다시 동전을 넣고, 다이얼을 돌린다. 잠시 신호음이 울린 끝에 "여보세요." 하고 담임의 목소리가 들린다.

"선생님, 저 석민이예요."

"이 녀석, 지금 어디서 거는 거야?"

"저의 동네에 있는 공중전화예요."

"누구랑 있어?"

"지금 저의 집에 동우랑 병태랑 성호랑 모두 다 모여 있어요."

"원, 녀석들두…….."

하고, 담임은 덧붙인다.

"1분밖에 안 남았어. 빨리 가서 봐야지."

"선생님께서도 보실 거죠?"

"암, 물론이지!"

석민은 송수화기를 놓기가 바쁘게 골목 안을 향해서 줄달음질을 친다.

어머니가 보면서 어떤 생각을 할까?

형아가 볼 수 있다면 얼마나 좋아할 것인가!

아아, 오늘 이 시간이 오기를 얼마나 학수고대했던가!

과연 어떤 장면들이 나올까? 어떤 모습으로 비칠까? 편집을 어떻게 했을까?

우리 학교 말고 나머지 두 학교는 어느, 어느 학교일까, 그들 학교에서는 어떤 장면들이 나올까……?

석민이 마루에 들어서자, 누군가 담임선생님과 통화를 했느냐고 건성으로 한마디 던졌을 뿐, 아예 대답 따위에는 관심을 두지 않고, 모두들 숨을 죽인 채 티브이 화면에다 시선을 꽂고 있다.

마침내 스포츠 뉴스가 끝나고, 대망의 '창사 20주년 기념 특집'을 시청할 시간이 다가온 것이다.

그런데, 이게 어찌된 영문인가? 광고에 이어 내보내는 자막은 어처구니없게도 '불가사의의 세계'가 아닌가.

"야, KBC가 아니잖어!"

병태가 잽싸게 채널을 이리저리 돌려 보지만 분명히 KBC이다.

석민은 새삼 신문에 나와 있는 프로그램을 한 번 더 확인한다.

> 22:00 KBC 창사 20주년 기념 특집 「우리나라 학교 교육 이대로 좋은가」
> 제1부 우리나라 학교 교육의 현주소. 3개 고교의 하기수련회 현장을 탐방 취재하여 7.30조치 이후, 본래의 취지와 달리 실종된 전인교육의 실태와 문제점을 심층 분석한다.

"야, 어찌된 거야, '불가사의의 세계' 라니……?"

그야말로 불가사의의 세계가 아닐 수 없다.

석민은 신문을 챙겨 들고 다시 구멍가게로 달려가, 114에 문의한 다음, 즉각 전화를 건다.

"여보세요, 거기 KBC 시청자본부실이죠……, 오늘 밤 10시에……?"

"신문을 보세요, 신문을! TV 프로그램에 다 나와 있어요."

말을 끝내지 않았음에도, 이쪽에서 할말을 이미 다 알고 있다는 듯이 전화를 탁 끊어버린다. 그러나 그 어디에도 그런 내용은 눈에 들어오질 않는다.

다시 동전을 넣고 다이얼을 돌린다.

"방금 전화 건 사람인데요……."

"신문에 나와 있는 프로그램을 보라고 했잖아요."

다시 일방적으로 전화를 끊고 만다.

석민은 약이 오를 대로 올라 거듭 시도해 보지만, 계속 통화 중이다.

맥 빠진 걸음걸이로 집 안으로 들어서자, 친구들이 이구동성으로 묻는다.

"야, 뭐래?"

"시간대가 바뀌었대?"

"제에길!…… 어디 니네들이 한번 찾아봐."

하고, 석민은 신문을 집어던지며 덧붙인다.

"내 눈깔로는 못 찾겠어. 프로그램에 다 나와 있다는데두 말야."

이 손 저 손을 거쳐 마지막으로 동우의 손에 들리는 순간, 그제야 불현듯 짚이는 데가 있어 석민은 잽싸게 신문을 낚아챈다.

드디어 프로그램 우측 상단 구석에 숨겨 놓은 깨알 크기의 활자들을 발견한다.

이 프로그램은 방송국 사정으로 바뀔 수도 있습니다.

한마디의 사과도 해명도 없이, 다음 주에도, 그다음 주에도, 그다음

다음 주에도, 'KBC 창사 20주년 기념 특집 「우리나라 학교 교육 이대로 좋은가」'는 끝내 방영되질 않았다.

— 『밀양문학』 제4집1991에 발표한
「선생님, 집에 잘 다녀왔습니다」를 대폭 개작하였음을 밝힌다.

부록

· 탐방기 ·
배달겨레의 뿌리를 찾아서
원제 : 자연문화회 신불사神市寺 탐방기

· 작품 해설 ·
· 저자 연보 ·
· 참고 사항 ·

단군은 왕이며 아버지이며 주인입니다.
그가 한국 민족에게 내린 헌법은 한마디로 요약됩니다.
그것은 홍익인간입니다.
가능한 한 많은 사람에게 복을 주는 일입니다.

― C.V. 게오르규

배달겨레의 뿌리를 찾아서
원제 : 자연문화회 신불사 탐방기

1

배달겨레 아이야/ 밥 한 그릇 뚝딱, 된장 한 그릇 수이 넘기고/ 오늘도 신나게 딱지 쳐라/ 정신이 살아 있으면 말이 살고/ 말이 살면 글이 산다/ 딱지 쳐라 딱지/ 힘껏! 신나게!

— 이양숙, 「딱지 쳐라 신나게」의 마지막 연, 『밀양문학』 제18집.

맹물로 세탁기를 돌려서인지/ 아이들 소맷자락이 좀 꺼멓다/ 아이는 때로 투덜대지만/ 얘야, 좀 꺼멓게 살아도 된다/ 우리 초록별 지구가 덜 아플 수만 있다면// 비누니 샴푸니 그만두고/ 맹물로 아이들 몸을 씻긴다/ 머릿결 좀 덜 부드러우면 어떠냐/ 몸에서 비누 향내 좀 안 나면 어떠냐/ 사람 몸에 사람 냄새 나는 게 당연한데/ 사람들은 자꾸만 꽃향내 뿌려댄다/ 지구가 좀 덜 아플 수만 있다면/ 맹물 목욕인들 못하겠느냐// 오래 쓴 행주, 걸레가/ 꺼매지는 건 땟자국이 아니고/ 세월의 흔적이다/ 하얗게 빛나는 행주 걸레가/ 도무지 낯선 나는/ 꺼매진 걸레로 오늘도/ 내 마음의 그을음 닦아낸다

— 이양숙 「얘야, 있는 그대로 살자」 전문, 같은 책.

풀뿌리 5일장에 가던 사람이/ 홈플러스에서 유유히 카트를 민다/ 재래시장 늘 가던 사람도/ 이따금 홈플러스에 들를 수도 있는 일/ 하지만

이건 아니잖아/ 연거푸 연거푸 홈플러스에만 가다니// 인구 10만 남짓한 밀양에서/ 홈플러스가 재래시장을 삼켜버리려는/ 이 현실은/ 아메리카가 아프카니스탄과 이라크를 치고/ 이스라엘이 팔레스타인과 레바논을 치는/ 이 현실과 닿아 있을까 아닐까// 나물 뜯어 5일장에 나서던 할머니 시름 깊고/ 레바논의 어린것들 파리 목숨인데/ 오늘도 홈플러스 카트는 유유히 굴러가고/ 아메리카도 이스라엘도/ 神의 이름으로/ 사랑과 평화를 외쳐댄다

— 이양숙 「어울려 산다면」 전문, 『밀양문학』 제19집.

　얼굴 붉은 사람들은/ 우리가 10월이라고 부르는 달을/ '내가 올 때까지 기다리라고 말하는 달' / 이렇게 부른다/ 이 달 이름을 듣고 나는 울었다// Hellow라는/ 흰 얼굴 사람들의 인사말 대신에/ 얼굴 붉은 사람들은/ '미타쿠예 오야신/ - 우리는 모두 하나다/ 우리는 하나로 연결되어 있다고 인사한다// 미타쿠예 오야신/ 나무도 들소도, 사람도, 벌레도/ 다 하나라는 이 마음/ 다 형제, 친척이라는 이 마음/ 이거 하나면/ 이 마음 하나면

— 이양숙 「미타쿠예 오야신」 전문, 같은 책.

　오늘날 우리는 '시의 홍수 시대'에 살고 있다고 해도 과언이 아니다. 그러나 정작 심금을 울리는 작품은 그리 흔하지 않다. 정평 있는 문예지에 실린 내로라하는 시인들의 작품을 읽어봐도 십중팔구 현란한 말장난이 아니면, 6,70년대 고등학교 문예반 수준에서 크게 벗어나지 못하는 수준 이하의 작품들이 대부분이기 때문이다.
　이양숙 밀양문학 회원의 시를 대하는 기쁨은, 그리하여 더욱 각별할 수밖에 없다. 문학의 궁극적인 화두가 '인간성의 회복'일진대, 우리 시

대가 상실해 가고 있는 것이 무엇인지, 그리고 그것을 극복하기 위해서 무엇을 고민해야 하며, 어떤 모습으로 살아가야 하는지에 대하여 그녀는 자신의 실천적 삶을 통하여 진지하게 답변해주고 있는 것이다.

'좀 꺼멓게 살아도 된다'면서 '맹물'로 세탁기를 돌리고, '사람 몸에 사람 냄새 나는 게 당연하다'면서 맹물로 아이들을 목욕시키고, '정신이 살아 있으면 말이 살고/ 말이 살면 글이 산다'면서 배달겨레 아이에게 '딱지 쳐라 딱지/ 힘껏! 신나게!'라고 외치는 어머니로서의 그녀의 당당함은 도대체 어디에서 나오는 것일까?

8, 9년 전으로 기억된다, 감색 생활한복 차림에다 댕기 머리를 땋은 수수한 모습으로 그녀가 밀양문학회에 첫발을 들여놓은 것은……. 초기에는 월례회를 빼먹을 때가 많았을 뿐만 아니라, 무슨 이유에서인지 2년이 지나도록 통 작품을 발표하지 않았으므로, 나는 그녀에게 그다지 큰 기대를 갖지 않았던 것이 사실이다. 그러다가 제15호2002에 이르러 처음으로 3편을 발표한 이후 최근 3, 4년 사이에 그녀의 시적 수준이 갑자기 수직상승하고 있으니, 도대체 그 저력은 어디에서 나오는 것일까?

나는 차츰 그녀의 생활 환경에 관심을 가지지 않을 수 없었다.

우선 남편이 어떤 분이실까 궁금해서 귀동냥을 해봤더니, 한길 백공白空 종사宗師라는 분으로, 상동면 솔방 마을에 '자연문화회 신불사'라는 절을 지어 놓고 수자修者들과 함께 수도 생활을 하고 있다는 것이다. '절'이라면 응당 부처님을 모셔놓은 일반 사찰을 연상하게 마련이지만, 실은 신불 환웅천황神市桓雄天皇[1]을 모셔놓고 당신의 깨달음을 교

---

1) '桓'의 발음 문제 : 『삼일신고주해』 및 『신리대전』 등의 옛 기록이 음차音借라는 점을 근거로 '桓'과 '韓'은 같은 글자로 보고, '한'으로 발음하여야 한다는 주장이 있으나, 이 글에서는 '환'으로 통일한다.

화하고 있다는 것이다. 이양숙 회원이 빚어낸 일련의 시들이 단군 사상에 뿌리내리고 있음을 비로소 깨닫고, 나는 가슴이 뭉클했다.

우리 고장에도 '홍익인간弘益人間·이화세계理化世界'의 이념을 교화하는 분이 있다는 고무적인 사실에 반가움을 금치 못하면서, 가까운 시일 안에 꼭 한번 종사님을 예방하기로 마음먹었다.

생각해 보시라. 중원대륙을 지배했던 찬란한 우리 민족의 3천 년 고대사를 말살한 일제 식민사관에다 설상가상으로 중국의 동북공정東北工程[2]까지 가세함으로써 안팎곱사등이가 되어 있는 우리의 역사 현실을 감안할 때, 이러한 뜻있는 이들의 노력이야말로 얼마나 숭고한 것인가!

나는 『밀양문학』 제21호에 한길 백공 종사님을 소개하기로 작정하고, 이양숙 회원에게 의향을 띄워 봤더니, 쾌히 응하면서 날짜를 잡아주면 언제든지 차를 몰고 데리러 오겠다는 것이었다.

2

마침내 9월 30일, 오전 10시경에 범님한범[3]이라는 수자가 몰고 온 트럭에 몸을 싣는다. 이양숙 회원이 동승해 왔음은 물론이다.

---

2) '동북변강역사여현상계열연구공정東北邊疆歷史與現狀系列研究工程'의 줄임말로, 중국 동북 변경 지방의 역사·지리·민족 문제 등과 관련된 주제를 중점적으로 연구하는 국가적 차원의 프로젝트이다. 2002년부터 2006년까지 5개년계획의 이 프로젝트는 중국 사회과학원 소속 변강사지연구중심邊疆史地研究中心이 주관이 되어 추진하고 있다. 이는 1980년대 개혁 개방 이후 소수민족의 이탈 가능성을 봉쇄할 목적으로 시작된 것으로, 고구려를 비롯한 발해·고조선 등 고대 한국과 관련한 역사를 중국사의 일부로 왜곡하고 있음이 드러남으로써 큰 문제점으로 대두되고 있다.
3) 본명은 최성규崔成奎. 부산대 철학과 출신으로, 한길 백공 종사님을 모시고 신불사에서 12년째 수도 정진하고 있다.

나는 우선 '신불'의 뜻부터 정확하게 알고 싶었다.

"'신神'은 '하느님', 곧 '천지신명'이시며, '불巿'은 '밝다', 또는 '밝히다'란 뜻으로, '신불'이란 곧 '하느님의 말씀을 밝히신 거발환居發桓 환웅천황'[4]을 지칭하는 호칭이라고 이 회원은 알려 준다. 따라서 신불사는 '신불 환웅께서 깨달으신 마음을 연구하고 가르치는 곳'이라는 것이다. 그러면서도 대종교로 대표되는 그 어떠한 단군계의 종파와도 상관하지 않고, 독자적으로 유지 경영하고 있다는 것이다. 다만, 지리산의 '삼성궁三聖宮[5]'과 무주의 '신불사[6]'와는 '한 집안', '한 형제' 관계라고 한다.

이런저런 이야기들을 나누는 사이에 어느새 긴늪 삼거리에 도착한다. 25번 국도로 접어들어 상동역을 지나 우회전하여 한동안 협곡을 거슬러 올라가자, 도곡저수지가 나타난다.

'소천봉 신불사 055-353-9951 1km →'라고 쓰인 이정표를 옆구리에 끼고 자드락길로 접어들어, 울창한 송림 사이로 뻗어 오른 비탈을 숨 가쁘게 치달아 올라가자, 갈림길이 나온다. 오른쪽으로 뻗은 길은 솔방 마을로, 왼쪽으로 갈라진 길은 신불사로 통하는 길이다. 길 양쪽 기슭에 박아 놓은 두

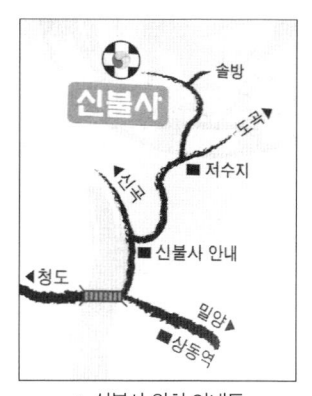

▲ 신불사 위치 안내도

---

4) '신불 환웅천황'과 '거발환 환웅천황'은 동일인으로, 표현 방식의 차이가 있을 뿐이다. '신불'은 환웅천황의 신성함과 초월적인 측면을 강조하는 데 사용되며, '거발환'은 초기 이름으로, 환웅천황의 역사적, 철학적 위치를 부각시킨 표현이다.
5) 경남 하동군 청암면 묵계리에 위치하며, 한길 백공 종사의 제자인 이 고장 출신인 한풀강민주 선사가 경영하는 단군계 문화 단체이다.
6) 전북 무주군 설천면 대불리에 위치하며, 한길 백공 종사의 스승인 한백송원홍 대선사가 경영하는 단군계 문화단체이다.

개의 표지석을 카메라에 담고, 다시 차에 올라 비탈을 타고 오르자, 유사시에 주차장으로 활용함직한 평지가 나온다.

'상동면 도곡리 산46번지'. 마침내 목적지에 당도한 것이다.

차에서 내려 호기심에 찬 눈길로 주위를 살펴본다. 갖가지 형상을 한 장승과 솟대가 색다른 분위기를 연출하고 있다.

▲ 천궁天宮

활짝 열려 있는 사립문 안으로 들어서자, 예상외로 경내가 상당히 넓다. 무려 5만 평이나 된다고 한다. 정면에 바라보이는 천궁天宮 : 법당을 중심으로 산신각·식당·창고·토굴 등이 적당한 위치에 배치되어 있다.

경건한 마음으로 천궁 안으로 발을 들여놓는다. 족히 50평은 넘을 듯하다. 중앙 벽면 앞에 안치된 거대한 '신불환웅천황 목상'이 시선을 사로잡는다.

여기서 한 가지 간과할 수 없는 것은, '환인'·'환웅'·'단군'은 고유명사가 아니라, 보통명사라는 사실이다. 다시 말해서, 환인은 3,301년간 환국桓國 : 하느님나라을 다스린 일곱 분[7]을, 환웅은 1,565년간 배달나라를 다스린 열여덟 분[8]을, 그리고 단군은 2,096년간 고조선을 다스린 마흔일곱 분[9]의 지도자들을 총칭하는 호칭이지, 어느 한 사람의 이

---

[7] 초대 안파견安巴堅 환인, 2대 혁서赫胥 환인……, 7대 지위리智爲利 환인. 7대 이후로는 미상임.
[8] 초대 거발환 환웅, 2대 거불리居佛理 환웅……, 18대 거불단居佛檀 환웅.
[9] 초대 왕검王儉단군, 2대 부루扶婁단군, 3대 가륵嘉勒단군,……47대 고열가高列加단군.

름이 아니라는 말이다. 따라서, 가령 기원전 2333년에 고조선을 건국한 분을 지칭할 때는 '왕검단군', 또는 '단군왕검'이라고 해야만 옳은 것이다.

신불환웅천황상의 좌우 벽면에는 '弘益人間홍익인간'·'理化世界이화세계'라고 쓴 액자가 세로로 걸려 있다.

▲ 신불환웅천황 목상

▲ 신중도神衆圖

배달나라 당시 진리를 깨달은 또 한 분의 우리 조상인 염제炎帝 신농씨神農氏[10]의 초상화와 신중단神衆壇을 그린 탱화가 측면에 배치되어 있는가 하면, 맞은편 벽 중앙에는 붉은 글씨로 쓴 「천부경天符經」[11]과 「삼일신고三─神誥」[12]가 걸려 있고, 그 좌우 대칭에는 '원방각도[13]'와 만물

---

[10] 중국 삼황 중의 두 번째 황제. 그러나 사실은 우리 민족에서 갈라져 나간 소전씨小典氏의 후예로 농사와 의약의 비조鼻祖로 불린다.

[11] 단군계 계통의 경전으로서 환인이 환웅에게 전한 것으로 알려져 있다. 실제 세상에 알려진 것은 1917년 단군교에서 처음으로 언급하기 시작하여 1921년에 경전으로 채택한 이후부터이며, 대종교에서도 1975년에 경전으로 정식 채택하였다. 우주 창조의 원리를 설파한 것으로 「조화경造化經」이라고도 한다.

[12] 「천부경」·「팔리훈八理訓」·「신사기神事記」와 더불어 대종교 계시경전啓示經典의 하나. '삼일'은 삼신일체三神─體·삼진귀일三眞歸─의 이치를, '신고'는 신의 신명한 가르침을 뜻한다. 366자의 한자로 씌어 있으며, 천훈天訓·신훈神訓·천궁훈天宮訓·세계훈世界訓·진리훈眞理訓 등 5훈으로 구성되어 있다.

[13] 우주 창조의 원리를 점·, 선+, 면○□△으로 상징한, 인류 최초로 만들어진 소리와 뜻으로 이뤄진 글자.

의 변화와 순리를 표현한 '삼태극도'가 나란히 붙어 있다. 원방각도 바로 옆에 걸려 있는 '천부도天符圖'는 바둑판과 천부경 81자를 절묘하게 조화시켜 놓은 그림이다. 흔히 바둑판을 두고 우주의 태양계를 상징하고 있다고 하거니와, 이 그림을 보면 그 뜻을 확인할 수 있다. 즉, 가로세로 19줄인 바둑판의 324개 방을 4개씩 합쳐 한 자씩 쓰면 「천부경」의 81자와 딱 맞아떨어지는 것이다. 그리고 그 안에다 12지와 24절후를 그려 넣었는데, 81자의 한가운데 글자인 '육六'이 바둑판의 천원점天元點과 일치하는 것이 신기하다. 별 모양의 육각형은 무형의 천지인天地人 삼三과 유형의 삼을 어울려 놓은 것으로 만물의 창조는 이렇게 시작된다는 뜻이다.

▲ 천부경

종사실 문을 두드리기에 앞서 안쪽 한구석에 버티칼 커튼으로 별도로 마련해 놓은 방 안이 궁금하여 조심스레 한번 엿보았더니, 정면 벽면에 「천부경」 액자가 걸려 있다. 홈피를 통하여 이미 종사님의 강의와 다른 분들의 해석을 경청한 터라 친밀감을 갖고 한번 훑어본다.

  '한'은 비롯이나, 그 무엇으로부터의 비롯함이 없이 본래부터 스스로 있어 왔다. '한'은 삼신의 기운으로 지극한 나툼으로 작용하지만, 그 근본은 변함이 없다.

3

마침 그때 종사님이 서재인 다락방에서 내려오는데, 상대를 압도하는 형형한 눈빛이며 반백의 길게 기른 수염이며 한눈에 선풍도골의 풍채다.

인사를 나눈 뒤 집무실 안으로 들어가 이양숙 회원과 나란히 앉자, 종사님이 녹차를 내놓는다.

나는 우선 궁금한 것부터 물어본다.

"실례지만, 고향이 어디십니까?"

"서울입니다."

"학력에 관해서도 좀 알고 싶습니다."

"그런 건 전혀 없고요, 출가하려고 그냥 이 절 저 절로 돌아다녔죠."

"혹시 서당에서 한학을 공부하셨습니까?"

"학력이니 경력이니 그런 것보다 우선 밀양에 대해서 얘기를 좀 해야겠습니다."

나의 세속적인 질문에는 아랑곳하지 않고, 종사님은 천천히 말문을 연다.

"음……, 이 우주 공간에 이름이 붙여진 모든 존재는 반드시 가치가 있고, 그 가치는 각기 다 다르게 마련인데, 저마다 타고난 성품과 자질과 기질을 얼마만큼 수련시켜서 자기 것으로 만드느냐에 따라서 결정되는 것입니다.

그렇다면 우리가 살고 있는 이 밀양도 선천적으로 타고난 성품이 있을 터인데, 이걸 얼마만큼 계발하느냐에 따라서 그 가치가 결정될 거란 말예요. 가령 부산이나 제주도 같은 고장에서는 그들의 타고난 성품을 잘 살리고 있지 않습니까?

우리 밀양이 타고난 성품은 과연 무엇일까, 그걸 잘 살려야 된다는 것입니다. 그래야만 밀양이 살아날 수 있을 거 아녜요?

그럼 먼저 밀양의 지명부터 한번 살펴보고, 그 다음엔 산세와 하천의 생김새도 살펴봐야겠죠.

　주지하다시피 '밀양'의 옛이름은 '미리벌'[14]이었지 않습니까. 그러다가 고려 말 이후에 한자어로 바뀌는 과정에서 '밀주密州'니, '밀성密城'이니, '밀양密陽'으로 바뀌었단 말예요. 그렇다면 왜 하필 '미리벌'이라고 했을까요? '벌'이라고 하는 것은 '터'나 '벌판'을 의미하고, '미리'라는 말은 '미리내'의 준말로서, 즉 '은하수'를 가리키는 말 아닙니까."

　'미리벌'의 어원에 관해서는 아직껏 일정한 정설이 없다. '미리'를 '미르龍·水·蠶'의 변이음으로 보는 데까지는 견해를 같이하면서도, '용'·'물'·'누에' 세 가지 중에서 막상 어느 것을 적용시키느냐에 따라서 그 뜻이 달라지기 때문이다. '미리'를 '은하수'라고 단정하는 종사님의 말에 귀를 기울여 본다.

　"별빛이 냇물처럼 꽈악 차 있는 게 은하수 아니겠어요? 따라서 '미리벌'이란 말은 '빛이 꽈악 차 있는 벌판'이라는 뜻이죠. 이걸 한자로 옮기다 보니까, '빽빽할 밀密'·'볕 양陽'이 된 거란 말입니다.

　단어라는 게 원래 복합적인 의미를 갖고 있지 않습니까. '빛'이라는 단어 역시 우리가 눈으로 볼 수 있는 '광명'이라고 하는 일차적인 의미가 있는가 하면, 인간의 의식 안으로 깊숙이 파고 들어가서 나올 수 있는 '진리의 빛'이라고 하는 이차적인 의미가 있단 말입니다. 따라서 '밀양'은 '진리의 빛이 빽빽하게 들어선 고장'이라는 뜻으로 풀이될 수 있지 않겠어요?"

　역시 종사님다운 해석이 아닐 수 없다. 지금까지는 모두 일차적인 뜻만 생각했지, 이처럼 이차적인 의미로 '미리벌'의 어원을 밝힌 이는 일찍이 없었던 것이다.

---

14) '미리벌'이라는 말은 일찍이 1920년대에 이주형동경제대 사학과 출신·초대 국회의원이 삼한시대 당시의 지명인 '추화推火'를 이두음으로 독해함으로써 복원된 것으로 알려져 있다.

"그러면 밀양 속에 들어올 수 있는 그 '진리의 빛'은 과연 무엇일까, 할 때 이 역시 밀양과 필연적인 연관성이 있어야 한단 말입니다.

현재 남북한을 통틀어 '천황산天皇山'이라고 하는 산 이름은 여기 밀양밖에 없습니다. '천왕봉'·'천왕산'·'천황봉'은 있지만, '천황산'은 여기밖에 없다는 걸 마음속 깊이 한번 새겨 보십시오.

다음으로 밀양을 구성하고 있는 산세를 한번 살펴봅시다. '아버지산', '어머니산', 그리고 '자식산'이 아주 알맞은 규모와 구도로 자리를 잘 잡고 있단 말입니다. 천황산·화악산·종남산이 바로 그거예요. 천황산은 아버지산, 화악산은 어머니산, 그리고 종남산은 자식산인 셈이죠. 그런데 '천황산'이라는 이름을 가진 산이 하필이면 왜 우리 밀양 땅에만 있느냐, 이거예요. 이 '천황'이라는 단어를 가장 먼저 사용한 이들이 누군가 하면, 지금으로부터 5,905년 전 저 중국 섬서성 태백산에서 나라를 세웠던 우리 배달겨레입니다.

역사를 공부한다는 것은 결국 과거를 추적한다는 것인데, 우리 민족의 과거를 제대로 추적하기 위해서는 중국 대륙으로 들어가야만 합니다. 거기로 들어가야만 우리 민족의 뿌리를 찾을 수 있지, 한반도 안에서는 찾을 수가 없어요.

그렇다면 배달나라를 처음 세운 분이 누구냐 하면 바로 신불 환웅천황이에요.

'천황'을 상형문자로 쓰면 '天皇'인데, '皇' 자의 구조를 보면, '흰 백白' 밑에 '임금 왕王'으로 이루어져 있지 않습니까. '하얀 임금'이라니, 말이 안 되잖아요? '하얀'이란 말은 '밝은'이란 뜻이에요. '밝은'이란 말은 '진리를 깨달은 성인'이란 뜻입니다. 진리를 깨달은 성인! 세계사를 통틀어 이처럼 진리를 깨치신 분이 세운 나라가 얼마나 되느냐 하면, 그것은 오직 하나, 우리 배달나라뿐이에요. 그리고 환웅천황의 배달나라 시대가 1,565년간 지속되었던 거구요."

종사님은 잠시 일어나더니, 뒤쪽 벽면에 붙여져 있는 지도를 가리키면서,

"여기가 중국 섬서성에 있는 태백산입니다. 그리고 여기가 태산이고, 여기가 백두산이에요.

우리 배달겨레의 시원始原이 어디냐 하면, 바로 여기 있는 천산天山입니다. 말하자면, 그 이전에 여기 파미르고원에 있던 인류의 조상들이 천지사방으로 흩어졌을 때, 그 일부가 천산 쪽으로 와서 원시 형태의 나라를 세웠던 거죠.

▲ …… 배달겨레 대이동로

그게 '환국桓國' 입니다. 『삼국유사』 「고조선조」 첫머리에 '석유환국昔有桓國', 즉 '옛날에 환국이라는 나라가 있었다.' 라는 구절이 나오잖아요. 바로 그 나라란 말입니다.

그런데 환국은 3,301년간 유지되다가 내분과 천재지변으로 결국 멸망하고 맙니다. 그러자 망국민들이 다시 사방으로 흩어지게 되는데, 일부는 시베리아를 거쳐 알래스카 방면으로, 다른 일부는 히말라야 쪽으로, 그리고 또 다른 일부는 남동쪽으로 뿔뿔이 흩어졌단 말입니다.

이때 30대 초반의 거발환 환웅과 그보다 나이가 많은 반고盤固[15]라는 이가 각기 자신들을 따르는 무리를 이끌고서 함께 남동쪽으로 이동해요. 목축을 하는 유목민들이었기 때문에 양 떼를 몰고서 말이죠. 그

---

15) 무릉만武陵蠻 : 묘요야랑苗猺夜郎의 시조라 하나, 동이東夷·서이西夷를 갈라 생각하는 입장에서 동이는 고조선·고구려·백제·신라 등으로 보고, 서이의 삼위산 계통은 반고를 시조로 한 중국계로 보는 견해도 있다.

야말로 민족 대이동이었죠.

그러다가 반고의 무리는 돈황 옆에 있는 삼위산三危山으로 들어가고, 환웅을 따르는 3천 단부團部의 무리는 계속 남하합니다.

지금으로부터 약 6,000년 전의 일입니다.

저는 지금까지 모두 일곱 차례에 걸쳐 중국을 들락거리면서, 파미르고원·천산·삼위산·태백산·태산·백두산을 다 둘러봤어요. 제 눈으로 직접 확인하기 위해서였죠.

그리고 환웅을 따르는 무리는 마침내 태백산에 도착해서 정착하게 돼요. 저는 이 태백산에도 가봤는데, 그 높이가 자그마치 3,768m나 되요. 천지天池가 세 군데나 있더라고요.

그러니까 거발환 환웅께서는 이 중원대륙 태백산 신단수神檀樹 아래에서 최초로 배달나라를 세우고 하늘에 신고했던 것입니다. 지금의 서안西安[16] 땅에 첫 도읍지를 정하고, 이름을 '금벌'[17]이라고 정했습니다. 황실의 체계를 세운 명실상부한 나라다운 나라로 정착시켰던 것입니다.

당시 태백산 일대에는 이미 여러 부족이 살고 있었는데, 환웅의 무리에 비하면 훨씬 미개인들이었죠. 그래서 이들 원주민을 설득하고 교화해야 할 것 아녜요. 이들 가운데에서 가장 강한 부족이 범마을과 곰마을이었어요. 이걸 『삼국유사』에서는 그냥 단순하게 '일호一虎'·'일웅一熊'이라고만 했으니, 왜놈들이 얼씨구나 하고서, 괴괴망측하게 '곰'과 사람이 혼인하여 단군을 탄생시키는 신화로 둔갑시켜버린 거예요."

그랬다. 1910년 경술국치를 강제한 일제는 우리 민족의 정신과 역

---

16) 옛날의 장안長安.
17) '신성한 곳'이란 뜻.

사를 말살하기 위하여 아예 조선총독부 산하에다 조선사편수회까지 설치해 놓고, 헌병과 경찰을 앞세워 민족사료 26만 권을 압수하여 소각해버리고는 저들이 마음대로 왜곡 날조한 『조선사강朝鮮史綱』·『조선통사朝鮮通史』 등에 기초한 식민사관을 우리 민족에게 주입시켰던 것이다. 그 결과 해방이 된 지 60년이 지난 오늘날에도 우리 정부와 사학계에서는 고조선의 실체를 인정하지 않고 있는 현실이니, 어찌 통탄할 일이 아닌가! 그러면서도 한편으로는 '단군'을 국조로 섬기고, '홍익인간'을 교육이념으로 삼고, 10월 3일을 개천절로 제정했으니, 그야말로 모순의 극치가 아닐 수 없다.

이러한 나의 속마음을 읽었는지 그의 목소리에 한층 힘이 실린다.

"범마을 부족들은 주로 사냥을 했고, 곰마을 부족들은 원시 농사에 종사한 걸로 봐서 기질이라고 할까, 성격이 서로 달랐어요. 범마을 사람들은 성격이 날카롭고 급하고 강한 반면에, 곰마을 사람들은 유순하고 너그러웠던 거죠. 환웅과 그 무리는 이들 부족을 상대로 불을 사용하는 방법을 위시해서 여러 가지를 가르쳤던 거예요. 그러자 그들은 환웅의 무리를 '하늘이 내린 이들'이라고 본 거예요. 그래서 서로 의논합니다. 환웅이라는 분이 우리에게 이렇게 많은 걸 가르쳐주고 도와주는 데 반해서 우리 쪽에서 볼 때 너무 안타까운 점이 있다. 왜? 미혼의 몸으로 혼자 살고 있으니까. 그러니 이 기회에 우리가 짝을 지어 드려야 하지 않겠느냐, 두 부족 족장이 이 문제를 놓고 의논하는 거예요. 그리고선 환웅에게 간청하여 허락을 받아내게 되는데, 여기까지는 좋았어요. 무슨 말인가 하면, 이때부터 두 부족 간에 다툼이 벌어진 거예요. 서로 자기네 부족에서 뽑은 낭자가 환웅의 배필이 되게 하기 위해서 말이죠. 말하자면 욕심이죠. 그러자 환웅은 두 족장을 불러가지고선 '그렇게 욕심을 부려서 싸우다가 종당엔 두 마을이 원수지간이 되고 말 테니, 그러지들 말고 한 마을에서 낭자를 한 사람씩 뽑아서 내게 보내어라. 그러면 두 낭자에게 기도를 시켜서 성공적으로 수행한 낭자와 결혼하겠노라.'고 약속하는 거예요.

그러자 두 마을에서는 가장 예쁘고 영리한 아가씨를 한 사람씩 간택해서 데리고 와요.

이에 환웅은 모든 부족에게 선포합니다.

'내가 약속하마. 동굴 속에서 100일 동안 햇빛을 보지 않고, 물만 마시면서 기도하게 해서 끝까지 견뎌낸 낭자와 결혼할 것이다.'

그리고는 굴 안에다 바싹 말린 쑥으로 향을 피우고, 바닥에다 마늘을 골고루 뿌립니다. 쑥향으로 공기와 기운을 정화시키고, 마늘의 독특한 냄새로 그 안에 있는 모든 독충을 쫓아내기 위해서죠. 일반적으로 알고 있는 것처럼 쑥과 마늘을 먹게 한 것이 아닙니다.

기도를 시작한 다음 날부터 굴 밖에서는 어떤 현상이 벌어졌는가 하면요, 족장들이 굴 입구를 뚫어져라 지켜보고 있는 겁니다. 혹시나 자기 마을에서 뽑은 낭자가 기도를 견뎌내지 못하고 바깥으로 뛰쳐나오지나 않을까 해서 말이죠. 아니나 다를까, 보름이 지나자, 범마을에서 뽑힌 낭자가 뛰쳐나오는 거예요. 배가 너무 고파서 견딜 수가 없었던 거죠. 그러나 곰마을에서 뽑힌 낭자는 잘 견뎌내고 있었던 것입니다.

세 이레3주가 되는 날, 환웅은 굴 안으로 들어가 기도를 멈추게 하고서 곰마을 낭자를 밖으로 데리고 나옵니다.

저는 태백산에 올라가서 한번 상상해 봤어요. 환웅이 곰마을 낭자의 손을 잡고 굴 밖으로 걸어 나오는 모습과 곰마을 사람들이 그것을 보고 환호하는 장면이 너무너무 눈에 선하더라고요.

그리고 두 분은 약속대로 혼인하게 되는데, 그 두 사람 사이에 태어난 분이 거불리居佛理 : 배달나라 제2대 환웅이에요. 우리가 알고 있는, 기원전 2333년에 고조선을 세운 '단군왕검'은 그로부터 1,500여 년 뒤인 배달나라 제18대 거불단居弗檀 환웅과 웅 씨의 왕녀 사이에서 태어난 분이란 말예요. 그러니까 한마디로 말해서, 일제는 우리 배달나라 역사를 송두리째 말살시켜 버리고, '환인의 서자인 환웅이 곰과 혼인하여 낳은 단군이 조선이라는 나라를 세워 1,500년 동안 다스렸다.'고 날조한 거예요."

그동안 우리의 잃어버린 상고사 3천 년을 복원하기 위하여 수차례에 걸쳐 대정부 공개 질의를 하고, 「고등학교 '국사상' 교과서 정정이행청구」를 하고, 상고사 쟁점 국사토론회에서 주제를 발표했던 국사광복회 최재인崔在仁[18] 회장은 그의 노작 『고조선삼천년사古朝鮮三千年史』에서 이렇게 말하고 있다.

참으로 불행한 일은 독립운동을 하면서 우리 국사를 찾으려던 민족사학자들 대부분은 애석하게도 해외에서 순사殉死했고, 해방될 때까지 생존했던 정인보鄭寅普, 안재홍安在鴻, 손진태孫晉泰 등 제씨諸氏는 6·25 때 납북되어 생사조차도 모르고 있는 가운데에 있다.

그러니 일본 식민사관 조작극을 보조했던 이병도李丙燾[19]만이 국사학계에 남게 되어 서울대학에서 후배들을 양성했다. 그러므로 현행 국사학계에서는 이병도의 『국사대관國史大觀』을 대본으로 하기 때문에 민족사학은 발붙일 곳이 없게 되어버렸다.[20]

---

18) 경북대학교 교무처에 근무했으며, 국사광복회장 역임. 서양철학, 동양철학, 한국고대사를 연구했다. 주요 저서로 『조국통일을 위한 승공철학』, 『종교적 입장에서 본 세계의 역사』, 『아시아 등불 상고조선사』, 『잃어버린 상고조선 삼천년사』, 『우리 교육 이대로는 안 돼!』 외 다수.
19) 1896-1989 : 경성제국대학 및 서울대학교 교수, 서울대학교 대학원장, 학술원 회장, 진단학회 이사장, 민족문화추진회 이사장, 국방부 전사편찬위원장, 국사편찬위원회 위원, 문교부 장관 등을 역임하였다. 『국사대관』 외 한국의 역사와 사상, 문화에 관한 방대한

이병도가 누구인가? 우리 민족사의 사료 26만 권을 소각하고 겨우 35권으로 축소시켰을 뿐만 아니라, 중원대륙을 지배했던 우리의 상고사를 말살시켜 버린 이마니시류今西龍[21]의 제자가 아닌가. 그리고 그러한 이병도가 양성한 제자들이 현재 '국사학계'를 장악하고 있으니, 장장 70여 쪽에 달하는 최재인 회장의 예의「고등학교 '국사상' 교과서 정정이행청구」에 대한 당시 교육부의 회신은 '앞으로 정리해 볼 수 있는 기회를 마련해 보고자 계획하고 있다.'는 요지의 내용을 담은 단 2쪽짜리에 불과했다. 잃어버린 우리의 상고사를 복원하기 위한 재야 사학계의 주장에 대하여 국사학계 쪽에서 전가의 보도처럼 휘두르는 것은 '증빙자료 부족'이다.

그러나 일말의 양심은 남아 있었던지, 이마니시류도, 이병도도 결국 마지막에는 '고조선'의 실체를 인정하였을 뿐만 아니라, 중국의 여러 사서와 유적 발굴에서 속속 그 실체가 드러나고 있는 것이다. 그리고 무엇보다 결정적인 것은 서울대 천문학과 박창범 교수와 표준연구원 천문대의 라대일 박사의 천문학적 검증이다. 박 교수와 라 박사는 고조선의 풍부한 사료와 함께 당시의 천문 현상이 비교적 상세하게 기록된 『단기고사檀奇古史』[22]와 『환단고기桓檀古記』[23]에 들어있는「단군세기」

저술을 남겼다. 일제강점기 조선사 편수회에서 수사관보와 촉탁으로 참여한 경력으로 민족문제연구소에서 발표한『친일인명사전』에 수록되었다.
20)『고조선삼천년사古朝鮮三千年史』, 203-204쪽. 도서출판 정신문화사. 1998.
21) 1875-1932 : 일본의 사학자. 이병도의 직장 조선사편수회 상사이기도 하다. 1903년 도쿄제국대학을 졸업한 후 1906년부터 경주 등에서 고고학 조사를 하였다. 북경 유학 후 1926년에는 서울대학교의 전신인 경성제국대학과 교토제국대학의 겸임교수가 되었다. 1925년부터 1932년까지 조선총독부 조선사편수회의 회원이었으며, 일본 덴리대학天理大學에 금서룡문고今西龍文庫가 있다.
22) 발해의 건국 시조인 대조영의 아우 대야발이 각지에 산재해 있는 사서와 옛 비문, 현장답사 등, 13년간 조사한 결과를 토대로 엮은 단군조선사이다.『삼국유사三國遺事』권1,「고조선조」에서『고기古記』라고 인용한 책과 동일한 것으로 보고 있다.
23) 1917년에 출간된 한국의 고대역사서이다. 홍범도洪範圖, 오동진吳東振의 자금지원으로 계

[24)]를 주목하고, 슈퍼컴퓨터를 이용하여 제13대 단군흘달屹達 50년B·C 1733에 일어났던 '5행성 결집 현상'[25)]과 제29대 단군마휴摩休 9년B·C 935에 일어났던 '큰 썰물 사건'[26)]을 입증해 내었던 것이다. 역사는 왜곡시킬 수도, 날조할 수도 있고, 그리고 이를 확인하기도 어렵지만, 천문 현상은 윤색하거나 조작할 수 있는 대상이 아니지 않는가. 저들이 반박하는 대로 어느 한 사람에 의해 조작된 것일진대, 어떻게 수천 년 전에 있었던 '5행성 결집 현상'이며 '큰 썰물 사건'을 알아맞힐 수 있단 말인가?

이로써 그동안 사학계가 그토록 '위서僞書'로 몰아붙였던 『환단고기』가 '진서'임이 밝혀졌음에도 정부에서는 차려주는 밥상도 챙기지 않고 있으니, 참으로 한심한 실정이 아닐 수 없다.

엎친 데 덮친 격으로 동북공정으로 중국 정부마저 우리의 중원역사를 말살하려 드는 현실에 맞서 국사광복회를 위시하여 그동안 재야사학계가 전개해 온 투쟁은 참으로 눈물겹거니와, 여기에 한길 백공 종사님도 당당히 한몫하고 있다고 생각하니 사뭇 존경스럽기만 하다.

"아무튼 거발환 환웅은 이 태백산에서 건국을 선포합니다. 기원전 3,898년의 일입니다.

연수桂延壽가 편찬하고, 이기가 교열했으며, 『삼성기 상上』·『삼성기 하下』·『단군세기』·『북부여기』·『태백일사』 등 각기 다른 시대에 씌어졌다는 5권의 책을 한데 엮은 것으로, 『삼국유사』 권1 「고조선조」에 「고기」라고 인용한 책과 동일한 것으로 보고 있다. '한단고기'라고도 한다.

24) 고려 말의 대학자 이암李嵒이 1363년에 편찬한 사서로서, 기원전 2333년-239년까지 2,096년간 47분의 단군께서 나라를 다스렸던 치세를 기록한 편년체의 역사서이다.
25) 5행성 결집 현상 : 『단군세기』 중, 13세 단군흘달, 혹은 대음달 재위 81조에 기록되어 있는 '무진 50년 오성이 모여들고 …… 戊辰五十年 五星聚婁……'라고 한 구절. '5성'이란 화성·수성·목성·금성·토성을 말하는 것으로, 이들이 일직선상으로 모이는 것은 백 년에 한두 번 있을 정도이다.
26) 같은 책 중, 29대 단군마휴 재위 34조에 기록되어 있는 '병술 9년 남해의 조수가 3척이나 물러났다丙戌九年 南海潮水退三尺.'라고 한 구절.

그런데 나라를 세울 때는 어떤 이념이랄지, 취지가 있었을 거 아녜요? 진리를 깨달은 성인이 나라를 세웠으니까, 그 이념이랄지, 취지가 보통 경우와는 다를 거란 말예요. 그게 바로 '홍익인간'·'이화세계'입니다.

그렇다면 환웅천황의 '천황'이라는 말과 한반도를 통틀어서 단 하나뿐인 밀양의 '천황산'과는 도대체 어떤 연관성을 갖고 있는가, 이걸 한 번 밝혀볼 필요가 있습니다.

일제강점기하에서 독립운동을 전개한 역사를 되돌아볼 때, 지역별로 독립운동을 한 분들이 수없이 많았잖아요. 그런데 유난히 밀양 지역에서 배출된 주요 멤버들은 단순히 무장투쟁만 한 것이 아니라, 독립군에게 사상을 주입시켰단 말입니다. 그 사상이 뭐냐 하면, 바로 민족사상이었어요. 당시 가장 큰 역할을 한 분이 윤세복尹世復·윤세용尹世茸·윤세주尹世胄, 이런 분들인데, 이들이 독립군에게 주입시킨 민족사상의 근간이 무엇이었느냐 하면, 바로 할아버지의 사상이었단 말예요. 그걸로 독립군의 정신을 무장시켰단 말입니다. 그 당시 북로군정서의 총재가 누구였는가 하면, 백포白圃 서일徐一 장군이었어요. 대종교 3대 교주인 윤세복 씨에 앞서 제2대 교주 김교헌 휘하에서 종사로 활약했던 분이지요. 그 밑에 이청천李靑天·김좌진金佐鎭, 이런 장군들이 있었죠. 특히 윤세복 씨는 그의 형인 윤세용과 더불어 밀양에 있는 전 재산을 정리하여 만주로 건너가 대종교에 입단하고서 독립운동에 뛰어들었던 것입니다.

우리나라에서 단군을 모신 사당으로서 가장 연대가 오래된 곳이 이곳 영남루 경내에 있는 천진궁天眞宮입니다. 봄에 한 번, 가을에 한 번, 관가에서 춘추로 제향을 올리는 곳도 유일하게 이곳 밀양밖에 없습니다. 봄에는 음력 3월 15일 할아버지께서 돌아가신 날을 기념하는 어천

▲ 천진궁

절御天節이고, 가을에는 음력 10월 3일 할아버지께서 나라를 세우신 개천절開天節이죠. 이렇게 된 이면에는 윤세복 씨를 비롯한 여러 독립운동가와 지방 유지들의 힘이 컸던 거예요. 그리고 이전에는 행사장에 이시영 부통령까지 내려와서 참배했더랬습니다. 그만큼 밀양이라고 하는 지역이 할아버지의 사상을 선양하는 곳으로서는 남한에서 유일한 고장인 거예요. 이것은 그저 그렇게 된 것이 아니라, 밀양이라고 하는 이 공간이 그러한 역할을 할 수 있는 모든 여건을 갖추고 있기 때문이에요."

여기까지 말하고 난 종사님이 갑자기 웃으면서 뭐라고 말하는 것이었는데, 얼른 알아듣지 못하고 어리둥절해 있자니, 옆에 앉아 있는 이양숙 회원이 12시 정각에 경배를 드려야 한다고 귀띔해준다.

4

경배를 드리고 나서 점심을 먹은 후에 다시 자리를 함께하기로 하고, 집무실 밖으로 나서자, 천궁 안에 한 줄로 도열해 있던 10여 명의 남녀 수자들이 종사님을 향하여 일제히 합장을 올린다.

바늘이 떨어지는 소리가 들릴 정도로 장내가 조용한 가운데 하얀 도복 차림으로 종사님이 환웅상 앞에 좌정하자, 한 수자가 천징을 울리는데, 범종 못지않게 그 소리가 자못 웅장하다.

―가아아앙……! 가아아앙……!

한 차례씩 울릴 때마다 여음이 길게 꼬리를 끈다. 나는 그 소리를 따라 아스라이 반만년 이전으로 거슬러 태백산 꼭대기 신단수 아래로 향한다.

천징이 세 번 울리고 나자, 진행자인 한범 님이 '천수우天水', '천초옥天燭', '천햐앙天香' 하고 외칠 때마다 종사님은 경건한 자세로 신불 환웅천황님께 정화수를 올리고, 촛불을 밝히고, 향을 피운다.

진행자가 '고처언告天' 하자, 종사님이 고천문을 낭독한다.

  개천 5905년 무자 9월 초사흘 소천봉 신불사 천궁에서 아뢰옵나이다. 거룩하고 웅검하옵신 우리 한배검이시여, 오늘 성스러운 이 자리에서 님의 뜻을 받들어 홍익인간 이화세계의 대길상 대광명 등불을 밝히며 초사흘 참회 정진 경배를 드리오니, 굽어살피시어 지극하신 삼신 하느님의 큰 덕과 큰 슬기와 큰 힘으로 거두어 주시옵소서. 거룩하고 웅검하옵신 우리 한배검이시여, 우리 한배검이시여. 마음 모아 간절히 비옵나이다.

이어 종사님의 목탁 소리에 맞춰 전 회원이 「천부경」·「교화경敎化經」·「치화경治化經」을 독경한다. 엄숙하면서도 낭랑한 목소리들이 한데 어울려 마음속의 모든 욕망과 번뇌를 말끔히 씻어내어 주는 것만 같다.

소지燒紙·밀고密告·참배·천징 순으로 경배 의식이 끝나자, 종사님은 회전의자에 앉아 회원들을 인자한 눈매로 바라보면서 법문을 시작한다.

▲ 법문을 하는 백공 종사

"지난여름 더위 속에서 짓지 못하고 있다가 얼마 전에 요 아래 미륵바위 앞에 미륵암을 건립했습니다, 이제 방 안에 들어가서 기도도 할 수 있고, 부엌에서 간단하게 취사도 할 수 있게 되었습니다.

현대 사고방식에 젖어 있는 분들 가운데에는 제 얘기에 공감이 안 되는 분도 많을 테고, 긴가민가, 사실인가 아닌가, 마음속으로 의아하게 생각하시는 분들도 많을 것입니다.

이 도량은 크게는 '자연문화회'이고 작게는 '신불사'라고 해서 신불 천황님이신 환웅 할아버지를 모시고 있습니다.

환웅 할아버지를 모신다고 하면, 우리의 전통사상과 철학이 그대로 계승되어야만 하는 것인데, 어째서 미륵암을 꼭 지어야만 하느냐, 하고 의아해 여길 수도 있습니다.

일반적으로 '미륵암'이라고 하면 불교와 연관이 있는 것인데, 환웅사상을 펴는 이곳에다 굳이 미륵암을 세워야만 되느냐, 이렇게 의아하게 생각하는 분들이 많단 말예요.

어차피 진실은 밝혀져야 하는 것입니다. 오늘은 그것에 대한 해명과 함께 설명을 좀 해야겠습니다."

종사님은 잠시 말을 중단한 채 칠판에다 '彌勒'이라고 크게 쓰고 나서 다시 계속한다.

"'미륵'을 한자로 쓰면 이렇습니다. 한자는 뜻글자인데, 그러면 이 두 글자하고 '미륵'하고 무슨 관계가 있을까요? 아무 관계도 없습니다. 허허허허……. 말하자면, 이두吏讀 문자로서 옛사람들이 그냥 소리 나는 대로 쓴 거예요.

이 '彌勒'에다 '市' 자를 붙이면 '미륵불'이 되는데, 우리가 통상 '미륵불'이라고 할 때의 '불'은 '市' 자이지, '佛' 자가 아닙니다. 왜냐하면 인도의 초기 불교에는 미륵 사상이란 게 없었기 때문이죠.

그럼 불교에서 말하는 '미륵부처님'은 도대체 어떤 분이신가? 실은 없는 거예요. 도솔천에서 살다가 석가모니불이 입적한 해로부터 56억 7천만 년 뒤에 강림하여 중생을 제도한다는 미래불이란 말예요. 따라서 중국·태국·스리랑카·미얀마 등지에는 아예 '미륵'이란 말 자체가 없어요. 그럼 어째서 유독 우리나라에만 미륵 사상이 강하냐 하는 겁니다.

이 '미륵'이란 말의 어원이 뭔고 하면, 페르시아 지역의 태양신인 '미트라Metra'에서 유래된 거예요. 인도에서 쓰고 있는 범어, 즉 산스크리트어로도 '미트라'이고, 팔리어[27]로는 '메테야'입니다. 이 '미트라', '메테야'가 후대로 내려와 기독교에서는 히브리어와 섞여서 '메시아Messiah'로 변천하고, 불교에서는 '미륵'으로 된 거예요. 따라서 '메시아'나 '미륵'은 같은 말입니다. 즉, '구세주'란 뜻이에요.

그런데 인간은 왜 구세주 미륵이 강림하기를 갈망하는 것일까요? 한마디로 말해서, 현세가 너무 괴롭고 고단하기 때문이죠. 잘살고 잘 먹고 하루하루가 행복하다면, 구세주니 미륵이 무엇 때문에 필요하겠습니까?

▲ 법문을 경청하는 회원들

---
27) 남방불교의 성전 용어.

그럼 미륵 사상이 어디서부터 시작된 것이냐 하면, 중원대륙이란 말예요. 좀 전에도 말씀드렸지만, 인도나 남방불교에는 아예 이 말이 없단 말예요."

종사님은 자리에서 일어나 칠판에다 동남아 지도를 그리고 나서 계속한다.

"『삼국사기』 기록을 보면, 백제 말에 의자왕이 3천 궁녀를 데리고 낙화암으로 가잖아요? 사실 '3천'이라고 한 건 과장한 것일 테고, 몇 백 명 정도였겠죠. 그리고 기암절벽이며 강물이며 낙화암 주변의 아름다운 경관이 묘사되어 있는데, 막상 부여에 있는 낙화암엘 가보니까 절벽다운 절벽이, 도대체 3천 궁녀가 뛰어내렸음 직한 그런 절벽이 한 군데도 없더란 말예요. 겨우 몇 십 명 정도 올라가 놀 수 있는 정자 한 채가 댕그랗게 세워져 있을 뿐이에요. 왕이 어떻게 거기까지 마차를 타고 가서 연희를 베풀 수 있었을까, 도저히 불가능하단 말예요. 그렇다면 낙화암이 아닌 다른 장소가 아니었을까, 하고 부근을 찾아봐도 그럴 만한 장소가 전혀 없었어요. 그뿐만 아니라, 백마강을 묘사한 기록과 현장의 경관이 일치하는 것이라곤 한 군데도 없었어요. 그리고 무엇보다 의아스러운 것은 공주나 부여에는 백제의 왕궁터로 추정되는 흔적이 전혀 없다는 점입니다. 최소한 주춧돌 몇 개 정도라도 남아 있어야 하지 않겠어요? 그럼에도 불구하고, 전혀 그런 게 없단 말예요. 왜 그런지 아세요? 실은 그 무대가 중원, 다시 말해서 중국의 계림이었기 때문이에요."

종사님은 칠판에 그려져 있는 지도에다 분필로 표시하면서 다소 어조가 격앙된다.

"자, 여기가 당나랍니다. 당나라 옆에 신라가 붙어 있고, 바로 이 옆에 백제가 있었단 말예요. 백제가 신라를 침략할 때마다 신라는 당나라에 구원을 요청하는 거예요. 이처럼 신라는 당나라와 가까운 지정학적 이점으로 삼국 중에서 가장 먼저 불교를 받아들일 수밖에 없었던 것입니다.

아무튼 백제가 멸망하면서, 이 산동성에 있던 유민들의 일부는 지금의 충청도와 전라도로 건너오고 일부는 일본으로 건너갔어요.

그리고 구세주, 언젠가 백제를 다시 일으켜 세울 수 있는 미륵이 나타나길 갈망했던 것입니다.

오늘날 호서지방과 호남지방에서 미륵 사상의 뿌리가 가장 깊은 것도 바로 그 때문입니다."

'반도조선역사'가 '대륙조선역사'로 환원되는 그날은 언제쯤일까? 신라·백제의 강역이 중원대륙으로 복원된 교과서를 우리의 후손들이 배울 수 있게 되는 그날은 정녕 언제쯤 올 것인가?

그날을 구현하는 이가 바로 '미륵'이 아닐까?

5

법회를 마치고 회원들 틈서리에 섞여 비탈을 타고 내려가자, 2층 건물이 모습을 드러낸다. 경내에서 마주치는 유일한 콘크리트 건물이다. '弘益道園홍익도원'이란 현판을 걸어놓은 2층은 강의실로, 1층은 식당으로 쓰고 있다. 사진을 몇 장 찍고 뒤늦게 식당 안으로 들어가자, 먼저 들어간 회원들이 통나무로 만든 기다란 식탁 양옆으로 즐비하게 앉아 바쁘게 수저들을 놀리고 있다.

마침 종사님 앞자리가 비어 있기에 그 자리에 앉고 보니, 종사님 뒤편 벽을 따라 왕대밭을 그린 거대한 병풍이 펼쳐져 있어, 마치 종사님이 대밭 속에 앉아 있는 것처럼 보인다.

상 위에는 시래깃국에 멸치볶음·깻잎장아찌·김치·무채·양파오이 절임 등이 4인분씩 차려져 있는데, 모두 맛깔스러워 보인다.

늦은 점심인지라 아주 맛있게 먹고, 다시 천궁 쪽으로 올라가자, 종사님이 웃으면서, "이왕이면 이 기회에 솔방松坊 마을을 한 바퀴 둘러보시죠." 하고 제안한다.

비탈길을 곤두박질치다시피 내려간 승용차가 갈림길에 이르자, 동쪽으로 뻗은 좁디좁은 임도를 따라 한동안 곡예 운전을 한다.

"바로 이 마을이에요."

옴폭 꺼진 양지바른 비탈에 10여 호가량 되어 보이는 집들이 옹기종기 모여 있다.

울창한 소나무들이 마을 주위를 빽빽하게 에워싸고 있어 유래된 이름 같기도 한데, 『밀양지명고密陽地名攷』에 의하면 임진왜란 당시 인근의 여러 마을이 모두 피해를 입었지만, 이 마을만은 송림에 가려 '솔방'[28] 빠졌다고 해서 '솔방'이 되었다는 것이다. 세상이 어지러울 때마다 숨어 살기에 알맞아 '피란 부락'으로도 알려져 있다고 한다.

▲ 솔방 마을 당산 소나무

그런데 정작 놀란 것은, 마을 바로 뒤쪽 비탈에 버티고 서있는 4, 5백 년 묵은 한 그루의 노송이다. 높이가 무려 20여m나 되는 데다 주간의 둘레가 3.4m라고 하니, 마을의 수호신 격인 당산나무로서의 구실을 톡톡히 수행하고 있을 만하다.

---

28) 경상 방언으로 '송두리째'라는 뜻.

6

다시 집무실로 돌아와 차를 마시면서, 모두冒頭에서 만족한 해답을 얻지 못했던 세속적인 질문을 한번 더 던져 본다.

"실례지만, 금년에 연세가……?"

"1947년, 정해丁亥생입니다."

"속명은……?"

"강광원입니다."

"무슨 자, 무슨 자를 쓰십니까?"

"'빛 광光' 자, 멀 원遠' 잡니다."

메모하는 사이에 좀 전에 학력이니 경력 같은 건 그다지 중요하지 않다는 듯이 슬쩍 대답을 피해 갔던 종사님이 마침내 입을 연다.

"저도 출가하기 이전에는 기독교를 믿었더랬어요. 어머니가 시집올 때부터 독실한 기독교 신자였거든요. 올해 여든둘이신데 요즘에도 기도원엘 다니셔요."

"현재 어디에 살고 계십니까?"

"서울 약수동에 살고 계십니다. 형제는 남동생이 둘인데, 둘째가 목사예요. 저도 처음엔 목사가 되려고 했습니다. 어렸을 때의 꿈은 학교 선생이었는데, 어머니를 따라 교회에 다니면서, 목사가 되겠다는 꿈을 키웠더랬죠. 교회 안에서 하는 학생활동도 거의 제가 주도하다시피 아주 열성적으로 했어요. 그리고 용문고등학교의 전신인 강문고등학교 2학년 때까지 성경을 얼마나 많이 읽었는지 몰라요. 그러면서 의문이 생기면, 목사님이나 전도사님한테 여쭙곤 했는데, 그분들의 대답을 들어도 통 의문이 풀리지 않는 거예요. 문답을 하다가 명쾌한 대답을 해줄 수 없을 때엔 뭐랬는지 아세요? '강 군, 자네가 하나님의 말씀을 의심하고 있군.' 하는 거예요.

그래서 저는 그때부터 교회에 발길을 끊고, 학교마저 그만두고, 다른 책들을 보기 시작했죠. 여태까지 교회에서 이단시하고 보지 말라고 했던 책들, 불교 서적, 동양사상에 관한 서적들을 읽기 시작했습니다. 그런데 그런 서적들을 읽어 보니깐 머리에 훨씬 더 잘 들어오더라고요. 그러는 한편 서울 주위에 있는 삼각산·불암산·관악산, 이런 산들을 많이 탔어요. 혼자서 산을 타는 게 너무너무 좋았어요.

그러다가 20대 중반에 사업에 손을 댔습니다. 한양공대 화공과 출신인 선배 한 분이 '본타일'이라는 제품을 국내에서 처음으로 개발했더랬는데, 그 선배가 전수해 주는 기술대로 직접 시공했죠. 마침 당시에 건축 붐이 일어나서 돈을 꽤 많이 벌었습니다.

그러다가 입대해서 스물아홉에 제대했는데, 그때부터 생각이 달라졌습니다. 이렇게 사는 건 사는 게 아니라는 걸 깨닫고, 마침내 출가하고 말았습니다. 중이 되기 위해서…….

처음엔 부산으로 내려가서 여러 사찰과 이 산 저 산을 전전하다가, 결국 천황산까지 오게 된 거예요. 지금으로부터 33년 전입니다.

그러던 어느 날, 사자평에서 우연히 30대 중반의 송원홍宋元弘[29]이라는 도인을 만났어요. 부인과 아들 한 명을 데리고 살면서, 단식도 하고 기도도 하는 그런 분이셨는데, 그분을 만난 이후로 또 생각이 바뀌어졌어요.

하루는 그 양반이 자기 스승인 동일선사東一禪師에 관한 얘기를 들려주더라고요.

한때 묘향산 단군굴에서 수월水月 스님이라는 분을 스승으로 모시고

---

29) 한길 백공 종사의 스승으로서 현재 전북 무주에서 '신불사'를 경영하고 있다.

수도 생활을 했는데, 수월 스님은 동물들과 대화를 할 뿐만 아니라, 여러 가지 이적異蹟을 보여 주더라는 거예요. 그러다가 독립운동을 하기 위하여 당신이 북만주로 건너가는 바람에 하는 수 없이 혼자서 수도 정진하다가 1·4후퇴 때 남하했다더군요.

결국 송 도사는 동일선사를 스승으로 모시게 되었던 것인데, 그분으로부터 단군에 관한 서적들을 물려받았다면서 저한테 보여주더라고요. 한 6, 70쪽가량 될까 말까 한, 겉으로 보기에는 아주 볼품없는 소위 '똥종이'로 만든 아주 얄팍한 책이었지만, 그 안에 단군에 관한 역사, 「천부경」, 이런 게 죽 들어 있더란 말예요. 수월 스님은 물론, 당시 만주에 있었던 대종교를 신봉하는 분들에게 널리 읽힌 책이라면서 제게 일독을 권하더군요.

아무튼 저는 그때부터 송 도사님을 스승으로 모셨습니다. 그러나 인연이 안 되어 그런지, 몇 년이 지나자 당신은 가솔들과 함께 하산하고, 저 혼자 토굴에 남아 10년 정도 정진하게 되었는데, 서적이 없다 보니 주로 참선을 하면서 틈틈이 역사 공부를 했습니다.

그리고 10년 뒤에 하산해서 삼랑진에다 첫발을 디뎠어요. 혹시 '여여정사如如精舍'라고 들어 보셨는지 모르겠습니다만, 안태호에서 죽 올라가다 보면 행곡이라는 마을이 나와요. 거기서 조금 더 올라가면, 현재의 범어사 주지인 정여 스님이 세운 여여정사라는 암자가 있습니다. 그 자리에다 '삼일원三一院'이라는 정사를 짓고서 제자들을 키우기 시작했죠. 주로 깨달음을 위주로 하는 마음공부를 시켰어요. 그러면서 단군의 역사, 우리 사상, 이런 걸 가르쳤습니다. 20대에서부터 60대에 이르기까지 연령층이 다양했어요. 몇 년이 지나자, 제자들이 이구동성으로 하는 말이, 이 좋은 말씀을 보다 많은 대중에게 전해줘야지, 이 산중에서 설법하기에는 너무 아까우니 대도시로 나가라는 거예요.

그 제자들 가운데 한 명이 현재 지리산에 있는 '삼성궁'의 궁주인 한풀 선사입니다.

그래서 결국 부산 금정구 구서동에 있는 두실로 내려가서 처음에는 지하실을 한 칸 얻어 가지고서 '배달민족학당'이라는 간판을 내걸고 법회를 하기 시작했어요. 어느 한 종교에 치우치지 않고,「구약성서」·「신약성서」·「반야심경」·「금강경」·「화엄경」·「장자」·「논어」·「맹자」·「대학」·「중용」·「역경」·「도덕경」, 그리고 배달겨레의 사상과 철학을 담은 우리의 경전인「천부경」·「삼일신고」등을 강의했습니다."

"아니, 그 많은 서적을 어떻게 독학으로……?"

"궁금하시죠? 일반인들은 이해하기 힘들 겁니다. 나름대로의 깨침이 있고 난 뒤에 경전을 보니까, 한눈에 다 들어오더란 말입니다. 원서를 강독하는 것이 아니라, 번역본을 교재로 해서 나름대로 재해석해서, 다시 말하자면 일반적인 경전 해독이 아닌, 다른 차원으로 해석한 거죠.

현재 시중에 나와 있는「천부경」에 관한 서적이 20여 종이나 되지만, 그 해석이 저마다 구구하단 말입니다. 그걸 제대로 이해하려면, 우선 깨쳐야만 돼요. 깨치지 않고선 도저히 풀 수가 없어요. 그다음으로는 수리학의 근본을 알아야 하고, 거기에다 도道가 뭔지를 알아야 합니다. 그러기 위해선 불교에도 접할 줄 알아야 된다고 생각합니다.

그러다가 지하실에서 생활하자니 불편한 점이 너무 많아서 1년 뒤에 부산대학교 앞으로 이사했죠. 3층을 임대해서 1주일에 한 차례씩, 1시간 반 내지 2시간씩 강의를 했는데, 강의를 빼먹었거나 의문이 생긴 사람들이 찾아오는 통에 항상 문은 열려 있었어요. 그리고 그때부터 수강생들이 강의 내용을 녹음하자고 건의해서 녹음하기 시작했습니다.

『도덕경』을 강의하던 도중에, 마침 집사람을 만났지 뭡니까. 말하자면 노총각, 노처녀끼리 만났던 거죠. 하하하하…….."

종사님은 새삼 당시가 회상되는지, 앞자리에 마주 앉아 있는 이양숙 회원을 바라보면서 너털웃음을 터뜨린다. 그러자 이 회원도 다소곳이 고개를 숙이며 얼굴을 붉힌다. 누가 이 두 분을 부부로 볼 것인가, 그때까지 이양숙 회원은 마치 나의 일행인 양 시종 내 옆자리에 그림자처럼 조용히 꿇어앉은 자세로 표정의 변화 하나 없이 종사님의 말을 경청하고 있었던 것이다.

녹차로 입술을 한번 적시고 나서, 종사님은 다시 말을 잇는다.

"당시까지 집사람은 여러 수련회며 법회에 참가하면서 마음공부를 하는 한편, 어린 학생들 과외지도를 하고 있었나 봐요. 어느 날 모 신문 '문화 단신'에 난 '도덕경 강의'라는 기사를 보고서 찾아왔다고 그럽디다. 지금이나 당시나 한결같이 차분한 모습 그대로예요, 하하하하…….

어쨌든 진지한 자세로 열심히 공부했어요. 그러다가 피차 교감이 이루어져서 결혼을 하게 됐죠. 혹시 가보셨는지 모르겠습니다만, 지리산 청학동에 있는 삼성궁에서 조촐하게 식을 올렸더랬습니다. 삼랑진에서 인연을 맺은 제자가 운영하는 곳인데, 할아버지를 모셔놓은 공간으로서는 현재 국내에서 가장 규모가 큽니다.

제 집사람에 대해서는 더 이상 얘기하지 않아도 되겠죠?"

종사님의 뜬금없는 질문을 받고, 나는 "예, 어느 정도 들어서 알고 있습니다." 하고 거짓으로 대답했다. 실은 아무것도 들은 바가 없었다. 그러나 따지고 보면, 결코 거짓말은 아닌 것이, 이미 작품을 통해서 이야기해 주지 않았던가.

나는 앞에서 그의 시심詩心의 뿌리가 다름 아닌 할아버지 사상이라고 언급했거니와, 만약에 종사님과의 인연이 없었던들, 과연 그러한 시들이, 그리고 현재의 그녀가 존재할 수 있을까 하는 생각이 든다.

생각이 이에 미치자, 나는 갑자기 욕심이 발동한다. 밀양문학회 초청 강연 때 괜히 먼 데 있는 사람을 부를 것이 아니라, 종사님을 모시고 법문을 듣는 편이 훨씬 더 바람직하지 않을까, 아니 그보다 이미 홈피를 통해 수준 높은 수십 편의 수필들을 읽어보았는지라, 아예 종사님을 밀양문학회 회원으로 모실 수는 없을까, 그리하여 모든 회원이 '홍익인간'·'이화세계'에 뿌리를 내리고 창작활동을 한다면, 개인적인 발전은 물론, 밀양문학회의 정체성 확립에도 크게 도움이 될 것이 아닌가!

이러한 나의 속내를 아는지 모르는지, 종사님의 말은 계속되고 있다.

"한 4년간 활동하다 보니까, 부산 사람들의 수준을 어느 정도 파악할 수 있었는데, 당초의 기대에 비해서는 다소 실망스러웠습니다. 그래서 아, 이제부터는 본격적으로 제자를 키워야겠다는 다짐을 하면서, 다시 입산을 결심하게 되었죠. 일단 삼랑진으로 올라가 아까 말씀드린 정여 스님한테 삼일원을 넘겨주고서, 11년 전인 1997년 봄에 이곳으로 올라왔던 것입니다. 삼랑진 집을 처분한 돈에다 조금 더 보태어 갖고 한 5만 평 되는 임야를 매입했었죠.

집사람은 부산에 남아 있고, 저 혼자 텐트를 치고서 기거했더랬는데, 당시에는 이 도량 전체가 온통 대밭이었습니다. 겨울이 다가오자 하는 수 없이 솔방 마을에 있는 어느 빈집을 한 채 빌렸죠. 그러자 옛날에 맺었던 인연들이 다시 모여들기 시작한 거예요. 한범 님도 배달민족학당 시절에 학생 신분으로 인연이 맺어져 오늘에 이르기까지 고락을 함께하고 있습니다만, 그이뿐만 아니라 배달민족학당에 드나들었던 부산대 학생들이 지금도 사회인으로 활동하면서 계속 유대관계를 유지하고 있어요.

수자들과 함께 솔방에서 아침밥을 먹고는 점심 도시락을 싸갖고 이곳 대밭으로 와서 종일토록 정지 작업을 하고서 저녁때 다시 솔방으로 돌아가는 게 일과였습니다.

그 결과 조그만 집을 한 채 지어서 처음 5년간은 일반에게는 전혀 개방하지 않고, 우리끼리 일하고 수행했습니다. 우선 길을 내기 위해서 작은 톱으로 대나무를 베긴 베는데 도무지 치울 데가 없는 거예요. 하는 수 없이 그 자리에서 태웠죠. 그렇게 조금씩 길을 내고 터를 닦아서 마침내 포클레인이 들어올 정도가 되자, 우선 천궁부터 짓기 시작해서 완공을 보게 됐는데, 그게 불과 5년 전입니다.

▲ 한길 백공 종사

저희 '자연문화회 신불사'는 종교와는 아무런 상관이 없습니다. 그럼 자연문화회에서 하고자 하는 일은 뭐냐, 일단 자연의 이치를 깨닫고, 자연과 함께 자연스럽게 살자는 거예요. 이게 바로 할아버지의 사상이란 말입니다. 다시 말해서, 자연의 이치를 깨닫는다, 예수나 부처나 노자나 공자나 모든 성인을 가리켜 깨달은 분들이라고 하는데, 그럼 뭘 깨달았느냐, 결코 특별한 걸 깨달은 게 아니란 거예요. 모두 자연의 이치를 깨달은 것입니다.

그럼 자연의 이치를 깨닫게 되면, 그와 동시에 살아가는 방법이 어떻게 달라지느냐, 자연스럽게 살게 된다는 거예요, 자연과 함께. 자연스럽게 살자고 하는 것은 자연의 이치대로 살자는 거예요.

자연이라고 하는 것은 뭐냐, 인위적으로 만들지 않은 것을 자연이라고 한단 말입니다. 그러면 모든 자연의 극치는 뭐냐, 바로 인간이라는 사실입니다. 가령 깨쳤다고 했을 때, 그 깨친 바를 자연의 극치인 모든 인간과 함께 공유해야지, 저 혼자만 가지는 게 아니란 말예요. 이것이 우리 자연문화회의 근본 취지입니다.

저희 자연문화회 신불사에서는 그런 걸 가르치기 위해서 모든 분을 다 수용하고 있습니다. 따라서 여기 오시는 분들은 다양할 수밖에 없어요. 신부님도 오시고, 수녀님도 오시고, 스님도 오시고, 목사님도 오시고……, 이렇게 다양하기 때문에 그분들과 대화를 많이 나눌 수 있습니다. 대화를 한다는 것은 뭐냐, 자연스럽게 살아가기 위해서 우리가 어떻게 노력해야 하느냐, 이 문제를 두고 서로 교감하는 것입니다. 그러다 보면, 모범답안이 나오게 마련인데, 그게 뭐고 하면, 일찍이 할아버지께서 5천 년 훨씬 이전에 배달나라를 세우면서 공포하신 '홍익인간'·'이화세계'란 말입니다.

그러면 도대체 '홍익인간'·'이화세계'가 무슨 뜻이냐, 그 뜻부터 알아야 할 거 아닙니까?

우리나라 현행 교육법 제1조를 보면 '대한민국의 교육이념은 홍익인간에 바탕을 둔다.'라고 되어 있는데, 실은 이 말만 가지고는 건국이념의 깊은 뜻이 충분히 전달되지 않습니다. 그 뒤에 '이화세계'란 말이 붙어야 되는 거예요. 그래야만 완전한 뜻을 지닌단 말예요. 이것은 불교에서 말하는 '상구보리上求菩提·하화중생下化衆生'이라는 말과 똑같습니다. 무슨 뜻이냐 하면, '홍익인간을 통해서 이화세계가 만들어진다.'는 말이에요. 이화세계란 불교 용어로 말하면, '불국토佛國土', 서양식으로 말하면 '유토피아', 즉 '미륵 세계', '순수이성의 세계', '절대 자유의 세계', '깨달음의 세계' 입니다. 다시 말해서, 홍익인간을 통해서 이화세계가 성립되는 것이에요.

홍익인간이라고 하면 흔히 '인간세계를 널리 이롭게 한다.', 이 정도로만 알고 있는데, 이것만 가지고는 그 말의 깊은 의미를 알 수가 없어요. 그 깊은 의미가 뭔고 하면, '인간은 만유를 유익하게 해줘야 한다.' 는 거예요. 그게 삶의 기본이에요. 그럼 유익하게 해주기 위해서는 어떻게 해야 하느냐? 우선 일단 만나야 된다는 거죠. 태평양 저 건너편에 사는 어떤 미국인에게 유익하게 해줄 수 있나요? 우선 만나야 할 거 아녜요? 직접 만나는 게 가장 좋겠지만, 전화로도 만날 수 있고, 편지로도 만날 수 있겠죠. 일단 만난다는 것은 교감이 되어야 한단 말예요. 이것을 인연법이라고 합니다. 만날 수 있는 인연이 되면, 무엇이든지 그 인연을 통하여 유익하게 해줘야 한다는 것, 바로 이게 홍익인간입니다.

그러면 어떤 게 유익하게 해주는 것이냐, 만나는 대상이 무엇을 원하는가에 대해서 말씀드리겠습니다.

가령 농사짓는 사람의 경우를 생각해봅시다. 농사짓는 이는 아침 일찍 잠에서 깨어나자마자 논으로 나갑니다. 밤새 혹시 모포기가 쓰러지지나 않았나, 물꼬가 터지지나 않았나, 하고 말이죠. 만약 모포기가 쓰러졌다면 바로잡아줄 것이며, 물꼬가 터졌다면 막아줄 것입니다. 만나는 대상을 가장 유익하게 해주는 일, 이게 바로 홍익인간이란 말입니다. 쓰러진 모포기로서는 자기를 바로 세워주는 것, 터진 물꼬로서는 자기를 막아주는 것, 그 이상으로 유익한 게 이 세상에 또 어디 있겠습니까?

수자들이 빨래를 해서 빨랫줄에 널어놓은 걸 종종 보게 되는데, 그런데 빨래를 널어놓은 걸 보면 저마다 다 다르단 말입니다. 어떤 이들은 대충대충 널어놓는가 하면, 어떤 이들은 탈탈 털어서 널어놓더란 말입니다. 자, 그럼 빨래를 너는 그 순간이란 뭐냐, 빨래와 나와의 만

남이란 거예요. 오직 빨래와 내가 만난 겁니다. 그렇다면 내가 빨래에게 해줄 수 있는 가장 유익한 게 뭘까? 말할 나위도 없이 빨래가 모양새 좋게 가장 잘 마를 수 있도록 널어주는 거 아니겠어요? 이게 바로 홍익인간이란 말입니다. 자동차 운전을 하는 순간엔 다른 건 없잖아요? 그 순간은 오직 자동차와 나만의 만남이 있을 뿐입니다. 그렇다면 내가 자동차에게 해줄 수 있는 가장 유익한 일은 무엇이냐, 자동차로 하여금 가장 기분 좋게 달리게 하는 것입니다. 알맞은 경제속도를 유지하면서 아무런 사고도 내지 않고 목적지까지 유쾌하게 달릴 수 있게 해주는 것, 이게 바로 홍익인간이란 말입니다.

 이러한 것들은 우리가 일상으로 대하는 개별적인 만남인데, 가장 중요한 게 뭐냐 하면, 사람을 만날 때입니다. 사람을 만날 때 가장 유익하게 해줄 수 있는 게 무엇이냐 하면, 그것은 그 사람을 가장 사람답게 살 수 있도록 해주는 일입니다. 사람이 사람답게 산다는 것은 뭐냐, 이 얘기를 다하자면 한 시간도 더 걸립니다. 간단하게 말하겠습니다. 결국 이 세상은 모든 방법이 이치로 된다는 것입니다. 이치로 되는 세상을 이화세계라고 하는 겁니다. 아까 제가 말씀드렸죠? 우리 자연문화회의 근본취지는 '자연의 이치를 깨닫고, 자연과 함께, 자연스럽게 살자.' 이것이 홍익인간·이화세계의 현대적 해석이라고……. 다시 한 번 더 정리해드리자면, 사람은 삼라만상을 인연 따라 만나는 대로 가장 '그'답게 유지할 수 있도록 사랑하는 것이 이화세계, 즉 세상을 아름답게 사는 것입니다.

 모든 관념으로부터 자유로워지는 것, 결국 모든 사람으로 하여금 사람답게 살 수 있도록 한다는 것은 자신의 본성을 찾기 위해서 공부하면서 살아가는 것입니다. 스님이건, 신부건, 다른 모든 종교인도 열심히 공부하는 분들이 많은데, 목적은 뭐냐, 단 한 가지밖에 없습니다.

모든 관념으로부터 해탈하는 것, 즉 '절대 자유', 그것입니다."

어느 정도 이야기가 마무리된 것 같아 나는 화제를 돌린다.

"부지가 약 5만 평 된다고 말씀하셨는데, 경내에는 어떠한 시설물들이 있으며, 운영은 어떻게 하고 있습니까?"

"할아버지를 모셔놓은 이 천궁을 위시해서 1층은 식당이고 2층은 강의실인 홍익도원하고, 저 옆에 있는 산신각하고, 그리고 이번에 새로 지은 미륵암 등이 각 요소에 배치되어 있습니다. 그리고 여기저기에 수자들의 토굴이 산재해 있고, 내년쯤에 용왕당과 칠성각을 지으려고 우선 터만 닦아 놓았습니다.

홍보물로 『한밝뫼』라는 소식지를 한 달에 한 번씩 발간하는데, 이번에 마흔여섯 번째 호가 나왔습니다.

그리고 식구들은 남녀노소 합해서 한 열 명쯤 되는데, 모두 수자입니다.

경제적인 문제를 해결하기 위해서 죽염을 굽죠. 약 20년 전 부산에 있을 때 수자들을 데리고서 잠깐 지리산 악양에 간 일이 있었는데, 거기에서 전혀 뜻밖에 스님 한 분을 만났어요. 정원 스님이라는 분인데, 죽염을 굽는 비법을 알고 계시는 분이었어요. 그래서 그분한테서 비법을 전수받았죠. 시판은 하지 않고 회원들에게만 판매하고 있습니다.

죽염을 굽는 데 있어서 제일 힘이 드는 게 뭐고 하면, 소금을 구하는 일이에요. 서해안이나 신안 쪽에 있는 염전들은 이제 거의 다 문을 닫았어요. 중국에서 들어오는 값싼 소금 때문에 운영이 안 되기 때문이죠. 그나

▲ 죽염 가마

마 몇 군데에서 정부의 보조를 받아 겨우 명맥을 유지하고 있는 형편인데, 일부 비양심적인 업자들이 중국산 소금과 섞어서 판단 말예요. 일반 소비자들은 그걸 식별해 낼 수가 없어요. 그래서 저희는 직접 단골 염전으로 가서 구입해 옵니다. 그걸 1년 이상 묵히면서 간수를 모두 빼낸 다음에 죽염을 만드는 겁니다. 그리고 시중에서 판매하는 것들은 대부분 철가마를 이용해서 구운 것들이지만, 저희는 황토 가마를 이용해서 굽습니다. 오늘날에는 소금도 오염이 많이 되어서 가마에 넣고 굽기 시작하면 가스가 굉장히 많이 발생해요. 가마 옆에 오래 앉아 있으면 머리가 막 아파 와요. 그래서 가마 자체가 개폐식이라야 돼요. 밀폐식은 안 돼요. 굽는 동안 계속 가스를 빼내어야만 하거든요.

그런데 죽염은 겨울 두 달밖에 못 구워요. 겨울이 되어 수분이 뿌리 쪽으로 다 내려가고 죽력, 즉 대기름만 남았을 때 대나무를 베어야 하기 때문이죠. 그리고 저희는 기계를 일절 쓰지 않고 전 과정을 수작업을 통해서 빻아요. 말하자면, 작업 그 자체가 수행인 셈이죠.

저희는 죽염을 매년 굽는 게 아니라, 2년에 한 번씩 구워요. 죽염을 굽지 않는 겨울에는 식구들 모두 단식수행에 들어갑니다. 단식 기간이 해마다 약간씩 다르긴 하지만, 일반적으로 한 열흘 정도 걸립니다. 아무것도 먹지 않고, 오로지 생수만 마시는 거예요. 그리고 그다음 해에 죽염을 굽곤 하는데 그걸 회원들이, 그리고 그분들이 또 주위 사람들에게 소개해서 판매하고 있습니다.

죽염 다음으로는 카세트테이프인데 배달민족학당 이후로 강의한 내용들을 녹음한 것입니다. 아까 말씀드린 대로 『천부경』·『도덕경』·『금강경』·『화엄경』·『대학』·『중용』·『역경』·『성경』 등과 우리 겨레의 사상과 철학을 담은 것들입니다.

그리고 농사를 좀 짓는데, 그야말로 순수한 자연농법입니다. 화학비

료와 농약 같은 걸 일절 사용하지 않고, 오로지 퇴비만 사용합니다. 꾸준히 사용하다 보니까 병충해도 없고, 일반 농가에서 생산하는 것보다 오히려 품질이 더 좋아요. 배추·무·고추·오이·상추·감자·고구마 등등, 저희 식구의 부식은 전량 자급자족하고 있습니다.

마지막으로, 회원들이 주시는 후원금이 있습니다.

여기에서 여는 행사를 잠깐 소개할 것 같으면, 우선 할아버지께서 돌아가신 날인 음력 3월 보름날 어천절御天節 행사, 4월 초파일 연등 행사, 양력 5월 초에 지내는 천황산 산신제, 7월 칠석 행사, 팔월 한가윗날 지내는 차례, 가장 큰 행사인 음력 10월 초사흗날 개천절 행사, 그리고 마지막으로 가지는 동짓날 행사를 들 수 있죠.

또 월중행사로는 매달 초사흗날마다 오늘처럼 법회를 가지고, 매주 토요일마다 철야 정진모임이 있고, 또 '3년 수행'이라고 해서 천일기도를 하고 있습니다.

언젠가 기회가 오면, 저는 밀양시민들을 모셔놓고 '풍수지리학으로 본 밀양'이란 주제로 법회를 한번 갖고 싶어요."

"외람된 말씀입니다만, 저희 밀양문학회 월례회 때 한번 나오셔서 회원들한테 법문을 좀 들려주실 수 없겠습니까?"

"불러 주신다면 언제든지 달려갈 용의가 있습니다. 할아버지 말씀을 전할 수 있는 자리라면 못 갈 곳이 어디 있겠습니까?"

나는 용기를 내어 한마디 더 보탠다.

"그리고 한 가지 양해를 구하고자 하는 것은, 이번에 제가 쓰는 이 「탐방기」 말미에다 홈피에서 읽은 종사님의 수필 「차茶 이야기」 전문을 소개했으면 싶은데, 승낙해주시겠습니까?"

"그게 뭐 그럴 만한 가치가 있습니까?"

"그럼 승낙하신 것으로 알겠습니다."

하고, 나는 이왕 내친김에 아껴 두었던 말을 끄집어낸다.

"결례되는 청인 줄 압니다만, 이번 인연을 계기로 해서 종사님을 저희 밀양문학회 정회원으로 모시고 싶습니다. 할아버지의 깨달으신 마음이 후학들에게 자양분이 되게 해주신다면, 그 또한 보람 있는 일이 아니겠습니까?"

너무나 뜻밖의 제안이라 그런지, 종사님은 '껄껄껄껄……' 웃다가 슬쩍 말머리를 돌린다.

▲ 추화산 정상에서 '통일기원소망탑'을 쌓는 모습

"우리 민족이 제대로 일을 하기 위해서는 하루빨리 남북통일이 되어야 합니다. 그래서 작년 초봄부터 금년 봄까지 밀양에 있는 모든 산마다 정상에 올라가서 수자들이 협동해서 '통일기원소망탑'을 쌓았어요. 주위에 있는 돌들을 모아 갖고 말이죠.

천황산·화악산·종남산·덕대산·추화산·구천산·일자봉·소천봉·만어산·옥교산, 이런 산 정상에다 돌로 2–2.5m 높이로 쌓고, 그 안에다 할아버지 말씀인 「천부경」과 우리 민족의 역사에 관한 글들을 비닐로 싸서 넣었습니다. 말하자면, 일종의 타임캡슐인 셈이죠. 그리고는 마지막으로 통일의 노래를 합창하는 거예요. 참가자가 많을 때에는 19명이나 된 적도 있었어요. 그러한 기운을 계속 결집함으로써 결국 통일은 이루어질 거라고 봅니다. 비록 작은 일이지만, 저희들의 간절한 마음을 통해서 우러나는 기운은 언젠가 저 북녘땅 백두산까지 가 닿을 것입니다."

"오늘 여러 가지로 귀한 말씀 잘 들었습니다."

천궁 밖으로 나오자, 어느덧 서산머리로 해가 뉘엿뉘엿 넘어가고 있다.

7

한 달 뒤인 10월 31일, 나는 다시 신불사를 찾아간다. 개천절 행사에 참여하고 나서 종사님 곁에서 하룻밤을 묵으면서, 보다 많은 이야기를 나누고 싶어서다.

▲ 김재영 : 가야춤예술단 단장, 무용가

연중행사 중에서 가장 규모가 크다는 말 그대로, 서울을 위시하여 전국 각지에서 1백여 명의 회원들이 몰려와 천궁 안을 가득 메운다.

12시 정각에 행사가 시작된다. 지난번과는 달리 '헌다獻茶'·'헌무獻舞'·'헌시獻詩'·'헌악獻樂'·'헌가獻歌' 등의 다채로운 축하공연이 펼쳐진다.

행사가 길어져 3시가 넘어서야 점심을 먹는다. 먼 데서 온 내빈들을 모시고 뒤풀이가 언제 끝날지 가늠할 수가 없어 하룻밤 묵기로 한 당초의 계획을 접고 종사님에게 작별 인사를 올린다.

"오늘 개천절 행사, 정말 가슴이 뿌듯합니다. 매달 초사흘마다 열리는 법회 때에도 이렇게 대성황을 이룬다면 얼마나 좋겠습니까?"

"언젠가 그날은 반드시 오리라고 저는 믿습니다."

이 말에 나도 모르게 이렇게 말한다.

"종사님, 저도 자연문화회 신불사 회원으로 가입하겠습니다."

그러자 종사님은 내 등을 힘껏 두드리면서, "아, 당연히 그리 하셔야죠. 저도 밀양문학회에 가입하구요." 하는 것이 아닌가.

헤어지기 직전에 이양숙 회원에게 자녀 관계를 물어보았더니, 다소 쑥스러운 표정으로 셋이라고 한다.

나이를 물어보자, 맏딸은 고3이슬이고 둘째딸은 중2시내, 그리고 막내인 아들은 초등학교 6학년다솔마루이라고 한다.

돌아오는 차 안에서 종사님한테서 받은 선물 봉투를 열어 보니, 화선지에다 파격적으로 갈겨 쓴 '爲無爲위무위'[30] 붓글씨 한 폭과 그에 대한 해설이 들어 있다.

베풀었다고 하는 '나'도 없고, 무엇을 베풀었는지 물건도, 행위도 없고, 또 누구에게 베풀었는지 상대도 없는 것이 베푸는 것의 진정 아름다움인 것입니다. 바로 '위무위', '함이 없이 하는 것'입니다.

끝으로 종사님의 수필 한 편을 소개한다.

---

30) 노자의 『도덕경』, 제63장 '은시恩始'의 첫 구절. 爲無爲 事無事 味無味. 무위를 행하라. 일없음으로 일하라. 맛이 없음을 즐겨 맛보라.

차茶 이야기

　요즘 이곳 신불사 주위는 온통 꽃향기로 그득하다. 그 가운데에서도 생강나무꽃과 진달래꽃은 군락을 이루어 유난스럽거니와, 매화·벚꽃·목련·돌복숭아꽃 들도 톡톡히 한몫하고 있다.
　얼마 안 있으면 봄비가 백곡百穀을 윤택하게 한다는 곡우穀雨가 돌아온다. 해마다 이맘때쯤이면 우전차雨前茶를 만들어 가까운 이웃들과 그 맛을 나누곤 했다.
　그러나 올해에는 죽염 만드는 작업과 겹쳐져 그 일을 포기할 수밖에 없어 못내 아쉽다.
　'차茶' 자는 艸풀·人사람·木나무 자로 구성되어 있는바, 육서六書로 치면 회의會意에 속하는 글자로서 '사람에게 이로운 풀과 나무'라는 뜻을 담고 있지 않을까 한다.
　차는 크게 두 종류로 나뉜다. 잎으로 만드는 녹차綠茶와 곡식으로 만드는 곡차穀茶가 그것인데, 그러고 보니, 아닌 게 아니라 녹차는 나무에서 나오고 곡차는 풀벼·보리·밀·조 등에서 나온다.
　우리나라에서 가장 오래된 녹차나무는 밀양시 산외면 다원茶院의 한서원書院 안에 있다.
　10여 년 전에 가보았을 때, 360년이 되었다고 했는데, 수령에 비해서는 별로 크지도 않았으며, 관목인지라 줄기 하나하나가 어른 팔뚝보다도 더 가늘어 보였다.
　여느 나무 같으면 100년만 지나도 아름드리 고목으로 성장하기 마련이건만, 차나무는 그렇지가 않다.
　우리 겨레는 배달나라 때부터 제제祭·재재齋·제사祭祀 등 각종 의식儀式을 중시해 온 민족이다.

제는 용왕제·산신제·칠성제·천제·단오제 여러 가지 축제 등등, 하느님天地神明의 은혜로움에 대한 감사함의 표현이며, 재는 천도재遷度齋·예수재豫修齋 등이 있는데, 천도재는 '돌아가신 분의 영령英靈을 좋은 곳으로 인도하기 위하여', 예수재는 '죽어 좋은 곳으로 가기 위해 생전에 미리 지내드리는 의식'이다. 그리고 제사는 '고인이 돌아가신 날에 음식을 차려놓고 가족들이 함께 모여 그 영령을 추모하는 의식'이다.

아무튼 이러한 의식 절차에 절대로 빠뜨려서는 안 되는 것이 있으니, 바로 '차 공양'이다. 모든 의식에는 마음과 몸을 가장 정갈하게 하여야 할 뿐만 아니라, 무엇보다 정성을 들여야 할진대, 음식 가운데 가장 정성스럽게 만들어야 하고, 따라서 그만큼 만들기 힘들고 어려운 '차'를 올리는 것은 지극히 당연한 일이라 하겠다. '차례茶禮'라는 말의 유래도 여기에서 나온 것이다.

의식 절차에서 '녹차'를 올리느냐, '곡차'를 올리느냐 하는 문제는 환경과 여건에 따라서 다를 수밖에 없는데, 어느 것을 올리든 지극정성으로 만든 것이라야 한다. 그렇지 않고서는 예禮가 아니기 때문이다.

그렇다면 얼마만큼 정성을 담아 만들어야 하는가?

나는 1985년, 그러니까 지금으로부터 꼭 21년 전에 초의선사草衣禪師[31]의 출가지인 나주羅州 운흥사雲興寺에 잠깐 머문 적이 있었다.

옛날에는 꽤 큰 절이었다고 하나, 내가 찾아갔던 당시에는 옛 절터의

---

31) 1786-1866 : 전남 무안 출신으로, 속가에서의 성은 장 씨이며, 법명은 의순意恂, 초의草衣는 그의 호이다.
대흥사의 13대 종사의 한 사람인 대선사로, 간신히 명맥만 유지하던 우리나라 도차를 중흥시켜 다성茶聖으로 불린다.
강가에서 놀다가 물에 빠진 것을 지나가던 스님이 건져 준 일이 인연이 되어 6세 때 나주 운흥사에서 출가했다. 그후 각지로 다니며 운수행각하다가, 대흥사 10대 강사인 완호玩虎 윤우尹佑 스님의 법을 받고 초의라는 법호를 얻었다.

주춧돌들이 듬성듬성 남아 있는 가운데 조그마한 암자 한 채가 있었을 뿐이다. 뒷산이 온통 대밭이었는데, 대나무 사이사이에 꽤 많은 차나무가 자라고 있었다. 댓잎에 맺혔다가 떨어지는 이슬방울을 먹고 자란다는 '죽로차竹露茶'가 바로 이런 것인가 보다 싶었다.

주지 스님은 이름만 대면 금방 알 수 있는 분이신데, 대금·퉁소·단소 할 것 없이 대나무로 만든 악기의 달인이라고 해도 과언이 아니었다.

특히 단소를 부는 실력은 스스로 선禪의 경지에 이르렀다고 했으며, 그후 몇 년 뒤에는 단소로 영가靈駕들을 불러들여 천도재를 지낸다는 바람소리를 듣기도 했다.

마침 차를 만드는 철인지라, 주지 스님과 나는 일찍이 60년대 말에 『동다송東茶頌』이라는 책을 펴내어 세상을 놀라게 했던, 명실공히 차의 대가이신 응송應松 스님을 자주 화제에 올리게 되었다. 그분은 초의선사의 종법손從法孫이기도 한데, 그로 인해 비로소 초의선사에 대한 연구가 본격적으로 시작되기도 했다. 우리는 그분을 찾아가 정통 차 만드는 비법을 전수받을 요량으로 광주光州 상무대 토굴로 찾아가 사정을 이야기했더니, 사흘 뒤에 다시 오라고 하명하시는 것이었다.

운흥사로 돌아온 우리는 마을 아낙네들 다섯 명을 고용하여 이틀간 따 모은 찻잎을 갖고서 그날 저녁에 전화를 드리고 다시 상무대로 향했다.

몇 시간이 걸려 밤늦게 토굴에 도착하고 보니, 노스님께서는 벌써 차 덖을 준비를 다해 놓고 우리 두 사람을 기다리고 계셨다. 너무나 황송하여 예禮를 갖추고는 이내 차 덖는 법을 배우기 시작했다.

92세의 고령에도 불구하고 노스님의 손놀림은 마치 가마솥 안에서 춤을 추듯이 너무나 날렵하게 움직였다.

차는 찐차·볶음차·덖음차로 크게 나눌 수 있는데, '덖음차'란 찌면서 동시에 볶는 것이었다. 즉, 다섯 번째까지는 바가지로 솥 안에 물을 뿌리고 뚜껑을 닫아 수증기를 충분히 발생시킨 다음, 솥뚜껑을 열자마자 재빨리 찻잎을 넣어 빠른 속도로 덖는 것이었다.

세 번째 덖을 때까지가 가장 중요한데, 덖는 시간과 열을 잘 조절해야 할 뿐만 아니라, 담배를 피우거나 술을 마신 사람, 화장을 한 사람, 불결한 사람은 절대로 현장에 접근하지 말아야 한다고 스님은 강조하셨다.

아홉 번 덖는 전 과정을 한 동작도 놓치지 않고 눈여겨 배운 우리는 다음날 저녁때까지 가지고 간 전량을 모두 성공적으로 덖어낼 수 있었다.

어쩌면 우리가 마지막 제자였는지도 모른다.

1990년 가을, 스님은 광주 극락암에서 열반하셨다. 향년 97세였다. 신흥무관학교 출신의 독립군이었지만, 차에 대한 열정만은 그 누구도 당신을 따를 자가 없었다.

또한 곡차 역시 녹차 못지않게 지극정성을 들이지 않고서는 결코 좋은 제품을 생산해낼 수가 없다.

누룩 만들기에서부터 술밥 찌기, 오염되지 않은 물, 깨끗한 독, 알맞은 온도 등, 어느 것 한 가지도 소홀히 해서는 안 되는 것이다. 술 담그는 이의 정성과 기운이 한결같아야 한다는 말이다.

어찌 차 만드는 일만 그러하랴, 우리의 일상생활 또한 그와 다르지 않느니, 매사를 다룸에 있어 모름지기 정성을 다하여야 할 것이다. 정성은 생각으로만 되는 것이 아니라, '자신의 전부'를 솥방 다 바쳐야만 하는 것이다.

— 『밀양문학』 제21집, 2008.

■**추기** : 그동안 17년이란 세월이 흘러갔다. 2025년 3월 현재, 한길 백공 종사님은 신불사 운영을 겸하여, 제주시 애월읍에 홍익정사弘益精舍를 설립하고, 경내에 천부경학교 및 유튜브 '허깨비 꽃동산'을 별도로 운영하며, 『천부경』과 '아리랑의 원리' 등 단군 사상을 보급하는 데 심혈을 기울이고 있다.

특히 2024년 밀양문학회에 가입함으로써 최초로 커플 회원이 탄생하기도 했다.

□ 작품 해설

도깨비방망이 찾기

안경환

머리글

"하이고 씨부랄거, 수풀만 우거지머 뭐하노, 토찌비가 나와야 말이지!"

"엄마요 보시이소. 토찌비가 나왔심더."

아스라이 먼 하늘나라에서 어머니의 목소리가 들려온다.

"하이고, 떠그랄거, 토찌비만 나오면 뭐하노. 방맹이를 들고 있어야지!"[1]

굳이 어사화 입신양명은 아니라도 제 가족 건사 정도야 못하랴, 멀리 북쪽 한양 땅 바라보며 마음 뿌듯해하던 어머니다. 그런데 영영 떠난 줄 알았던 아들이 노모 곁에서 선산을 지키러 오겠다니, 내놓고 기뻐할 수도 없는 노릇이다. 그래도 뭔가 호구지책이 있겠지 기대했다. 그런데 책 무더기가 유일한 가구인 방을 보고서 절로 나는 한숨이다.

"금 나와라 뚝딱!은 나와라 뚝딱!" 착하고 가난한 동생은 도깨비방망이로 큰 부자가 되는 반면에, 마음씨 나쁜 부자 형은 더 큰 욕심을

---

1) 김춘복 성장소설, 『토찌비 사냥』, 337쪽, 두엄출판사, 2019.

부리다 벌을 받아, 있던 재산마저 날린다. 흥부·놀부의 제비 이야기와 쌍을 이루는 민담이다. 정직하고 바르게 사는 사람이 복을 받아야 바른 세상이 아니겠나. 그러나 현실은 오히려 반대다. 비근한 예로 일제 강점기의 친일파는 대대손손 영화를 누리고, 독립운동가의 후손은 간난艱難과 신고辛苦를 벗어나지 못한다.

글 쓰는 작가가 부자 되기는 낙타가 바늘구멍에 들기보다 더 어렵다. 작가는 천국의 우선 입장권을 손에 쥐고 있다는 어느 기독교 시인의 해학을 접한 적이 있다. 끝내 도깨비방망이를 얻지 못하면 죽어서 도깨비불이 되리라. 그리하여 달빛 흐릿한 무덤 주위를 배회하겠노라. 일찍 죽은 내 문청 친구의 유머였다.

'토찌비 사냥'은 작가 김춘복의 필생의 과제이자 '업業'이다. 경남 밀양시 산내면 시례 '얼음골'은 미수米壽를 맞는 그의 태실胎室이자 보금자리다. 작가의 아호도 다름 아닌 빙곡氷谷이다. 태어난 바로 그 집에 '심우당尋牛堂'이란 당호를 걸었다가 근래에 '김춘복문학관'으로 개명했다. 기우귀가騎牛歸家의 단계를 지나 반본환원返本還源의 경지에 도달했음을 선언한 것일까?

"시는 온몸으로, 바로 온몸을 밀고 나가는 것이다." 김수영의 비장한 외침을 인용하는 사람들을 접할 때마다, 나는 김춘복 선생을 연상한다. '가네야마 모리기치金山守吉'라는 이름의 국민학교 1학년생으로 해방을 맞았다. 그날로부터 셈하여 80년, 서양의 수백 년에 해당하는 격동의 세월을 타고 넘은 어른의 경륜에 더하여, 내일을 설계하는 청년의 감각을 겸비한 분이다.

김춘복은 재미있는 어른이다. 어린 시절부터 재기와 해학이 함께 넘쳤던가 보다. '싱갑이', '백정', '미칭갱이', '소설가', '사조가' 등, 자신에게 붙은 역대 별명들을 그는 사랑한다. 그의 작품은 내가 읽은 다른 어떤 작가보다도 자전적 요소가 짙다. 아마도 내가 동향 후배라서 그렇게 느끼는지도 모른다. 밀양 사투리가 빠진, 표준어만으로 쓴 그의 작품은 쉬 가슴에 파고들지 않는다. 오래 전에 내가 밀양 태생임을 의식한 한 맑은 정치인이 김춘복 작가의 『계절풍』과 『쌈짓골』을 거론했다.

> 백성과 민중은 다르다. 외세와 내압이 겹친 근대사 속에서 굳어진 피조물로서의 '백성'은 주체적 의식의 담지자인 '민중'과는 다르다. 그런데 『계절풍』은 둘을 하나의 집단체로 묘사하고 있다. 일제시대 때 친일행위를 하던 주인공들이 광복 이후에도 여전히 지역사회의 지도층 인사로 행세하고 있다. 임헌영, 「백성적 삶과 민중적 삶」

> 『쌈짓골』은 근대화, 산업화의 과정에서 소외된 농촌의 실태를 그린 작품이다. 한낱 연약한 풀포기에 지나지 않는 수동적 존재로서의 농민과 함께, 그렇게 허약한 존재가 온갖 악조건을 딛고 일어나 부조리에 과감하게 도전하는 새로운 건강한 농민상을 창조함으로써 농촌문학의 새로운 지평을 열었다. 염무웅, 「농촌현실과 자주적 농민상」

『쌈짓골』의 주인공 팔기는 '칠전팔기' 불굴의 정신을 상징한다. '잘 살아 보세!', 전 국민을 마취시킨 새마을운동 구호였다. 멀쩡한 억새 초가지붕을 강제로 걷어내는 공무원에 맞서 주민들이 몸싸움을 벌이는 장면을 목격하면서 창작 동기를 얻었다고 한다.[2] 청년 팔기는 불의의 현실에 저항하는 치열한 산문정신을 추구하는 작가의 분신이리라.

---

[2] 김춘복 산문집 『그 날이 올 때까지』, 44-46쪽, 산지니, 2018.

1989년 귀향 후 소식이 궁금한 옛 독자들에게 나는 『칼춤』과 『운심이』를 덧붙인다. 『칼춤』은 "두 남녀의 숙명적 사랑의 이야기를 통해 우리 사회의 대통합을 갈망하는 간절한 축원문이다."라고 작가는 말한다. 1961년 5·16 군사 쿠데타에서 2004년 노무현 대통령의 탄핵기각사건에 이르기까지의 시대를 형상화했다. 작품은 18세기 조선시대 기생 운심의 환생인 은미와 운심의 생애를 소설로 재생하려는 청년 작가 준규의 사랑을 그린 점에서 후일 정전으로 출간될 『운심이』의 예고편이자 스포일러의 성격도 지닌다.

『운심이』는 작가 김춘복의 필생의 역작이다. "천민의 한을 춤으로 승화시킨 기녀의 일대기를 복원하는 일은 민족해방운동 못지않은 '인간성의 옹호'라는 숭고한 가치를 발견할 수 있기 때문이다."작가의 말. 이민족에게 빼앗겼다 되찾은 나라, 하나의 조국을 염원하다 갈라진 산하의 남북에서 동시에 잊혀진 비운의 독립운동가 약산 김원봉의 행장을 대하소설로 복원시킬 각오를 품고 귀향한 그다. 그러나 어느 틈엔가 약산은 뒷전으로 밀리고, 운심에게 열정을 쏟아부었다. 250여 년 동안 잡초 속에 버려져 있던 운심이 '누님'의 묘소를 재발견하여 단장한 성지로 만든 작가에게 밀양 시민은 큰 빚을 졌다.

이 땅의 민주화운동사에 관심을 주는 후세들에게는 『꽃바람 꽃샘바람』개정판을 함께 권한다. 작가의 자부심대로 "3·15문학 명예의 전당에 오른" 작품이다. 우리 국민 누구의 가족 중에서도 관섭과 옥경의 잔영을 더듬을 수 있을 것이다.

이 책에 함께 묶어 내는 3편의 중편소설과 탐방기 역시 김 작가의 모든 작품이 그러하듯이 시대의 형상화와 자전적 기술의 결합이다. 사실과 허구의 융합을 편의상 소설이라 부르기로 한다. 매 작품의 권두

잠언이 주제를 풀어 쓴다.

「알퐁소와 긴조 9호」는 1979년의 세칭 '오원춘 사건'의 추적기다. 박정희 정권 말기에 일어난, 미심쩍은 판결로 종결된 사건을 20여 년 후에 추적하여 진실을 밝힌 일종의 르포소설이다.

「조지나 강사네」는 낙백한 중년 남자의 비루한 일상을 비춤으로써 가부장제가 몰락해 가는 시대조류를 받아들일 수밖에 없는 남자의 몸부림을 그린 소극이다. 경상도 사내들의 걸쭉한 사투리와 비속어가 누룩처럼 발효되어 인간미를 더해 준다.

「산적과 똘만이들 원제 : 선생님 집에 잘 다녀왔습니다」은 '참교육'의 문제를 고민하는 교사들의 눈물겨운 노력과 자유와 자율을 갈구하는 학생들의 욕망이 어떻게 조화로운 분출구를 찾는지를 잘 보여준다. 누구나 입시 위주 교육의 폐해를 알면서도, 누구도 개선할 수 없는 암담한 현실을 고발한다. 그래도 믿어야만 한다, 민주시민은 태어나는 것이 아니라, 끊임없는 교육을 통해 양성되는 것임을. 그러기에 결코 포기할 수 없는 것이 '참교육'이다.

부록으로 수록한 「배달겨레의 뿌리를 찾아서 원제 : 자연문화회 신불사 탐방기」는 원제 그대로 탐방기다. 작가의 향리 밀양을 단군 신앙의 중요한 성지로 섬기는 도인 내외의 영적 사랑이 덧칠해져 독자의 흥미를 끈다.

「알퐁소와 긴조 9호」

역사는 사실로 존재했던 소설이며, 소설은 존재할 수 있는 역사다.
- E. 콩쿠우르

인간은 바르지 못하나 신은 공정하여, 최후엔 반드시 정의가 승리한

다. - 헨리 워즈워스 롱펠로

　장장 18년에 걸친 박정희 군사통치의 후기 7년을 일러 '유신독재기'로 부른다. 그중에서도 마지막 5년을 '긴조시대'로 부른다. '긴급조치'는 1972년, 박 대통령이 국회를 해산하고 국민투표로 민주성 외형을 갖춘 '유신 헌법'의 대표적 독소조항이다. 헌법 53조는 국민이 직접선거로 뽑지 않은 대통령에게 "헌법상의 국민의 자유와 권리를 잠정적으로 정지"하는 '특별조치'를 내릴 권한을 부여했다. 유신정권은 총 9차례 긴급조치를 공포했다. 그 중에서도 1975년 5월 13일 발효된 긴조 제9호가 가장 악랄했다. 유신 헌법에 대해서는 찬양 이외의 어떤 언급도 금지했으며, 긴급조치를 비방하는 행위도 중죄로 처벌했다. 한 시인은 온 산하가 꽁꽁 얼어붙은 동토(凍土)에 비유하여 대한민국을 '겨울공화국'이라고 표현하였다.
　1978년 경상북도 영양군 청기면 농민들은 군청과 농협이 강권한 감자를 심었다. 싹이 트지 않았다. 가톨릭농민회의 임원이었던 주인공 오원춘알퐁소는 당국을 상대로 힘든 싸움을 벌여 피해를 보상받았다. 그리고 각지의 초청을 받고, 자신의 투쟁 경험을 피해 농민들에게 알리는 강연을 했다. 농민들의 보상 신청이 확산될 기미가 보이자, 당국은 오원춘을 요주의 인물로 감시했다. 한창 바쁜 농번기에 오원춘은 갑자기 행방불명이 되고 만다.
　보름 만에 나타난 오원춘은 영양 본당 신부를 찾아가, 자기가 기관원들에게 납치되어 울릉도 지역으로 끌려다니면서 폭행을 당했다고 폭로했다.
　이에 분노한 천주교 안동교구 신부들은 「짓밟히는 농민운동」이라는 문건을 제작하고, 천주교정의구현전국사제단 조직을 통해 7월 17일

전국적인 항의운동에 나섰다.

그러자 경찰은 허위 사실을 유포한 혐의로 성직자들과 가톨릭농민회 간부를 구속했으며, '가톨릭은 빨갱이'라는 루머를 퍼뜨렸다. 당시 안동교구의 두봉 주교가 외국인프랑스인인지라, 로마교황청도 이 사건에 관심을 쏟았다.[3] 대규모 변호인단이 구성되었다. 그러나 법정에서 오원춘은 진술을 번복하여 후원자들을 좌절에 빠뜨렸다. 그는 긴급조치 위반죄로 징역 2년형을 선고받았고, 1979년 10월 26일 박정희가 죽고 나서 12월 8일 긴급조치가 해제된 후에 석방되었다.

"일인 독재체제가 한 개인의 인간성을 얼마나 잔혹하게 파멸시키는가를 여실히 보여준 이 사건의 진실을 파헤쳐 보고 싶은 강렬한 충동을 느꼈다."고 당시를 술회한 작가는 「나는 고발한다!」라는 공개 서한문으로 드레퓌스사건을 만천하에 고발한 프랑스 작가 에밀 졸라를 떠올리기도 했다고 한다.

작품 속에 특히 주목할 삽화는 당시 군사정부의 수족이었던 중앙정보부, 그 중정 요원 앞에 선 검사의 비루한 모습이다.

"맨 그저 땀만 죽죽 흘리면서, 시키는 대로 할 뿐이죠, 뭐……. 검사가 약간이라도 제게 유리하게 나간다 싶으면, 뭐랬는지 아니꼐? 야, 똑바로 못해? 그것밖에 못해? 고함을 꽥꽥 질러대요. 그리고는 자기가 이렇게, 이렇게 쓰라고 불러 줘요. 그러면 검사는 땀을 줄줄 흘리면서 그저 시키는 대로 쓸 뿐이지요, 뭐."

---

[3] 두봉 신부는 초대 안동교구장1969-1990을 역임했으며, 후일 한국 국적을 취득하여봉양두씨 살다가, 2025년 4월 10일향년 96세선종했다. 가난한 이웃과 농민을 위한 다양한 활동을 펼쳤으며, 한센병 환자를 위한 시설을 세우는 등 사회적 약자를 돕는 데 앞장섰던 그의 삶은 많은 이들에게 감동과 영감을 주었다.

"아니, 이 새끼 이거 순 돌대가리 아냐? 안 되겠어, S 검사! 원고를 써줘 갖고 암기시키자구."

중정 요원의 지시대로 검사는 법정 출석을 앞둔 피고인에게 환각제를 먹여 허위 증언을 유도한다.

"재판 과정에서 진실을 제대로 진술하지 못한 거는 사실은 약물 중독이었어요."

그로부터 45년의 세월이 흘렀다. 검사 옷을 벗고 대통령으로 선출된 윤석열은 2024년 12월 3일, 느닷없이 비상계엄령을 선포하고, 군대를 동원하여 국회와 선거관리위원회를 습격했다. 야당을 종북세력으로 선언하고, 이를 '일거에 정리하여 자유민주주의를 회복'하기 위한 조치라고 명분을 내세웠다. 그러나 군의 미온적인 태도와 시민의 적극적 저항에 막혀 친위 쿠데타 내란은 실패했다. 이어 2025년 4월 4일, 전 세계인이 주목하는 가운데 대한민국 헌법재판소는 국민과 민주헌법을 배반한 대통령을 파면했다.

45년 전과 달라진 것은 결과만이 아니다. 그때 군사정권의 종복이었던 검사가 이제는 군대를 지휘하는 위치에 선 것이다. 우열이 바뀐 '육법당' 육사와 법대, 군인과 율사의 준동을 일러 누가 시대의 발전이라 할 것인가? 아직 갈 길이 멀다.

「조지나 강사네」

부부는 두 개의 반신이 되는 것이 아니라 하나의 전체가 되는 것이다. – 빈센트 반 고흐

무릇 모든 도덕적 정언이 그러하듯이 작품의 머리에 인용한 잠언이 허허롭게 들린다. 밤하늘에 빛나는 수많은 별을 그렸지만 정작 자신만의 별, 아내를 갖지 못한 가난뱅이로 죽어 천재 화가로 환생한 고흐의 말이라서 더욱 애잔한 '세리후'せりふ: 台詞로 들린다.

우리 사회에 '노가바' 노래 가사 바꿔 부르기의 전통은 길고도 깊다. 텍스트의 창의적 변용이 풍자와 해학, 항의와 울분의 심도를 더해 준다. 청소년의 창의적 일탈은 용기 있는 성장의 밑거름이다. 성인이 되어 막걸리 작부집에서 젓가락을 두드리며 부르는 노가바 연창은 강권 독재에 짓눌린 칙칙한 일상을 잠시나마 탈출하는 민초들의 집단 정화의식이기도 했다.

일제가 물러가자, 해방의 기쁨을 노래하는 가요와 동요가 양산되었다. 가사는 밝고 멜로디는 경쾌하다. '삼천리 강산에 새봄이 왔구나. 농부는 밭을 갈고 씨를 뿌린다.' 동요를 가르치는 선생은 '삼천리 금수강산', '살기 좋은 우리나라'를 강조한다. 그러나 이런 미사여구가 귀에 닿지 않는 아이도 있다. "씨팔, 좋기는 뭐가 좋단 말고, 아버지는 일찍 돌아가셨고, 엄마는 집을 나갔고, 할매는 밤낮 아파 누워 있제, 아침저녁마다 동냥 바가지 들고 개새끼들한테 뒤꿈치 물리가미 밥 동냥하러 댕기는 판인데……." 첫 마디인 '삼천리 강산에'를 '조지나 강사네'로 개사했기에 궁핍과 혼란의 시대, 하층민 소년들 사이에 더욱 강한 정서적 호소력을 지닌다.

중학 시절에 한 동급생이 가르쳐 준 민요 「밀양 아리랑」의 변용 가사를 정겹게 기억한다. "날 좀 보소 날 보소 날 좀 보소 동지섣달 꽃 본 듯이 날 좀 보소", 이렇게 1절로 이끌면 2절은 "정든 님이 온다기에 속곳 벗고 잤더니, 도둑놈이 들어와서 신세 조졌네."로 받는다는 것이다. 언어의 천재, 노가바의 달인 소년, 실로 그는 우리들의 영웅이었다.

작품 해설

중·고교 시절 '문청' 김춘복이 삶의 폭을 넓히던 부산에는 유독 대형 화재가 빈번하게 발생했다. 향명에 '솥 부釜' 자 들어가서 그렇다는 속설도 나돌았다. 국제시장과 미군이 많이 드나드는 영주동에도 자주 불이 났다. 이즈음 나라의 장래를 걱정하는 부산의 여러 고교생이 독서동아리를 만들었다. 단체 이름은 '암장巖漿', 화산 속에서 분출을 기다리는 마그마용암란 의미다. 밀양 출신 박중기가 리더였다. 이수병·김금수·김종대·김용원 등 이들은 후일 한국 정치사에 커다란 파장을 일으켰다.[4]

개항지 부산은 일본이 건설한 도시다. 바다 건너로 물러간 후에도 여전히 일본어 라디오 방송이 부산 시민의 일상을 지배하다시피 했다. 일본어가 어정쩡한 중·고생도 대중과 함께 일본 엔카 멜로디에 귀를 열었다. 암장 회원들은 '노가바'한 엔카를 단가團歌로 채택한다. 원제 「구름이 간다雲か 行: 구모가 유쿠를 「바람이 분다」로 바꾼 것이다. 일본이 물러간 자리에 들어온 미군도 풍자의 대상으로 삼았다.

바람이 분다/ 바람이 분다/ 현해탄에서 불어온다/ 영주동 모퉁이에 불이 붙는다/ 잘 탄다 신난다/ 소방차와 엠피MP차는 달린다/ 불은 붙어도 물이 없어 못 끈다/ 랄랄라라 랄라라/ 잘 탄다 신난다/ 소방대는 구경만 한다/ 잘 탄다 신난다/ 엠피들은 카메라만 찍는다[5]

'암장'의 멤버 여럿이 민주화운동의 제물이 되었다. 1975년 4월 9일 새벽 4시 55분에서 8시 30분, 서울 서대문구치소에서 30분 간격으로 여덟 명의 사형이 집행되었다. 대법원 판결이 선고된 바로 그다

---

4) 1964년제1차, 1974년제2차 '인혁당 사건'의 중심인물들이다.
5) 이창훈, 「다시 봄은 왔으나 : 인혁당재건위사건 사형수 8인의 약전」, 327쪽, 삼인, 2025.

음 날이었다. 이 사건을 두고 스위스 제네바에 본부를 둔 국제법학자협회International Commission of Jurists는 '사법살인Judicial Murder'이라는 비판 성명을 발표했다. 죽임을 당한 여덟 명 중에 김춘복 작가의 심우 김용원도 들어 있었다. 2012년 5월, 고향 함안에 묻혀 있던 김용원의 유해가 경기도 남양주군 마석의 모란민주공원묘지로 이장되었다. 김 작가는 서정성과 사회성을 함께 담은 조사를 읽었다.

……전략…… 오늘날 우리는 양심이 실종된 시대에 살고 있다. 이 실종된 국가양심·민족양심·시대양심·인류양심, 이를 회복하는 일이야말로 살아있는 우리들의 몫이 아니겠는가.
아직도 독재자의 잔당들과 추종자들이 준동하고 있을진대, 네 어찌 눈을 감을 수 있을 것인가! 그날이 올 때까지 잠들지 말라. 도끼눈 시퍼렇게 부릅뜨고 지켜보면서 성원을 보내주기 바란다……후략…….

작품 「조지나 강사네」는 시쳇말로 '웃픈' 이야기다. 웃기는 사건과 대사 뒤에 가부장제의 몰락과 중년 남자의 성性 문제라는 슬프고도 무거운 사회적 메시지가 담겨 있다.
서울 생활을 접고 홀로 낙향한 사내에게 오랜만에 들린 서울 집이 낯설다. 대대적인 수리가 따른 것이다. 비록 떨어져 살지만 엄연한 가장인 자신과는 사전 협의는 물론 통지조차 없었다. 다락방이 통째로 사라졌다. 그 다락방은 옹색하고 부대끼는 서울 생활에서 작가의 창작의 산실이자, 부부의 은밀한 사랑터였다. "때로는 아내 쪽에서 도둑고양이처럼 살금살금 잠입해 올라와 내 겨드랑이를 파고들던", "건물 전체와도 맞바꿀 수 없는 실로 소중한 공간"이었다.[6]

---

[6] 이 작품은 2019년 3월 『아버지의 다락방』이란 제목으로 공연된 연극의 원작이다.

가장이 사라진 세태에 은퇴한 남편의 비중은 아내의 애완견보다도 아래다. 아내와 장성한 자식들의 지청구 때문에 담배도 제대로 피우지 못한다. '꽃샘', '봄비', '한별', 한결 경쾌하고 세련된 자녀들의 이름은 고향의 풍광을 연상하며 지은 것이다. 그러나 이름뿐, 자식들의 삶은 도회지 문명 세계에 뿌리박고 있다. 그들에게 아버지의 고향은 동화 속에서나 만나는 아득한 '시골'일 뿐이다. 아내는 남편의 이상은 물론, 존재 자체도 경시한다. 그동안 그러려니 하며 덮고 살았던 이념적 성향의 차이가 새삼 울화로 치오른다. 초기에 마산 출신인 그녀에게 3·15 의거 당시 시위에 참여했느냐 물어보자, 즉시 되돌아온 답변이란 "미쳤는교, 거기에 휩쓸리게?"였다. 정치나 사회 참여는 사내들의 영역이라는 역할 분담론이라면 참아 줄 수 있다. 그러나 이승만을 하늘처럼 칭송하고 김구를 폄하하는 데서는 말문이 막힌다. 더더구나 천인공노할 백범 선생의 암살범 안두희를 아저씨뻘 종친이란 이유로 옹호하다니, 실로 기가 찰 노릇이다. "이등박문伊藤博文이를 암살한 안중근 의사도 우리 순흥안씨順興安氏인 기라요." 이쯤 되면 어떤 원칙도 기준도, 줏대도 없는, 실로 무식한 아낙네가 아닌가! 그런 아내를 두고 '참교육 선생'이나 '일타강사'니 하는 나름의 경력을 내세운들 무슨 소용이 있으랴. '작비금시昨非今是', 정말이지 이제와 생각하니 모두가 부질없는 짓이었다.

임시 탈출구가 열렸다. 오랜 술친구를 만난 것이다. 함께 '조지나 강사네'를 불러대던 죽마고우다. 초면인 내 아내에게 대뜸 '한번 하자.' 야한 농을 걸던 친구다. 이토록 야만적인 농을 웃음으로 소화해 내지 못하면 경상도 아낙네가 아닐 터이다. 편지에나 쓰는 표준어로는 진정한 무장해제, 전면 교류의 우정을 나누기 어렵다. 정서적 함량인 것이다. 늙어가면서 더욱 그리운 우정의 원형이다.

중년 이후의 성적 욕망은 남자의 천형이다. 남자는 늙어 가면서 여자보다 더욱 성적 무력감이 민감하다. 여자의 경우, 갱년기가 지나면 대체로 성에 대해 무관심하게 된다. 어쩌면 여성의 생리적 역할인 출산과 생명 재창조의 임무를 면제받았다는 해방감이 작용하는지도 모른다. 주인공의 부인 이름이 '안주자'인 것도 예사롭지 않게 들린다.

남자는 죽는 순간까지 성에 대한 집착을 버리지 못한다. 생의 마지막 순간까지 생명의 씨앗을 갈무리하면서 언제라도 퍼뜨릴 기회를 기다린다. 사내는 '문지방을 건널 다리 힘과 종잇장을 들어 올릴 팔 힘만 있으면 섹스가 가능하다.'는 전래의 속담이 있다. 인생의 황혼기에 접어들면서 더욱 성에 집착하는 것이 사내의 생리다. 자신이 살아 있다는 증거를 성적 능력에서 확인하고 싶은 것이다. 소변 조절 기능이 떨어져 기저귀를 차고 다니면서도 젊은 여인과의 섹스를 즐겼다는 모 재벌 총수의 신화도 있다. 노인의 성적 판타지는 자신이 세상에 존재하는 마지막 이유이기도 하다. 한때 일본 사업가 사이에 통용되던 일종의 잠언이 있었다. "새벽녘에 발기되지 않는 사내에게는 돈을 빌려주지 말라." 고상하게 표현하자면 '조흥朝興은행 파산 위기'[7]다. 성욕은 남자의 존재 이유이며, 그만큼 본능적이고 절박하기에, 쉽게 이성과 균형감을 잃기 쉽다. 성욕을 품위 있게 유지하고 다스리는 것이 나이 든 사내의 지혜의 요체다.

"갑시더, 큰 방으로 자러 갑시더." 거의 무용지물이 된 남편을 아주 내다 버리지 않은 아내의 인간애에 감읍할 수밖에 없다.

---

7) 안경환, 『남자란 무엇인가』, 276-280쪽, 홍익출판사, 2016.

『산적과 똘만이들 원제 : 선생님 집에 잘 다녀왔습니다』

교육의 목적은 기계가 아니라, 사람을 만드는 데 있다. - 루소

연전에 프랑스의『르 몽드』지가 세계에서 가장 불쌍한 청소년은 한국의 중·고등학생이라는 기사를 썼다. 극심한 입시 경쟁에 젊음을 빼앗기고, 획일적인 삶을 강요당하는 '학습노예'라는 극단적인 표현을 인용했다. 1986년, 입시교육으로 고통 받던 한 중학생이 "행복은 성적순이 아니잖아요."라는 유서를 남기고 자살했다. 몇 년 후 같은 제목의 영화가 세상을 휩쓸었다.

「사람이 되어라!」, 설립 취지에 맞게 제대로 활동하던 시절, 국가인권위원회가 기획한 옴니버스 에니메이션 영화『별별 이야기』에 담긴 한 단편 영화의 제목이다. 당시 명성을 날리던 시사만화가 박재동이 연출을 맡았다. 한 고등학교 교문 앞에 "먼저 사람이 되어라!"라는 격문이 걸려 있다. 대학에 들지 못하면 '사람'이 아니다. 대학 입시 낙방생은 괴물 얼굴을 하고 있다.

인권위의 단편 영화는 선풍적인 인기를 얻었다. 의식 있는 신인 배우와 감독들을 다수 배출했다. 그러나 어느 순간에 중단되었다. 이명박 정부가 예산을 끊은 것이다. 인권 교육은 나라의 발전에 '발목을 잡는 악'이라는 대통령의 국정 철학이었다. 그로부터 15년 후, 인권위의 자발적인 반인권 행보가 드러났다. '약한 국민의 후견인이 되어 정부에 쓴소리를 하라.'는 설립 취지가 무색하게 '나라 최고의 권력자인 대통령 탄핵소추와 형사 기소된 대통령의 인권을 보장하라.'는 권고안을 낸 인권위였으니 말이다.

덥수룩한 장발에 개량 한복을 입고 자신이 열정을 쏟는 설치미술은 인간의 모든 감각 기능을 총동원하여 문명사회를 비판 풍자하는 종합예술이라며 강론하는 임진교 선생은 전교협전교조 전신 활동으로 해직당한다. 그가 맡았던 학급 담임 자리를 '산적'이란 별명의 황보 선생이 이어받는다. 황보는 작가 김춘복의 분신이다. 홍명희의 대작 『임꺽정』을 읽으면서 연상되는 풍모다. 늘그막에도 역기를 쉬지 않고 수십 번씩 들어 올리고 두주불사하는 호걸 장사다. 부리부리하나 깊고 큰 눈과 짙은 수염은 사극에 등장하는 충신 무인의 전형이다. 여느 국어 교사들과는 달리, 그는 교과서를 재구성하고 재해석하여 '인간'을 길러내는 데 역점을 둔다. 김구의 「나의 소원」도 교과서에 빠진 부분을 챙겨 『백범일지』 전문의 독후감을 쓰게 한다. 나아가서 김구와 이승만의 정치노선에 대한 자유토론을 주재하기도 한다.

가두시위의 맨 앞줄에 서고 싶은 마음은 굴뚝같으나 가족이 눈에 밟혀 비겁하게 사는 자괴감을 학생들이 말끔히 해소시켜 준다. "해직된 선생님들 못지않게 현장에 남아 참교육에 앞장서시는 훌륭한 참스승이십니다."

1980년대 들어 학생운동의 핵심 구호가 '민족 자주'와 '민족얼 찾기'였다. 전통문화에 대한 젊은이의 관심이 고조되었다. 대학가에 풍물패와 마당극이 성행하고 고등학교에도 파급되었다. 마당극은 관객의 '참여'가 핵심요소다. 의식있는 교사는 4·19 정신을 함양하는 데 열정을 쏟는다. 신동엽의 시를 소개한다.

껍데기는 가라 / 4월도 알맹이만 남고 / 껍데기는 가라 // 껍데기는 가라 / 동학년 곰나루의, 그 아우성만 남고 / 껍데기는 가라······

선생의 감화를 받은 학생들은 '노가바'로 껍데기 교육에 항의한다.

   허리 잘린 이 강산에 학생이 되어
   벌만 서기 매만 맞기 어언 10여 년
   무엇을 배웠느냐 무엇을 바랐느냐
   열심히 공부해도 꼴찌하긴 마찬가지
   아아 다시 못 올 흘러간 내 청춘
   자율학습에 실려 나간 꽃다운 내 청춘

학교의 연례행사인 2박 3일간의 하계수련회가 열린다. 선생, 학생 300여 명이 한데 어울리는 대축제다. '사고 없이' 행사 치르기가 유일한 목표인 교장을 상대로 교사와 학생은 치열한 머리싸움을 벌인다. 마침내 선생-학생 연합팀이 통쾌한 승리를 거둔다. 그러나 전 과정을 충실하게 취재한 방송국은 어떤 사과나 해명도 없이 '불방 처리'를 하고 만다. 'KBC 창사 20주년 기념 특집「우리나라 학교 교육 이대로 좋은가」는 방송국 창고에 갇혀 있다. 이균영이 지은 『어두운 기억의 저편』의 시대였다.

「배달겨레의 뿌리를 찾아서」 원제 : 자연문화회 신불사神市寺 탐방기」

   단군은 왕이며 아버지이며 주인입니다. 그가 한국 민족에게 내린 헌법은 한마디로 요약됩니다. 그것은 홍익인간입니다. 가능한 한 많은 사람에게 복을 주는 일입니다. - C.V.게오르규

1949년에 발표된 루마니아 작가 게오르규1916-1992의 소설,『25시』

는 우리나라에서도 엄청난 인기를 얻었다. 순박한 시골 청년 요한 모리츠는 전쟁에 징집되어 여러 나라 군인으로 신분이 바뀌면서, 여러 수용소를 거쳐 13년 만에 가족을 만난다. 재회의 기쁨도 잠시, 다시 수용소로 들어갈 운명에 놓이면서 소설은 마무리된다. 소설의 제목인 '25시'란 '하루 24시간이 끝나고도 영원히 다음날이 오지 않는 악몽의 시간'을 의미한다.

작가 게오르규는 널리 알려진 한국 팬이다. 한국의 산봉우리, 묘지, 초가지붕의 곡선미는 세계 어느 나라에서도 유례를 찾아볼 수 없는 자연미의 극치라며 상찬했다. 1976년 어느 날, 한 유명 프랑스 화가가 김포공항에 내린다. 방한 목적을 묻는 기자에게 한국의 초가를 집중적으로 그릴 계획이라고 답했다. 젊은 시절에 너무나 강렬한 인상을 받았다는 것이다. 기자는 이제 대한민국 땅에 초가는 하나도 없이 사라졌다, 굳이 보고 싶으면 인위적으로 조성된 민속촌에나 가보라고 안내한다. 화가는 그렇다면 한국에 머물 필요가 없다며 즉시 되돌아갔다.[8]

토속성, 민중성, 자주성은 김춘복 작가의 작품 전편을 꿰는 키워드다. 밀양 작가 김춘복이 자신의 고향을 아끼는 사람을 기리는 것은 너무나 자연스러운 일이다.

> 배달겨레 아이야/ 밥 한 그릇 뚝딱, 된장 한 그릇 수이 넘기고/ 오늘도 신나게 딱지 쳐라/ 정신이 살아 있으면 말이 살고/ 말이 살면 글이 산다/ 딱지 쳐라 딱지/ 힘껏! 신나게!
> — 이양숙 「딱지 쳐라 신나게」의 마지막 연, 『밀양문학』 제18집.

---

[8] 김춘복 산문집, 「그 날이 올 때까지」, 44-46쪽, 두엄출판사, 2018.

오래 쓴 행주, 걸레가/ 꺼매지는 건 땟자국이 아니고/ 세월의 흔적이다/ 하얗게 빛나는 행주 걸레가/ 도무지 낯선 나는/ 꺼매진 걸레로 오늘도/ 내 마음의 그을음 닦아낸다

— 이양숙 「얘야, 있는 그대로 살자」의 마지막 연, 같은 책.

『밀양문학』에 실린 이양숙 회원의 시에 매료된 김춘복 고문은 필자의 산중거소를 찾는다. 밀양시 상동면 도곡리 산46번지 신불사에서 시인의 도반정려道伴情侶[10], 한길 백공 종사와 대담한다. 신불사는 신불 환웅천황神市桓雄天皇을 모시고 '홍익인간弘益人間', '이화세계理化世界'의 이념을 교화하는 도량이다. 종사는 밀양의 옛 이름 '미리벌'을 '진리의 빛이 빽빽하게 들어선 고장'이라는 뜻으로 풀이한다. 남북한을 통틀어 '천황산天皇山'은 밀양 하나뿐이며, 나라에서 가장 연조가 깊은 단군 사당도 밀양 영남루 경내에 있는 천진궁天眞宮이다.

종사는 기독교 가정에서 자라 29세에 '참나'를 찾고 겨레의 뿌리 사상을 탐구하기 위해 출가한다. 노자의 『도덕경』이 부부의 연을 중매한다. '홍익인간', '이화세계', '상구보리上求菩提·하화중생下化衆生', 이 모두가 같은 말이며, '불국토', '미륵 세계', '순수이성의 세계', '절대 자유의 세계', '깨달음의 세계', '메시아' 또한 서로 낯선 말이 아니다. 서로 갈라치기의 악덕이 장기인 요즘 세상에 참으로 귀한 깨우침이다.

맺음말

---

[10] 필자는 오래전에 한 도승의 강설을 들은 적이 있다. 이상적인 부부 사이를 일러 '도반정려道伴情侶'라고 했다. 같은 이상을 추구하고 믿음으로 서로 의지하는 부부라는 뜻이다. 대부분의 가정은 '식반색려食伴色侶' 단지 잠자리와 밥상을 나누는 남녀로 만족하는 속물이라고 했다.

한국문학에 다소 진부하게 친근한, 그러나 명징한 잠언을 빌면, 작가 김춘복을 만든 것은 8할이 가족이다. 실로 범상치 않은 가족이다. 아버지는 개화된 친일주의자였다가 해방 후에 민족주의자로 각성했는가 하면, 어머니는 친정에서 '군두목軍都目'과 언문을 깨쳐 동네의 전기수傳奇叟 역을 도맡았던 분이다. 필재筆才도 특출했다. "고래 싸움에 새우 등 터진다."는 속담의 정치적 의미를 지실하고서, 해방 직후에 '고래'란 미국과 소련임을 터득한 분이다. 송광사 현묵玄默 스님둘째 남동생, 고故 김상섭 화백막냇동생, 김나리 조각가둘째 딸, 건성으로 전해들은 가족 한 분 한 분마다 인문 예술의 경지에 올랐다. 제각기 도깨비방망이를 들고 서 있는 느낌이다. 도깨비는 나서서 찾을 수 있는 것이 아니라, 때가 되면 저절로 나타나는 정령精靈인 것 같다.

평생 지난한 문학이란 업에 투신한 밀양의 대부작가 김춘복, 그동안 우리는, 노익장을 과시하며 그가 내려치는 도깨비방망이 소리를 자주 들었다. '변죽을 치면 복판이 운다.'는 속담처럼 밀양에서 치는 그 소리는 서울에까지 울렸다. 그러나 그는 아직도 성에 차지 아니한다. 무덤 속의 운심이 벌떡 일어날 정도로 커다란, 우레와 같은 도깨비 함성을 고대한다.

안경환
1948년 밀양 출생. 서울대 법학전문대학원 명예 교수, 제4대 국가인권위원회 위원장 역임. 저서로 『법과 문학 사이』, 『법, 셰익스피어를 입다』, 『황용주: 그와 박정희 시대』, 『조영래 평전』, 『이병주 평전』 등이 있다.

□ 저자 연보

연도	연령	관 련 사 항	비고
1938	0	• 경남 밀양시 산내면 남명리 동명동에서 부 김원두金元斗 씨와 모 백필경白弼庚 씨 사이에서 8남매 중 장남으로 태어남. • 본관은 김해. 아호는 심우당尋牛堂, 또는 빙곡氷谷.	
1945	7	• 조부모 슬하에서 유년기를 보내고, 산내국민학교에 입학함.	8·15 해방 1950년 한국전쟁
1951	13	• 부산중학교에 입학함. • 1학년말 학급 석차 1/60, 학년 석차 10/542. • 2학년 때 국어 교사인 소설가 오영수吳永壽 선생을 사사하며, 장차 소설가가 되기로 마음먹음. • 3학년 말, 학생지 『학원』 3월호에 시 「그리운 마을 사람들」과 콩트 「독구」가 각각 입선작, 우수작으로 뽑힘.	
1954	16	• 부산고등학교에 입학함. • 학우들을 대상으로 '일곱별동인회'를 조직하고, 동인지 『일곱별』을 등사본으로 제9호까지 발행함. • 진로를 서라벌예대 문예창작과로 굳히고, 학과 공부를 전폐, 작가 수업에 전념함. • 체력 단련을 위하여 럭비부에 들어가 스크럼센터로 활동함.	1953년 휴전
1956	18	• 부산보건여고가 주최하고, 국제신문사가 후원하는 '경남학생문예콩쿨대회'에 단편 「탈출기」를 응모하여 특선도지사상으로 뽑힘. 심사위원 김정한金廷漢 선생으로부터 격찬을 받음. • 부산 시내 고교생 김춘복·김태수부고, 김준오·김중하경고, 정복란·박상두경여고, 윤옥순·이옥희부여고, 홍삼출·장병국경상 등과 '성화成火' 동인을 조직하고, 창간호를 간행함.	
1957	19	• 서라벌예대 수석으로 입학함.	
1959	21	• 위 학교 수석으로 졸업함. • 재학 중 김동리 선생의 추천으로 단편 「낙인烙印」을	

		• 『현대문학』 6월호에 발표함. • 입대할 때까지 할아버지를 도와 농사에 종사함. 당시의 체험이 뒷날 농민소설을 쓰는 데 밑거름이 됨.	
1960	22	• 1월, 육군에 입대함.	4월혁명 5·16쿠데타
1962	23	• 10월, 보병30사단 병참부에서 33개월간 복무하고 제대함.	
1963	25	• 2월, 부산 영도 류복출柳福出 씨의 차녀 문자文子 씨와 결혼함. • 3월 초, 밀양시 단장면 소재 홍제중학교 교사로 부임함.	
1964	26	• 1월, 맏딸 은하 태어남.	
1967		• 3월, 둘째 딸 나리 태어남.	
1968		• 3월, 세종고등학교로 전임.	
1969	31	• 1월, 아들 한얼 태어남.	
1971	33	• 동아대학교 부설 중등교원양성소 수료.	
1972	34	• 6월, 세종고등학교 정원에 석고로 예수성심상높이 4m을 조각하여 건립함.	
1974	36	• 수필 「오너라, 나의 봄아」를 『부산일보』4월 6일자에 게재함. • 김정한의 『인간단지』, 황석영의 『객지』 등을 읽고, 문학 수업을 다시 시작함. • 5월, 영남상고로 전임.	
1975	37	• 2월, 중앙대학교 사범대학부속고등학교로 전임함에 따라 솔가하여 서울로 이사함.	
1976	38	• 장편 『쌈짓골』을 『창작과비평』에 투고하여, 봄–가을호에 분재함으로써 처녀작 「낙인」 이후 만 17년 만에 공식적으로 데뷔함. • 자유실천문인협회에 가입하여 이때부터 1987년 6월항쟁 때까지 각종 민주화운동에 적극 가담함.	

저자 연보 401

1977	39	• 창작과비평사에서 『쌈짓골』 간행. • 단편 「소원수리」를 『창작과비평』 가을호에 발표함.	
1978	40	• 장편 『계절풍』을 『창작과비평』에 5회에 걸쳐 분재함. • 칼럼 「교원의 사기 위축과 복지」를 『새한신문』 8월 17일자에 발표함.	
1979	41	• 장편 『계절풍』을 한길사에서 간행함. • 칼럼 「사랑을 위한 변주곡」 『독서신문』 5월 20일자, 「도시문화에 병드는 농촌」 『신동아』 8월호, 「교복시대 지났다」 『새한신문』 제1044호, 「어떤교감선생님」 『새한신문』 제1049호, 「죽어가는 교실」 『새한신문』 제1055호, 「교원 처우 개선 인색하다」 『동아일보』 9월 20일자 등을 발표함.	10·26사태 12·12사태
1980	42	• 단편 「바가지와 찡」을 『실천문학』 창간호에 실었으나, 신군부의 검열에 걸려 제목만 목차에 얹히고 내용은 삭제당함.	5·18항쟁
1981	43	• 칼럼 「교단아, 나는 통곡한다」를 『신동아』 5월호에 발표함. • 수필 「그해 겨울의 눈」을 『중앙예술』에 발표함.	
1982	44	• 칼럼 「참스승의 길」을 『문교행정』 5월호에 발표함. • 7월에 문인해외시찰단의 일원으로 프랑스·그리스·요르단·대만 등지를 시찰함. • 이정호李貞浩·윤정규尹正奎·이규정李圭正·백우암白雨岩 등과 동인을 결성하고, 11월에 『제3문학』을 한길사에서 펴냄.	
1984	46	• 칼럼 「국토사랑의 교육」을 『문교행정』 4월호에 발표함. • 10월, 이화여대 연극반에서 『쌈짓골』을 각색하여 『당나무 주인이 누고』를 공연함. • 에세이 「농민의 으뜸가는 즐거움, 가을걷이」를 『한국인』 10월호에 발표함. • 칼럼 「클럽 활동의 실상과 반성」을 『문교행정』 12월호에 발표함.	
1985	47	• 에세이 「'나' 아닌 '우리'로서의 삶을 위하여」를 『한국인』 1월호에 발표함.	

연도	나이	내용	비고
		• 3월, 부산 거칠산극단에서 『계절풍』과 『쌈짓골』을 합본 각색하여 창립기념공연을 함.	
1986	48	• 4월, 장편소설 『꽃바람 꽃샘바람』 제1부를 일월서각에서 간행함. • 칼럼 「H스님께」·「눈치 배짱 지원의 허구」 등을 『대한불교신문』4월–7월에 발표함. • 23년간 몸담았던 교직에서 용퇴하여 한샘학원에 출강함. • 전교조 해직 교사 및 문예 창작에 관심 있는 현직 교사로 조직된 교육문예창작회 고문으로 추대됨.	
1987	49	• '4·13조치에 대한 문학인 206인의 견해'에 서명함. • 양지학원으로 옮김. • 12월, 할아버지께서 별세하심.	6월항쟁
1988	50	• 칼럼 「밀양문학이 나아갈 길」을 『밀양문학』 창간호에 게재함.	
1989	51	• 장편소설 『꽃바람 꽃샘바람』을 동광출판사에서 간행함. • 단편소설 「벽」을 『창작과비평』 여름호에 발표함. • 에세이 「공동체 의식을 다진 신랑달기놀이」를 『한국인』 9월호에 발표함.	전교조 창립
1990	52	• 중편소설 「평교사 황보 선생의 어느 날」을 『사상문예운동』 여름호에 발표함. • 「고교교육헌장」을 『닫힌 교문을 열며』공저/사계절에 게재함.	
1991	53	• 중편소설 「선생님, 집에 잘 다녀왔습니다」를 『밀양문학』 제4호에 발표함. • 교육문제연작소설집 『벽』을 도서출판 풀빛에서 간행함. • 콩트 「갈비와 닭똥집」을 사보 『삼도』에 발표함. • 장편 『계절풍』을 개작하여 한길사에서 간행함.	
1992	54	• 콩트 「망신살」을 『보시기가 싱싱해』공저에 게재함.	
1994	56	• 아버님께서 별세하심. • 콩트 「신별주부전」을 사보 『미원』 8월호에 발표함.	

1995	57	• 전국농어촌주부문학회 고문으로 추대됨.	
1997	59	• 콩트「어떤 대화」를 사보『전력문화』10월호에, 「영만이 스님」을 기관지『새마을』12월호에 각각 발표함.	IMF사태
1998	60	• 6월 초, 식솔들을 서울에 둔 채 단신으로 귀향하여 노모를 모시고 창작에 전념함. • 밀양문학회에 가입하여 고문으로 추대됨. • 9월, 홍제중 '창립자오응석교장송덕비創立者吳應石校長頌德碑' 명문을 짓고 씀.	귀향
1999	61	• 5월, '이재금시비'에 그의 대표작「도래재」를 씀. • 칼럼「휴대폰 유감」을『농어촌주부문학』제4호에, 에세이 「다듬잇소리」·「초가」를『좋은글밭』10월호 및 11월호에 실음. • 7월에 일본 도자기문화를 둘러보고, 기행문「큐우슈우 탐방기」를 『밀양문학』제12호에 게재함.	전교조 합법화
2000	62	• (사)민족문학작가회의 경남지회장으로 피선됨. • 칼럼「역설 밀레니엄」을『농어촌주부문학』제5집에 발표함. • 칼럼「이러하고도 충절의 고장인가」를『밀양신문』3월 3일자에 게재함. • 9월 밀양시장 및 시의회의장과 면대하여 '밀양독립운동기념관' 건립을 건의한 결과, 2008년 '밀양독립운동기념관'이 건립됨. 연이어 김원봉 생가에 '의열기념관'이 건립됨. • 10월에 밀양 출신 독립운동가들의 항일전적지인 중국의 연변·길림·장춘·북경·태항산 등지를 답사함. • 논문「약산 김원봉의 사상과 생애」를『밀양문학』제13호에 발표함. •『경남작가』창간호를 간행하고, 중편「조지나 강사네」를 발표함.	
2001	63	• (사)민족문학작가회의 자문위원으로 추대됨. • 중편소설「알퐁소와 긴조緊急措置 9호」를『경남작가』제2호에 발표함. • 논문「석정 윤세주의 생애와 사상」을『밀양문학』제14호에 발표함.	
2002	64	• 6월 밀양검무 원조 '운심雲心의 묘소' 재발견하여 널리 알림. • 향토탐구영상물 대본「미리벌 이야기」를『경남작가』제3호에	

		발표함. • 조선의용대 항일전적지를 취재할 목적으로 5박 6일간 제2차 중국 답사함. • (사)민족문학작가회의 고문으로 추대됨.	
2003	65	• 아들 한얼 박영선과 결혼함. • 밀양댐 '망향비望鄕碑' 명문을 작성함.	
2004	66	• 장편소설 『칼춤』 집필 시작함. • 경희한의원 이계흥 원장의 기획 및 후원으로 '향토탐구영상물' 『미리벌 이야기』를 제작하여 전국 도서관·대학교, 도내 각 기관 및 각급 학교에 배본함. 현재 유튜브 시청 가능함.	
2005	67	• 1월, 손녀 은지垠志 태어남.	
2007	69	• 중·고시절의 회상기 「질풍노도, 그 광기의 계절」을 『연찬에 겨운 배들』부산중·고제10회동기회 졸업50돌기념문집에 게재함.	
2008	70	• 「자연문화회 신불사 탐방기」를 『밀양문학』 제21호에 게재함.	
2009	71	• 손자 우찬佑燦 태어남.	
2010 2016	72 78	• 장편 『꽃바람 꽃샘바람』 개정판을 (사)3·15의거기념사업회에서 출간함. • 10여 년간의 각고 끝에 장편 『칼춤』을 산지니에서 간행함. • 자전적 에세이 『나의 유소년 시절의 초상』을 『경남작가』 제30호에 게재함.	
2017	79	• 1월, '경남작가상'을 수상함. • 밀양문학회 초대회장 이재금 시인과의 인연을 그린 「봉별기 逢別記」 및 박근혜·최순실게이트 촛불시위 참가기 「신해가사 新海歌詞」를 『밀양문학』 제30호에 게재함. • 10월, 부산중·고 총동창회보 『청조』 제456호에 졸업60주년기념행사 소감문 「학발동안鶴髮童顔의 화려한 귀항歸航」을 게재함	박근혜 탄핵
2018	80	• 7월, 에세이 「그날이 올 때까지」를 『경남작가』 제33호에 게재함.	

2019	81	• 산문집 『그날이 올 때까지』를 산지니에서 간행함. • 12월, 「다가올 찬란한 대낮으로 증거하시라」를 『밀양문학』 제31호에 실음. • 3월, 한국문화예술위원회에서 산문집 『그날이 올 때까지』를 '2018년 문학나눔도서'로 선정함. • 극단 해반드르에서 「조지나 강산네」를 「아버지의 다락방」이란 제목으로 각색하여 세실극장에서 3월 19일-31일까지 공연함. 기획 김재현, 총예술감독 이영희, 각색 양일권, 연출 윤민영, 윤색 및 협력 연출 유경민, 출연진 : 안병경·김형자·김종철·조은덕·김영·정슬기·빅정미·반민정·정철·이효영·배한성 등 제씨. • 5월, 자전적 성장소설 『토찌비 사냥』을 두엄에서 출간함.	
2020	82	• 11월, 경상남도문화상 수상. • 12월, 칼럼 「한글 맞춤법 불감증」을 『밀양문학』 제33호에 실음. • 12월, 『밀양문학』 제34호 특별기획란에 「나의 해방구 '밀양문학회'」를 게재함.	
2022	84	• 10월, 장편소설 『운심이』를 도서출판 두엄에서 출간함.	
2023	85	• 7월, 생가지에 사설 '김춘복문학관'을 개관함. • 9월, 경남작가·밀양문학회 공동으로 '김춘복 문학기행'을 주관함. 운심이묘소-홍제중 창립자 오응석 교장 송덕비-밀양댐 망향비-김춘복문학관-뒤풀이. 현재 유튜브 시청 가능함.	
2024	86	• 4월 15일, 문재인 전 대통령 내외분, 송기인 신부, 안경환 전 국가인권위원회 위원장 등 다수 인사가 내방하여 담소를 나눔.	
2025	87	• 5월, 중편소설집 『알퐁소와 긴조 9호』를 두엄에서 출간함.	윤석열 탄핵

□ 참고 자료

강동수, 「어떤 시낭송회」, 『국제신문』, 2001. 10. 18.
구중서, 「한국 현대사의 허울을 벗겨 보였다」, 『뿌리깊은나무』 서평, 1979년 11월호.
김귀현, 「제3회 경남작가상에 김춘복 소설가 선정」, 『경남일보』, 2017. 1. 18.
김다숙, 「밀양 천황산 자락 소설가 김춘복」, 『좋은글밭』, 2004. 1. 30.
김성진, 「『쌈짓골』로 『칼춤』을 읽다」, 『밀양문학』 제29호, 2016.
김성진, 「김춘복의 소설 읽기」, 『밀양문학』, 제24호, 2011.
김영우, 「『쌈짓골』의 작가 얼음골에 집필 '둥지'」, 『신경남일보』, 1998. 6. 25.
김종성, 「문제작가 문제작, 김춘복 장편소설 『꽃바람 꽃샘바람』」, 『세계일보』, 1989. 9. 5.
김호철, '고향 밀양에서의 사실적 작가 성장기' 「토찌비 사냥」, 『경남신문』, 2019. 6. 3.
김훤주, 「『칼춤』-조선 검무 기생 운심의 환생 이야기」, 『지역에서 본 세상』, 2016. 1. 25.
박경옥, 「오늘의 문학 속의 인물상, 김춘복의 『쌈짓골』」, 『이대학보』, 1980. 4. 21.
박래부, 「명작의 무대 문학기행, 김춘복의 『쌈짓골』 밀양」, 『한국일보』, 1989. 2. 12.
박속심, '책을 읽읍시다.' 김춘복 장편소설 『칼춤』. 시사터임즈 855.
박인숙, 「뒤늦은 입지, 문단에 새바람」, 『일간스포츠』, 1981. 7. 15.
박인숙, 「문학의 산실, 소설가 김춘복 씨」, 『일간스포츠』, 1979. 10. 4.
박종수, 「'우리'를 위한 '나'의 자화상들」, 『밀양문학』 제31호, 2018.
백 철, 「신진 작가의 비약, 6월 작품 BEST의 순위」, 『동아일보』, 1959. 6. 20.-22.
변승기, 「3·15가 선발투수라면 4·19는 구원투수지요」, 『3·15의거』 제9호, 2007. 12. 30.
서병욱, 「32년 만의 첫 창작집, 『벽』 김춘복 씨」, 1991. 7. 3.
안경환, 「도깨비방망이 찾기」, 『알퐁소와 긴조 9호』 해설, 본 작품집, 2025. 5. 5.
안정숙, 「『계절풍』, 역사의 소용돌이 그려내」, 『서울경제신문』, 1980. 3. 15.
염무웅, 「농촌현실과 자주적 농민상」, 『쌈짓골』 해설, 1977. 6. 30.
원종태, 인터뷰, 「예술인」, 『경남민예총』, 2016. 12. 30.
윤지관, 「파시즘 하의 변혁운동과 소설」, 『창작과비평』, 1989년 겨울호.
이광우, 「자연, 또 하나의 삶 7, 소설가 김춘복」, 『부산일보』, 2000. 6. 9.
이수경, 「무조건 잘살기운동의 허상」, 『경남도민일보』, 1979. 12.
이순욱, 「해원解冤과 해후邂逅에 이르는 길」, 『경남작가』 제29호, 2016.
이응인, 「김춘복 문학기행」-'운심이'에서 '쌈짓골'까지, 『밀양문학』 제36호, 2023.
이종욱, 「『계절풍』, 해방 후 민중의 생생한 삶 그려」, 『주부생활』, 1979. 11월호.

임채민, 「'고희' 앞둔, 소탈하지만 날카로운 '열정가'」, 『경남도민일보』, 2007. 11. 11.
임헌영, 「4월혁명과 민족주체의식의 변화」, 본 작품집 해설, 1989. 4. 15.
임헌영, 「농촌소설의 구습 극복, 김춘복의 『쌈짓골』」, 『부산일보』, 1976. 12. 18.
임헌영, 「장편소설 쌈짓골」, 『여성동아』, 1977년 10월호.
장유리, 「밀양 얼음골의 김춘복 선생님을 찾아서」, 『경남작가』 제25호, 2014.
장인철, 「4·19 30주년 맞아 시와 소설 조명」, 『한국일보』, 1990. 4. 19.
장현수, 「밀양검무 창시자 운심 생애·사상 재발견하다」, 『경남도민일보』, 2022.10.20.
장현호, 「밀양의 문화예술가 소설가 김춘복 선생」, 『응천아리랑』 창간호, 밀양문화원, 2024.
전정희, 「아버지 친일 행위는 생존의 수단」, 『사사토픽』, 1992. 1.30.
정근재, 「명작기행 8, 김춘복의 『쌈짓골』, 밀양 산내면 시례골」, 『영남일보』, 2001. 11. 23.
정성주, 「독자가 평하는 77년도의 문제작, 김춘복의 『쌈짓골』」, 『이대학보』, 1977. 12.
정찬영, 「3·15의거의 경험과 문학적 형상화」, 『한국문학논총』 제62집, 2012. 12.
조명숙, 「작가탐방, 김춘복 소설가, 말채나무회초리」, 『작가와사회』 제18집, 2005년 봄호.
조승철, 「자연 속의 예술가 10, 밀양 얼음골 소설가 김춘복」, 『국제신문』, 2002. 3. 22.
천이두, 「사시斜視와 정시正視」, 『문학과지성』, 1977년 겨울호.
최광렬, 「1959년의 문단 수확 총평」, 『자유문학』 1959. 12월호.
최유권, 「창작의 고향, 한국문학 속의 현장을 찾아」, 『경향신문』, 1993. 6. 3.
최필숙, 「'운심이'와 김춘복의 열애」, 『밀양문학』 제35호, 2022.
하아무, 「역사로 현대 사회를 드러내는 재미 있는 방식」, 『밀양문학』 제35호, 2022.
하아무, 「열정과 신념이 가득한 한 원로 작가의 역사」, 『경남작가』 제34호, 2018.
하재청, 「작가탐방-김춘복, '쌈짓골'을 지키는 수호나무」, 『경남작가』 제5호, 2005.
한작가, 「소설가 김춘복의 심우당 환원재」, 『작가들의 집필실 풍경』, 인터넷, 2008. 8. 15.
홍기삼, 「한국문화의 70년대 결산 1-문학」, 『한국일보』, 1979. 11. 21.
황종현, 「문학의 현장을 찾아서, 김춘복의 『쌈짓골』」, 『성대신문』, 1980. 8. 24.
———, 「집필 19년 만에 세상 밖으로 나온 운심의 삶」, 『밀양신문』, 2022. 10.27.
———, 「76년의 문제작」, 『중앙일보』, 1976. 12. 6.
———, 「대형화하는 소설」, 『동아일보』, 1976. 12. 6.
———, 「우리가 워디 사람인게뷰」, 『건대신문』, 1986. 7. 16.
———, 「좌우 헛된 갈등 이제는 풀어야 할 때」, 『국제신문』, 2016. 2. 17.
———, 「수풀만 우거지면 뭐하노, 토찌비가 나와야지!」, 『밀양, 그 아름다운 속살 이야기』, 2017년 여름호.